《诗经》邶风、鄘风、卫风地域文化生态考论

王志芳　著

齊魯書社

山东省社会科学规划研究项目文丛 · 一般项目

自　序

2008 年秋，在参加于圣人之乡曲阜召开的“儒家文化与中国古代文学”国际学术研讨会暨 2008 年山东省古典文学学会年会时，我有幸结识了邵炳军先生。邵先生不嫌弃我学识孤陋、闻见寡薄，给我提供了宝贵的机会，令我能够在美丽的上海大学逗留两载又三个月，跟诸位同门一起研读《诗经》。于纷繁嘈杂之际能够学着体味“诗三百”这曲鸣自天籁的“一片好音”，实在是一大幸事。

做《诗经》相关课题的同门或研读一“风”，或研读数“风”，我关注的内容是《邶风》《鄘风》《卫风》三“风”，需要在详细剖析以《邶风》《鄘风》《卫风》为代表的卫地诗歌产生的地域与时代、自然环境特质、文化组成与积淀的基础上，把握三“风”各篇诗歌的诗旨、题材、语言、情调、艺术手法、意象内涵等方面的地域性特色，总结概括卫地文化区的地域文化生态特征。这需要关注文物考古、艺术考古、民俗研究的成果，将传世文献与出土文献相结合、文字文献与民俗调查相结合，以诗证史，以史考诗，内外相证，古今参证，立体性地还原黄河、淇河流域卫人生活的自然环境和文化环境，展现卫人在特定时代、特定地域的历史原貌。

《诗经》的文学价值和史学价值皆非同一般。我们通过考析“诗三百”诸地域人们生活的自然地理环境、历史文化环境以及诗人的文化品性和心灵世界，既可以感受《诗经》的美，又能够感受《诗经》的真，从它独特的文学个性和广博的文化精神中体味其永恒的魅力！

前　言

任何一种文化现象都与其所处的地理环境有着密不可分的关系，政治体制不同，经济状况相异，风土习俗不类，地理特征有别，致使不同地域文化的美学特征表现出各自的地域性。《诗经》反映了殷商、西周、春秋等几个阶段的历史，这一时期正是中华文化的产生和发展期。《诗经》十五国风中的《邶风》《鄘风》《卫风》三“风”产生在黄河、淇河流域，其地域特征的形成与属于周代河淇文化区的卫地域文化生态有着密切联系。

卫地是殷商王畿故地，殷商余民中的贤哲多居于此，则卫地拥有殷商文化的精华。这是卫地文化发展的深厚基础。周取代商后，商、周两种文化在很长一段历史时期内并存同行。卫地文化须一分为二来看，一方面仍保留殷商遗风，是历史传承，世俗流移，殷习尚见。另一方面是被康叔之化，是时世规范。在允许殷商遗俗存留的同时，周王朝礼乐治国的理念也必然会以适当的方式被卫地的统治者推行，并以一定的形式体现在卫地民众的生活中。

殷商文化的显著特点之一是尊神敬鬼，重视卜筮。占卜在周人生活中的地位与殷人几乎事事问卜的情况相比虽然是逐步下降了，但西周时期占卜活动仍然比较兴盛。卜筮习俗见于《诗经》十二篇中，这十二篇涉及卜筮的诗歌除了“小雅”“大雅”，在十五国“风”中只见于《鄘风》和《卫风》，非常明显地体现了殷商卜筮习俗在卫地的遗存。

敬鬼神，则歌舞娱之。在诸多娱神的乐舞中常见于典籍的是万舞，万舞一直被先民经夏历商而舞至周代。《诗经》中除了颂诗和雅诗中提到万舞，《邶风》中的《简兮》对万舞予以相对具体直观的描述。

卫乃“声色”之地，此处的“声色”之地是指歌舞美色、货财辐辏之地。经济繁荣之乡，则声色生、声色盛。卫地诗篇表现出比较原生态的未受或少受礼教浸染的自然淳朴之风，蕴含较多大胆、自由、开放的气息。

卫国是西周、春秋时期著名的君子之邦，被誉为“国多君子”，国中诸多君子的一个共同之处即都是有德之人。这表明了周人对殷商尊神敬鬼天命观的反思：他们不再是“率民以事神”，而是“敬鬼神而远之”。这是思想领域从重神事转向重人事、从神治走向德治的变化，是思想意识的一种明显的进步。

与尊礼重德的君子之风形成鲜明对比的是卫地习俗中的另一面：“薄恩礼，好生分。”“豪桀”侵夺、民性刚强是存在于卫地的一处明显的特征，相比于其他地域而言，卫地的世风不够淳厚，“俗刚强”，其人性情偏于刚暴怨戾，若《邶风·谷风》《邶风·日月》《邶风·终风》《卫风·氓》中的男子。不循礼甚至严重违礼的现象常见于卫地，上层统治者尤甚。在位者的种种与礼不符的言语举止影响甚坏，流弊颇深，卫地民众化之于上，在很多方面表现出寡恩少礼之举。

习俗文化受地理环境和社会环境的共同影响。某处地域文化形成后就具有相对稳定性和持久传承性的特点，它会在一定地域范围内稳定存在，在相当长的时段内沿袭传承。朝代的更替和制度的变革，又为文化的交流、融合提供了可能。在接受商文化传承和周文化浸润的背景下，卫地形成了地域文化特色，由于其特殊的地理环境和人文环境，其文化具有明显的二元化特征。

邶、鄘、卫三“风”之主题主要有三个方面的特点，即对婚恋生活的全面映现、对非礼之举的深厉讥讽和对女性形象的集中写照。

婚恋诗丰富的特点在邶、鄘、卫三“风”中表现得很突出，这些诗言及幽期密约、赠遗达情、婚期选择、思亲念远、无辜遭弃、悼亡哀故以及当时的婚姻形态等婚恋生活的诸多环节、诸般境遇和诸项制度，相对全面地映现了《诗经》时代人们的婚恋生活。

《诗经》通过美刺的方式以诗歌的形式关注社会、干预生活，然后鉴定善恶、评判得失，表达赞美讥讽之意。刺诗表现出了政治关怀和道德关注，是忧患意识的体现。在卫风所反映的历史时期内，自卫庄公教子无方导致州吁之乱至卫懿公好鹤误政被狄人所灭，卫国一直处于混乱状态，其间的种种违礼乏德之举往往成为人们讥讽的对象。

相对于其他国风而言，卫风记叙和塑造了较多女性形象。这些女子或华服美饰、容貌艳丽（《鄘风·君子偕老》《卫风·硕人》），或天真活泼、热情主动（《邶风·静女》《卫风·木瓜》），或思深念久、意重情浓（《邶风·终风》《邶风·击鼓》《邶风·雄雉》《邶风·简兮》《卫风·伯兮》《卫风·有狐》），或心志坚定、不甘屈服（《邶风·柏舟》《鄘风·柏舟》），或见高识卓、思慕宗国（《邶风·泉水》《鄘风·载驰》《卫风·竹竿》），或勤以持家、善以待人（《邶风·绿衣》《邶风·谷风》《卫风·氓》），可以说是女性形象的集中写照。

同卫地域文化的二元化特征相近，卫风在主题的展示上也体现出二元性的特点。诸篇诗作不是某一主题的单向度映现，而是对《诗经》时代社会生活的立体化、真实性的描述，既有远古文化气息的影响和遗存，如桑林在功能上由祭祀之地到欢会之所的转化、烝婚习俗在卫宣公与夷姜和公子顽与宣姜婚姻中的再现、卜婚习俗于《卫风·氓》中的延续等。同时，这些产生于西周初期至春秋中期的诗篇带有明显的时代标识，最能体现这一时代标识的是周礼对《诗经》时代人们生活诸方面的规约，如与婚前恋人之间可以享有城隅之期、林下之欢的自由相比，无论从谈婚论嫁的礼节上还是从婚后的言行上，婚姻给人们的限定是十分严格的，六礼之制在此时期形成并完善，尤其是其中的父母之命、媒妁之言，这一礼俗的社会规约作用可谓是持久而深远的。用周人的礼乐治国之道来衡量卫国国君的治国实际，在卫武公之后卫风绝大部分诗篇所反映的历史时期内的卫国国君，特别是庄公、州吁、宣公、惠公、懿公等国君，可圈点处甚微，当讥讽处颇多。

卫风既具备《诗经》总体的艺术特征，如现实主义的创作方法、赋比兴的表现手法、重章复沓的章法、以四言为主的句式、丰富多彩的语言等，又具备卫地诗歌特有的艺术特征，在情感格调上表现为情深文挚，美哉渊乎；在对女性体貌描写上能够充分运用精练简洁的语言达到细致化的效果；以《邶风·谷风》和《卫风·氓》为代表的诗篇表现出明显的故事化特征；博喻的运用以及运用的频繁化，使得卫风在比这一艺术手法上于诸国风中尤显突出。此外，"愿言""终……且……"等独有的语词和句式、思妇二重心理的并述、不同诗篇中相同诗句的频现、婚恋习俗兴象的丰富等，都体现了卫风诗篇的独特之处。

乌、蝃蝀、竹是卫风中具有典型性或独特性的意象。

从被灵异化、被道德化、被用以征兆吉凶等方面对乌进行考察，可以看到乌意象寓意的丰厚和复杂。这些寓意源于神话、传说、习俗、信仰等多个方面。历代研读者对《邶风·北风》"莫黑匪乌"中的"乌"，从比喻和征兆两方面来理解得比较多。由于对诗旨的认识不同，从本体乌出发，产生的喻义和象征义也有很大区别。《邶风·北风》中的乌不是妖异不祥之物，而是祥瑞之兆。

人们在对蝃蝀形状和色彩类比联想的同时，又赋予其谶纬、伦理、道德等方面的比附象征意义，因而形成了蝃蝀文化内涵的丰富多姿。蝃蝀意象具有了连类比附的多样性、预兆功能的双面性、象征意蕴的多义性等特征。历代学者基于对《鄘风·蝃蝀》诗旨的不同认识，对蝃蝀比喻、象征意蕴的感情倾向有别。《鄘风·蝃蝀》中的蝃蝀是婚姻吉祥、两性欢好之象。

在万千草木中，竹以特有的形色和质地具有广泛的实用价值和特别的审美价值，人们将竹与君子、神龙、图腾崇拜、仙道佛、隐者高士、祛病疗疾、民间习俗等联系在一起，将竹作为伦理观念、道德标准的载体，《卫风·淇奥》以“绿竹”起兴盛赞卫武公就是典型的实例。

乌、蝃蝀、竹是邶、鄘、卫三“风”中三个相对独特的诗歌意象，在具体诗篇、文本语境中呈现出各自的文化内涵。我们可以通过这些蕴涵丰富的意象来感受卫地诗歌，体味远古时期的文化气息。这些意象为后世乌文化、蝃蝀（虹）文化和竹文化的构建和充实奠定了基础。

目　录

绪 论

《尚书》《左传》《国语》《周礼》等典籍都或多或少地涉及《诗经》卫风地域文化，最早评价卫风地域风格基本特征的是春秋时期的吴公子季札，《左传·襄公二十九年》载季札聘鲁观乐，他听至《邶风》《鄘风》《卫风》时，感叹：“美哉渊乎！忧而不困者也。吾闻卫康叔、武公之德如是，是其卫风乎！”此乃季札从诗乐结合中体味出的卫风地域性特征，他这种评点式文学阐释对后世国风地域性研究具有十分重要的意义和深远的影响。两汉时期，《毛诗序》、毛公《传》、郑玄《笺》对卫风所涉及的地域性皆有评点，汉司马迁《史记·货殖列传》、汉班固《汉书·地理志》、汉郑玄《诗谱》对《诗经》各国风地域性的阐述更为详细，郑玄在排列《诗经》世次的同时，还比较详细地介绍了《诗经》国风产生地域的历史沿革及其地域文化特色，后世治《诗经》者多遵从其说。元陈绎曾《诗谱》在季札评论的基础上言《邶风》：“君子处变，渊静自守。”明戴君恩《读风臆评》、明孙鑛《批评诗经》、清方玉润《诗经原始》等对卫风地域性特征都有精练简洁的评点之语。秦汉以降，地域文化的研究整理著作成为我国历史文献的重要内容，尤其以大量的、多种多样的地方史志的形式表现。诸多地方志中有不少描述卫地域文化或河淇文化的内容，且其地域文化的色彩比较浓厚。古代学者治《诗经》多从经学角度着眼，对《诗经》所体现的地域文化特色的关注尚不够充分。

20世纪以来，学者们对《诗经》的研究逐渐从经学转向文学，将社会学、民俗学、神话学、文化学、人类学、考古学等学科的研究方法和成果引进了《诗经》的研究中，开始对十五国“风”的地域性特征进行全方位、多视角、深层次的观照。具体到对卫风地域性的关注，可见于谢无量的《诗经研究》和傅斯年的《诗经讲义稿》，他们都注意从地域环境角度去考察国风的地域风格特征，对探求卫风地域文化生态与地域性特征之间的互动关系有一定的借鉴意义。

新时期以来，《诗经》国风地域性特征与地域文化生态研究领域出现了全新的局面，涉及卫地域性特征的文章和著作比较多，如孙作云《从读史的方面谈谈“诗经”的时代和地域性》，高亨《诗经鄘风新解》，林祥征《〈诗经〉与民俗》，周蒙《〈诗经〉民俗文化论》，李旦初《〈国风〉的地域性流派》，陈春保、高金生《〈诗经〉——地域文化的渊明之光》，赵俪生《试说卫风与卫国》，王以宪《〈诗经〉中的“弃妇诗”与“逐夫诗”》，华锋《论〈诗经〉的道德意识》，毛忠贤《试论卫齐风诗中原始婚俗的残余》，王洲明《周代地域文化与〈国风〉的风格》，郭晋稀《风诗蠡测》，邵炳军《〈诗·邶风〉系年辑证——春秋诗歌系年辑证之三》，冯洁轩《论郑卫之音》，张启成、王伟《论〈邶〉〈鄘〉〈卫〉三风》，王永宽《论淇河文化的临界文化特征》，陈艳霞《〈诗经〉邶、鄘、卫婚恋诗管窥》《地域文化与〈诗经〉邶、鄘、卫三风研究》，宋力《“郑”“卫”情诗之比较》，魏秀艳《〈诗经〉风诗的地域与民俗》，王静悦《〈诗经·卫风〉独特风貌之成因》，侯文学《齐宋郑卫之音的东夷文化特征——兼论季札、子夏、师乙的审美观》，邱奎《美哉渊乎 忧而不困——〈诗·卫风〉地域风格研究》，范瑞红《殷商王畿故地〈诗经〉“风诗”与殷商文化》《〈诗经〉中郑卫之诗民俗文化略论》，董雪静《殷商地域文化与〈诗经〉恋歌》，别亚飞、张永红《从〈鄘风〉〈邶风〉〈卫风〉探卫国之民风》，谢竹峰《〈诗经〉卫诗民俗研究》，李勇《卫地风诗与商周礼俗研究》等，可谓代表作，都不同程度地关注到了邶、鄘、卫三“风”的地域性特征。这一时期，中国台湾学者的一些成果，如李辰冬《诗经研究方法论》，熊公哲、黄永武、裴普贤等《诗经论文集》，林庆彰《诗经研究论集》（一、二）等，也都不同程度地涉及《诗经》国风地域性特征与周代地域文化生态问题。

国外的《诗经》研究涉及《诗经》和《诗经》某一部分诗篇地域性的论著数量较少，其中以法国格拉耐《中国古代的祭礼与歌谣》、日本白川静《诗经研究·通论篇》等为代表，此外尚有日本白川静《诗经国风》、日本家井真《〈诗经〉原意研究》、韩国吴万锺《〈诗经·邶风·谷风〉与〈卫风·氓〉之比较研究》等作品，但均较少涉及周人的地域文化观念，亦没有从文化生态类型视角去研究《诗经》的地域性特征。

卫风与《卫风》

行文中以“卫风”统指《诗经》中的《邶风》《鄘风》《卫风》三“风”①，以“《卫风》”单指《卫风》一“风”。下文将《邶风》《鄘风》《卫风》三“风”统称为“卫风”，略作说明。

一、邶、鄘、卫三地一体。

周武王封给殷纣子武庚（一名禄父）的殷商王畿故地与康叔徙封之地皆邶、鄘、卫三位一体之地，清陈启源认为：“季札闻歌《邶》《鄘》《卫》而知康叔、武公之德，若康叔无邶、鄘，则其德化何由遍及三国乎？”②

二、《邶风》《鄘风》《卫风》三“风”叙述的大都是卫国的史事，美刺一同，俗习一致。

（一）汉班固《汉书·地理志下》：“邶、庸、卫三国之诗相与同风。”③

---

① 《诗经·邶风》19篇：《柏舟》《绿衣》《燕燕》《日月》《终风》《击鼓》《凯风》《雄雉》《匏有苦叶》《谷风》《式微》《旄丘》《简兮》《泉水》《北门》《北风》《静女》《新台》《二子乘舟》；

《诗经·鄘风》10篇：《柏舟》《墙有茨》《君子偕老》《桑中》《鹑之奔奔》《定之方中》《蝃蝀》《相鼠》《干旄》《载驰》；

《诗经·卫风》10篇：《淇奥》《考槃》《硕人》《氓》《竹竿》《芄兰》《河广》《伯兮》《有狐》《木瓜》。

② （清）陈启源撰《毛诗稽古编》，《景印文渊阁四库全书》第85册，台北：商务印书馆，1986年，第359页。

③ （汉）班固撰《汉书》卷28下《地理志下》，北京：中华书局，1962年，第1647页。

（二）宋朱熹《诗集传》卷二："邶鄘地既入卫，其诗皆为卫事。"①

（三）清王先谦《诗三家义集疏》卷三上："《邶》《鄘》《卫》诗本同风，不当分卷。"②

三、《邶风》《鄘风》《卫风》三"风"涉及的流经卫国的河流、卫国地名或于三"风"中都能见到，或见于其中两"风"。

（一）三"风"中都出现黄河（诗中称"河"）、淇水。

《邶风·新台》："新台有泚，河水弥弥。""新台有洒，河水浼浼。"③

《鄘风·柏舟》："泛彼柏舟，在彼中河。""泛彼柏舟，在彼河侧。"

《卫风·硕人》："河水洋洋，北流活活。"

《卫风·河广》："谁谓河广？一苇杭之。""谁谓河广？曾不容刀。"

《邶风·泉水》："毖彼泉水，亦流于淇。"

《鄘风·桑中》："期我乎桑中，要我乎上宫，送我乎淇之上矣。"

《卫风·淇奥》："瞻彼淇奥，绿竹猗猗。""瞻彼淇奥，绿竹青青。""瞻彼淇奥，绿竹如箦。"

《卫风·氓》："送子涉淇，至于顿丘。""淇水汤汤，渐车帷裳。""淇则有岸，隰则有泮。"

《卫风·竹竿》："籊籊竹竿，以钓于淇。""泉源在左，淇水在右。""淇水在右，泉源在左。""淇水滺滺，桧楫松舟。"

---

① （宋）朱熹集注《诗集传》卷2《邶一之三》，上海：上海古籍出版社，1980年，第15页。

② （清）王先谦撰，吴格点校《诗三家义集疏》卷3上《邶鄘卫》，北京：中华书局，1987年，第124页。

③ 文中所有引用《诗经》诗句皆出于《毛诗正义》，（清）阮元校刻《十三经注疏》，北京：中华书局，1980年。以下不一一注出。

《卫风·有狐》："有狐绥绥，在彼淇梁。""有狐绥绥，在彼淇厉。""有狐绥绥，在彼淇侧。"

（二）浚、漕等地名见于三"风"中的两"风"。

《邶风·凯风》："爰有寒泉，在浚之下。"

《鄘风·干旄》："孑孑干旄，在浚之郊。""孑孑干旟，在浚之都。""孑孑干旌，在浚之城。"

《邶风·击鼓》："土国城漕，我独南行。"

《邶风·泉水》："思须与漕，我心悠悠。"

《鄘风·载驰》："驱马悠悠，言至于漕。"

《邶风》《鄘风》《卫风》三"风"所反映的历史事件、风物习俗、地理事象相近或相同，冯浩菲先生在《历代诗经论说述评》中提到了这样两种情况用以说明这种现象："第一，居住于邶、鄘、卫各地的人士，都有资格、有权利以卫国的任何一个人物、任何一个地方、任何一件事情为对象，创作诗歌。第二，分别作于邶、鄘、卫任何一个地方的诗篇，都能够以卫诗的名义在其他地方流行。"①

四、有的文献统称《邶风》《鄘风》《卫风》三"风"为"卫风"或"卫诗"，或称《邶风》和《鄘风》中的诗篇为"卫诗"。

（一）《左传·成公二年》载楚人申叔跪路遇楚大夫巫臣，语之："异哉！夫子有三军之惧，而又有《桑中》之喜，宜将窃妻以逃者也。"杜预《注》："《桑中》，《卫风》，淫奔之诗。"②《桑中》乃属《鄘风》。

① 冯浩菲《历代诗经论说述评》，北京：中华书局，2003年，第266页。

② 《春秋左传正义》卷25《成公二年》，（清）阮元校刻《十三经注疏》，北京：中华书局，1980年，第1897页。

（二）《左传·襄公二十九年》记载吴公子季札聘问鲁国，请观周乐，“（鲁国乐工）为之歌《邶》《鄘》《卫》，曰：‘……吾闻卫康叔、武公之德如是，是其卫风乎！’”① 区别于其他国风，季札将《邶风》《鄘风》《卫风》作为一个整体统称为“卫风”，并对其进行欣赏和评论。

（三）《左传·襄公三十一年》记载卫北宫文子言：“卫诗曰：‘威仪棣棣，不可选也。’”② 此所引“卫诗”诗句出自《邶风·柏舟》。

（四）朱熹《诗集传》卷四总称三“风”之诗为“卫诗”，“卫诗三十有九”③。这“三十有九”正是《邶风》《鄘风》《卫风》三“风”诗篇的总数。

五、《汉书·艺文志》记载鲁、齐、韩三家诗皆二十八卷④，其中《邶风》《鄘风》《卫风》三“风”为一卷，三家诗把这三“风”看作一个整体。

六、后世有的学者明确主张《邶风》《鄘风》《卫风》三“风”为一。

（一）清顾炎武《日知录》卷三《邶鄘卫》认为“邶、鄘、卫本三监之地，自康叔之封未久而统于卫矣。采诗者犹存其旧名，谓之邶、鄘、卫。‘邶鄘卫’者，总名也。不当分某篇为邶，某篇为鄘，某篇为卫……是知累言之则曰‘邶鄘卫’，专

---

① 《春秋左传正义》卷39《襄公二十九年》，（清）阮元校刻《十三经注疏》，北京：中华书局，1980年，第2006页。

② 《春秋左传正义》卷40《襄公三十一年》，（清）阮元校刻《十三经注疏》，北京：中华书局，1980年，第2016页。

③ （宋）朱熹集注《诗集传》卷4《溱洧》，上海：上海古籍出版社，1980年，第56页。

④ （汉）班固撰《汉书》卷30《艺文志》，北京：中华书局，1962年，第1707页。

言之则曰‘卫’，一也。犹之言‘殷商’，言‘荆楚’云尔。意者西周之时，故有邶、鄘之诗，及幽王之亡而轶之，而大师之职犹不敢废其名乎。然名虽旧而辞则今矣”①。清黄中松《诗疑辨证》卷二同顾炎武之意，“言卫可兼邶、鄘，言邶鄘卫而止为一卫也”②。

（二）傅斯年先生在《诗经讲义稿》“《国风》分叙”中强调：“邶鄘卫乃一体，不可分，误为人分为三。《左传》襄二十九，吴季札闻乐于鲁，尚不分。《邶鄘卫》篇章皆是卫诗，而蒙以邶、鄘故名者，明音之所自；此是北风，以对南音。”③

后世学者讨论《邶风》《鄘风》《卫风》三“风”皆述一国之事而有三“风”之称，或认为是因诗篇所得之地，或认为是因三地曲调不同，其实这两者不是对立的，也无需把两者对立起来，将两种得因结合起来看有利于客观结论的得出。

初时，《邶风》《鄘风》《卫风》三“风”定是各有表现邶、鄘、卫三地特色的曲调，《朱子语类》卷八十《诗一》：“卫有卫音，鄘有鄘音，邶有邶音。故诗有鄘音者系之鄘，有邶音者系之邶。”④ 这是从音乐角度阐释卫地风诗三分的原因。夏传才先生赞同以曲调不同分诗，“孔老夫子和他以前或以后的编诗者编《诗》时，对这三十九篇诗，根据它们的乐调而编为三组，即邶调、鄘调、卫调”⑤。翟相君先生亦持此论，“《左传》记载的季札观

① （清）顾炎武著，（清）黄汝成集释《日知录集释（外七种）》卷3《邶鄘卫》，上海：上海古籍出版社，1985年，第238～241页。

② （清）黄中松撰《诗疑辨证》卷2《邶鄘卫》，《景印文渊阁四库全书》第88册，台北：商务印书馆，1986年，第255页。

③ 傅斯年《〈诗经〉讲义稿》，上海：上海古籍出版社，2011年，第78页。

④ （宋）黎靖德编，王星贤点校《朱子语类》卷80《诗一》，北京：中华书局，1986年，第2066页。

⑤ 夏传才《思无邪斋诗经论稿·邶鄘卫辨》，北京：学苑出版社，2000年，第166页。

乐，‘为之歌邶、鄘、卫’，只能说明邶、鄘、卫皆卫诗，并不能说明邶、鄘、卫是一个曲调。如果说邶、鄘、卫表示的是一个曲调，为什么不单称之为‘卫’，何必称之为‘邶鄘卫’呢？这说明邶、鄘、卫代表着不同的曲调，虽然都是卫诗，但是其唱法不同”[①]。

卫诗三分是按所得之地，与按曲调划分是不矛盾的。向来有俗语曰：“五里不同音，十里不同调。”五里、十里尚且有音差调别，更何况殷商王畿有千里之广。《邶风·泉水》《鄘风·载驰》《卫风·竹竿》表达的都是远嫁卫女的思归之情，一系邶，一系鄘，一系卫，即“太师各从其得诗之地而系之”[②]。从三地采得的这三首诗歌主旨大体一致，但曲调可能就分别带有邶、鄘、卫三地的特色。

今《邶风》《鄘风》《卫风》三“风”曲调已轶，但文辞尚存，我们目下已经不能以曲调的不同来领略三“风”的地域风格，那就不妨将三者合而为一，把《邶风》《鄘风》《卫风》作为一个整体来探讨卫地诗歌的地域风格。

据邵炳军先生《春秋文学系年辑证》所考，《邶风》《鄘风》《卫风》39 首诗歌的作时是在公元前 758 年至公元前 629 年，其中《卫风·淇奥》作时最早，系于前 758 年，《邶风·凯风》作时最晚，系于前 629 年。[③] 这个时限是始于卫武公五十五年，止于卫成公六年，正当春秋前期。这一时期浸于周公所制礼乐，又渐于礼崩乐坏，应该说是一段社会发展的不平凡时期。

---

① 翟相君《邶鄘卫分编臆断》，《河北学刊》1984 年第 3 期。

② （清）严虞惇撰《读诗质疑》卷 3《邶鄘卫》，《景印文渊阁四库全书》第 87 册，台北：商务印书馆，1986 年，第 203 页。

③ 邵炳军《春秋文学系年辑证》，北京：高等教育出版社，2013 年，第 84、595 页。

第一章　卫地域文化生态考论

任何一种文化现象都与其所处的地理环境有着密不可分的关系，政治体制不同，经济状况相异，风土习俗不类，地理特征有别，致使不同地域文化的美学特征表现出各自的地域性。据《尚书》《逸周书》《左传》《国语》等文献记载，西周时期人们已经有“西土”“东土”“南土”“北土”和“中土”等“五土”这一地域文化生态板块观念，《尚书》中的《牧誓》《大诰》《康诰》《酒诰》《康王之诰》等多见“西土”[①] 一词，《尚书》中的《康诰》《洛诰》等多有“东土”[②] 一词。《左传·昭公九年》记载了周景王的一段话：“我自夏以后稷，魏、骀、芮、岐、毕，吾西土也；及武王克商，蒲姑、商奄，吾东土也；巴、濮、楚、邓，吾南土也；肃慎、燕、亳，吾北土也。”[③] 在此“四土”这一概念已经很明确。《国语·郑语》载周幽王八年（前774）王室太史史伯谓郑桓公：“当成周者，南有荆蛮、申、吕、应、邓、陈、蔡、随、唐；北有卫、燕、狄、鲜虞、路、洛、泉、徐、

---

① 《牧誓》：“弗迓克奔，以役西土，勖哉夫子！”《大诰》：“有大艰于西土，西土人亦不静。”《康诰》：“我西土惟时怙冒，闻于上帝。”《酒诰》：“乃穆考文王，肇国在西土。”“我西土棐徂邦君、御事、小子，尚克用文王教，不腆于酒。”《康王之诰》：“惟周文武，诞受羑若，克恤西土。”《尚书正义》，（清）阮元校刻《十三经注疏》，北京：中华书局，1980 年，第 183、198、203、205、206、244 页。

② 《康诰》：“肆汝小子封在兹东土。”《洛诰》：“予乃胤保，大相东土。”《尚书正义》，（清）阮元校刻《十三经注疏》，北京：中华书局，1980 年，第 203、214 页。

③ 《春秋左传正义》卷 45《昭公九年》，（清）阮元校刻《十三经注疏》，北京：中华书局，1980 年，第 2056 页。

蒲；西有虞、虢、晋、隗、霍、杨、魏、芮；东有齐、鲁、曹、宋、滕、薛、邹、莒；是非王之支子母弟甥舅也，则皆蛮、荆、戎、狄之人也。”[①] 这里的“南”“北”“西”“东”四个方位名之后虽无“土”字，然而从其中所列举的国名考查，则实与春秋时期周景王所谓“四土”相合。又《逸周书·作雒解》：“（周公）及将致政，乃作大邑成周于土中。城方千七百二十丈，郛方七百里，南系于洛水，地因于郏山，以为天下之大凑。制郊甸，方六百里。国西土为方千里。”[②] 则成周（今河南洛阳）王畿之地即“中土”。

周人不仅已有“五土”观念，并且注意到了“五土”之间在物质文化与精神文化特质上的不可推移性，“凡居民材，必因天地寒暖燥湿，广谷大川异制，民生其间者异俗。刚柔轻重，迟速异齐，五味异和，器械异制，衣服异宜。修其教不易其俗，齐其政不易其宜。中国戎夷，五方之民，皆有性也，不可推移”[③]。《汉书·地理志》也谈到这种差异，“凡民函五常之性，而其刚柔缓急，音声不同，系水土之风气”[④]。《诗经·国风》分属十五，各以诸侯国或地区名为名，这本身就是《诗经》具有鲜明地域特色的重要信息。无国不有美俗，无国不有恶俗，在一定程度上人们确实可以通过风诗考俗尚之美恶，观政治之得失。

水是人类生存繁衍的不可或缺之物，先民大都是缘水而居。

---

① （战国）左丘明著，（三国吴）韦昭注《国语》卷16《郑语》，上海：上海古籍出版社，2015年，第341页。

② 黄怀信《逸周书校补注译》，西安：西北大学出版社，1996年，第255页。

③ 《礼记正义》卷12《王制》，（清）阮元校刻《十三经注疏》，北京：中华书局，1980年，第1338页。

④ （汉）班固撰《汉书》卷28下《地理志下》，北京：中华书局，1962年，第1640页。

一般说来，古代的文化总是与河流有着密切的关系。管子认为人的性格、性情、心理与其生存环境中的自然水域有密切联系，《管子·水地篇》曰："水者，地之血气，如筋脉之通流者也，故曰水具材也。何以知其然也？曰：夫水淖弱以清，而好洒人之恶，仁也；视之黑而白，精也；量之不可使概，至满而止，正也；唯无不流，至平而止，义也；人皆赴高，己独赴下，卑也。卑也者，道之室，王者之器也，而水以为都居。准也者，五量之宗也；素也者，五色之质也；淡也者，五味之中也。是以水者万物之准也，诸生之淡也，违非得失之质也，是以无不满，无不居也。集于天地而藏于万物，产于金石，集于诸生。"① 管子赋予水诸多美质并大力赞颂，而且很具体地将人的品行与居住地的水域一一对应，"水者何也？万物之本原也，诸生之宗室也，美恶、贤不肖、愚俊之所产也。何以知其然也？夫齐之水道，躁而复，故其民贪粗而好勇；楚之水淖弱而清，故其民轻果而贼；越之水浊重而洎，故其民愚疾而垢；秦之水泔最而稽，淤滞而杂，故其民贪戾罔而好事；齐晋之水枯旱而运，淤滞而杂，故其民谄谀葆诈，巧佞而好利；燕之水萃下而弱，沈滞而杂，故其民愚戆而好贞，轻疾而易死；宋之水轻劲而清，故其民闲易而好正"②。这里说得虽然夸张了一些，但也是有一定的道理可寻。

在统一体的华夏文化形成之前，抽象意义上的华夏文化是以地域性文化的形式存在的。根据先民"择水而居"的生活习性，可以大致推断《诗经》305 篇诗作可分属河淇文化、河渭文化、河洛文

① 戴望《管子校正》，《诸子集成》（第 5 册），北京：中华书局，1954 年，第 236 页。

② 戴望《管子校正》，《诸子集成》（第 5 册），北京：中华书局，1954 年，第 237 ~ 238 页。

化、河汾文化、河海文化、汉淮文化等几个文化区。①

《诗经》内容涵盖了殷商、西周、春秋等几个历史时期，这几个历史时期正是华夏文化生态的产生和发展期。就创作地域而言，根据《史记·卫康叔世家》记载的大致位置，“（周公）以武庚殷余民封康叔为卫君，居河、淇间故商墟”②，可推断其中的《邶风》《鄘风》《卫风》和《商颂》出于河淇流域，与出于河渭流域、河洛流域、河汾流域、河海流域、淮水流域、江汉流域的其他诗篇以及《楚辞》皆是黄河流域与长江流域物质文化和精神文化的艺术再现，共同属于华夏民族核心文化的重要部分。郑杰祥先生根据殷墟卜辞及《诗经》所反映的内容和地理环境，对邶、鄘、卫三地予以细致考证，推断出三地位于河、淇之间殷商故墟的具体位置，“西自太行山东，东达河南濮阳市区，北起漳河流域，南至今黄河沿岸”③。淇水是贯穿卫国的一条大河，《水经注·淇水》记：“淇水出河内隆虑县西大号山……东过内黄县南，为白沟。”④ 先秦时期淇水是黄河的支流，别名澳水，全长一百六十多公里，发源于山西陵川方脑岭棋子山，流经河南辉县、林州、鹤壁的淇滨、淇县，至浚县新镇淇门村以西的新小河口注入卫河，向北流向天津入海河，今属海河水系。据新石器时期的花窝遗址、大赉店遗址、刘庄仰韶文化遗址、辛村龙山文化遗

---

① 邵炳军先生将《诗经》与各文化区作如下对应：《邶风》《鄘风》《卫风》《商颂》属于河淇文化区，《豳风》《秦风》《周颂》、“西都之《雅》”属于河渭文化区，《郑风》《王风》《桧风》、“东都之《雅》”属于河洛文化区，《唐风》《魏风》属于河汾文化区，《齐风》《曹风》《鲁颂》属于河海文化区，《周南》《召南》《陈风》属于汉淮文化区。

② （汉）司马迁撰《史记》卷37《卫康叔世家》，北京：中华书局，1959年，第1589页。

③ 郑杰祥《商代地理概论》，郑州：中州古籍出版社，1994年，第4页。

④ （北魏）郦道元撰，陈桥驿点校《水经注》卷9《淇水》，上海：上海古籍出版社，1990年，第191～195页。

址、淇县商周文化遗址看，早在七千多年前新石器时代早期，淇水两岸就有人类居住、耕作、繁衍生息。河淇流域属《尚书·禹贡》划分的豫州范围，商纣王帝辛定都朝歌，即今河南淇县，河淇流域为“大邑商”王畿之地。周武王伐纣灭商之后，河淇流域转归周人统辖，此区域“居河、淇之间”①，故称为“河淇文化区”。河淇文化的基本品格为“微重而矜节”“好气任侠”②。

《诗经》十五国风中的《邶风》《鄘风》《卫风》三“风”产生在河淇流域，属于周人的“北土”地域文化板块，其地域风格的形成与属于周代北土的卫地域文化生态有着密切联系。

第一节 卫地域范围与卫国发展概况

一、卫地域范围

卫以地域广阔著称，汉郑玄《诗谱》记载了卫地的大致范围：“邶、鄘、卫者，商纣畿内方千里之地，其封域在《禹贡》冀州大行之东，北逾衡漳，东及兖州桑土之野。”③《诗经·商颂·玄鸟》言及商王畿的规模：“邦畿千里，维民所止。”郑玄《笺》：“王畿千里之内……”④《战国策·魏策》记载商纣王时期王畿的范围是“左孟门，而右漳、釜，前带河，后被山”⑤。《史

---

① （北魏）郦道元撰，陈桥驿点校《水经注》卷9《淇水》，上海：上海古籍出版社，1990年，第192页。

② （汉）司马迁撰《史记》卷129《货殖列传》，北京：中华书局，1959年，第3264页。

③ 《毛诗正义》卷二之一《邶风·邶鄘卫谱》，（清）阮元校刻《十三经注疏》，北京：中华书局，1980年，第295页。

④ 《毛诗正义》卷二十之三《商颂·玄鸟》，（清）阮元校刻《十三经注疏》，北京：中华书局，1980年，第623页。

⑤ （汉）刘向集录《战国策》卷22《魏一·魏武侯与诸大夫浮于西河》，上海：上海古籍出版社，1985年，第782页。

记·孙子吴起列传》记载："殷纣之国，左孟门，右太行，常山在其北，大河经其南。"[①] 王畿是殷商政治、经济、文化的中心区域，其范围大致相当于汉代的河内郡，《汉书·地理志》云："河内本殷之旧都。"[②] 杨宝成先生《殷墟文化研究》认为河内郡的管辖范围相当于今天的西起太行山，东抵山东省西部，北起漳河流域，南至黄河沿岸。[③]

殷商畿内故地邶、鄘、卫之分始于西周初年武王时，"周武王伐纣，以其京师封纣子武庚为殷后。庶殷顽民，被纣化日久，未可以建诸侯，乃三分其地"[④]。武王封纣子武庚于殷商王畿故地，一是遵循存先王之后的传统，通过褒封古帝王之后的方式以兴灭继绝，封武庚于殷商王畿旧地以守殷祀，"武王已克殷纣，复以殷余民封纣子武庚禄父，比诸侯，以奉其先祀勿绝"[⑤]。周初统治者实施的此类存续古帝王之后的做法还有《史记·陈杞世家》记载的陈和杞，"陈胡公满者，虞帝舜之后也。……舜已崩，传禹天下……夏后之时，或失或续。至于周武王克殷纣，乃复求舜后，得妫满，封之于陈，以奉帝舜祀"[⑥]。"杞东楼公者，夏后禹之后苗裔也。殷时或封或绝。周武王克殷纣，求禹之后，得东楼公，封之于杞，以

---

① （汉）司马迁撰《史记》卷65《孙子吴起列传》，北京：中华书局，1959年，第2166～2167页。

② （汉）班固撰《汉书》卷28下《地理志下》，北京：中华书局，1962年，第1647页。

③ 杨宝成《殷墟文化研究》，武汉：武汉大学出版社，2002年，第194页。

④ 《毛诗正义》卷二之一《邶风·邶鄘卫谱》，（清）阮元校刻《十三经注疏》，北京：中华书局，1980年，第295页。

⑤ （汉）司马迁撰《史记》卷37《卫康叔世家》，北京：中华书局，1959年，第1589页。

⑥ （汉）司马迁撰《史记》卷36《陈杞世家》，北京：中华书局，1959年，第1575页。

奉夏后氏祀。"[1] 武王封武庚于殷商王畿故地的又一层考虑是欲借此笼络殷商贵族的残余势力，其最终目的是提高周人的政治威信和稳定周统治者的政治地位，以巩固加强周人的统治。

周武王封给武庚的殷商王畿故地由三部分组成，即邶、鄘、卫。武王派三个弟弟管叔、蔡叔、霍叔辅助武庚，引导久被纣化的殷民逐渐归顺周王朝。晋皇甫谧《帝王世纪》清楚地列出三叔所监管之地，"自殷都以东为卫，管叔监之。殷都以西为鄘，蔡叔监之。殷都以北为邶，霍叔监之"[2]。管、蔡、霍三叔分别监管卫、鄘、邶，这样安排，使三叔既监管殷民，又监助武庚，因而管叔、蔡叔、霍叔又称三监。[3] 三监在监管邶、鄘、卫的同时也

---

① （汉）司马迁撰《史记》卷36《陈杞世家》，北京：中华书局，1959年，第1583页。

② （晋）皇甫谧撰，徐宗元辑《帝王世纪辑存》，北京：中华书局，1964年，第90页。

③ 学术界对三监人物和三监性质有不同认识。三监人物文献记载有异：有的史书记载武庚为三监之一，《汉书·地理志下》："邶，以封纣子武庚；庸，管叔尹之；卫，蔡叔尹之：以监殷民，谓之三监。"［（汉）班固撰《汉书》卷28下《地理志下》，北京：中华书局，1962年，第1647页。］有的文献明确说明三监就是指管叔、蔡叔、霍叔：1.《逸周书·作雒解》："武王克殷，乃立王子禄父，俾守商祀。建管叔于东，建蔡叔、霍叔于殷，俾监商臣。"（黄怀信《逸周书校补注译》，西安：西北大学出版社，1996年，第253页。）2. 郑玄《诗谱·邶鄘卫谱》："乃三分其地，置三监，使管叔、蔡叔、霍叔尹而教之。"［《毛诗正义》卷二之一《邶风·邶鄘卫谱》，（清）阮元校刻《十三经注疏》，北京：中华书局，1980年，第295页。］3.《尚书大传》卷二："禄父及三监叛也。"［（汉）伏胜撰，（汉）郑玄注，（清）陈寿祺辑校《尚书大传》卷2《周传》，北京：中华书局，1985年，第83页。］"禄父及三监"的表达方式所传递出的信息即武庚不在三监之列。杨宽、杨树达两位先生认为三监是管、蔡、霍。（杨宽《论西周初期的分封制》，尹达等主编《纪念顾颉刚学术论文集》上册，成都：巴蜀书社，1990年，第254页；杨树达《积微居读书记》，北京：中华书局，1962年，第19页。）

按：三监的成员可以以"监"之意予以确定，如果释"监"为监督、监视，则三监不应该包括武庚，三监为管叔、蔡叔和霍叔是合理的，三叔以"相"的名义实施"监视"的实质。笔者从此说。若释"监"为管理、统治，则置武庚于三监之内也无不可。王健认为三监的性质为方伯，管、蔡、武庚"三监"是受周武王之命统治、监视东方诸侯的地区性诸侯之长。（参见王健《周初"三监"性质新探》，《殷都学刊》2003年第4期。）

有自己的封地，《史记·管蔡世家》载：“武王已克殷纣，平天下，封功臣昆弟。于是封叔鲜于管，封叔度于蔡……封叔处于霍。”[①] 不料事情没有按照周武王的计划发展，“其后武王既崩，成王少，在强葆（襁褓）之中。周公恐天下闻武王崩而畔，周公乃践阼代成王摄行政当国。管叔及其群弟流言于国曰：‘周公将不利于成王。’……管、蔡、武庚等果率淮夷而反”[②]。三监未达武王初意，对周公摄政不满，谤周公篡位，附益武庚，最终伙武庚、淮夷叛乱，以致后来殷命遭黜，武庚被杀，三监或伏诛，或被流放，或遭禁囚。[③]

武庚叛乱被平定以后，武庚封地以及殷余民失主，周统治者将殷余民分为两部。《史记·管蔡世家》载：“周公旦承成王命伐诛武庚，杀管叔，而放蔡叔，迁之，与车十乘，徒七十人从。而分殷余民为二：其一封微子启于宋，以续殷祀；其一封康叔为卫君，是为卫康叔。”[④] 周公将武庚所辖地殷商故墟以及一部分殷余

① （汉）司马迁撰《史记》卷35《管蔡世家》，北京：中华书局，1959年，第1564页。

② （汉）司马迁撰《史记》卷33《鲁周公世家》，北京：中华书局，1959年，第1518页。

③ 文献对如何具体处置三监记载有异：《史记·卫康叔世家》载：“周公旦以成王命兴师伐殷，杀武庚禄父、管叔，放蔡叔。”［（汉）司马迁撰《史记》卷37《卫康叔世家》，北京：中华书局，1959年，第1589页。］郑玄《诗谱·邶鄘卫谱》称：“杀武庚复伐三监。”［《毛诗正义》卷二之一《邶风·邶鄘卫谱》，（清）阮元校刻《十三经注疏》，北京：中华书局，1980年，第296页。］《逸周书·作雒解》记载：“二年，又作师旅，临卫攻殷。殷大震溃，降辟三叔。王子禄父北奔，管叔经而卒，乃囚蔡叔于郭凌。”（黄怀信《逸周书校补注译》，西安：西北大学出版社，1996年，第254页。）《汉书·地理志下》载：“周公诛之。”［（汉）班固撰《汉书》卷28下《地理志下》，北京：中华书局，1962年，第1647页。］所诛者为武庚和管叔、蔡叔。《尚书·蔡仲之命》载：“惟周公位冢宰，正百工，群叔流言，乃致辟管叔于商，囚蔡叔于郭邻，以车七乘，降霍叔于庶人。”［《尚书正义》卷17《蔡仲之命》，（清）阮元校刻《十三经注疏》，北京：中华书局，1980年，第227页。］

④ （汉）司马迁撰《史记》卷35《管蔡世家》，北京：中华书局，1959年，第1565页。

民封给康叔。卫康叔本已有封地，其封地名为康，《史记·卫康叔世家》唐司马贞《索隐》："康，畿内国名。宋忠曰：'康叔从康徙封卫，卫即殷墟定昌之地。'"① 康原为殷商畿内国名，《尚书·康诰》孔安国《传》："康，圻内国名。"② 班固《白虎通》卷九《姓名》："管、蔡、曹、霍、成、康、南皆采也。"③ 康叔从康徙封卫后，世称卫康叔。因为卫康叔接续的是武庚，而非三监中的任何一监，故可推知康叔所辖即邶、鄘、卫一体的旧殷畿内之地，这片广阔的地域统称为卫，《汉书·地理志上》言："朝歌，纣所都。周武王弟康叔所封，更名卫。"④

清顾栋高认为"邶、鄘、卫乃三地名，非三国名"⑤。若以邶、鄘、卫为三国之名，其中卫国实有，文献中记载了卫国详细的世系，而邶、鄘世系诸书皆无考，其始末无从知晓。汉许慎《说文解字·邑部》仅言邶是商朝的一处城邑，"邶，故商邑，自河内朝歌以北是也"⑥。在《尚书·牧誓》中见有古方国"庸"，"嗟！我友邦冢君、御事、司徒、司马、司空、亚旅、师氏、千夫长、百夫长，及庸、蜀、羌、髳、微、卢、彭、濮人，称尔戈，比尔干，立尔矛，予其誓"。孔安国《传》："八国皆蛮夷戎狄属。"⑦

---

① （汉）司马迁撰《史记》卷37《卫康叔世家》，北京：中华书局，1959年，第1589页。

② 《尚书正义》卷14《康诰》，（清）阮元校刻《十三经注疏》，北京：中华书局，1980年，第202页。

③ （清）陈立撰，吴则虞点校《白虎通疏证》卷9《姓名》，北京：中华书局，1994年，第419页。

④ （汉）班固撰《汉书》卷28上《地理志上》，北京：中华书局，1962年，第1554页。

⑤ （清）顾栋高撰《毛诗类释》，《景印文渊阁四库全书》第88册，台北：商务印书馆，1986年，第4页。

⑥ （汉）许慎撰《说文解字》，北京：中华书局，1963年，第133页。

⑦ 《尚书正义》卷11《牧誓》，（清）阮元校刻《十三经注疏》，北京：中华书局，1980年，第183页。

李民、王健两位先生考证“庸”约在今湖北竹山县西南，曾经助周武王灭商，周匡王二年（前611）灭于楚，楚于其地置上庸县。[①] 此庸国与卫地鄘应不同。邶、鄘、卫亦或为殷时三个相邻的诸侯方国，但武王封给武庚时邶、鄘、卫不是作为三个诸侯国而是作为三地存在的。关于三地的大致方位文献记载有异，《诗谱》：“自纣城而北谓之邶，南谓之鄘，东谓之卫。”[②] 《帝王世纪》载：“自殷都以东为卫，管叔监之；殷都以西为鄘，蔡叔监之；殷都以北为邶，霍叔监之，是为三监。”[③] 王国维先生结合考古发现考证邶、鄘的位置：“自来说邶国者，虽以为在殷之北，然皆于朝歌左右求之。今则殷之故虚得于洹水，大且、大父、大兄三戈出于易州，则邶之故地自不得不更于其北求之。余谓邶即燕，鄘即鲁也。邶之为燕，可以北伯诸器出土之地证之。”[④] 王国维先生不局于殷商王畿故地，以整个殷商疆域为背景推测邶、鄘的位置。传世的铜器中多见有“北白（伯）”“北子”“庸”“庸白（伯）”等标记，但没有确切的出土地点，是否与文献中的邶、鄘之地相关则有待于科学、客观的考证。

顾颉刚、史念海两位先生考证了春秋时期卫国的疆域：“卫……封域本大，后再迁楚丘、帝丘，而其旧封多入于晋，狄乃迫狭矣。春秋之初，诸侯多务兼并以自广，卫介在齐、晋、宋、鲁、郑五大国之间，无所发展，又被狄难，崎岖迁徙，愈为不振。其地略有今河北省之濮阳、元城、魏县、长垣等地。又错入河南省

---

① 李民、王健撰《尚书译注》，上海：上海古籍出版社，2004年，第206页。

② 《毛诗正义》卷二之一《邶风·邶鄘卫谱》，（清）阮元校刻《十三经注疏》，北京：中华书局，1980年，第295页。

③ （晋）皇甫谧撰，徐宗元辑《帝王世纪辑存》，北京：中华书局，1964年，第90页。

④ 王国维《观堂集林》卷18《北伯鼎跋》，北京：中华书局，1959年，第885页。

之滑县、修武、安阳、内黄、林县、封邱等地，山东省之濮县、曹县、阳谷、东阿等地。地多奇零，与诸国交错。”①《左传》中记载的卫地有朝歌、清、鄄、共、曹、匡、訾娄、五鹿、戚、夷仪、懿氏、羊角、平丘、犁、外州、平阳、泠、牧、垂、越、桃丘、莘、首止、城濮、咸、敛孟、襄牛、鄘、苑濮、清丘、新筑、鞠居、马陵、柯、商任、茅氏、圉、戏阳、厥慭、沙、瓦、垂葭、迁、铁、巢等，综合对照古今地名以及后世学者的研究，可推知产生《邶风》《鄘风》《卫风》三“风”的卫地大致范围相当于今河北南部的磁县，河南北部的安阳、濮阳、淇县、滑县、卫辉、开封、中牟以及山东西部的东明等部分地区。

二、卫国发展概况

卫地处中原，与诸国交错，东接齐、鲁，南邻郑、宋，北近燕，西望晋，“当齐、晋、郑、楚之孔道”②，地理位置方面的优势非常明显。地理环境是人类产生、生存和发展的基本条件，它为文化的发展提供了多种可能性。地理环境对生产力水平高低的影响很大，生产力最初发展较快的地区大多分布在自然条件优越的地方。卫地处黄河中下游，多平原地形，河流众多，渊泽丰富，其地河流有黄河、济水、濮水、洹水、彭水、澶渊、阿泽、南阿、荥泽、淇水等，气候温和适宜，地势平坦开阔，水源充足，交通便利，可以说卫地得气候之和、交通之便、地势之利，是一处特别适宜生活、生产的佳地。春秋战国时期，淇水地区一直是兵家常争之地，频繁的战争和政权更迭为四周的强势文化对这个地区的渗透提供了文化融合的背景。

---

① 顾颉刚、史念海《中国疆域沿革史》，长沙：商务印书馆，1938年，第49页。

② （清）顾栋高辑，吴树平、李解民点校《春秋大事表》，北京：中华书局，1993年，第532页。

卫地居山河之间，与《尚书·禹贡》划分的兖州范围大致相当，“济、河惟兖州”①。兖州的大致范围约为今山东西部、河北东南部、河南东北隅。《吕氏春秋·有始览》云：“河、济之间为兖州，卫也。”②《尚书·禹贡》描述此地：“桑土既蚕，是降丘宅土。厥土黑坟，厥草惟繇，厥木惟条……厥贡漆丝，厥篚织文。”③ 意为兖州适宜植桑，土壤属于肥沃的黑土，草茂林盛，这些发展农业生产的有利条件在《鄘风·定之方中》中都有明确的记载，如诗中写到卫文公于新迁之地“树之榛栗，椅桐梓漆”；“降观于桑”；“说于桑田”。

卫地有发展手工业生产的优越条件，周王室分给康叔的陶氏、施氏、繁氏、锜氏、樊氏、饥氏、终葵氏④等殷民七族成员多为殷商时期的手工业者，从其族名上就可以看出他们所从事的具体制造业，如陶氏为烧制陶器的工族，施氏是制造旌旗的工族，锜氏是锉刀工、釜工，繁氏为制马缨的工族，樊氏为篱笆工，终葵氏为椎工等。这些在殷商时期已经很稳定的手工业家族非常有效地推动了卫国的手工业发展。从文献记载和浚县辛村、鹤壁庞村等西周墓葬的考古发现来看⑤，青铜器制造业、纺织业、

---

① 《尚书正义》卷6《禹贡》，（清）阮元校刻《十三经注疏》，北京：中华书局，1980年，第147页。

② （战国）吕不韦著，陈奇猷校释《吕氏春秋新校释》，上海：上海古籍出版社，2002年，第662～663页。

③ 《尚书正义》卷6《禹贡》，（清）阮元校刻《十三经注疏》，北京：中华书局，1980年，第147页。

④ 《春秋左传正义》卷45《定公四年》，（清）阮元校刻《十三经注疏》，北京：中华书局，1980年，第2135页。

⑤ 辛村卫墓出土骨器物多达342件，陶器类约58件，玉石类约175件，蚌贝类约1290件。从出土器物数量之多可看出这些手工业门类的兴盛。参见王文强《鹤壁市辛村出土四件西周青铜器》，《中原文物》1986年第1期；文物编辑委员会编《文物考古工作三十年（1949—1979）》，北京：文物出版社，1979年，第278页；郭宝钧《浚县辛村》，北京：科学出版社，1964年，第71页。

漆木业、骨角玉石等质地器物制造业在卫地普遍存在，并且技术成熟，分工细致，可以说殷商王畿地区先进的手工业为卫地的手工业发展奠定了良好的基础，这都反映了卫地当时手工业的繁荣景象。

清魏源分析了卫地及周边东方各国的商业及文化状况，“三河为天下之都会，卫都河内，郑都河南……据天下之中，河山之会，商旅之所走集也。商旅集则货财盛，货财盛则声色辏”[①]。卫地居天下之中，属河山之会的中州地区，作为故殷商王朝的核心统辖区，其政治、经济、文化等方面拥有其他地区不可比拟的先天优势，加之地理环境适宜，农业发达，交通便利，统治者又给予了可以“牵车牛，远服贾”[②] 的特别政策，从而有效地推动了卫地工商业的迅速发展。“牵车牛，远服贾”是卫地商业经济的明显特色，此传统由来已久，传说商七世祖王亥曾经驾着牛车，以帛和牛作为交换物品行商于诸部落间。随着贸易活动的发展，卫地逐渐形成了许多远近闻名的商业城市，如濮阳、淇县、安阳、顿丘等。商品交换发展到一定阶段逐渐产生了可以充当一般等价物的货币，贝币是西周时期常见的流通货币，浚县辛村卫墓出土 3472 枚贝，其中 1 号墓多达 2915 枚，从这些贝的数量方面可以推测卫地交易的繁盛状况。[③]《卫风·氓》记载的那桩婚恋就是始于交易，“氓之蚩蚩，抱布贸丝”，交换经济在当时已经具有一定的普遍性，于一定程度上反映了春秋时期卫地的商业经济发展状况。诗中提到了当时的商业城邑之一“顿丘”，“送子涉淇，

① （清）魏源著，魏源全集编辑委员会编，何慎怡校点《魏源全集·诗古微》，长沙：岳麓书社，1989 年，第 509 页。

② 《尚书正义》卷 14《酒诰》，（清）阮元校刻《十三经注疏》，北京：中华书局，1980 年，第 206 页。

③ 郭宝钧《浚县辛村》，北京：科学出版社，1964 年，第 67 页。

至于顿丘”。顿丘位于今河南浚县西，是较早出现贸易活动的城邑，《尚书大传》卷一曰：“昔舜耕于历山，陶于河滨，贩于顿丘，就时负夏。”[①] 《卫风·氓》中记载的贸易形式是“抱布贸丝”，这不是物物交换，其中的“布”是货币的一种，毛亨《传》：“布，币也。”郑玄《笺》：“币者，所以贸买物也。”[②] 当时作为货币的布有固定的尺度以表示其价值，《周礼·地官司徒·载师》：“凡宅不毛者有里布。”郑众《注》：“里布者，布参印书，广二寸，长二尺。以为币，贸易物。《诗》云‘抱布贸丝’，抱此布也。或曰：布，泉也。”[③] 卫地具备发展工商业的良好基础和有利的地理位置，卫文公时又实施了“通商惠工”的政策，卫国的工商业得以持续发展，并形成了一股不可忽视的力量，甚至引起统治者的不安，如《左传·定公八年》记载了卫国大夫王孙贾的担忧：“苟卫国有难，工商未尝不为患。”[④]

作为康叔封地的卫国显然是周初镇抚东方、稳定周王朝局势的要地，卫初封时是诸侯大国，与鲁国齐肩，《汉书·地理志下》载：“故《书序》曰‘武王崩，三监畔’，周公诛之，尽以其地封弟康叔，号曰孟侯。”颜师古《注》：“孟，长也。言为诸侯之长。”[⑤] 卫国初时相较于其他封国地位非同一般，一是其地乃旧殷

---

① （汉）伏胜撰，（汉）郑玄注，（清）陈寿祺辑校《尚书大传》卷1《唐传·尧典》，北京：中华书局，1985年，第6页。

② 《毛诗正义》卷三之三《氓》，（清）阮元校刻《十三经注疏》，北京：中华书局，1980年，第324页。

③ 《周礼注疏》卷13《地官司徒·载师》，（清）阮元校刻《十三经注疏》，北京：中华书局，1980年，第726页。有学者认为《卫风·氓》中的“布”是金属质地的货币，是根据古代农具“镈”的形状设计的，外观如今之铲。

④ 《春秋左传正义》卷55《定公八年》，（清）阮元校刻《十三经注疏》，北京：中华书局，1980年，第2142页。

⑤ （汉）班固撰《汉书》卷28下《地理志下》，北京：中华书局，1962年，第1647～1648页。

王畿之地，是前朝政治、经济、文化的核心统辖区。二是继平定武庚和三监之乱后，被任命管辖此地的人员是周武王的弟弟康叔。《毛诗序》："责卫伯也。狄人迫逐黎侯，黎侯寓于卫，卫不能修方伯连率之职，黎之臣子以责于卫也。"[①]《毛诗序》言卫君为当时的"方伯"，方伯具有控制某一方众多小国的权力。方伯控制原是殷商时期统治地方的一种制度，商王在对比较偏远的地区没有办法直接统治的时候，或者对边远地区的地方大方国没有办法控制时，往往会采取任命其为方伯的办法来拉拢、控制地区。商王通过几个任命的大方伯，占据某一地区的战略要地，让他们建立诸侯国，使他们的力量大于一般的诸侯国，为自己控制这些边远的地区。[②]"方伯是一方诸侯之长，拥有部分对其控制地区小诸侯的政治统治权。西周存在方伯这种介于天子与诸侯之间的地方势力类型。由于方伯的存在，天子与诸侯的统治关系被部分阻隔，方伯成为周王与诸侯之间的政治枢纽。"[③] 徐中舒先生认为："殷距王朝远，故处康叔于故殷虚以统率殷八自。他是以方伯的地位，代王朝镇抚东土的。"[④] 康叔又为周王室司寇，他入为王官，出为方伯，为维护西周王朝在东方的统治做出了很大贡献。

康叔的方伯地位被后世卫君沿袭，卫国最显赫之时是在卫康叔、康伯髦（文献中称其为康伯、王孙牟、王孙髦、康伯髡，金文中称其为伯懋父、康伯）、卫武公统治时期。卫国于整个西周时期都保持着东方大方伯的重要政治地位，所以当黎国君臣遭

---

① 《毛诗正义》卷二之二《旄丘》，（清）阮元校刻《十三经注疏》，北京：中华书局，1980 年，第 305 页。

② 王健《周初"三监"性质新探》，《殷都学刊》2003 年第 4 期。

③ 王健《西周卫国为方伯考》，《商丘师范学院学报》2004 年第 4 期。

④ 徐中舒《论西周是封建制社会——兼论殷代社会性质》，《徐中舒历史论文选辑》，北京：中华书局，1998 年，第 938 页。

"狄"夷灭寄居卫国时，寄希望于卫君能行使方伯的职能援助黎国，如陈启源所分析："《旄丘》责卫伯之不救……然此时狄虽去，而国已破，且日惧狄之再至也。必得贤方伯资以车甲，送之反国，为之戍守，如齐桓之于邢、卫，方可转危为安，此《旄丘》之诗所以望卫之深而责之至也。"[①] 西周前、中期，卫国的政治实力和军事力量都很强大，卫国第二代国君是卫康叔之子康伯髦，他继其父为周王室大司寇，与齐国第二代君主齐丁公、晋国第二代君主晋侯燮以及周公旦之子鲁公伯禽共事周康王，周康王分之以珍宝之器。康伯髦曾统率西六师、殷八师征战，为周王室的政局稳定和领土完整立下汗马功劳。卫康伯以下五伯，分别是孝伯、嗣伯、疌伯、靖伯、贞伯，"六代世袭称伯，为一方之长，代天子出征"[②]。

西周时期的卫国政治地位高，经济发达，至春秋初期，当各诸侯国混战纷争之时，卫国却处在激烈、频繁而残酷的内部斗争中，国无日有宁，民无日有安，以致国民疲敝，国力削弱。在入春秋后多年的风雨历程中，卫国没有持续西周时的辉煌，国势日衰，社会地位日益下降。由于国君失职、政乱时生、敌人入侵等种种原因，卫国逐渐式微，由当年地域广阔、国势强大的诸侯大国至卫懿公九年（前660）竟至于失国亡君，些许余民以宋、齐之助方仓皇渡河，得存一息，始暂居漕地，继而迁居楚丘，失黄河以南、以西领地。对于卫国被北方民族所灭，齐桓公深叹："卫之亡也，以为无道也。"[③] 幸有卫文公的励精图治，方见卫国

① （清）陈启源撰《毛诗稽古编》，《景印文渊阁四库全书》第85册，台北：商务印书馆，1986年，第371～372页。

② 唐嘉弘《先秦史新探》，开封：河南大学出版社，1988年，第234页。

③ （战国）吕不韦著，陈奇猷校释《吕氏春秋新校释》，上海：上海古籍出版社，2002年，第595页。

的中兴。惜未几，至卫成公六年（前 629），狄围卫，卫迁都帝丘，国势大伤。卫昭公之时（前 431 年—前 426 年在位），卫沦为附属于赵的小诸侯国。卫国国运日衰，但历史久长，是西周分封的诸侯国中存在时间最长的一国，是众多诸侯国中最后亡者。卫国最后一代延至秦时，“君角九年，秦并天下，立为始皇帝。二十一年，二世废君角为庶人，卫绝祀”①。彼时的卫国君君角被秦二世废为庶人，卫国方不存。

第二节　卫地域文化

卫地所处的中原地区，是中华文明的发源地之一。卫地又是殷商王畿故地，殷余民中的贤哲也多居于此，其拥有殷商文化的精华无可置疑，这一点是卫地文化发展的深厚基础。开国之初卫国在政治、经济、文化等方面比其他非殷商王畿之地的诸侯国要先进发达。钱穆先生认为同为姬姓的鲁、卫两国代表了春秋宗法封建国家文化的最高水平，这两个国家在春秋史上主要对文化发展做出了贡献，“大抵春秋宗法封建国家之文化，最高者为鲁、卫两国（鲁得周室大量文物之分封，卫则承袭殷商旧都之流风余韵。故《诗经》所收十五国风，以邶、鄘、卫为盛。河北之卫虽为狄破而迁河南，惟文化依然可观）”②。梁启超先生云：“论春秋大势，鲁卫之重，不逮宋郑，论中国文明，则鲁卫其最渊浩之源泉也。”鲁、卫“同为春秋文化中坚”。③

① （汉）司马迁撰《史记》卷 37《卫康叔世家》，北京：中华书局，1959 年，第 1605 页。

② 钱穆《国史大纲》，北京：商务印书馆，1991 年，第 59 页。

③ （清）梁启超《梁启超全集 · 春秋载记》，北京：北京出版社，1999 年，第 3490 ~ 3491 页。

文化是社会变迁中相对稳定的因子，文化的渐变要缓慢于朝代的更迭。王朝更替带来的是部族文化的交融，周部族曾是殷商王朝的属国，礼仪制度、风俗习尚的类似是自然的，周代商后，周、商两种文化并存，在很长一段历史时期内并行不悖。卫地文化须一分为二来看，一方面续殷商遗风，是历史传承，即《论语·为政》中所言“周因于殷礼”[①]，世俗流移，殷习尚见。周代商后，卫地文化的主流必然是殷商文化的合流，因为卫地乃殷商王畿故地，一是文化的积淀和传承，二是官方政策的许可，允许其地保留旧俗，《礼记·王制》曰：“修其教不易其俗，齐其政不易其宜。”[②] 故卫地有较明显的殷商文化的延续和遗存，刘向《说苑·贵德》记载周武王克殷后，就如何统辖殷民曾分别征询太公、邵（召）公和周公的意见：

> 武王克殷，召太公而问曰：“将奈其士众何？”太公对曰：“臣闻爱其人者，兼屋上之乌；憎其人者，恶其余胥；咸刘厥敌，使靡有余，何如？”王曰：“不可。”太公出，邵公入，王曰：“为之奈何？”邵公对曰：“有罪者杀之，无罪者活之，何如？”王曰：“不可。”邵公出，周公入，王曰：“为之奈何？”周公曰：“使各居其宅，田其田，无变旧新，唯仁是亲，百姓有过，在予一人。”武王曰：“广大乎平天下矣。”凡所以贵士君子者，以其仁而有德也。[③]

---

① 《论语注疏》卷2《为政》，（清）阮元校刻《十三经注疏》，北京：中华书局，1980年，第2463页。

② 《礼记正义》卷12《王制》，（清）阮元校刻《十三经注疏》，北京：中华书局，1980年，第1338页。

③ （汉）刘向撰，赵善诒疏证《说苑疏证》，上海：华东师范大学出版社，1985年，第109～110页。

太公的斩草除根和邵（召）公的根据有罪无罪而分别处置的建议都被武王否定了，周公的仁德宽政建议得到武王的充分肯定并被欣然采纳，保留殷地原有的分配模式和阶级关系，对殷民的生活不做无必要的改变，一方面有利于民心安定、社会稳定，一方面有益于殷地民风习俗的保留。卫地的殷商遗风，至为狄所灭时仍存，“至十六世，懿公亡道，为狄所灭。齐桓公帅诸侯伐狄，而更封卫于河南曹、楚丘，是为文公。而河内殷虚，更属于晋。康叔之风既歇，而纣之化犹存，故俗刚强，多豪桀侵夺，薄恩礼，好生分”①。

卫地文化的另一方面是被康叔之化，是时世规范。在允许殷商遗俗存留的同时，周王朝礼乐治国的理念也必然会以适当的方式被卫地的统治者实施，并以一定的形式体现在卫地民众的生活中。由于《诗经》大多数诗篇是产生在周王朝统治时期，所以其内容具体表现为“以周为主，以商为辅；以周为显，以商为隐”②的特点。卫地的文化因素中既有前代的遗音，又有当代的清序。王国维先生言：“殷周间之大变革，自其表言之，不过一姓一家之兴亡与都邑之移转；自其里言之，则旧制度废而新制度兴，旧文化废而新文化兴。”③ 朝代更替带来新旧制度和新旧文化的兴废是必然的，但就卫地而言，其位置乃殷商王畿故地，殷民聚集，周初统治者又有存续殷制商俗的政策，于是此处的新旧文化出现了大范围、长时间的共存，也就是说卫地的文化表现为明显的二元化特征。

---

① （汉）班固撰《汉书》卷28下《地理志下》，北京：中华书局，1962年，第1647页。

② 崔际银《〈郑〉〈卫〉情诗文化蕴涵阐析》，《天府新论》2001年第6期。

③ 王国维《观堂集林》卷10《殷周制度论》，北京：中华书局，1959年，第453页。

《左传·定公四年》载："分康叔以大路……命以《康诰》，而封于殷虚。皆启以商政，疆以周索。"杜预《注》："皆，鲁、卫也。启，开也，居殷故地，因其风俗，开用其政，疆理土地以周法。"[①] 周初，从政治、经济、文化等诸方面论，周是逊于殷商的，周人曾称商为"天邑商""大邑商""大邦殷""大国殷"，则殷商国势可知，至周灭商后，周人很好地吸收、利用先进的商文化以提高自己。周王朝允许殷商故地的民众"因其风俗"，让"商政""周索"同时起作用，倡导"启以商政，疆以周索"是周统治者的明智之举，这一政策有利于殷商文化在卫地的遗留和保存，也就是说在卫地商俗、周制并行。而这一政策正是形成卫地二元文化非常关键的原因。

卫地既是旧殷王畿之地，周公又安排陶氏、施氏、繁氏、锜氏、樊氏、饥氏、终葵氏这"殷民七族"居住在卫，周统治者对殷商的贤政、贤王采取的是继承和尊重的态度，希望武庚"修行盘庚之政"[②]，建议卫康叔从殷商先哲明君那里借鉴治国之道，"往敷求于殷先哲王"[③]，"惟殷先哲王德"[④]，不妨采用殷商合理的法令制度，"兹殷罚有伦"，"罚蔽殷彝，用其义刑义杀"[⑤]。周成王对前往卫地的康叔的谆嘱中就体现了对卫地管理的双重标准，如对待酗酒之事，对周人和殷人所采取的惩戒措施是不同

① 《春秋左传正义》卷54《定公四年》，（清）阮元校刻《十三经注疏》，北京：中华书局，1980年，第2134～2135页。

② （汉）司马迁撰《史记》卷3《殷本纪》，北京：中华书局，1959年，第108页。

③ 《尚书正义》卷14《康诰》，（清）阮元校刻《十三经注疏》，北京：中华书局，1980年，第203页。

④ 《尚书正义》卷14《康诰》，（清）阮元校刻《十三经注疏》，北京：中华书局，1980年，第205页。

⑤ 《尚书正义》卷14《康诰》，（清）阮元校刻《十三经注疏》，北京：中华书局，1980年，第204页。

的，“群饮，汝勿佚，尽执拘以归于周，予其杀。又惟殷之迪诸臣惟工乃湎于酒，勿庸杀之，姑惟教之”①。凡群饮者皆不可纵容，惩之以杀，但对殷商旧臣百官可网开一面，暂教导之，相对而言是严以律周人，宽以待殷民。至卫武公时仍然很好地执行这些政策，“卫武公居殷墟，故用殷礼。君子行礼，不求变俗，祭祀之礼，居丧之服，哭泣之位，皆如其国之法，故卫称殷礼”②。周王朝对卫地分封之初的这些开明宽舒的政策，益于殷商文化的传承，也益于商周文化的交融，既使卫地有选择性地继承了殷商文化中先进的、合理的因素，又有效地维护了周王朝的根本政策和利益，这样一来，逐渐形成了带有殷商深远影响和周礼深入浸透的卫地文化。

一、卜筮之风

殷商文化的显著特点之一是尊神敬鬼，重视卜筮，卜筮之风行于卫地。

《礼记·表记》将夏、商、周三代与“鬼神”的亲疏关系做了比较：“夏道尊命，事鬼敬神而远之，近人而忠焉，先禄而后威，先赏而后罚，亲而不尊……殷人尊神，率民以事神，先鬼而后礼，先罚而后赏，尊而不亲……周人尊礼尚施，事鬼敬神而远之，近人而忠焉，其赏罚用爵列，亲而不尊。”③ 从三者的比较中可以看出殷商尊神敬鬼尤为显著，殷商是一个以神为本的神权统治时代，殷人尊神，以神权来维系国家的有效统治，处于神权氤氲的氛围中。殷人的鬼神观念非常浓重，他们视世界为生人的世

---

① 《尚书正义》卷14《酒诰》，（清）阮元校刻《十三经注疏》，北京：中华书局，1980年，第207页。

② （汉）郑玄撰，（三国魏）郑小同编，钱东垣校订《郑志》，北京：中华书局，1985年，第12~13页。

③ 《礼记正义》卷54《表记》，（清）阮元校刻《十三经注疏》，北京：中华书局，1980年，第1641~1642页。

界和鬼神的世界，认为这两个世界可以互相沟通。卜筮就是建立在敬鬼事神这一信仰基础上的产物。

卜筮文化是中国文化的一个重要部分，卜筮是通过对认为能够预测吉凶未来的社会和自然发展变化的信息的判断以确定取舍去就，从而达到趋吉避凶目的的预测方法，其实际“大都根据象征的原理，以期发现人类智力所不能晓得的神秘事件”①。从考古发现来看，生活在新石器时代的先民就已经有卜筮活动，1991 年至 1993 年在甘肃武山傅家门遗址的一座房址中发现的一堆卜骨被考古学家推断为我国最早的卜筮遗物，这一遗址属于距今约 5600 年的马家窑文化。② 商代之前的卜筮活动是偶然为之，在日常生活中并不占有特别重要的地位。殷商时期是卜筮的鼎盛期。殷人尊神重卜，则诸事卜之，上至国家大事，下至个人生活，于诸事皆欲征得神灵指示，通过卜筮预先探知神灵的旨意以定吉凶、测祸福，然后趋吉避凶决定行止去就，卜筮成了社会生活中一件必不可少的大事。基于卜筮地位的重要性和程序的繁复性，殷商设置专门的卜筮机构和卜筮官员，建立了完善的卜筮制度以保证卜筮机构的有效运转和卜筮活动的有序开展。

殷商时期卜筮的频率非常高，卜筮之事的范围也特别大，我们今天看到的甲骨文字多为就征战、祭祀、嫁娶、收成、气候、农事、田猎、迁徙、筑宫、生育、任官等事情征询先公、先王以及旧臣、自然神祇意见的占卜记录，夸张一点说，商人可谓无事不卜、无时不卜，“鬼神”的旨意在殷人生活的方方面面起着非常重要的决定性和指导性作用。殷商之时虽有专门负责卜筮之

① 林惠祥《文化人类学》，北京：商务印书馆，1991 年，第 255 页。

② 中国社会科学院考古研究所甘青工作队《甘肃武山傅家门史前文化遗址发掘简报》，《考古》1995 年第 4 期。

人，但有时卜筮之事由商王亲为，陈梦家先生指出："卜辞中常有王卜王贞之辞，乃是王亲自卜问……凡此王兼为巫之所事，是王亦巫也。"① 殷人事无巨细均求问验证于神灵，希望通过卜筮求得神灵的旨意，实现天人沟通的目的。《周易·系辞上》《礼记·曲礼上》等都强调了卜筮的重要性："探赜索隐，钩深致远，以定天下之吉凶，成天下之亹亹者，莫大于蓍龟。"② "卜筮者，先圣王之所以使民信时日、敬鬼神、畏法令也，所以使民决嫌疑、定犹与也。故曰：'疑而筮之，则弗非也。日而行事，则必践之。'"③ 卜筮很重要的一个作用是决疑，《尚书·洪范》："汝则有大疑，谋及乃心，谋及卿士，谋及庶人，谋及卜筮。"④ 《左传·桓公十一年》："卜以决疑，不疑何卜？"⑤ 用卜筮的方法进行决策被列为洪范九畴之一，"天乃锡禹洪范九畴，彝伦攸叙。初一曰五行，次二曰敬用五事，次三曰农用八政，次四曰协用五纪，次五曰建用皇极，次六曰乂用三德，次七曰明用稽疑，次八曰念用庶征，次九曰向用五福，威用六极"⑥。卜筮的重要性不言而喻。

卜和筮所使用的工具不同，《礼记·曲礼上》曰："龟为卜，策为筮。"⑦ 王充借子路与孔子的对话解释人们何以于万物中取龟

---

① 陈梦家《商代的神话与巫术》，《燕京学报》第20期，1936年。

② 《周易正义》卷7《系辞上》，（清）阮元校刻《十三经注疏》，北京：中华书局，1980年，第82页。

③ 《礼记正义》卷3《曲礼上》，（清）阮元校刻《十三经注疏》，北京：中华书局，1980年，第1252页。

④ 《尚书正义》卷12《洪范》，（清）阮元校刻《十三经注疏》，北京：中华书局，1980年，第191页。

⑤ 《春秋左传正义》卷7《桓公十一年》，（清）阮元校刻《十三经注疏》，北京：中华书局，1980年，第1755页。

⑥ 《尚书正义》卷12《洪范》，（清）阮元校刻《十三经注疏》，北京：中华书局，1980年，第187～188页。

⑦ 《礼记正义》卷3《曲礼上》，（清）阮元校刻《十三经注疏》，北京：中华书局，1980年，第1252页。

蓍为卜筮工具："俗信卜筮，谓卜者问天，筮者问地，蓍神龟灵，兆数报应，故舍人议而就卜筮，违可否而信吉凶……子路问孔子曰：'猪肩羊膊可以得兆，雚苇藁芼，可以得数，何必以蓍龟？'孔子曰：'不然，盖取其名也。夫蓍之为言耆也，龟之为言旧也，明狐疑之事当问耆旧也。'"[①]《论衡·卜筮》记载先民有"蓍神龟灵"的观念，所以首选龟甲、蓍草进行卜筮。人们赋予龟甲、蓍草以先知、灵异等特性，通过神之、异之来强化它们的可信度。《说文系传》释"蓍"："生千岁，三百茎。"[②]《礼记·曲礼上》孔《疏》引刘向语："蓍之言耆，龟之言久。龟千岁而灵，蓍百年而神，以其长久，故能辨吉凶也。"[③]《淮南子·说林训》："牛蹄彘颅亦骨也，而世弗灼，必问吉凶于龟者，以其历岁久矣。"[④]这些都强调龟和蓍草寿命的久长，长寿是人们向往并努力追求的，长寿者经多历广，则会具备更强的认知能力和判断能力，先民选择龟甲、蓍草用以卜筮也就很容易理解了。

有时卜筮是同用的，如《卫风·氓》："尔卜尔筮，体无咎言。"《小雅·杕杜》："卜筮偕止，会言近止，征夫迩止！"但卜筮两种方法的决策度是有区别的，《礼记·表记》郑玄《注》："大事则卜，小事则筮。"[⑤]顾炎武《日知录》："古人求神之道不

① 刘盼遂《论衡集解》，北京：古籍出版社，1957年，第482页。

② （宋）徐锴撰《说文系传》，台北：华文书局股份有限公司，1971年，第85页。

③ 《礼记正义》卷3《曲礼上》，（清）阮元校刻《十三经注疏》，北京：中华书局，1980年，第1251页。

④ （汉）刘安著，（汉）许慎注，陈广忠校点《淮南子》卷17《说林训》，上海：上海古籍出版社，2016年，第421页。

⑤ 《礼记正义》卷54《表记》，（清）阮元校刻《十三经注疏》，北京：中华书局，1980年，第1644页。

止一端，故卜筮并用而终以龟为主。”[①]《左传·僖公四年》载：“初，晋献公欲以骊姬为夫人。卜之不吉，筮之吉。公曰：‘从筮。’卜人曰：‘筮短龟长，不如从长。’”[②] 这里说的就是倾向以龟卜为主。为谨慎起见，一般是遵循“三人占则从二人之言”[③]的规则。

周以后占卜的地位与殷人几乎事事问卜的情况相比虽然是逐步下降了，但周初还是比较重视的，刘起釪先生《〈洪范〉成书时代考》根据《尚书·洪范》介绍的九畴之一“稽疑”肯定了这一点，他认为周初的卜筮之举仍然有重要地位，“实际上卜筮仍是首要的，第七畴原文里，在列举的一大吉、三中吉、一小吉及动则不吉的六种情况中，只要是龟和筮都吉的，不论君主、卿士、庶民动向如何，总之都是吉，反之，都是凶。在龟和筮二者之中，又以龟为主。文中凡遇到筮逆龟从时，还是以龟卜的结果为断。……这实际是保存了殷代的特点。文中所表现的精神是对卜筮态度的极端重视”[④]。西周时期占卜活动确实仍然比较兴盛，《周礼》记载西周有卜官一百二十余名，筮官十余位，卜筮并行。从文献中可以见到诸多卜筮人员，如《左传》中庄公二十二年之“周史”，闵公二年之“卜楚丘之父”，僖公十五年之“史苏”“卜徒父”，僖公三十二年之“卜偃”，昭公五年之“卜楚丘”，《国语·晋语四》和《穆天子传》之“筮史”，《诗经》之“大人”等，还有一些非史、卜人员但是亦精通卜筮

---

① （清）顾炎武著，（清）黄汝成集释《日知录集释（外七种）》卷2《龟从筮逆》，上海：上海古籍出版社，1985年，第185页。

② 《春秋左传正义》卷12《僖公四年》，（清）阮元校刻《十三经注疏》，北京：中华书局，1980年，第1793页。

③ （汉）司马迁撰《史记》卷38《宋微子世家》，北京：中华书局，1959年，第1617页。

④ 刘起釪《〈洪范〉成书时代考》，《中国社会科学》1980年第3期。

者，如晋文公、鲁宣公夫人穆姜、鲁国大夫子服惠伯、齐国大夫陈文子等。在考古发现中，1951 年后陆续有西周甲骨出土，1977 年周原考古队有一项重大发现，在岐山凤雏村南的一个大型西周建筑基址中的数个甲骨窖穴中出土甲骨 1.7 万余片①，这批甲骨保留了西周初年的大量历史资料，同时说明周初的占卜情况。

卜筮习俗以诗句形式见于《诗经》十二篇诗中：

卜云其吉，终然允臧。(《鄘风·定之方中》)

尔卜尔筮，体无咎言。以尔车来，以我贿迁。(《卫风·氓》)

禴祠烝尝，于公先王。君曰卜尔，万寿无疆。(《小雅·天保》)

卜筮偕止，会言近止，征夫迩止。(《小雅·杕杜》)

乃寝乃兴，乃占我梦。吉梦维何？维熊维罴，维虺维蛇。大人占之：维熊维罴，男子之祥；维虺维蛇，女子之祥。(《小雅·斯干》)

牧人乃梦，众维鱼矣，旐维旟矣。大人占之：众维鱼矣，实维丰年。旐维旟矣，室家溱溱。(《小雅·无羊》)

召彼故老，讯之占梦。(《小雅·正月》)

我龟既厌，不我告犹。(《小雅·小旻》)

握粟出卜，自何能穀？(《小雅·小宛》)

卜尔百福，如几如式。(《小雅·楚茨》)

爰始爰谋，爰契我龟。(《大雅·绵》)

---

① 陕西周原考古队《陕西岐山凤雏村发现周初甲骨文》，《文物》1979 年第 10 期。

考卜维王，宅是镐京。维龟正之，武王成之。（《大雅·文王有声》）

一个值得注意的现象是这十二首涉及卜筮的诗歌除了“小雅”“大雅”，在十五国风中只见于《鄘风》和《卫风》中，非常明显地体现了殷商卜筮习俗在卫地的遗存。卜婚是卜筮的一项重要内容，是欲占问一下神灵婚事是否得宜，同时祈望神灵眷顾，玉成婚姻。在周代谈婚论嫁时一般不能绕过卜筮这个重要环节，这个环节在六礼中被称为纳吉，《卫风·氓》：“尔卜尔筮，体无咎言。”诗中言卜筮之辞没有不吉之语，则一桩婚姻顺利确定。《鄘风·定之方中》：“卜云其吉，终然允臧。”卫文公虽然对在楚丘筑室、植桑等系列兴国之事做了全面、细致、客观的考察，确认新的居住地形势得宜，桑田茂美，但仍然需要经过占卜得其吉占而信其美善，后来卫国再次迁都帝丘时也进行了卜问，《左传·僖公三十一年》：“冬，狄围卫，卫迁于帝丘，卜曰三百年。”[①] 这也符合国迁必卜、建国必卜的传统，如古公亶父率众迁至岐山脚下的周原时，亦预先占卜，得到神灵的肯定后，方安心重建家园，兴继周人伟业，“爰始爰谋，爰契我龟。曰止曰时，筑室于兹”（《大雅·绵》）。武王在选定镐京作为都城之前进行了占卜：“考卜维王，宅是镐京。维龟正之，武王成之。”（《大雅·文王有声》）《尚书·召诰》记载召公替周成王营洛邑之前亦先行占卜，“越三日戊申，太保朝至于洛，卜宅。厥既得卜，则经营”[②]。

---

① 《春秋左传正义》卷17《僖公三十一年》，（清）阮元校刻《十三经注疏》，北京：中华书局，1980年，第1832页。

② 《尚书正义》卷15《召诰》，（清）阮元校刻《十三经注疏》，北京：中华书局，1980年，第211页。

《左传》记载了卫国的不少卜筮活动，如僖公十九年卫国大旱不雨，以占卜决定是否要祭祀山川，“秋，卫人伐邢，以报菟圃之役。于是卫大旱，卜有事于山川，不吉”①。又如襄公十年楚国、郑国伐宋，卫国救宋，是故郑国与卫国战，卫国之孙文子卜追郑军，“孙文子卜追之，献兆于定姜，姜氏问繇，曰：‘兆如山陵，有夫出征，而丧其雄。’姜氏曰：‘征者丧雄，御寇之利也。大夫图之！’”② 哀公十七年，卫侯为自己占梦，胥弥赦为之解梦。其后，卫侯又进行了占卜，“卫侯梦于北宫，见人登昆吾之观，被发北面而噪曰：‘登此昆吾之虚，绵绵生之瓜。余为浑良夫，叫天无辜。’公亲筮之，胥弥赦占之，曰：‘不害。’与之邑，置之，而逃奔宋。卫侯贞卜，其繇曰：‘如鱼竀尾，衡流而方羊。裔焉大国，灭之将亡。阖门塞窦，乃自后逾。’”③ 昭公七年孔成子以占筮来决定太子的人选，“孔成子以《周易》筮之，曰：‘元尚享卫国，主其社稷。’遇屯。又曰：‘余尚立絷，尚克嘉之。’遇屯之比”④。

这些卜筮行为实际上是以占卜的形式表示对天命的尊重，如《礼记·祭义》所述：“昔者圣人建阴阳天地之情，立以为易。易抱龟南面，天子卷冕北面，虽有明知之心，必进断其志焉，示不敢专，以尊天也。”⑤ 殷商时期著名的一次迁都——盘庚迁殷时就

① 《春秋左传正义》卷14《僖公十九年》，（清）阮元校刻《十三经注疏》，北京：中华书局，1980年，第1810页。

② 《春秋左传正义》卷31《襄公十年》，（清）阮元校刻《十三经注疏》，北京：中华书局，1980年，第1948页。

③ 《春秋左传正义》卷60《哀公十七年》，（清）阮元校刻《十三经注疏》，北京：中华书局，1980年，第2179页。

④ 《春秋左传正义》卷44《昭公七年》，（清）阮元校刻《十三经注疏》，北京：中华书局，1980年，第2051页。

⑤ 《礼记正义》卷48《祭义》，（清）阮元校刻《十三经注疏》，北京：中华书局，1980年，第1601页。

申明迁都乃通过占卜执行“神灵”的旨意，“肆予冲人，非废厥谋，吊由灵各；非敢违卜，用宏兹贲（贲，殷周时供决定重大事件时占卜之用的大宝龟之名）”[①]。司马迁在《史记·龟策列传》中把占卜的重要性予以着重阐释，且示例以夏、商、周三代之兴的史实：“自古圣王将建国受命，兴动事业，何尝不宝卜筮以助善！唐虞以上，不可记已。自三代之兴，各据祯祥。涂山之兆从而夏启世，飞燕之卜顺故殷兴，百谷之筮吉故周王。王者决定诸疑，参以卜筮，断以蓍龟，不易之道也。”[②]

李良贺对卜筮的功能和发展趋势予以细致分析，他认为卜筮具有预测—决疑、预言、解惑、固信、进言五方面的功能，这五种功能中的预测—决疑、预言是卜筮最原始的功能，解惑、固信、进言是衍生的功能，是春秋时人对于卜筮利用的延伸。从文献记载来看，卜筮的原始功能呈现下降的趋势，而衍生功能则不断增强，这种使用卜筮的原则、方法弱化了卜筮作为一种巫术的神秘色彩，而其合理的内容，如《周易》卦爻辞中包含的义理，则被逐渐重视和挖掘出来。春秋以后，对于卜筮的利用，就产生了两个方向的分化，一方面仍然延续卜筮的巫术作用，另一方面逐渐抛弃了卜筮的巫术功能，转而研究、发掘卜筮体系中蕴藏的合理内涵，这种使用卜筮的理性的方法、态度就滥觞于春秋时期。[③] 卜筮信仰存在于一定的历史时期或某些历史时期的一部分人那里，有些人还是对卜筮有相对客观和科学的认识的，王充就借他人之口表达自己的观点：“周武王伐纣，卜筮之逆，占曰：

---

① 《尚书正义》卷9《盘庚下》，（清）阮元校刻《十三经注疏》，北京：中华书局，1980年，第172页。

② （汉）司马迁撰《史记》卷128《龟策列传》，北京：中华书局，1959年，第3223页。

③ 李良贺《春秋时期的卜筮研究》，吉林大学硕士学位论文，2004年。

'大凶。'太公推蓍蹈龟而曰：'枯骨死草，何知而凶？'"[1] 后来卜筮中逐渐加入重德和重民的因素，不再一味地惟卜筮是从，卜筮更多情况下是作为达到某一目的而采取的一种具有文饰色彩的手段，如荀子所说："卜筮然后决大事，非以为得求也，以文之也。"[2]

二、万舞之俗

敬"鬼神"，则歌舞娱之。为求得"神灵"的佑助，先民不仅享之以美酒，献之以佳肴，并且以动听的歌声和美妙的舞蹈愉悦之。仪式是人神沟通的一种方式，在种种仪式中有的要通过歌舞把握好这种沟通方式以使人的愿望不仅通达至"神"处，更重要的是得到"神"的佑护。冯洁轩先生论述了此类歌舞的时代性："在原始社会里，乐舞是全社会性的，娱乐鬼神和人们自娱相一致。但在商代，乐舞已由为全社会服务而改变为为神权政治服务，以乐舞娱乐鬼神也成为主要的目的，音乐成为鬼神的奴婢，舞师亦即巫师，他们以沟通人神的特殊身份，成为统治集团的一员。"[3] 在诸多娱神的乐舞中常见于典籍的是万舞，万舞的历史非常悠久，可溯至夏初，《尚书·大禹谟》记载大禹"舞干羽于两阶"[4]，《墨子·非乐上》载夏启耽于康乐，沉迷万舞，因而不获上天佑护："启乃淫溢康乐……万舞翼翼，章闻于天，天用弗式。"[5] 至殷商时期，万舞已甚为普遍，甲骨卜辞中记有祈

---

① 刘盼遂《论衡集解》，北京：古籍出版社，1957 年，第 485 页。

② （清）王先谦撰，沈啸寰、王星贤点校《荀子集解》，北京：中华书局，1988 年，第 316 页。

③ 冯洁轩《论郑卫之音》，《音乐研究》1984 年第 1 期。

④ 《尚书正义》卷 4《大禹谟》，（清）阮元校刻《十三经注疏》，北京：中华书局，1980 年，第 137 页。

⑤ （清）孙诒让撰，孙启治点校《墨子间诂》卷 8《非乐上》，北京：中华书局，2001 年，第 262～263 页。

雨时以万舞娱神：

甲申卜，今日万，不雨。(《殷契粹编》784，图1)①

□乎（呼）万無（舞）。(《殷虚文字：甲编》1585)②

王其乎戌雩盂，又（有）雨。叀万雩盂田，又雨。(《殷契拾掇初编》385)③

图1 《殷契粹编》784："甲申卜，今日万，不雨。"

（采自郭沫若《殷契粹编》，北京：科学出版社，1965年，第162页）

万舞被先民经夏历商而舞至周代，如"庸鼓有斁，万舞有奕"(《商颂·那》)；"万舞洋洋，孝孙有庆"(《鲁颂·閟宫》)。郑玄认为《小雅·鼓钟》"以雅以南，以籥不僭"也涉及了万舞，郑玄《笺》："雅，万舞也。万也，南也，籥也，三舞不僭，言进退之旅也。周乐尚武，故谓万舞为雅。雅，正也。籥舞，文乐

① 郭沫若《殷契粹编》，北京：科学出版社，1965年，第162页。

② 董作宾《殷虚文字：甲编》，北京：商务印书馆，1948年，第104页。

③ 郭若愚编集《殷契拾掇》，上海：上海古籍出版社，2005年，第51页。

也。”① 商人以万舞悦神，周人以万舞成礼，强大的娱乐功能和浓郁的审美趣味使这种艺术形式具有极强的生命力。

《诗经》中除了以上颂诗和雅诗中提到万舞，《邶风》中的《简兮》对万舞予以相对具体直观的描述：“简兮简兮，方将万舞。日之方中，在前上处。硕人俣俣，公庭万舞。有力如虎，执辔如组。左手执籥，右手秉翟。”毛亨《传》：“以干羽为万舞。”② 朱熹《诗集传》：“万者，舞之总名。武用干戚、文用羽籥也。”③ 毛亨《传》说得笼统。朱熹则以手执道具的不同而分之以文、武。总的来说，万舞是手执道具的一种舞蹈，分为持干、戚而舞的武舞和秉羽、籥而舞的文舞，集祭祀、祈雨、戒兵、娱情等多种功能于一体，具有文武双重性，持干、戚多倾向于显示力度和威势，秉羽、籥多倾向于展现优姿和魅力。《邶风·简兮》中的硕人魁梧精干，勇猛刚健，沉稳有力，“左手执籥，右手秉翟”，把文舞展示得既有优姿又有力度，引起观舞者的无限遐想，显然舞万舞者技艺高超，非同一般。舞者的高大、劲健、勇武传递出一种激烈高亢之情，感染力很强，引发了观舞者的无限倾慕，因而情思即出、柔肠顿生，甚至于为之狂热和痴迷。

万舞被用于祭祀、祈雨等场合的目的是取悦神灵，这就要求它必须具有很强的感染力，事实上万舞最初极具野性和狂放之质，因涉男女情事因素而具有明显的诱惑性，万舞的这种特性在《邶风·简兮》观舞者的感受中得到了证实，闻一多先生分析：“《左传·隐公五年》：‘考仲子之宫，将万焉。’仲子者，

---

① 《毛诗正义》卷十三之二《小雅·鼓钟》，（清）阮元校刻《十三经注疏》，北京：中华书局，1980 年，第 467 页。

② 《毛诗正义》卷二之三《邶风·简兮》，（清）阮元校刻《十三经注疏》，北京：中华书局，1980 年，第 308 页。

③ （宋）朱熹集注《诗集传》卷 2《简兮》，上海：上海古籍出版社，1980 年，第 23 页。

公之祖母，考其庙，用万舞，可知万舞与妇人有特殊关系。然而《左传·庄公二十八年》又曰：‘楚令尹子元欲蛊文夫人，为馆于其宫侧而振万焉。’《注》：‘蛊惑以淫事。’《邶风·简兮》曰：‘方将万舞’，‘公庭万舞’，又曰：‘云谁之思，西方美人’，似亦男女爱慕之诗。爱慕之情，生于观万舞，此则舞之富于诱惑性，可知。夫万舞为即高禖时所用之舞，而其舞富于诱惑性，则高禖之祀，颇涉邪淫，亦可想见矣。”① 《左传·庄公二十八年》记载楚令尹子元在其兄楚文王死后，着意于寡嫂文夫人，他深谙万舞包含有相当强烈的刺激感官从而引发冲动的诱惑性内容，所以曾选择以舞万舞来魅惑文夫人的计策，则万舞的放纵、冶荡、刺激性、引诱性可想而知，这可与美国学者约瑟夫·布雷多克先生所考察的非洲舞蹈相比较，“整个非洲喜爱舞蹈！他们为喜而舞，为哀而舞，为恨而舞，为爱而舞。一种独特的文化就从舞蹈之中繁衍出来。虽然他们中的某些舞蹈挑逗人们的性欲，但是世界上大多数舞蹈都包含某些刺激性欲的因素”②。裘锡圭先生推测“万”还有可能是从事舞乐工作的一种人，由于万人很多，故称“多万”（《小屯南地甲骨》4093）③，卜辞中有“万其奏”（《甲骨文合集》30131）④、“万其作庸”（《甲骨文合集》31018）⑤，至少在这一推测中，“万”是掌握乐舞技艺的人，

① 闻一多《高唐神女传说之分析》，《闻一多全集·神话与诗》（一），北京：生活·读书·新知三联书店，1982 年，第 113 页。

② ［美］约瑟夫·布雷多克著，王秋海等译《婚床 世界婚俗》，北京：生活·读书·新知三联书店，1986 年，第 11 页。

③ 中国社会科学院考古研究所编《小屯南地甲骨》第 2 分册上，北京：中华书局，1980 年，第 740 页。

④ 郭沫若主编《甲骨文合集》第 10 册，北京：中华书局，1981 年，第 3681 页。

⑤ 郭沫若主编《甲骨文合集》第 10 册，北京：中华书局，1981 年，第 3782 页。

“称万的人当因从事乐舞一类工作而得名，他们就是《诗·邶风·简兮》所歌的‘公庭万舞’的‘硕人’那样的人”[①]。裘先生的推测可备一说。

三、声色之地

《礼记·郊特牲》记载：“殷人尚声，臭味未成，涤荡其声，乐三阕，然后出迎牲。”[②]“殷人尚声”，其目的是以“声音之号，所以诏告于天地之间也”[③]，并且要通过盛声来显示盛德。《商颂·那》被认为是充分证明“商人尚声”的诗篇：

> 猗与那与，置我鼗鼓。奏鼓简简，衎我烈祖。汤孙奏假，绥我思成。鼗鼓渊渊，嘒嘒管声。既和且平，依我磬声。於赫汤孙，穆穆厥声。庸鼓有斁，万舞有奕。

元刘玉汝曰：“商人尚声，故首发叹嗟，亦尚声之意也，此下即述奉祭之乐。先置后奏，未祭时乐也，和平穆穆，正祭之乐也，万舞，陈庭祭毕之乐也。始终为叙乐舞尚声之意，可知自古至末皆叙奉祭之敬。”[④] 明朱谋㙔曰：“此诗独举鼗鼓、管磬、庸鼓之声与万舞之奕，以及执事有恪者，何哉？商人尚声，声之盛是德之盛也。汤之功德自有《大濩》之乐，此所谓声盖即《大濩》之声耳。自古在昔执事者恪以传之，虽助祭之宾闻此，莫

---

① 裘锡圭《甲骨文中的几种乐器名称——释“庸”“丰”“鼗”，附：释“万”》，《裘锡圭学术文集·甲骨文卷》，上海：复旦大学出版社，2012年，第50页。

② 《礼记正义》卷26《郊特牲》，（清）阮元校刻《十三经注疏》，北京：中华书局，1980年，第1457页。

③ 《礼记正义》卷26《郊特牲》，（清）阮元校刻《十三经注疏》，北京：中华书局，1980年，第1457页。

④ （元）刘玉汝撰《诗缵绪》卷18《商颂》，《景印文渊阁四库全书》第77册，台北：商务印书馆，1986年，第780页。

不夷怿。”[①] 祭祀者在抑扬疾徐的鼓、管、磬、钟等乐声中与祖先神灵相沟通，以乐舞的盛大来表示对神灵的尊崇，进而求取更多的佑护。清范家相也把《商颂·那》看作殷人尚声的代表：“《那》为殷人尚声之证，通篇皆言声乐，中间‘於赫汤孙，穆穆厥声’二句尤极分明。”[②] 着力宣扬祭祀时的乐舞。《商颂·那》中隆重场面的描绘，可以证明“声”在商人祭祀时的重要性。乐声所起的作用可以作如下理解，一是借音声的感染力愉悦神灵，一是通过刺激仪式执行者的心理、生理来强化其情绪，进而令其能够更圆满地完成与祖先神灵沟通的任务。

殷商王畿是商朝礼乐文明的中心地带，考古工作者在殷墟的王都区域发现了大量种类众多、制作精美的乐器，如埙、编庸、编磬、特磬、鼓、骨龠等，这些考古发现可作为殷人尚声的实物证据。如果条件允许，这些能够奏出美声妙音的乐器还可以随主人一起进入墓葬，伴其身后。在殷墟墓葬中，可以见到在同一墓葬中有埙、磬、庸等多种乐器，再证以《商颂·那》顺序罗列的鼓、管、磬、钟等诸种乐器，表明殷商时期在音乐这一艺术领域已具备大规模合乐的条件。有些乐器名亦见于甲骨卜辞，记载的是奏乐助祭，如：

> 辛亥卜，出，贞其鼓彡告于唐九牛。一月。(《甲骨文合集》22749)[③]

---

① (明)朱谋㙔撰《诗故》卷10《商颂》，《景印文渊阁四库全书》第79册，台北：商务印书馆，1986年，第617页。

② (清)范家相撰《诗沈》卷20《商颂·那》，《景印文渊阁四库全书》第88册，台北：商务印书馆，1986年，第749页。

③ 郭沫若主编《甲骨文合集》第8册，北京：中华书局，1981年，第2952页。

莫其奏庸惟旧庸，大京，武丁……（《小屯南地甲骨》4343）①

而且卜辞中的龠正可与《简兮》中的“左手执籥，右手秉翟”互证：

乙酉卜，即，贞王宾龠亡祸。（《甲骨文合集》25752）②（图2）

□卜，旅，贞王宾龠亡祸。（《甲骨文合集》25755）③

乙丑卜，贞王宾龠亡祸。（《甲骨文合集》25759）④

25752

图2 《甲骨文合集》25752：“乙酉卜，即，贞王宾龠亡祸。”

（采自郭沫若主编《甲骨文合集》第8册，北京：中华书局，1981年，第3217页）

卜辞中常见祭祀时用《大濩》之乐，如祭祀成汤（大乙）：

① 中国社会科学院考古研究所编《小屯南地甲骨》第2分册上，北京：中华书局，1980年，第765页。

② 郭沫若主编《甲骨文合集》第8册，北京：中华书局，1981年，第3217页。

③ 郭沫若主编《甲骨文合集》第8册，北京：中华书局，1981年，第3217页。

④ 郭沫若主编《甲骨文合集》第8册，北京：中华书局，1981年，第3217页。

乙亥卜，贞：王宾大乙，(汤) 濩，亡尤。(《殷虚书契前编》1.3.5)[①]

王宾大乙，濩，亡尤。(《殷虚书契续编》1.8.3)[②]

除了《大濩》之乐，《吕氏春秋·仲夏纪·古乐》还记录下了其他的古乐名，“汤乃命伊尹作为《大护》，歌《晨露》，修《九招》《六列》，以见其善”[③]。《晨露》《九招》《六列》等皆古乐名。

陈元锋先生云：“整个殷商后期，巫风不止，歌舞不休，这从一个侧面反映了商代音乐歌舞的淫侈和繁荣。史学家认为，殷墓中所发现的殉葬的乐器和乐舞奴隶，也多是商代后期的产物。”[④] 殷人尚声促进了殷商礼乐制度的发展，殷代的礼乐制度又成为周公制礼作乐的依据，也就是说，殷人尚声为周代完备的礼乐制度的制定和形成起到了非常重要的作用。

《尚书·毕命》言：“商俗靡靡。”[⑤] 周时的卫地深受殷商此俗的影响，宋王应麟《诗地理考》卷一引董氏语：“邶、鄘同姓受封国也，商俗靡靡，周虽化革其俗，其风尚不尽变。”[⑥]《诗经》的最初形态是诗、乐一体，季札聘鲁，基于观周乐的初衷，对乐工所歌《诗经》的各部分进行了将音乐和内容相结合的经典评论，“为之歌《邶》《鄘》《卫》，曰：‘美哉渊乎！忧而不困者

---

① 罗振玉编《殷虚书契前编》，上虞罗振玉日本永慕园影印本，1912 年。

② 罗振玉编《殷虚书契续编》，上虞罗振玉殷礼在斯堂影印本，1933 年。

③ （战国）吕不韦著，陈奇猷校释《吕氏春秋新校释》，上海：上海古籍出版社，2002 年，第 289 页。

④ 陈元锋《乐官文化与文学——先秦诗歌史的文化巡礼》，济南：山东教育出版社，1999 年，第 64 页。

⑤ 《尚书正义》卷 19《毕命》，（清）阮元校刻《十三经注疏》，北京：中华书局，1980 年，第 245 页。

⑥ （宋）王应麟撰《诗地理考》，北京：中华书局，1985 年，第 28 页。

也。吾闻卫康叔、武公之德如是，是其卫风乎！'"[①] 于《邶》《鄘》《卫》，可以说季札既评论了卫音，又评价了卫诗。典籍中有一些对卫音的记载："卫地有桑间濮上之阻，男女亦亟聚会，声色生焉，故俗称郑、卫之音。"[②] "姚冶之容，郑、卫之音，使人之心淫。"[③] "郑、卫之音，乱世之音也，比于慢矣。桑间濮上之音，亡国之音也，其政散，其民流，诬上行私而不可止也。"[④] "'郑音好滥淫志，宋音燕女溺志，卫音趋数烦志，齐音敖辟乔志。'此四者，皆淫于色而害于德，是以祭祀弗用也。"[⑤]《礼记》将"郑卫之音"与国家兴亡联系起来，概多从曲调特点论及，言其曲调柔曼，不具备慷慨激昂以激发意志的功效，与郑、宋、齐四地之音皆被排除在祭祀所用曲调之外。《汉书·礼乐志》将郑卫宋赵四声并列，"桑间、濮上，郑、卫、宋、赵之声并出，内则致疾损寿，外则乱政伤民。巧伪因而饰之，以营乱富贵之耳目。庶人以求利，列国以相间。故秦穆遗戎而由余去，齐人馈鲁而孔子行"[⑥]。商纣王时即喜"北里之舞，靡靡之乐"[⑦]，求取迷魂摄魄的听觉效果以满足逸豫之心，郑卫新声概有靡靡之乐的遗

① 《春秋左传正义》卷39《襄公二十九年》，（清）阮元校刻《十三经注疏》，北京：中华书局，1980年，第2006页。

② （汉）班固撰《汉书》卷28下《地理志下》，北京：中华书局，1962年，第1665页。

③ （清）王先谦撰，沈啸寰、王星贤点校《荀子集解》，北京：中华书局，1988年，第381页。

④ 《礼记正义》卷37《乐记》，（清）阮元校刻《十三经注疏》，北京：中华书局，1980年，第1528页。

⑤ 《礼记正义》卷39《乐记》，（清）阮元校刻《十三经注疏》，北京：中华书局，1980年，第1540页。

⑥ （汉）班固撰《汉书》卷22《礼乐志》，北京：中华书局，1962年，第1042页。

⑦ （汉）司马迁撰《史记》卷3《殷本纪》，北京：中华书局，1959年，第105页。

音余绪，往往被定位较低，《礼记·王制》："作淫声、异服、奇技、奇器以疑众，杀。"郑《注》："淫声，郑卫之属也。"① 卫音特别注重追求听觉享受，《礼记·乐记》载："魏文侯问于子夏曰：'吾端冕而听古乐，则唯恐卧，听郑卫之音，则不知倦。"② 子夏分析魏文侯听郑卫之音而"不知倦"的原因是"卫音趋数烦志"③，子夏的分析说明郑卫之音具有明显的娱乐性，由卫地诗歌句式灵活，其中三言、五言句较多，对四言句式的突破比较明显这一特点，可以推知当时与其相配的音乐节奏繁富多姿，曼妙柔靡，李斯界定其具有"快意""适观"之妙，"郑、卫、桑间、昭虞、武象者，异国之乐也。今弃击瓮叩缶而就郑、卫，退弹筝而取昭虞，若是者何也？快意当前，适观而已矣"④。朱熹《诗集传》中所引张子之语则是更偏重于从地域文化的角度分析卫音的特点，"卫国地滨大河，其地土薄，故其人气轻浮。其地平下，故其人质柔弱。其地肥饶，不费耕耨，故其人心怠惰。其人情性如此，则其声音亦淫靡。故闻其乐，使人懈慢而有邪僻之心也"⑤。

"郑卫新声"的产生正是人们在生活日益丰富、经济不断发展的情况下产生的市俗文化的表现，《汉书·礼乐志》记载汉哀帝的诏书中分析了这一现象，"惟世俗奢泰文巧，而郑卫之声兴。

---

① 《礼记正义》卷13《王制》，（清）阮元校刻《十三经注疏》，北京：中华书局，1980年，第1344页。

② 《礼记正义》卷38《乐记》，（清）阮元校刻《十三经注疏》，北京：中华书局，1980年，第1538页。

③ 《礼记正义》卷39《乐记》，（清）阮元校刻《十三经注疏》，北京：中华书局，1980年，第1540页。

④ 张中义、王宗堂、王宽行辑注《李斯集辑注》，郑州：中州古籍出版社，1991年，第7页。

⑤ （宋）朱熹集注《诗集传》卷3《卫一之五》，上海：上海古籍出版社，1980年，第41页。

夫奢泰则下不孙而国贫，文巧则趋末背本者众，郑卫之声兴则淫辟之化流，而欲黎庶敦朴家给，犹浊其源而求其清流，岂不难哉！孔子不云乎？'放郑声，郑声淫。'其罢乐府官。郊祭乐及古兵法武乐，在经非郑卫之乐者，条奏，别属他官"①。到了南北朝，郑卫之声仍然广有市场，"自宋大明以来，声伎所尚，多郑、卫，而雅乐正声鲜有好者"②。

季札在鲁国欣赏到的"诗三百"，是诗、乐一体的艺术表现形式，时至今日，其乐我们已经不可得而知其妙，但我们能够通过文献记载得知他在听声观辞后的精到评价，南朝刘勰《文心雕龙·乐府》言："诗为乐心，声为乐体，乐体在声，瞽师务调其器；乐心在诗，君子宜正其文。'好乐无荒'，晋风所以称远；'伊其相谑'，郑国所以云亡。故知季札观辞，不直听声而已。"③ 孔颖达主张："诗是乐之心，乐为诗之声，故诗、乐同其功也。"④ 正因为诗乐同功，诗声一体，所以当时人们往往以"声"指诗，以"乐"代诗，当《诗经》曲调尚存时，可以通过卫风曲调与诗篇内容的结合了解卫地域文化的某些特征，但是，今天这种了解渠道已经不复存在，虽有典籍记载，却不能完全将卫音等同于卫诗，更不能简单地因卫音的曼妙柔靡得出卫风多"淫"诗的结论。

《汉书·地理志》载："康叔之风既歇，而纣之化犹存，故俗刚强，多豪桀侵夺，薄恩礼，好生分。"⑤ 班固的这段话分明指出

---

① （汉）班固撰《汉书》卷22《礼乐志》，北京：中华书局，1962年，第1072～1073页。

② （唐）李延寿撰《南史》卷18《萧惠基传》，北京：中华书局，1975年，第500页。

③ 郭晋稀《文心雕龙注译》，兰州：甘肃人民出版社，1982年，第74页。

④ 《毛诗正义》卷一之一《关雎》，（清）阮元校刻《十三经注疏》，北京：中华书局，1980年，第271页。

⑤ （汉）班固撰《汉书》卷28下《地理志下》，北京：中华书局，1962年，第1647页。

卫国在发展过程中其世风呈现出被康叔之风和存商纣之化的双重性，《史记·货殖列传》还特别突出了卫地的殷纣遗绪："中山地薄人众，犹有沙丘纣淫地余民，民俗懁急，仰机利而食。丈夫相聚游戏，悲歌慷慨，起则相随椎剽，休则掘冢作巧奸冶，多美物，为倡优。女子则鼓鸣瑟，跕屣，游媚贵富，入后宫，遍诸侯。"① "赵女郑姬，设形容，揳鸣琴，揄长袂，蹑利屣，目挑心招，出不远千里，不择老少者，奔富厚也。"② 赵邯郸，故卫地，此谓河北之卫。《招魂》中描述的郑卫也颇有声色之意，"郑卫妖玩，来杂陈些"③。

《史记》《汉书》和《诗古微》等典籍中都提到了卫乃"声色"之地，此处的"声色"是指歌舞美色。货财辐辏之地，经济繁荣之乡，则声色生、声色盛。魏源有一问："郑、卫皆以弱小介强大之间，一迫于狄，一迫于伯，民岁受兵，而风俗淫佚甲诸国者何？"④ 魏源之言郑、卫风俗淫佚，实际上正是因郑、卫风诗表现出的比较原生态的未受或少受礼教浸染的自然淳朴之风，具有较多大胆、自由、开放的气息。

四、君子之邦

季札在鲁观周乐，将诗乐与国家的兴衰成败相提并论，赋予诗乐一种政治文化属性，尤其注意到了文化的多元性，敏锐地感受到诗乐中传递出来的不同地域的精神风貌、政治得失等具有明

① （汉）司马迁撰《史记》卷129《货殖列传》，北京：中华书局，1959年，第3263页。

② （汉）司马迁撰《史记》卷129《货殖列传》，北京：中华书局，1959年，第3271页。

③ （宋）洪兴祖撰，白化文等点校《楚辞补注·招魂》，北京：中华书局，1983年，第211页。

④ （清）魏源著，魏源全集编辑委员会编，何慎怡校点《魏源全集·诗古微》，长沙：岳麓书社，1989年，第509页。

显时代性的社会特质。政治地位的尊显、工商业经济的繁荣自然推动了文化的发展，地佳人杰在卫地表现得比较典型，则“春秋之郑、卫，亦犹后世之吴、越，人物美秀而文，文采风流，照映诸国”①。

卫国是西周春秋时期著名的君子之邦。季札适卫，“说蘧瑗、史狗、史鰌、公子荆、公叔发、公子朝曰：‘卫多君子，未有患也。’”② 能够令国家“未有患也”的君子应该符合多重评判标准，既要有很高的个人道德修养，又要有很强的社会责任感，并且具备一定的能力，是德、才兼备之人。卫多君子，元朱公迁认为可充分证之于卫诗，“卫多君子，于诗可见。如《淇澳》之武公，固非诸国所有。而文公兴卫，亦卓卓可称者。其余如《凯风》之孝子、《北门》之忠臣、《北风》之智者、《干旄》之贤大夫、《简兮》之贤伶官、《考槃》之隐君子，岂不特然于变风时？其次则《乘舟》之争死者，亦有可悯之一节。又如贤妇人六人，则庄姜、共姜、许穆、宋桓夫人、《泉水》《竹竿》之女也。若《燕燕》之能淑慎、《伯兮》之守专一、《雄雉》之知德行、《谷风》被弃而有同死之德音，又在六妇人以外。然则卫不特多君子而已，亦可谓多贤妇人矣”③。

国多君子是卫地被公认的一个史实，按季札之语“吾闻卫康叔、武公之德如是”④，则卫康叔、卫武公之德名已广为世人所知。后世一直盛赞康叔之风，肯定康叔在卫地发展治理中积极有

---

① （清）魏源著，魏源全集编辑委员会编，何慎怡校点《魏源全集·诗古微》，长沙：岳麓书社，1989 年，第 510 页。

② （汉）司马迁撰《史记》卷 31《吴太伯世家》，北京：中华书局，1959 年，第 1458 页。

③ （元）朱公迁撰《诗经疏义会通》卷 3《卫一之五》，《景印文渊阁四库全书》第 77 册，台北：商务印书馆，1986 年，第 152 页。

④ 《春秋左传正义》卷 39《襄公二十九年》，（清）阮元校刻《十三经注疏》，北京：中华书局，1980 年，第 2006 页。

效的首创之功，卫国多君子可看作康叔之风的内容之一。康叔封跟随武王伐纣，并参与了一系列重要活动，在周武王克殷灭纣入殷都时，康叔负责敷设丰席，《逸周书·克殷》："王入，即位于社。太卒之左，群臣毕从。毛叔郑奉明水，卫叔傅礼，召公奭赞采，师尚父牵牲。"① 《史记·周本纪》有大致相似的记载："除道，修社及商纣宫。及期……毛叔郑奉明水，卫康叔封布兹，召公奭赞采，师尚父牵牲。"② 康叔带兵追随周公讨伐三监，平定了西周王朝的东土之地，《史记·三王世家》记载"康叔后扞禄父之难"③，有的学者认为《康侯簋》（又名《沬司徒疑簋》，图3）铭文记载的就是康叔随周公平定武庚叛乱之事，"王来伐商邑，诞命康侯鄙于卫。沬司徒疑眔鄙。作厥考尊彝"④。卫康叔杰出的军事才能，在平叛三监、征服东夷民族的过程中得以充分展现。周公按照"亲亲、尊尊"的分封原则，把殷商王畿故地分给了其东征的坚决支持者和平定武庚、三监叛乱的主力康叔。封康叔于卫是周王室一件重要政治决策，应该是经过周密考虑和慎重选择做出的决定，《尚书》中的《康诰》《酒诰》《梓材》等就是为康叔就任新的封地而发布的一系列诰文。在诸多同母弟中，周公甚是赏识和信任康叔，《左传·定公六年》记："大姒之子，唯周公、康叔为相睦也。"⑤ 康叔领卫地，位高任重，加之齿少，成王和周公就其治理封国之道谆谆以嘱："呜呼！小子封，恫瘝乃身，

---

① 黄怀信《逸周书校补注译》，西安：西北大学出版社，1996年，第180页。

② （汉）司马迁撰《史记》卷4《周本纪》，北京：中华书局，1959年，第125页。

③ （汉）司马迁撰《史记》卷60《三王世家》，北京：中华书局，1959年，第2108页。

④ 丁进《商周青铜器铭文文学研究》，西安：西北大学出版社，2013年，第37页。

⑤ 《春秋左传正义》卷55《定公六年》，（清）阮元校刻《十三经注疏》，北京：中华书局，1980年，第2140页。

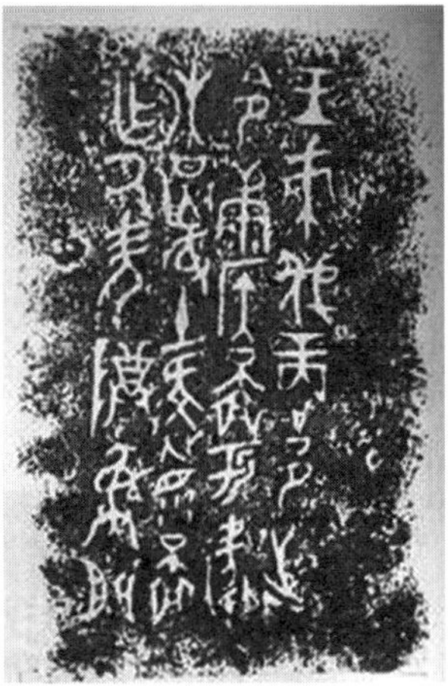

图 3　康侯簋铭文

［采自陈梦家《西周铜器断代（一）》，《考古学报》1955 年第 1 期］

敬哉！天畏棐忱，民情大可见。小人难保，往尽乃心，无康好逸豫，乃其乂民。”[①] “王曰：‘封，爽惟民迪吉康。我时其惟殷先哲王德，用康乂民作求，矧今民罔迪不适，不迪则罔政在厥邦。’”[②] 对其统辖卫地给予多方告诫，提醒他以殷商灭亡的史实为鉴：“封……古人有言曰：‘人无于水监，当于民监。’今惟殷坠厥命，我其可不大监抚于时。”[③] 周公考虑到生活在王畿故地的殷商余民不乏贤明之士，故以招贤申告康叔，要求他：“必求殷之贤人君子长者，问其先殷所以兴，所以亡，而务爱民。”[④] 康叔

① 《尚书正义》卷 14《康诰》，（清）阮元校刻《十三经注疏》，北京：中华书局，1980 年，第 203 页。

② 《尚书正义》卷 14《康诰》，（清）阮元校刻《十三经注疏》，北京：中华书局，1980 年，第 205 页。

③ 《尚书正义》卷 14《酒诰》，（清）阮元校刻《十三经注疏》，北京：中华书局，1980 年，第 207 页。

④ （汉）司马迁撰《史记》卷 37《卫康叔世家》，北京：中华书局，1959 年，第 1590 页。

谨遵周公之命，其推尊贤人、君子、长者政策的实施是卫地多君子的一个非常重要的因素。

卫康叔没有辜负周公、成王之望，“康叔之国，既以此命，能和集其民，民大说”①。康叔还担任周朝的重要职务——司寇，《左传·定公四年》：“周公为太宰，康叔为司寇，聃季为司空。”② 卫康叔治国有成，甚得成王激赏，“成王长，用事，举康叔为周司寇，赐卫宝祭器，以章有德”③。卫康叔以其才能卓越、功绩显赫被后世尊称为“烈祖”，《左传·哀公二年》：“烈祖康叔。”杜预《注》：“烈，显也。”④ 其休声美誉为后世所传，这事实上就是“康叔亲属有十而独尊者，褒有德也”⑤。

卫武公是卫国诸多君子的又一典范⑥，《卫风·淇奥》从服饰、气度、言语、修德等方面盛赞其君子之风，诗人之意甚明，可借《韩诗外传》中一段话解之：“衣服容貌者，所以说目也。应对言语者，所以说耳也。好恶去就者，所以说心也。故君子衣服中，容貌得，则民之目悦矣。言语逊，应对给，则民之耳悦矣。就仁去不仁，则民之心悦矣。”⑦ 卫武公是卫康叔九世孙，又

① （汉）司马迁撰《史记》卷37《卫康叔世家》，北京：中华书局，1959年，第1590页。

② 《春秋左传正义》卷54《定公四年》，（清）阮元校刻《十三经注疏》，北京：中华书局，1980年，第2135页。

③ （汉）司马迁撰《史记》卷37《卫康叔世家》，北京：中华书局，1959年，第1590页。

④ 《春秋左传正义》卷57《哀公二年》，（清）阮元校刻《十三经注疏》，北京：中华书局，1980年，第2157页。

⑤ （汉）司马迁撰《史记》卷60《三王世家》，北京：中华书局，1959年，第2108页。

⑥ 卫武公事迹详参邵炳军《〈青蝇〉〈宾之初筵〉〈抑〉作者卫武公生平事迹考论》，中华书局编辑部编《文史》第2辑，北京：中华书局，2000年，第155～164页。

⑦ （汉）韩婴撰，许维遹校释《韩诗外传集释》，北京：中华书局，1980年，第25页。

称共伯或共伯和，是卫国第二位受王室褒奖的享有盛名的诸侯国君，于西周与东周之交时为周王室做出过重要贡献，对西周王朝后期的政治起到了重要作用。《毛诗序》谓卫武公“入相于周”[①]，《汉书·地理志上》“河内郡”孟康《注》：“共伯入为三公者也。”[②]《吕氏春秋·开春论·开春》载：“共伯和修其行，好贤仁，而海内皆以来为稽矣。周厉之难，天子旷绝，而天下皆来谓矣。”[③]《史记·周本纪》唐张守节《正义》引《鲁连子》云：“共伯名和，好行仁义，诸侯贤之。周厉王无道，国人作难，王奔于彘，诸侯奉和以行天子事，号曰‘共和’元年。十四年，厉王死于彘，共伯使诸侯奉王子靖为宣王，而共伯复归国于卫也。”[④]

《史记·卫康叔世家》记载卫武公是通过武力夺取君位的，“四十二年，釐侯卒，太子共伯馀立为君。共伯弟和有宠于釐侯，多予之赂；和以其赂赂士，以袭攻共伯于墓上，共伯入釐侯羡自杀。卫人因葬之釐侯旁，谥曰共伯，而立和为卫侯，是为武公。武公即位，修康叔之政，百姓和集。四十二年，犬戎杀周幽王，武公将兵往佐周平戎，甚有功，周平王命武公为公。五十五年，卒”[⑤]。据《卫风·淇奥》《毛诗序》《左传·襄公二十九年》载吴公子季札观乐时的赞语、《国语·楚语上》载楚左史倚相

① 《毛诗正义》卷三之二《淇奥》，（清）阮元校刻《十三经注疏》，北京：中华书局，1980年，第320页。

② （汉）班固撰《汉书》卷28上《地理志上》，北京：中华书局，1962年，第1554页。

③ （汉）高诱注，（清）毕沅校，徐小蛮标点《吕氏春秋》卷21《开春论·开春》，上海：上海古籍出版社，2014年，第511页。

④ （汉）司马迁撰《史记》卷4《周本纪》，北京：中华书局，1959年，第144页。

⑤ （汉）司马迁撰《史记》卷37《卫康叔世家》，北京：中华书局，1959年，第1591页。

的赞语，西周之末诸侯贤者莫如卫武公，卫武公在位期间是卫国历史上最鼎盛的时期，其在位之时修身自强，表现出卓越的文治武功，成为卫国历史上得以与卫康叔相提并论的国君，后世对卫武公赞誉颇多，“而杀兄篡国得为美者，美其逆取顺守，德流于民，故美之。齐桓、晋文皆篡弑而立，终建大功，亦皆类也”①。《国语·楚语上》楚左史倚相以“睿圣”赞扬卫武公，描述的完全是一位贤君明主的作风，“在舆有旅贲之规，位宁有官师之典，倚几有诵训之谏，居寝有亵御之箴，临事有瞽史之道，宴居有师工之诵”②。朱熹高誉卫武公，“卫之他君，盖无足以及此者”③。

卫武公有治邦理国之能，有辅助周王之功，此外其个人修养和诗歌创作为人所称道。《卫风·淇奥》中描述的卫武公是服饰华美、气宇轩昂、文章著见、心胸开阔、为学不已、修德不止的形象，实在是宽广自如，和易中节，“动容周旋之间，无适而非礼”④。卫武公在位五十五年，善纳众谏，时时自戒，与臣下共勉，《国语·楚语上》记：“昔卫武公年数九十有五矣，犹箴儆于国，曰：‘自卿以下至于师长士，苟在朝者，无谓我老耄而舍我，必恭恪于朝，朝夕以交戒我。’”⑤ 可见武公于修德乃有“如切如磋，如琢如磨”之行，则终成就“如金如锡，如圭如璧”

① 《毛诗正义》卷三之二《淇奥》，（清）阮元校刻《十三经注疏》，北京：中华书局，1980 年，第 321 页。

② （战国）左丘明著，（三国吴）韦昭注《国语》卷 17《楚语上》，上海：上海古籍出版社，2015 年，第 370 页。

③ （宋）朱熹集注《诗集传》卷 3《淇奥》，上海：上海古籍出版社，1980 年，第 35 页。

④ （宋）朱熹集注《诗集传》卷 3《淇奥》，上海：上海古籍出版社，1980 年，第 35 页。

⑤ （战国）左丘明著，（三国吴）韦昭注《国语》卷 17《楚语上》，上海：上海古籍出版社，2015 年，第 370 页。

之质。作为国君来说，其难得之处就在于善于悔过，能听规谏，以礼自防。《诗经》中有三首诗是卫武公所作，即《小雅·青蝇》《小雅·宾之初筵》和《大雅·抑》，《毛诗序》言《小雅·青蝇》“大夫刺幽王也”[①]，言《小雅·宾之初筵》“卫武公刺时也。幽王荒废，媟近小人，饮酒无度，天下化之，君臣上下，沈湎淫液，武公既入而作是诗也”[②]，言《大雅·抑》“卫武公刺厉王，亦以自警也”[③]。卫武公于率兵救周、“二王并立”的初期作《青蝇》，以之刺周幽王听信谗言而伤贤害忠。[④]《宾之初筵》是卫武公任周平王司寇时，为歌颂周平王由西申归宗周、收复镐京重大胜利所作的赞美诗。[⑤]《抑》是卫武公对周平王的诫勉之诗，以周幽王荒淫败德而乱政误国的史实为鉴，诫勉周平王应该潜心修德、敬慎威仪、乐闻善言、政令中理，大致作于周幽王十一年（前771）至周平王三年（前768）之间。[⑥] 卫武公正是以其出众的文韬武略、文治武功令人“终不可谖兮”。“卫多君子，淇有绿竹。”因《淇奥》以绿竹起兴，赞美卫武公高风盛德的君子风范，以至于绿竹成了君子品格的最佳象征物之一。

卫文公是卫国继康叔、武公之后鲜见的明君，其为后世所称道的是立邦启土之功和兴国安民之能，虽受命于卫国最艰难的时

---

① 《毛诗正义》卷十四之三《青蝇》，（清）阮元校刻《十三经注疏》，北京：中华书局，1980年，第484页。

② 《毛诗正义》卷十四之三《宾之初筵》，（清）阮元校刻《十三经注疏》，北京：中华书局，1980年，第484页。

③ 《毛诗正义》卷十八之一《抑》，（清）阮元校刻《十三经注疏》，北京：中华书局，1980年，第554页。

④ 邵炳军《卫武公〈青蝇〉创作时世考论——周“二王并立”时期〈诗经〉创作年代研究之五》，《西北师大学报（社会科学版）》2000年第3期。

⑤ 邵炳军《卫武公〈宾之初筵〉创作时世考论——周“二王并立”时期〈诗经〉创作年代研究之六》，《甘肃高师学报》2001年第6期。

⑥ 邵炳军、赵逵夫《卫武公〈抑〉创作时世考论》，《河北师范大学学报（社会科学版）》2000年第1期。

期，却能使卫国“灭而复兴，徙而能富”[①]。卫文公是卫宣公庶子公子顽（昭伯）与宣姜之子，名燬，初因避卫国祸患，适齐而居。卫懿公九年（前660），狄人侵卫，杀懿公灭卫国，卫人所剩无几，在宋桓公帮助下，卫国遗民七百三十人以及卫附属地共、滕的五千人乘夜渡河，暂居曹地。于卫懿公之后继位的是公子顽与宣姜之子、卫文公之兄卫戴公申，这一任君主在位时间甚短，“戴公申元年卒。齐桓公以卫数乱，乃率诸侯伐翟，为卫筑楚丘，立戴公弟燬为卫君，是为文公”[②]。文公即位时，卫尚处在覆亡渡河后的仓皇狼狈状态中。齐桓公的帮助为卫国的复兴起了很大的作用，《左传·闵公二年》载：“齐侯使公子无亏帅车三百乘、甲士三千人以戍曹。归公乘马，祭服五称，牛、羊、豕、鸡、狗皆三百，与门材。归夫人鱼轩，重锦三十两……僖之元年，齐桓公迁邢于夷仪。二年，封卫于楚丘。”[③]

卫文公复国，从减轻百姓负担、稳定民心着手，“文公初立，轻赋平罪，身自劳，与百姓同苦，以收卫民”[④]。通过合理有效的治国之道，卫文公令数乱以至覆亡的卫国得以复兴，他提倡节俭，注重农、工、商全面发展，充分认识到教育和人才的重要性，扶持教育，尊重人才，卫国的诸方面发展很快有了起色，“卫文公大布之衣，大帛之冠，务材训农，通商惠工，敬教劝学，

① 《毛诗正义》卷三之一《定之方中》，（清）阮元校刻《十三经注疏》，北京：中华书局，1980年，第316页。

② （汉）司马迁撰《史记》卷37《卫康叔世家》，北京：中华书局，1959年，第1594页。

③ 《春秋左传正义》卷11《闵公二年》，（清）阮元校刻《十三经注疏》，北京：中华书局，1980年，第1788～1789页。

④ （汉）司马迁撰《史记》卷37《卫康叔世家》，北京：中华书局，1959年，第1595页。

授方任能。元年革车三十乘，季年乃三百乘”①。《鄘风·定之方中》描述了其“徙而能富”之事，《毛诗序》言《定之方中》“美卫文公也。卫为狄所灭，东徙渡河，野处漕邑。齐桓公攘戎狄而封之，文公徙居楚丘，始建城市而营宫室，得其时制，百姓说之，国家殷富焉”②。诗叙卫文公于新迁之地相阴阳之和（图4），审土地之宜，观草木之饶，然后营室立城，布置农桑，驯养牲畜，一如清姜炳璋所言“文公以亨屯之才，与民更始审形势、建寝庙、课农桑。诗人节节写来，便见日月重新，山川再造，有

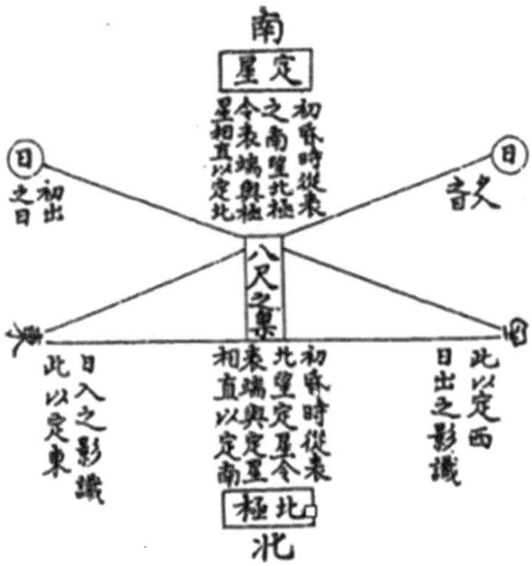

图4　楚丘揆日景图

［采自（宋）杨甲撰，（宋）毛邦翰补《六经图》，《景印文渊阁四库全书》第183册，台北：商务印书馆，1986年，第248页］

① 《春秋左传正义》卷11《闵公二年》，（清）阮元校刻《十三经注疏》，北京：中华书局，1980年，第1789页。

② 《毛诗正义》卷三之一《定之方中》，（清）阮元校刻《十三经注疏》，北京：中华书局，1980年，第315页。

勃然蹶生气象。故诗但言宫室，而城郭都邑皆在度量中也；但言琴瑟，而器用服物备举也；但言一升一望，而朝市民居形胜要害在目也；但言降观，而分井授廛有田有宅也；但言卜吉，而人心欢洽人谋佥同也；但言夙驾，而宵衣旰食戴星往来也；末言騋牝三千，则国家之富强可知。而总归于秉心之塞渊，落落举数大端，中兴规模无一不具。夫邢、卫俱借筹于齐桓，邢延二十余年而亡，卫自文公以后，六国俱灭，帝丘岿然，传世四十，历年九百。今读《定之方中》而已知其气象之不侔也"①。

《鄘风·定之方中》罗列了卫文公于新迁居处种植树木的品种，"树之榛栗，椅桐梓漆，爰伐琴瑟"。卫文公选择种植适合制作琴瑟的佳材——榛、栗、椅、桐、梓、漆，琴瑟之音，高低适中，大声不哗，小声不湮，能令人感发心志，守正思义，使人精洁于心，淳一于行。其实"爰伐琴瑟"只是这些嘉木的诸多用途之一，此外，榛栗可为女贽，可备笾实，梓漆可供器用……当然这诸多用途需数年之后方显，宋李樗、黄櫄《毛诗李黄集解》以樊仲植木的例子言及由卫文公植木表现出的长谋远识，"后汉樊仲初植桐梓，人皆嗤之。然十年之后，人皆赖其用，向之嗤者咸求假焉。文公之治国，正犹樊生之治家也。言文公既作宫室而先种六木，而望功于数年之后，其不卤莽而求近功可知矣"②。

卫文公曾有让贤之举，《左传·僖公十八年》载："冬，邢人、狄人伐卫，围菟圃。卫侯以国让父兄子弟，及朝众，曰：'苟能治之，燬请从焉。'"③ 文公让贤以诚，其行为的指向就是

---

① （清）姜炳璋撰《诗序补义》卷4《定之方中》，《景印文渊阁四库全书》第89册，台北：商务印书馆，1986年，第72～73页。

② （宋）李樗、（宋）黄櫄撰《毛诗李黄集解》，《景印文渊阁四库全书》第71册，台北：商务印书馆，1986年，第150～151页。

③ 《春秋左传正义》卷14《僖公十八年》，（清）阮元校刻《十三经注疏》，北京：中华书局，1980年，第1809页。

卫国的发达兴盛。《鄘风·定之方中》强调文公“匪直也人，秉心塞渊”，秉持诚实之心，虑以深远，则无所不成。贤人常有，而用贤之君不常有，卫文公就是一位不常有的用贤之君，《鄘风·干旄》即记其“授方任能”，《毛诗序》：“《干旄》，美好善也。卫文公臣子多好善，贤者乐告以善道也。”[①] 卫懿公以后卫国又曾遭受狄人的数次入侵，文献记载前647年、前642年、前639年、前629年、前614年等都发生过“狄侵卫”“狄围卫”“狄人伐卫”事件（分别见于《左传》僖公十三年、十八年、二十一年、三十一年，文公十三年），前629年卫成公在位时，卫被狄人侵伐后又一次被迫迁都，徙于帝丘。卫国在经历狄人的数次侵伐后，未见有如卫文公这样的建邦设都、励精图治、安民定国，能令卫国“灭而复兴，徙而能富”的为后世所称道的国君，宋王质《诗总闻》赞文公曰：“秉心如此，治国如此，人初以卫文覆亡之余，不无相轻之心，至是始知非凡也。”[②] “僖元年冬，文公立，二年春，城楚丘，冬迁楚丘，正营室方中之时，经画营建，虽迫遽如此，然观星揆日、考卜，亦不卤莽灭裂，有才有志者，自不同也。”[③]

卫国大夫石碏堪称君子。石碏于卫庄公时任大夫，见庄公宠嬖妾之子州吁，任其好武而不加约束，为国家社稷考虑，他力谏庄公，“臣闻爱子，教之以义方，弗纳于邪。骄、奢、淫、泆，所自邪也。四者之来，宠禄过也。将立州吁，乃定之矣，若犹未也，阶之为祸。夫宠而不骄，骄而能降，降而不憾，憾而能昣者，鲜矣。且夫贱妨贵、少陵长、远间亲、新间旧、小加大、淫

① 《毛诗正义》卷三之二《干旄》，（清）阮元校刻《十三经注疏》，北京：中华书局，1980年，第319页。

② （宋）王质撰《诗总闻》卷3《鄘风·定之方中》，北京：中华书局，1985年，第47页。

③ （宋）王质撰《诗总闻》卷3《鄘风·定之方中》，北京：中华书局，1985年，第48页。

破义，所谓六逆也。君义、臣行、父慈、子孝、兄爱、弟敬，所谓六顺也。去顺效逆，所以速祸也。君人者，将祸是务去，而速之，无乃不可乎？”① 石碏指出卫庄公在教子方面的失误，并通过顺逆对比予以劝谏，庄公没有接纳石碏的一番忠言，一味宠任州吁，以致州吁任性妄为，于前719年弑其兄卫桓公，自立为卫君，即卫前废公。时石碏之子石厚跟随州吁，与之沆瀣一气，石碏对儿子这一举动的利害看得非常明白，屡相劝止，无奈石厚不听。州吁一时不得安民治国之道，石厚就此相询其父。石碏以此事为契机，缜密谋划除州吁之策。石碏为州吁出计，认为州吁安邦定民之关键在于能够去觐见周天子，而就当时形势而言，卫、陈是婚姻之国，方相敦睦，陈桓公有宠于周王，州吁觐见周王可行的途径就是争取得陈国之助。州吁依石碏之计而行，与石厚朝陈。与此同时，石碏遣使臣前往陈国实告已意，“卫国褊小，老夫耄矣，无能为也。此二人者，实弑寡君，敢即图之”②。石碏献此计，意在陈国的帮助下铲除昏君逆臣。因州吁所弑卫桓公乃陈女戴妫之子，陈未尝没有除州吁之意，于是陈欣然响应石碏之请，待州吁和石厚至，执拿两人交由卫国处置，“九月，卫人使右宰醜莅杀州吁于濮，石碏使其宰獳羊肩莅杀石厚于陈”③。石碏谏庄公、除州吁、杀亲子，其赤子之心、君子之为堪当《左传》之高誉：“石碏，纯臣也！恶州吁而厚与焉。‘大义灭亲’，其是之谓乎！”④

---

① 《春秋左传正义》卷3《隐公三年》，（清）阮元校刻《十三经注疏》，北京：中华书局，1980年，第1724页。

② 《春秋左传正义》卷3《隐公四年》，（清）阮元校刻《十三经注疏》，北京：中华书局，1980年，第1725页。

③ 《春秋左传正义》卷3《隐公四年》，（清）阮元校刻《十三经注疏》，北京：中华书局，1980年，第1725页。

④ 《春秋左传正义》卷3《隐公四年》，（清）阮元校刻《十三经注疏》，北京：中华书局，1980年，第1726页。

吴公子季札是孔子非常推崇的人之一，孔子也特别认同季札的“卫多君子”之说，并对卫国的君子们赞不绝口：

子曰：“（孔文子）敏而好学，不耻下问。”（《论语·公冶长》）①

子曰：“宁武子，邦有道则知，邦无道则愚。其知可及也，其愚不可及也。”（《论语·公冶长》）②

子谓卫公子荆：“善居室。始有，曰：‘苟合矣。’少有，曰：‘苟完矣。’富有，曰：‘苟美矣。’”（《论语·子路》）③

孔子曰：“仲叔圉治宾客，祝鮀治宗庙，王孙贾治军旅，夫如是，奚其丧？”（《论语·宪问》）④

子曰：“直哉史鱼。邦有道如矢，邦无道如矢。君子哉蘧伯玉。邦有道则仕，邦无道则可卷而怀之。”（《论语·卫灵公》）⑤

孔子于公元前498年去鲁周游列国，至公元前484年回到鲁国，前后长达14年。他第一站选择的是卫国，且在这14年间先后5次入卫，在卫国停留的时间最多，有近10年之久，而他游历所及的其他国家，除入陈两次，在陈停留接近4年，曹、宋、

---

①《论语注疏》卷5《公冶长》，（清）阮元校刻《十三经注疏》，北京：中华书局，1980年，第2474页。

②《论语注疏》卷5《公冶长》，（清）阮元校刻《十三经注疏》，北京：中华书局，1980年，第2475页。

③《论语注疏》卷13《子路》，（清）阮元校刻《十三经注疏》，北京：中华书局，1980年，第2507页。

④《论语注疏》卷14《宪问》，（清）阮元校刻《十三经注疏》，北京：中华书局，1980年，第2512页。

⑤《论语注疏》卷15《卫灵公》，（清）阮元校刻《十三经注疏》，北京：中华书局，1980年，第2517页。

郑、蔡、楚等国家，孔子皆只去过一次，且都没有做长时间的逗留。孔子在周游列国期间多次入住并久居卫国。“卫多君子”是吸引孔子前往的一个很重要的原因。

卫国被誉为“国多君子”，国中诸多君子的一个共同之处即都是有德之人，这也表明了周人对殷商尊神敬鬼天命观的反思，他们不再是“率民以事神”，而是“敬鬼神而远之”①，尊神敬鬼不是治国安民的唯一条件，在周人看来，以德治民、敬德保民更加重要，如《左传·僖公五年》载虞国大夫宫之奇所言：“鬼神非人实亲，惟德是依。故《周书》曰：‘皇天无亲，惟德是辅。’又曰：‘黍稷非馨，明德惟馨。’又曰：‘民不易物，惟德繄物。’如是，则非德，民不和，神不享矣。神所冯依，将在德矣。”② 这反映了思想领域内从重神事转向重人事、从神治走向德治的变化，是思想意识领域内的明显进步。

与上述尊礼重德的君子之风形成鲜明对比的是卫地习俗中的另一面：“薄恩礼，好生分。”“豪桀”侵夺、民性刚强是存在于卫地的相比于其他地域而言世风不够淳厚的一处明显特征。卫地“俗刚强”，其人性情偏于刚暴怨戾，若《邶风·谷风》《卫风·氓》中的男子们，“有洸有溃，既诒我肄”“言既遂矣，至于暴矣”。《邶风·日月》《邶风·终风》中的男子亦有此迹象。不尊礼甚至严重违礼的现象常见于卫地，上层统治者尤甚，如卫庄公宠嬖妾、卫宣公夺子媳、州吁（卫前废公）弑君、卫惠公谋兄、卫懿公好鹤等，这些国君无不因无礼、违礼之举遭到时人世人的嘲讽和讥刺。在位者的种种于礼不符的言行举止影响坏、流弊

---

① 《论语注疏》卷6《雍也》，（清）阮元校刻《十三经注疏》，北京：中华书局，1980年，第2479页。

② 《春秋左传正义》卷12《僖公五年》，（清）阮元校刻《十三经注疏》，北京：中华书局，1980年，第1795页。

深，卫地民众化之于上，表现出了很大程度的寡恩少礼之举，其中男性尤明显，在婚姻问题上表现得极其不负责任，很多女性因丈夫的用情不专、性情暴戾而承受被抛弃的痛苦，《邶风·谷风》《邶风·日月》《卫风·氓》等诗篇展现的就是遭弃女子的不幸，丈夫的负心无情和喜新厌旧留给她们太多的悲凉和伤痛。卫地严重的离弃之风与卫人的寡恩少礼有很大的关系，《韩非子·说林上》记有卫国人一件事，“卫人嫁其子而教之曰：‘必私积聚。为人妇而出，常也。其成居，幸也。’”[①] 因女子遭弃是习常之见的事，不是某时某地的个别现象，遭弃女子的数量大概相对比较可观，所以卫人在女儿出嫁时对女儿有如此的在后世看来不可思议的叮嘱。

习俗文化受地理环境和社会环境的共同影响，《汉书·地理志下》云：“凡民函五常之性，而其刚柔缓急，音声不同，系水土之风气，故谓之风；好恶取舍，动静亡常，随君上之情欲，故谓之俗。”[②] 一定地域的文化形成后就具有相对稳定性和持久传承性特点，它会在一定地域范围内稳定存在，在相当长的时段内沿袭传承。朝代更替，制度变革，又为文化的交流、融合提供了可能。受殷商文化传承和周文化的浸润，卫地形成了地域文化特色，由于其特殊的地理环境和人文环境，其文化呈现出明显的二元化特征。

---

① （战国）韩非著，陈奇猷校注《韩非子新校注》，上海：上海古籍出版社，2000年，第487页。

② （汉）班固撰《汉书》卷28下《地理志下》，北京：中华书局，1962年，第1640页。

第二章　卫风主题考论

《邶》《鄘》《卫》三“风”凡三十九首诗，绝大多数诗篇述写卫国之事，作为一个整体而言，是国风中篇数最多的一部分，反映了比较广阔的生活领域，真实生动地描摹了婚恋、家庭、征战、治乱、求贤、思亲、念远等社会生活的诸多方面。卫风主题主要有三个方面的特点，即对婚恋生活的全面映现、对非礼之举的深厉讥讽和对女性形象的集中写照。

第一节　对婚恋生活的全面映现

《诗经》中婚恋诗的数量非常多，约占全部诗篇的四分之一，婚恋诗篇目丰富的特点在卫风中表现得很突出，涉及婚恋内容的有《邶风》中的《柏舟》《绿衣》《燕燕》《日月》《终风》《击鼓》《雄雉》《匏有苦叶》《谷风》《静女》《新台》《二子乘舟》，《鄘风》中的《柏舟》《桑中》《蝃蝀》，《卫风》中的《硕人》《氓》《伯兮》《有狐》《木瓜》等，这些诗言及幽期密约、赠遗达情、婚期选择、思亲念远、无辜遭弃、悼亡哀故以及当时的婚姻形态、制度、习俗等婚恋生活的诸多环节和诸般境遇，相对全面地映现了《诗经》时代的婚恋生活。

一、幽期密约

幽期密约是恋人们的浪漫之举，《邶风·静女》描绘了恋人于城隅的幽约，“静女其姝，俟我于城隅。爱而不见，搔首踟蹰”。天真可爱的姑娘略施小计，隐身隘处，即令稍后而至的小伙子“搔首踟蹰”，表现出焦灼不安之情和徘徊不定之形。姑娘的活泼可爱是人性本真的自然流露，是没有遭受约束和禁锢的自由精神的尽情释放，是自然情感的真实表达。继而描绘恋人的期会出游，欣悦无比，情真景实，散发着十分浓郁的生活气息。《汉书·地理志》记载卫地有供聚会幽约的地利：“卫地有桑间濮上之阻，男女亦亟聚会，声色生焉。”唐颜师古《注》：“阻者，言其隐阸得肆淫僻之情也。”“亟，屡也。”[①]《鄘风·桑中》反复言说“期我乎桑中，要我乎上宫，送我乎淇之上矣”，一对恋人幽约桑中，欢会上宫，话别淇畔，率情任性，畅心足意，有不胜之美意，传递出一份浓重的欢愉气息，清崔述《读风偶识》认为《鄘风·桑中》：“但有叹美之意，绝无规戒之言。”[②]未见出《毛诗序》所言浓重的讥刺之意。将《鄘风·桑中》和《汉书·地理志》记载相结合，可以看出桑间（或称桑中、桑林、桑园）、上宫、水畔是恋人们相对固定的幽约欢会之所，在《邶风·静女》《鄘风·桑中》的诗句间我们感受到了弥漫于城隅之间的自由、欢快之气，充溢于桑林之中、流散于上宫之侧、激荡于淇水之上的自然、朴野之情。

在恋人们选择期约之地时，桑间（桑中、桑林、桑园）具有明显的倾向性。何以桑间（桑中、桑林、桑园）如此受青睐？

在男耕女织的时代，桑园是女子劳动的驻足地，是姑娘们最有理由自由出入的地方，她们在采桑、养蚕、织布的同时所经历的欢情爱欲或苦痛哀怨，染就了中国古典文学中桑间（桑中、桑

---

① （汉）班固撰《汉书》卷28下《地理志下》，北京：中华书局，1962年，第1665页。

② （清）崔述撰著，顾颉刚编订《崔东壁遗书·读风偶识》，上海：上海古籍出版社，1983年，第548页。

林、桑园）的幽远和神秘，以其无穷的乐趣和无限的魅力博得世人的啧啧之赞。法国学者桀溺先生对中国的桑间情歌颇感兴趣，他说桑林是一座有象征意义的森林，弥漫着特有的愉快放纵的气氛，甚至于比西方的田园牧歌更富有联想性，他认为："桑园并非单单是个春季劳动场所，隐约展示大地春回，它还是个特殊的风景区，一个并非偶然，而是惯常的幽会之地，男女青年节庆时就在那里约会和举行婚庆。他们在桑树下轮流对歌，作阳台之会。"①

桑间（桑中、桑林、桑园）在中国古代既是一处普通的劳动场所，又是一处神圣而秘密的风景地，它的功用是多重的。初时先民曾选择桑作为社树，在桑林举行祭祀，郭沫若先生推断："桑中即桑林所在之地，上宫即祀桑林之祠，士女于此合欢。"② 孙作云先生认为《鄘风·桑中》中的"桑中""即卫地的'桑林之社'。卫国为殷故地，而且是殷的王畿，殷社曰'桑林'，相传汤祷雨于'桑林之社'。宋为殷后，宋之社亦曰'桑林'，其乐曰'桑林之乐'"③。《吕氏春秋·季秋纪·顺民》有商汤把桑林作为神圣之地祈求降雨以缓解旱情的记载，"天大旱，五年不收，汤乃以身祷于桑林"。汉高诱《注》："祷，求也。桑林，桑山之林，能兴云作雨也。"④ 《淮南子·修务训》有类似的文字："汤旱，以身祷于桑山之林。"许慎注："桑山之林，能兴云致雨，故祷之。"⑤ 曹植曾为新封采邑作《社颂》，诗中所颂之社即为

---

① ［法］桀溺《牧女与蚕娘——论一个中国文学的题材》，钱林森编《牧女与蚕娘——法国汉学家论中国古诗》，上海：上海古籍出版社，1990 年，第 170 页。

② 郭沫若著作编辑出版委员会编《郭沫若全集·考古编》，北京：科学出版社，1982 年，第 62 页。

③ 孙作云《诗经与周代社会研究》，北京：中华书局，1966 年，第 305 页。

④ （战国）吕不韦著，陈奇猷校释《吕氏春秋新校释》，上海：上海古籍出版社，2002 年，第 485 ~ 487 页。

⑤ （汉）刘安著，（汉）许慎注，陈广忠校点《淮南子》卷 19《修务训》，上海：上海古籍出版社，2016 年，第 479 页。

桑，“故封此桑，以为田社”[①]。

除了被用于祭祀，桑林的又一功能是为恋人提供约会、欢爱之地，即如《鄘风·桑中》所述。夏、商、周三代始祖母的传说中都有带“桑”字的地名，大禹与涂山氏的结合之地名为“台桑”，屈原《天问》：“禹之力献功，降省下土四方，焉得彼嵞山女，而通之于台桑？闵妃匹合，厥身是继，胡维嗜不同味，而快鼂饱？”[②] 传说简狄吞吃燕卵而孕，其得卵之地名为“桑野”，《拾遗记》卷二：“商之始也，有神女简狄，游于桑野，见黑鸟遗卵于地，有五色文，作‘八百’字，简狄拾之，贮以玉筐，覆以朱绂。夜梦神母谓之曰：‘尔怀此卵，即生圣子，以继金德。’狄乃怀卵，一年而有娠，经十四月而生契。”[③] 还有姜嫄履大人迹感而有孕之处名为“扶桑”，《太平御览》卷一三五引《春秋元命苞》：“周本姜嫄，游闷宫，其地扶桑，履大迹生后稷。”[④] 这三位始祖母的事迹都与桑有一定的联系，后来她们都被尊为掌管婚姻、生子的禖神，那么她们的民众在桑园幽约欢会，举行祈雨求子等活动也就可以理解了。此外，在传说中许多非常之人的诞生之地与桑有关，如《吕氏春秋·仲夏纪·古乐》：“帝颛顼生自若水，实处空桑，乃登为帝。”[⑤]《吕氏春秋·孝行览·本味》：“有侁氏女子采桑，得婴儿于空桑之中，献之其君。其君令烰人养

---

① （三国魏）曹植著，赵幼文校注《曹植集校注》，北京：人民文学出版社，1984 年，第 426～427 页。

② （宋）洪兴祖撰，白化文等点校《楚辞补注·天问》，北京：中华书局，1983 年，第 97 页。

③ （晋）王嘉撰，（南朝梁）萧绮录，齐治平校注《拾遗记》卷 2《殷汤》，北京：中华书局，1981 年，第 40 页。

④ （宋）李昉等撰《太平御览》卷 135《皇亲部一·帝喾四妃》，北京：中华书局，1960 年，第 655 页。

⑤ （战国）吕不韦著，陈奇猷校释《吕氏春秋新校释》，上海：上海古籍出版社，2002 年，第 288 页。

之。察其所以然，曰：‘其母居伊水之上，孕，梦有神告之曰：“臼出水而东走，毋顾。”明日，视臼出水，告其邻，东走十里，而顾其邑尽为水，身因化为空桑。’故命之曰伊尹。此伊尹生空桑之故也。”[①]《史记·孔子世家》唐张守节《正义》引唐李泰《括地志》说孔母颜徵在“生孔子空桑之地”[②]。

及至《诗经》时代的诸处桑园，祭祀之意渐消，弥散其中的特有的愉悦欢快气氛展示了古代自由朴拙婚恋习俗的内容，桑园成了两性幽期爱悦之地，隐密其间的男女是堂而皇之地行着秘而不宣之事，《鄘风·桑中》向我们展示的分明是这一风俗世情：

> 爰采唐矣？沬之乡矣。云谁之思？美孟姜矣。期我乎桑中，要我乎上宫，送我乎淇之上矣。
>
> 爰采麦矣？沬之北矣。云谁之思？美孟弋矣。期我乎桑中，要我乎上宫，送我乎淇之上矣。
>
> 爰采葑矣？沬之东矣。云谁之思？美孟庸矣。期我乎桑中，要我乎上宫，送我乎淇之上矣。

咏者从内而外的乐不可支的喜悦之情源于他同美丽姑娘的桑中之期和上宫之会。再观《魏风·十亩之间》，“十亩之间兮，桑者闲闲兮。行与子还兮。十亩之外兮，桑者泄泄兮。行与子逝兮”。桑者的闲闲之态与泄泄之情，更给人以无限的遐想和猜测。又有《魏风·汾沮洳》（彼汾一方，言采其桑。彼其之子，美如英。美如英，殊异乎公行）；《小雅·隰桑》（隰桑有阿，其叶有难。既

---

① （战国）吕不韦著，陈奇猷校释《吕氏春秋新校释》，上海：上海古籍出版社，2002年，第744页。

② （汉）司马迁撰《史记》卷47《孔子世家》，北京：中华书局，1959年，第1906页。

见君子，其乐如何）；《秦风·车邻》（阪有桑，隰有杨。既见君子，并坐鼓簧。今者不乐，逝者其亡）等。这些无一不是发生在桑园里的期会，温言软语中飘溢出怡情悦性的轻歌曼曲。后来在南朝宋鲍照的《采桑》里还保留了《诗经》中这种娱艳民俗的欢声笑语："季春梅始落，女工事蚕作。采桑淇洧间，还戏上宫阁。"[①] 东晋清商曲辞有《采桑度》："冶游采桑女，尽有芳春色。姿容应春媚，粉黛不加饰。"（其二）"春月采桑时，林下与欢俱。养蚕不满百，那得罗绣襦。"（其五）[②] 这里"冶游"是与采桑兼而行之的活动，富有诱惑性和隐蔽性的浓枝密叶的桑林全然被当作了纵情之处。桑园这一男女快意的所在，由一处祭祀之地逐渐变成了民众的游乐之所，表现出的是神圣之地的世俗化。

桑园功能的多重性招致了后世对《鄘风·桑中》的误解，谴责之意较多，如毛公《序》认为《鄘风·桑中》："刺奔也。卫之公室淫乱，男女相奔。至于世族在位，相窃妻妾，期于幽远，政散民流，而不可止。"[③]《礼记·乐记》亦言："桑间濮上之音，亡国之音也。其政散，其民流，诬上行私而不可止也。"[④] 当初习延成俗的桑中之乐在后世一些评注者眼中却成了背伦害理的恶习陋俗，"桑中之喜""桑中之游"也就成了不正当结合的嘲语，如《左传·成公二年》："申叔跪从其父将适郢，遇之（巫臣），曰：'异哉！夫子有三军之惧，而又有桑中之喜，宜将窃妻以逃者也。'"[⑤]

① 逯钦立辑校《先秦汉魏晋南北朝诗》，北京：中华书局，1983年，第1257页。

② （宋）郭茂倩编《乐府诗集》，北京：中华书局，1979年，第709页。

③ 《毛诗正义》卷三之一《桑中》，（清）阮元校刻《十三经注疏》，北京：中华书局，1980年，第314页。

④ 《礼记正义》卷37《乐记》，（清）阮元校刻《十三经注疏》，北京：中华书局，1980年，第1528页。

⑤ 《春秋左传正义》卷25《成公二年》，（清）阮元校刻《十三经注疏》，北京：中华书局，1980年，第1897页。

杨伯峻先生意“此借用‘桑中’一词，暗指巫臣与夏姬私约”[①]。桑间成了人们欲入乎其内领略其风的神秘之所和想象中的畅情之处，它散发出的魅力是历久弥浓的。

二、赠遗达情

《邶风·静女》中的姑娘不仅天真可爱，而且热情主动，把自己的一片芳心美意通过美丽的彤管和柔嫩的荑草传递给恋人，“静女其娈，贻我彤管。彤管有炜，说怿女美。自牧归荑，洵美且异。匪女之为美，美人之贻”。“彤管”为何物？红色的小草、红色的乐器、红色的书写工具、红色的盛装器具等，迄今未有定论，但它在此所起的作用是被共同认可的，宋欧阳修《诗本义》卷三：“古者针、笔皆有管，乐器亦有管，不知此‘彤管’是何物也？但‘彤’是色之美者，盖男女相悦用此美色之管相遗，以通情结好尔。”[②] 荑是平常之物，虽然是如许普通之物，但因是意中人所赠，所以小伙子视其为无与伦比的无价之宝，流露出的是掩饰不住的欣喜若狂和心醉神怡。彤管、荑草起到的是赠物达意、结恩定好的特殊作用，反映了盛行于上古、延续至今日的赠遗之俗，《卫风·木瓜》更加直接地表现了这一习俗：“投我以木瓜，报之以琼琚。匪报也，永以为好也。投我以木桃，报之以琼瑶。匪报也，永以为好也。投我以木李，报之以琼玖。匪报也，永以为好也。”姑娘适时地释放自己的青春活力，见到心仪的小伙子，不失时机地投出手中刚采摘下来的果实。接受了姑娘的木瓜桃李相赠后，小伙子遂取下随身佩戴的美玉欣然回赠，且表达了欲结同心、永以为好的深情美意。《左传·昭公二年》记载韩

① 杨伯峻编著《春秋左传注》，北京：中华书局，1990年，第805页。

② （宋）欧阳修撰《诗本义》卷3《静女》，《景印文渊阁四库全书》第70册，台北：商务印书馆，1986年，第198页。

宣子：“自齐聘于卫，卫侯享之。北宫文子赋《淇澳》，宣子赋《木瓜》。”[①] 韩宣子在卫侯为之所设宴会上赋《卫风·木瓜》，是取诗厚报以为好之意。朱熹认为《卫风·木瓜》：“言人有赠我以微物，我当报之以重宝，而犹未足以为报也，但欲其长以为好而不忘耳。疑亦男女相赠答之词，如《静女》之类。”[②] 暂搁置薄施厚报之论[③]，就《诗经》时代的生产、生活习俗而言，《卫风·木瓜》为赠物达情诗是非常容易讲通的，其时女事采集，男尚佩玉，女以随手所采之果投之，男以随身所佩之玉报之，合情合理。

对用以传情达意的赠遗之物的选取，男性多倾向于琼琚、琼瑶、琼玖等玉质配饰品，女性多倾向于采集品，如荑草、木瓜、木桃、木李等。先民将玉从石头中分辨出来，发现了玉的自然美质，进而又将玉从理论上加以道德阐释，“君子比德于玉”[④]，将玉作为君子的化身，使得玉具有了德行化、人格化的内涵，佩戴玉饰成为有道德、有修养的表征，佩玉发展为一种有特别品位的审美文化。基于此，玉以其形美质坚、逾千年而不朽、经得起时间的考验等特质，被选用为适宜寄予深挚、恒久、纯洁感情的馈赠佳品。

闻一多先生分析了姑娘们赠送给心上人之物多热衷于瓜果草蔬的原因，主要是由社会分工的不同而沿为习俗的，“原始社会

---

① 《春秋左传正义》卷42《昭公二年》，（清）阮元校刻《十三经注疏》，北京：中华书局，1980年，第2029页。

② （宋）朱熹集注《诗集传》卷3《木瓜》，上海：上海古籍出版社，1980年，第41页。

③ 《毛诗序》：“美齐桓公也。卫国有狄人之败，出处于漕，齐桓公救而封之，遗之车马、器服焉。卫人思之，欲厚报之，而作是诗也。”《毛诗正义》卷三之三《木瓜》，（清）阮元校刻《十三经注疏》，北京：中华书局，1980年，第327页。

④ 《礼记正义》卷63《聘义》，（清）阮元校刻《十三经注疏》，北京：中华书局，1980年，第1694页。

之求致食粮，每因两性体质之所宜，分工合作，男任狩猎，女任采集，故蔬果之属，相沿为女子所有”[①]。“意者，古俗于夏季果熟之时，会人民于林中，士女分曹而聚，女各以果实投其所悦之士，中焉者或以佩玉相报，即相约为夫妇焉。《晋书·潘岳传》：‘岳美姿仪……少时常挟弹出洛阳道，妇人遇之者，皆连手萦绕，投之以果，遂满载以归。’盖犹有古俗之遗意欤？”[②] 这一习俗被后世反复吟咏，如东汉秦嘉《留郡赠妇诗》：“诗人感木瓜，乃欲答瑶琼。”[③] 西晋陆机《为陆思远妇作诗》：“敢忘桃李陋，侧想瑶与琼。”[④] 南朝宋何承天《木瓜赋》：“愿佳人之吊投，思同归以托好。顾卫风之攸珍，虽琼琚而匪报。”[⑤]

经恋人之手的瓜果草蔬和琼瑶美琚已非寻常之物，它因满载着恋人的深情厚意、寓含着特殊而神秘的象征意蕴而别有价值、另具风味。赠物达情作为一种习俗，行之既久，便在生活中形成了一种约定俗成的习俗和相对稳定的观念，其含蓄深长的意味和浓郁浪漫的情怀为后世所延续，成为中国传统文化中一个不可忽视的领域，并可以之作为了解民族精神、探究民族心理和认识民族性格的参照对象。

三、婚期选择

婚期选择是成婚的重要环节，就嫁娶季节而言，在卫风中，于春季和秋、冬季都能看到婚事举行。

---

① 闻一多《诗经通义》，《闻一多全集·古典新义》（二），北京：生活·读书·新知三联书店，1982 年，第 143 页。

② 闻一多《诗经新义》，《闻一多全集·古典新义》（二），北京：生活·读书·新知三联书店，1982 年，第 88 页。

③ 逯钦立辑校《先秦汉魏晋南北朝诗》，北京：中华书局，1983 年，第 187 页。

④ 逯钦立辑校《先秦汉魏晋南北朝诗》，北京：中华书局，1983 年，第 683 页。

⑤ （唐）欧阳询撰，汪绍楹校《艺文类聚》卷 87《果部下》，上海：上海古籍出版社，1982 年，第 1493 页。

《邶风·燕燕》是一首送嫁诗，诗中以春日常见之物——燕子起兴，即明著婚期为春日，“燕燕于飞，差池其羽。之子于归，远送于野”。选择春季嫁娶，是遵循自然规律，随顺阴阳之和，《周礼·地官司徒·媒氏》：“中春之月，令会男女。”郑玄《注》：“中春阴阳交，以成昏礼，顺天时也。”① 班固《白虎通》卷十《嫁娶》：“嫁娶必以春何？春者，天地交通，万物始生，阴阳交接之时也。”② 以农耕生产为主的民族对春季非常敏感，通过农业生产实践和对自然界生命的观察，人们发现大多数自然生命是随着春天的到来而复苏的，从春天开始逐渐呈现出生命力的旺盛状态。“春，出也。万物之出也”③，“春主生物”④，先民明白了百谷生长与春的自然关系，进而力图将人事活动比附到这个自然季节上去，有着浓重的种族繁衍意识和强烈的人口增长欲望的先民便选择春季为嫁娶季节，希望借助春天的无限生机来实现人丁兴旺的美好愿望，盖如闻一多先生所论：“初民根据其感应魔术原理，以为行夫妇之事，可以助五谷之蕃育，故嫁娶必于二月农事作始之时行之。郑注《周礼》所谓‘顺天时’，《白虎通》所谓‘天地交通，万物始生，阴阳交接之时’，皆其遗说也。”⑤

《卫风·硕人》记叙卫庄公夫人庄姜当年于秋季出嫁。嫁娶途中见有“葭菼揭揭”，已经长得相当高且呈上扬之势的芦苇应该是秋天的景象。庄姜的嫁期是在秋季还可证之于途中其他所

① 《周礼注疏》卷14《地官司徒·媒氏》，（清）阮元校刻《十三经注疏》，北京：中华书局，1980年，第733页。

② （清）陈立撰，吴则虞点校《白虎通疏证》卷10《嫁娶》，北京：中华书局，1994年，第466页。

③ （汉）伏胜撰，（汉）郑玄注，（清）陈寿祺辑校《尚书大传》卷1《唐传》，北京：中华书局，1985年，第3页。

④ 刘盼遂《论衡集解》，北京：古籍出版社，1957年，第515页。

⑤ 闻一多《诗经通义》，《闻一多全集·古典新义》（二），北京：生活·读书·新知三联书店，1982年，第185页。

见，“施罛濊濊，鳣鲔发发”。先秦时期以秋季为相对固定的捕鱼季节，《礼记·王制》：“獭祭鱼，然后虞人入泽梁。”孔颖达《疏》：“谓十月时。”①《周礼·天官冢宰·鳖人》也写道：“春献鳖蜃，秋献龟鱼。”② 秋天是集中捕鱼的季节，因此《礼记·月令》孟冬之月的政令就包括“乃命水虞渔师，收水泉池泽之赋”③，《月令》的孟冬之月相当于夏历的九月，正是秋季。《卫风·硕人》记叙了庄姜出嫁途中于北流的河水中见到被捕入网的众多鳣鱼和鲔鱼，因为正值集中捕鱼的季节，所以诗中会有此画面。《卫风·氓》中的姑娘在氓的再三追问下，最后许下的婚期也是秋天：“将子无怒，秋以为期。”再有《邶风·匏有苦叶》：“士如归妻，迨冰未泮。”如果按闻一多先生的解释“泮当训合，谓归妻者宜及河冰未合以前也”，则是就秋而言了，“古者本以春秋为嫁娶之正时，此曰‘迨冰未泮’，乃就秋言之。举凡《诗》中所纪，若瓠叶枯落，渡头水深，并雉雊雁鸣，皆秋日河冰未合以前景象。审如《传》说，以冰泮为解冻，则与《诗》中物候相左矣”④。

卫风中有两首诗反映冬季亲迎婚俗，一首是《邶风·北风》，诗中描绘的冬季的景象非常明显：“北风其凉，雨雪其雱。惠而好我，携手同行。”“北风其喈，雨雪其霏。惠而好我，携手同归。”闻一多先生认为《邶风·北风》是一首亲迎婚歌，并证之

① 《礼记正义》卷12《王制》，（清）阮元校刻《十三经注疏》，北京：中华书局，1980年，第1333页。

② 《周礼注疏》卷4《天官冢宰·鳖人》，（清）阮元校刻《十三经注疏》，北京：中华书局，1980年，第664页。

③ 《礼记正义》卷17《月令》，（清）阮元校刻《十三经注疏》，北京：中华书局，1980年，第1382页。

④ 闻一多《诗经通义》，《闻一多全集·古典新义》（二），北京：生活·读书·新知三联书店，1982年，第184页。

《古诗十九首》，“《北风篇》一章曰‘携手同行’，二章曰‘携手同归’，三章曰‘携手同车’。案车者亲迎之车，归即‘之子与（于）归’之归，此新妇赠婿之辞也。《古诗十九首》之十六曰：‘良人惟古（故）欢，枉驾惠前绥。愿得常巧笑，携手同车归。’说亲迎事而语袭此诗，是其明证。《诗》又曰‘同行’者，犹同归也。女子谓嫁一曰适，行亦犹适矣。《有女同车篇》一章曰‘有女同车’，《传》曰‘亲迎同车也’，而二章曰‘有女同行’，《丰篇》为亲迎而女不至之诗，而三章‘驾予与行’与四章‘驾予与归’并举，是二诗之行亦并谓嫁”①。一对新人将婚期选在了风起雪飞的冬季，足见他们深情满怀，倾心相依。《邶风·谷风》也透露出秋冬季婚娶的信息：“行道迟迟，中心有违。不远伊迩，薄送我畿。谁谓荼苦，其甘如荠。宴尔新昏，如兄如弟。”女主人公刚刚被休出家门，负心薄情的丈夫接着就和新人举行了婚礼。如果能确定女主人公被休的季节，那么丈夫迎娶新人的时间也就清楚了，诗篇提供了这方面的内证：“我有旨蓄，亦以御冬。宴尔新昏，以我御穷。”女主人公已储存了美味的食物准备过冬，但是丈夫又另娶新人，致使她身遭不幸，准备御冬的“旨蓄”也被新婚之人享用，这些应该是在秋冬发生的事。后世学者认为选择秋冬嫁娶是因为“群生闭藏乎阴，而为化育之始，故圣人因时以合偶男女，穷天数之极。霜降而妇功成，嫁娶者行焉。冰泮而农桑起，婚礼而杀于此”②。董仲舒《春秋繁露》卷十六《循天之道》解释为：“天之道，向秋冬而阴来，向春夏而阴去，是故古之人霜降而迎女，冰泮而杀内，与

① 闻一多《诗经通义》，《闻一多全集·古典新义》（二），北京：生活·读书·新知三联书店，1982年，第191~192页。认为《邶风》写亲迎的还有鲍昌、段楚英、李运富、陈绍哲等学者。

② （清）陈士珂辑《孔子家语疏证》，上海：上海书店，1987年，第170页。

阴俱近，与阳远也。”①

古者以春为嫁娶之正时，因为古代嫁娶最大的目的是生育，婚时自然应该选在古人认为最有利于生子的季节，甲骨卜辞中见有春季嫁娶的记载，如：“贞妹其至，在二月”（《甲骨文合集》23673，图5）②，“丙午卜，今二月女至”（《甲骨文合集》20801）③。这两条卜辞中的“至”即嫁，《尔雅·释诂》邢昺《疏》：“《方言》至为嫁。”④ 唐杜佑《通典》卷五十九引张融语：“春为阳中，万物生育，嫁娶大吉也。”⑤ 强调的是春季嫁娶

23673

图5 《甲骨文合集》23673：“贞妹其至，在二月。”

（采自郭沫若主编《甲骨文合集》第8册，北京：中华书局，1981年，第3034页）

① （汉）董仲舒《春秋繁露》卷16《循天之道》，上海：上海古籍出版社，1989年，第93页。

② 郭沫若主编《甲骨文合集》第8册，北京：中华书局，1981年，第3034页。

③ 郭沫若主编《甲骨文合集》第7册，北京：中华书局，1980年，第2686页。

④ 《尔雅注疏》卷1《释诂上》，（清）阮元校刻《十三经注疏》，北京：中华书局，1980年，第2568页。

⑤ （唐）杜佑撰，王文锦等点校《通典》卷59《嘉礼四》，北京：中华书局，1988年，第1677页。

利于生育。随着春季利于生育意识的淡薄，春季为最佳嫁娶季节的观念也渐渐发生变化，又加之结婚礼仪越来越烦琐，有所谓“九十其仪”（《豳风·东山》），把婚事安排在春季农忙之时确实不便，婚期延至秋冬农闲时举行也就很自然了，亦如闻一多先生所言：“迨夫民智渐开，始稍知适应实际需要移婚期以就秋后农隙之时。试观冬行婚嫁之例，如《北风篇》所纪者，三百篇中仅此一见，知其时只偶一行之，不为常则。降至战国末年，去古已远，观念大变，于是嫁娶正时，乃一反旧俗，而向之因农时以为正者，今则避农时之为正。”[1] 李炳海先生通过比较分析认为：“春季娶女主要分布在夏文化区，《诗经》中见于《唐风》和《周南》，《春秋》《左传》中见于晋国。秋冬娶女流行于商、周文化区，《诗经》中主要见于《邶风》和《卫风》，《春秋》《左传》中见于周、齐、鲁、宋诸地。”[2] 这是从地域、部族文化的角度入手分析，认为《诗经》诸篇婚嫁诗中出现的众多兴象物类反映出了夏文化和商、周文化两大文化区嫁娶季节的差异和演变。

四、思亲念远

以农耕为主要生产方式的人们愿意静守自己的土地和家园，过稳定和平的生活，《诗经》所反映的时代是一个徭役繁多、战争频仍的历史时期，男子服徭役或参与战争必然会打破生产、生活的常规，这样则令很多人处于忧惧、思念的非常状态中，班固《白虎通》卷五《三军》曰：“古者师出不逾时者，为怨思也。天道一时生，一时养。人者，天之贵物也，逾时则内有怨女，外

① 闻一多《诗经通义》，《闻一多全集·古典新义》（二），北京：生活·读书·新知三联书店，1982 年，第 185 页。

② 李炳海《先秦时期的嫁娶季节与〈诗经〉相关作品的物类事象》，《河南大学学报（社会科学版）》1994 年第 2 期。

有旷夫。"① 朱熹《诗集传》引范氏语"居而相离则思，期而不至则忧，此人之情也"②。《邶风·击鼓》《邶风·雄雉》《卫风·伯兮》《卫风·有狐》等诗就传递出处于此种状态中的怨女、旷夫浓重的思亲念远的情感体验。

思妇、征夫的思念性质是一样的，但由于具体生存环境和生存状态的差异，这两个群体的情感体验还是有各自的特征。征夫的思念是异常复杂和沉重的，《邶风·击鼓》表现的是出征士卒对家人的思念，伴随室家之念的还有死生之忧。士卒亲身经历着瞬息万变、残酷激烈、生死难卜的沙场，是战争中种种艰险、困苦的直接承受者，朱熹在解释"土国城漕，我独南行"这句诗时把从军士卒的忧惧心理分析得很准确，"卫人从军者自言其所为，因言卫国之民或役土功于国，或筑城于漕，而我独南行，有锋镝死亡之忧，危苦尤甚也"③。出征伊始，亲人、故土、家园时时牵动着征人的心绪，征人满怀的都是一种生命不保的不安全感，因此失伍离次，全无斗志，不仅无一点振奋踊跃之情，反而满腹忧惧厌烦之意。"不我以归，忧心有忡。"求生的本能让他们对战争的残酷产生深深的恐惧，未至战场，征人已经在想象中预感到战争中不堪忍受的痛苦。无论战争的性质正义与否，战争造成的灾难是一样深重的，即如朱熹所引范氏语："兵者，毒民于死者也。孤人之子，寡人之妻，伤天地之和，召水旱之灾。"④ 人们对战争

① （清）陈立撰，吴则虞点校《白虎通疏证》卷5《三军》，北京：中华书局，1994年，第209页。

② （宋）朱熹集注《诗集传》卷3《伯兮》，上海：上海古籍出版社，1980年，第40页。

③ （宋）朱熹集注《诗集传》卷2《击鼓》，上海：上海古籍出版社，1980年，第18页。

④ （宋）朱熹集注《诗集传》卷3《伯兮》，上海：上海古籍出版社，1980年，第40页。

的厌恶、憎恨，出于对生命的珍视和留恋，是强烈的生命意识的体现，生死无定，安全感缺失，因而恐慌、忧愤，加之征戍无期，归期不定，在心神不安、忧思不止的状态下士卒缺乏斗志，失伍失马。仍然还是战争使之与妻子的契阔之约、偕老之信皆不得遂，令“执子之手，与子偕老”的美好愿望变成了绝望，难相厮守之悲，不得相携之痛如何不令征人忧心如焚、肝肠寸断！《邶风·击鼓》中士卒的痛苦是多重的：征战的艰辛、死亡的恐惧、思归的煎熬、失诺的愧疚、父母不得赡养、夫妻不得团聚、子女不得抚育、田园不得耕垦……只要战争不息，这种种苦难就永远不会消失。

夫妇分别的原因固然很多，具体到《诗经》时代，以丈夫服兵役、徭役的情况居多。从某种程度上说，兵役、徭役就是劳累、艰苦甚至生命无着的代名词。《诗经》时代诸多“过年之徭”“逾时之役”令守候在家的妻子们“愤懑之恨发动于心，慕思之积痛于骨髓”[①]。除了繁重的家务，思妇所承受的苦痛也是多重而深重的，难解的相思、难言的苦闷、难耐的孤独、难消的寂寞、难待的归期……思念不完全是痛苦的，可是超出正常承受强度的思念就变成了一种痛苦，《邶风·雄雉》《卫风·伯兮》《卫风·有狐》中的女子们就深味这种痛苦，她们无不在丈夫早日平安回家、夫妻尽快团聚的期待中忍受思念和期盼的煎熬。

丈夫出征伊始思念就开始伴随她们左右，久待夫君不归，令她们倍感孤单寂寞，甚至百无聊赖，于梳洗装扮都没有心思，一任“首如飞蓬”。有学者根据宋罗大经《鹤林玉露》乙编卷五《古妇人》之言“盖古之妇人，夫不在家，则不为容饰也。其远

① （汉）桓宽撰，（明）张之象注《盐铁论》，上海：上海古籍出版社，1990年，第147页。

嫌防微，至于如此”①，认为此处的“首如飞蓬”“其实是一种特殊的妇容要求”②，这实在是一种不解思妇真实心理的误解或者趋附说教的曲解，她们不是不为容饰，是无心绪为之。随着丈夫出征时日的增加，思妇对丈夫的思念和对归时的期盼与日俱增，思念的浓重外显于眉间，内感于心头，以至于“首疾”“心痗”。将方玉润评《陈风·月出》之词“幽思牢愁”“固结莫解”③ 用于表述思妇之情状是很合适的。《邶风·雄雉》中雄雉翻飞也拨动了思妇同样的愁绪，久思不得见、深痛不得解的悠悠之念挥之不去。《卫风·有狐》是女子对在外服役丈夫的念苦忧寒，思妇深深牵挂着丈夫服役生活的危苦和艰险，“心之忧矣，之子无裳”；“心之忧矣，之子无带”；“心之忧矣，之子无服”。这是女子对丈夫温存体念之意的具体化，思妇忧念之子无衣，与《王风·君子于役》中“君子于役，苟无饥渴”忧念君子的饥渴是同一情思，表现于词句上的是思妇关注在外服役丈夫的冷暖饥渴，于关注冷暖饥渴的同时，还有词句间未表现出来的更深度的关注，那就是对丈夫存活与否的深忧。

思妇、征夫的思亲念远在《诗经》时代具有一定的普遍性，卫地诗歌中的《邶风·击鼓》《邶风·雄雉》《卫风·伯兮》《卫风·有狐》等诗对这种情感的体会和描述非常真实地反映了当时繁重的、无固定期限的兵役、徭役给生产、生活带来的极大破坏和给人们的精神造成的深重伤害。征夫、思妇的情感非“怨而不怒”“哀而不伤”，他们确实是既怨且怒、既哀且伤。

---

① （宋）罗大经撰，王瑞来点校《鹤林玉露》乙编卷5《古妇人》，北京：中华书局，1983年，第201页。

② 王燕《〈诗经〉中的“贤妻意识”探微》，《学园：教育科研》2012年第18期。

③ （清）方玉润撰，李先耕点校《诗经原始》卷7《月出》，北京：中华书局，1986年，第289页。

五、无辜遭弃

古时称女子出嫁为“归”。《公羊传·隐公二年》：“妇人谓嫁曰归。”[①]《说文解字》：“归，女嫁也。”[②] 意为女性的最终归宿是婚后的家庭，女性的精神归属是丈夫，则女性一生幸福与否就取决于婚后家庭是否稳定、夫妻是否和睦。如此而言，则不论以何种原因遭弃被休的女子没有了婚姻，失去了丈夫，失去了家庭，也就失去了归宿，其无奈之状、苦痛之情可想而知。《邶风·柏舟》《邶风·日月》《邶风·谷风》《卫风·氓》描绘了一种在婚姻生活中因遭遇无良之人、乏德之辈而被无辜抛弃的伤心、委屈的女性群体。这一女性群体的不幸，是某一时代、某种社会制度下一定数量的女性带有普遍性的共同遭遇。尤其是《邶风·谷风》《卫风·氓》中的两位女子是卫风中也是《诗经》中弃妇的典型。

先看《毛诗序》和朱熹对《卫风·氓》诗旨的界定，《毛诗序》：“《氓》，刺时也。宣公之时，礼义消亡，淫风大行，男女无别，遂相奔诱。华落色衰，复相弃背，或乃困而自悔，丧其妃耦，故序其事以风焉。美反正，刺淫泆也。”[③]《诗集传》：“此淫妇为人所弃，而自叙其事以道其悔恨之意也。”[④]《毛诗序》和朱熹对《卫风·氓》中弃妇的“淫妇”定位严重影响了《卫风·氓》中弃妇的典型意义，她确实是“不待父母之命、媒妁之言，钻穴隙相窥，逾墙相从，则父母、国人皆贱之”[⑤] 吗？诗中言媒、

---

① 《春秋公羊传注疏》卷2《隐公二年》，（清）阮元校刻《十三经注疏》，北京：中华书局，1980年，第2203页。

② （汉）许慎撰《说文解字》，北京：中华书局，1963年，第38页。

③ 《毛诗正义》卷三之三《氓》，（清）阮元校刻《十三经注疏》，北京：中华书局，1980年，第324页。

④ （宋）朱熹集注《诗集传》卷3《氓》，上海：上海古籍出版社，1980年，第37页。

⑤ 《孟子注疏》卷6上《滕文公章句下》，（清）阮元校刻《十三经注疏》，北京：中华书局，1980年，第2711页。

言期，应该是意识到“取妻如何？匪媒不得”的关键所在，继而要求氓请良媒，卜佳期，“匪我愆期，子无良媒。将子无怒，秋以为期”，“尔卜尔筮，体无咎言。以尔车来，以我贿迁”。这里实在是没有被“父母、国人皆贱之”的前提条件。《卫风·氓》中的女主人公与“淫妇”无涉，她十分遵礼，严格守俗，既讲究婚姻的礼俗形式，要求合乎礼法的行媒、聘娶，又注重婚姻的内在含义，是两情相悦基础上成就的婚姻，当初氓的“信誓旦旦”，令她认定执其之手后可以“及尔偕老”，只是没有料到氓是一个违心违礼之人，言其违心在于他品行不佳、用情不专，辜负了女主人公，“女也不爽，士贰其行。士也罔极，二三其德”。且脾性不好，“言既遂矣，至于暴矣”。言其违礼在于休妻之举不符合礼制规定，汉戴德《大戴礼记》卷十三《本命》记载有三种情况不可出妻，其一为“前贫贱后富贵不去”[①]。清马瑞辰《毛诗传笺通释》正是据此为《卫风·氓》中的女主人公鸣不平，“古人妇人先贫贱后富贵者不去。诗言食贫，正以不当去之义责之”[②]。言其甘于数载贫困劳苦的生活恰是氓不该抛弃她的理由，氓当受谴责。方玉润言：“此女始终总为情误。”[③] 更准确地说应该是“此女始终总为氓误”，女主人公婚姻悲剧的根源是氓的变心和不负责任，遇到氓这样的男性，在任何一种社会制度下都是女性的不幸，女主人公有选择这份婚姻的权利，却没有保住这份婚姻的能力。

《邶风·谷风》刻画了被弃女子的真实心态。女主人公因丈夫的喜新厌旧被抛弃，面对丈夫无情的拂袖而去，难以释怀，仍

① （汉）戴德撰，（北周）卢辩注《大戴礼记》卷13《本命》，北京：中华书局，1985年，第221页。

② （清）马瑞辰撰，陈金生点校《毛诗传笺通释》卷6《卫风·氓》，北京：中华书局，1989年，第212页。

③ （清）方玉润撰，李先耕点校《诗经原始》卷4《氓》，北京：中华书局，1986年，第180页。

存有明显而强烈的望夫之情。朱熹由女主人公“行道迟迟，中心有违”的行状感受到的是：“言我之被弃，行于道路，迟迟不进。盖其足欲前而心有所不忍……今虽见弃，犹有望夫之情，厚之至也。”① 女主人公欲留不能，欲去不忍，欲求得室家和睦、夫妻同心而不得，真是千般无助和万般无奈，她的心情十分复杂。《邶风·柏舟》中的弃妇是一位坚韧理智的女子，被弃后痛苦不安，上海博物馆藏战国楚竹书《孔子诗论》第二十六简论及《邶风·柏舟》：“北白舟闷。”（图6）马承源先生解释简文中“闷”字之意为“诗人愠郁忧愁之叹”②。“耿耿不寐，如有隐忧。微我无酒，

图6　战国楚竹书《孔子诗论》第二十六简

[采自马承源主编《上海博物馆藏战国楚竹书》（一），上海：上海古籍出版社，2001年，第156页]

① （宋）朱熹集注《诗集传》卷2《谷风》，上海：上海古籍出版社，1980年，第21页。

② 马承源主编《上海博物馆藏战国楚竹书》（一），上海：上海古籍出版社，2001年，第156页。

以敖以游。”并非没有时日供其遨游解愁，并非没有美酒供其醉饮忘忧，实乃忧深痛炽，非遨游可释，非醉酒可除，总之，诸般畅情排忧之举都不能排遣其内心的浓愁深忧。诗中女主人公正如黄怀信先生所谓“有苦无处诉，有冤无处伸，故而忧苦郁闷”①。

《毛诗序》：“《河广》，宋襄公母归于卫，思而不止，故作是诗也。”郑玄《笺》：“宋桓公夫人，卫文公之妹，生襄公而出。”② 这里点明了宋桓公夫人的婚姻出现了变故，顾炎武《日知录》卷四描述如下：“宋襄之母获罪于君，归其父母之国。”③ 宋桓公夫人获何罪史无详载，其被弃是实，即“为夫所出而归于卫”④。宋桓公夫人虽贵为诸侯之妻，不知其言行有何差失得罪其夫，竟也遭受了被弃的悲惨命运，《周易》“鼎卦”郑玄《注》：“嫁于天子，虽失礼无出道，废远之而已。”⑤ 嫁给天子方无为夫所出之患，可是能嫁给天子的女子实在是少之又少，绝大多数女子的婚姻还是没有社会制度予以保障的，即便是贵为诸侯夫人的宋桓公夫人亦是如此。宋桓公夫人归卫后的一大心病是“襄公即位，夫人思宋，义不可往”，孔颖达详细解释了“义不可往”：“所以义不得往者，以夫人为先君所出，其子承父之重，与祖为一体，母出与庙绝，不可以私反，故义不得也。”⑥ 宋桓公夫人归

---

① 黄怀信《上海博物馆藏战国楚竹书〈诗论〉解义》，北京：社会科学文献出版社，2004年，第117页。

② 《毛诗正义》卷三之三《河广》，（清）阮元校刻《十三经注疏》，北京：中华书局，1980年，第326页。

③ （清）顾炎武著，（清）黄汝成集释《日知录集释（外七种）》卷4《夫人孙于齐》，上海：上海古籍出版社，1985年，第323页。

④ 《毛诗正义》卷三之三《河广》，（清）阮元校刻《十三经注疏》，北京：中华书局，1980年，第326页。

⑤ （宋）王应麟撰《周易郑康成注》，《景印文渊阁四库全书》第7册，台北：商务印书馆，1986年，第140页。

⑥ 《毛诗正义》卷三之三《河广》，（清）阮元校刻《十三经注疏》，北京：中华书局，1980年，第326页。

卫，不得见子，实为礼制所害，徒有知礼畏义之名，而无任何意义和价值。宋桓公夫人遭弃归卫还引发了一桩让位之举，即宋襄公为了能有机会去卫国探视母亲，欲将君位拱手出让，听来颇有些令人心酸，刘向《说苑·立节》对这件事有详细记载："宋襄公兹父为桓公太子。桓公有后妻子曰公子目夷，公爱之。兹父为公爱之也，欲立之，请于公曰：'请使目夷立，臣为之相以佐之。'公曰：'何故也？'对曰：'臣之舅在卫，爱臣，若终立则不可以往，绝迹于卫，是背母也。且臣自知不足以处目夷之上。'公不许。强以请公，公许之，将立公子目夷。目夷辞曰：'兄立而弟在下，是其义也；今弟立而兄在下，不义也。不义而使目夷为之，目夷将逃。'乃逃之卫，兹父从之。三年，桓公有疾，使人召兹父，曰：'若不来，是使我以忧死也。'兹父乃返，公复立之以为太子，然后目夷归也。"①

除去少数在政治联姻上起关键和重要作用的王室和贵族女性，《诗经》时代的女性最大的价值要在婚后的家庭生活中得以实现，因此她们非常珍惜自己的婚姻和家庭，希望保持婚姻的稳定、家庭的和睦与夫妻感情的持久，期望能够与丈夫长相守，不相弃，如《邶风·谷风》《卫风·氓》中的女子无不倾其全部经营婚姻，操持家庭，也正是这种倾注的毫无保留使得她们一旦遇人不淑，遭受不公平、不合理的被休、被弃时痛苦万分。如果能够一直保有婚姻，则女主人公会一如既往地"夙兴夜寐"，义无反顾地"靡室劳矣"。弃妇的哀痛，于另一个方面来说是女性对恩爱夫妻之情的珍惜、对稳定和谐家庭生活的向往。

社会制度对女性的不公平是造成这些贤淑的无辜女子被抛弃

---

① （汉）刘向撰，赵善诒疏证《说苑疏证》卷4《立节》，上海：华东师范大学出版社，1985年，第87～88页。

的原因之一。在上古神话传说中，人类的始祖女娲不仅创造了人类，而且曾拯救人类于水深火热的灾难中。女娲这一形象的塑造传递出的信息是女性在母系氏族社会时期非同一般的社会地位，她们处于物质生产和生命延续的核心位置。随着社会的发展和生活资料来源方式的变化，女性在物质生产中退居辅助地位，其维系社会发展的支柱作用逐渐让位给男性。进入父系社会之后，女方就男家而居这种婚姻定居方式本身就体现了男女的不平等。王国维先生认为："中国政治与文化之变革，莫剧于殷周之际。"[①]在诸多变革中，商周妇女地位是明显地发生了变化。商代虽已进入以男性为主的社会，但母系氏族社会尊重女性的遗风尚存，女性还有一定的社会地位。在商代宗法系统中，男女祖先皆可称神。据甲骨资料记载，商代有些女性拥有一定的财富，可以独立经营田产，在政治生活中也起到重要作用，她们领兵征战、掌管占卜、参与祭祀等，甲骨文中有武丁之妻妇好主持祭祀和将兵征伐的记载，如《甲骨文合集》94 正："乙卯卜，宾贞：呼妇好侑俘于妣癸"[②]；《甲骨文合集》2641："贞：勿乎妇好往燎"[③]；《英国所藏甲骨集》150 正："辛子卜，□贞，登妇好三千，登旅万，乎伐□"[④] 等。像妇好这样的女性虽然是少数，但是商代有之，而周代连这样的极少数也没有。

与商代相比，周代女性的地位降低了，她们的活动范围基本上被限定在家庭之中，《说文》"女部"："妇，服也。从女，持帚，洒扫也。"[⑤]《诗经》中也有表示此类意思的诗句，如《小

① 王国维《观堂集林》卷 10《殷周制度论》，北京：中华书局，1959 年，第 451 页。

② 郭沫若主编《甲骨文合集》第 1 册，北京：中华书局，1982 年，第 17 页。

③ 郭沫若主编《甲骨文合集》第 2 册，北京：中华书局，1978 年，第 501 页。

④ 李学勤等编《英国所藏甲骨集》，北京：中华书局，1985 年。

⑤（汉）许慎撰《说文解字》，北京：中华书局，1963 年，第 259 页。

雅·斯干》:“无非无仪,唯酒食是议,无父母诒罹。”《大雅·瞻卬》:“妇无公事,休其蚕织。”《礼记·内则》明确规定女子不可干涉应该由男子关心和从事的事情,比较详细地列出了女子应该从事的事情:“女子十年不出,姆教婉娩听从,执麻枲,治丝茧,织纴组紃,学女事以共衣服。观于祭祀,纳酒浆、笾豆、菹醢,礼相助奠。”① 周代女性被排除在政治领域之外,《尚书·牧誓》所言“牝鸡无晨,牝鸡之晨,惟家之索”②,即认为妇女不应该参与政治,否则会导致家庭的衰败。周代在礼俗制度上将女性置于较低的地位,女性仅是男性的从属者,如《礼记·郊特牲》所言:“妇人,从人者也。”③《大戴礼记》卷十三《本命》:“女者如也,子者孳也。女子者,言如男子之教而长其义理者也,故谓之妇人。妇人伏于人也。是故无专制之义,有三从之道。在家从父,适人从夫,夫死从子,无所敢自遂也。”④《白虎通》卷十《嫁娶》:“阴卑,不得自专,就阳而成之。”⑤ 这样解释是着眼于女性卑下与从属的地位。与殷商时期的女性相比,西周春秋时期的女性地位是低微的,在社会生产中,女性从事的是采集、纺织等辅助性劳动,政治地位缺失、经济地位丧失导致她们从属于男性,依附于男性,女子之生,以顺从为本,且在被严格限定了的行为规范内顺而从之。周代以男性的身份地位决定女性的阶

---

① 《礼记正义》卷28《内则》,(清)阮元校刻《十三经注疏》,北京:中华书局,1980年,第1471页。

② 《尚书正义》卷11《牧誓》,(清)阮元校刻《十三经注疏》,北京:中华书局,1980年,第183页。

③ 《礼记正义》卷26《郊特牲》,(清)阮元校刻《十三经注疏》,北京:中华书局,1980年,第1456页。

④ (汉)戴德撰,(北周)卢辩注《大戴礼记》卷13《本命》,北京:中华书局,1985年,第219页。

⑤ (清)陈立撰,吴则虞点校《白虎通疏证》卷10《嫁娶》,北京:中华书局,1994年,第452页。

级身份和家庭地位，从而强化了女性对男性的依赖。

周代女性所从事的采集、养蚕、染织等劳动虽然是辅助性的，但对于家庭和社会来说亦是必不可少、不可忽略的，只是她们的社会地位没有得到相应的承认。女性作为社会生活的主导和支配者，至《诗经》时代，已是历史的悠远之音。从《小雅·斯干》中对待男女婴儿的不同方式已经可以很直接地看出女子所处的社会地位，“乃生男子，载寝之床，载衣之裳，载弄之璋。其泣喤喤，朱芾斯皇，室家君王。乃生女子，载寝之地，载衣之裼，载弄之瓦。无非无仪，唯酒食是议，无父母诒罹”。男女地位的一重一轻表现得非常明显。女性地位的卑微是被充分意识到的，《礼记·内则》：“子生，男子设弧于门左，女子设帨于门右。三日，始负子，男射女否。”清孙希旦《礼记集解》曰：“男射女否者，女子卑，略其礼也。”① 其后有更为甚者，如《韩非子·六反》所记：“且父母之于子也，产男则相贺，产女则杀之。此俱出父母之怀衽，然男子受贺，女子杀之者，虑其后便、计之长利也。”②

浓重的依附心理令女子们视丈夫和家庭为生命的全部，进入婚姻阶段的女性的幸福跟丈夫密不可分，或者说得更绝对一点，丈夫决定着她们的幸福与否。丈夫是她们寄托终身之人，《诗经》中的诸多诗句如“黾勉同心”“及尔同死”“及尔偕老”“执子之手，与子偕老”等，是她们最真实的心愿。《白虎通》卷十《嫁娶》：“妻者，齐也，与夫齐体。自天子下至庶人，其义一也。”③

① （清）孙希旦撰，沈啸寰、王星贤点校《礼记集解》卷28《内则》，北京：中华书局，1989年，第761页。

② （战国）韩非著，陈奇猷校注《韩非子新校注》，上海：上海古籍出版社，2000年，第1006页。

③ （清）陈立撰，吴则虞点校《白虎通疏证》卷10《嫁娶》，北京：中华书局，1994年，第490页。

夫妻平等，本该如此，可是事实并非如此。女性在家庭中没有地位，她们的生存处于一种被动状态，其命运往往是被别人安排和掌控的。女性在婚姻中的主要价值是从属于男性生活，充实并衍生男性血缘家族的力量。社会制度给了男性主宰女性命运的权力，这种权力被《邶风·柏舟》《邶风·日月》《邶风·谷风》《卫风·氓》等诗中的男子滥用了，这种权力的滥用造成了众多无辜女性的痛苦和不幸，使得她们欲从一而终亦不得。

清范家相读至《邶风·新台》，禁不住感叹女性地位之低："予读《新台》之诗，而叹人情之贱女贵男莫如春秋时为甚也。以秦穆之方强也，既以怀嬴事晋惠，复以备媵于重耳，以晋霸之犹存也，明知楚灵之挟仇，乃送女以为之妃，齐景涕出而女吴，吴亦以孟子妻鲁昭，若不计其配之当否，而漫以与人国者，且既已与之即不计，其国之君夺以为妻而渎乱其天伦也。鲁惠公夺子息之妻以为妃，而宋武弗之问；楚平王夺子建之妻以为室，而秦人莫之何；降而公孙敖夺襄仲之妻，若固有之；夏姬嫁八夫而滥淫，郑人听之。此宣公夺伋之妻作《新台》于河上，而齐人阒若无闻哉。"① 诸侯国君之女的地位尚且如此，更何况普通百姓。

女子婚后以自己的辛勤劳作创造了财富，使家境逐渐好转，但她们没有自己可支配的财产，《礼记·内则》记载："子妇无私货，无私畜，无私器，不敢私假，不敢私与。"② 如此一来，一旦遭弃，她们接下来的生活将何以堪？《淮南子·氾论训》记载一段宋人对出嫁女儿的嘱托："宋人有嫁子者，告其子曰：'嫁未必

① （清）范家相撰《诗沈》卷5《新台》，《景印文渊阁四库全书》第88册，台北：商务印书馆，1986年，第633页。

② 《礼记正义》卷27《内则》，（清）阮元校刻《十三经注疏》，北京：中华书局，1980年，第1463页。

成也。有如出，不可不私藏。私藏而富，其于以复嫁易。’其子听父之计，窃而藏之。”① 女子出嫁后没有足够的保障，以致如此下下之策的产生。弃妇诗所涌现出的是女性对生命的执着与把握以及由于权利失衡而造成的无奈与困窘，是既有情于人生又无法逃遁生命中不能承受的痛苦与沉重。在《邶风·谷风》《卫风·氓》中只见进入婚姻阶段的女子们恪守职责、履行义务，鲜见她们享受权利。男权社会中男女在婚姻中权利的不对等被普遍认可时，大多数女子的婚姻幸福就只有碰运气了，婚后是否会遭受丈夫的暴力、冷落甚至抛弃皆是无可预料的，因而可以说幸福的婚姻对彼时的很多女子来说常常只是一种美好的愿望而已。

在《诗经》时代社会对女性的不公平还表现为被弃女子不为家人所理解，女子不管因何理由被弃，都会被家人视为耻辱，《礼记·曲礼上》载：“姑、姊、妹、女子、子已嫁而反，兄弟弗与同席而坐，弗与同器而食。”② 欲从家人处得到理解、安慰和支持并无径可取，《邶风·柏舟》和《卫风·氓》中写得很分明：“亦有兄弟，不可以据。薄言往愬，逢彼之怒。”“兄弟不知，咥其笑矣。静言思之，躬自悼矣。”她们内心的痛苦无可倾吐之人、无可倾诉之地，遭弃女子的兄弟们对她们的不幸遭遇和悲苦心境是“体会不及，漠置之也”③。

丈夫的用情不专和薄恩寡德是造成弃妇不幸遭遇的又一重要原因。《毛诗序》言《邶风·谷风》“刺夫妇失道也。卫人化其

---

① （汉）刘安著，（汉）许慎注，陈广忠校点《淮南子》卷13《氾论训》，上海：上海古籍出版社，2016年，第340页。

② 《礼记正义》卷2《曲礼上》，（清）阮元校刻《十三经注疏》，北京：中华书局，1980年，第1240页。

③ 钱锺书《管锥编》第1册，北京：生活·读书·新知三联书店，2001年，第188页。

上，淫于新昏而弃其旧室，夫妇离绝，国俗伤败焉”[1]。诗意所刺的是男子的喜新弃旧之举。女子心念所系的是夫妇能够“德音莫违”“德音不忘”，而男子表现出的总是“士也罔极，二三其德”，“德音无良”，明张次仲在《待轩诗记》卷二中有一句公道话：“读《氓》诗者皆责其妇而不责其夫，不知夫之罪浮于妇也，谁为谋之，谁为弃之乎？”[2]《邶风・谷风》和《卫风・氓》中的男子都是贪新厌旧之徒、德行卑劣之类，可与妻子共患难而不能与之同享安乐，既不念婚前的两情相悦、旦旦誓言，亦不念婚后妻子的持家之劳、患难与共，毫无原则地抛弃妻子，恩消情逝，正是班固《汉书・地理志》中所判定的卫地人中“薄恩礼”的典型，他们不唯无情，且无情之甚。《韩非子・内储说下》：“卫人有夫妻祷者，而祝曰：‘使我无故，得百束布。’其夫曰：‘何少也？’对曰：‘益是，子将以买妾。’”[3] 妻子所虑很现实，若经济条件允许，则其夫有买妾的可能，若新人至，则会有旧人遭疏远甚至被休弃的可能。在前文中已引一段《韩非子・说林上》中“卫人嫁其子而教之”的故事，《韩非子》两则记载卫人的故事虽不乏虚构的成分，但于众国人中独选择卫人不见得完全是随手拈之，如傅斯年先生发现宋人有其特别之质而每每被诸子选为故事的对象：“宋人质直，故谈愚人每曰宋人（《庄子》宋人资章甫而适诸越，《孟子》宋人有悯其苗之不长而揠之等）。”[4]《韩非子》两则寓言故事也能够在一定程度上反映卫地浇薄的风俗或卫人寡

---

① 《毛诗正义》卷二之二《谷风》，（清）阮元校刻《十三经注疏》，北京：中华书局，1980 年，第 303 页。

② （明）张次仲撰《待轩诗记》，《景印文渊阁四库全书》第 82 册，台北：商务印书馆，1986 年，第 90 页。

③ （战国）韩非著，陈奇猷校注《韩非子新校注》，上海：上海古籍出版社，2000 年，第 626 页。

④ 傅斯年《〈诗经〉讲义稿》，上海：上海古籍出版社，2011 年，第 66 ~ 67 页。

恩的习性。而社会对无德无行男子的舆论谴责和礼法惩罚却是相对缺失的，何曾见《毛诗序》、朱熹《诗集传》对《卫风·氓》中的男子略有微词？正是这些薄恩寡德之人左右着女子们的命运，剥夺了她们享受家庭完整、拥有婚姻幸福的权利。

女性在延续子嗣、维系婚姻、经营家庭、参与生产等方面起着非常重要的不可替代的作用，但《诗经》时代女性的实际地位和应得地位相差甚大，在彼时，女性无论怎样完善自己，不管其出身贵贱、曾经抗争与否，都改变不了社会制度规定下的既成观念中地位低下的事实。《诗经》时代的女子们无法把握婚后的命运，无法保证婚姻生活的稳定和持久。女子婚前尚有自己的情感天地，而婚后便失去了独立的生存空间。能拥有一份美满的婚姻和稳定的家庭，运气的成分是占很大比重的。余冠英先生指出，《卫风·氓》中女子的哀怨“不是一人一时的牢骚，而是千百万女性的真实悲愤的反映”①。

许多遭弃的女子都是像《卫风·氓》中的女主人公一样热爱生活、执着爱情、依恋家庭的，她们善良、贤淑，皆“有治家之勤，有睦邻之善，有安贫之志，有周急之义”②，实无可弃之罪，社会制度对男女要求的不对等、男性的不负责任行为等种种原因，导致了她们虽有情于人生却无法避免承受苦难与不幸。不幸的命运推她们步入弃妇的行列，她们身心无所归依，婚姻的不幸令她们倍尝生活的艰辛。

六、悼亡哀故

上海博物馆藏战国楚竹书《孔子诗论》涉及《邶风·绿衣》，

---

① 余冠英注译《诗经选·前言》，北京：人民文学出版社，1979 年，第 20 页。

② （明）何楷撰《诗经世本古义》卷 20《谷风》，《景印文渊阁四库全书》第 81 册，台北：商务印书馆，1986 年，第 710 页。

其中第十简中有“绿衣之思”[1]（图7），言《邶风·绿衣》表达的是思念之情，第十六简中有“绿衣之忧，思古人也”[2]（图8），言《邶风·绿衣》表现的是因念及故人而生的忧思。《孔子诗论》是将《诗经》作为文本鉴赏对象，更多的是以情感为主的一种审美鉴赏，对其主旨风格进行深入解读。高亨、余冠英、袁梅等先生认为《邶风·绿衣》是一首丈夫悼念亡妻的诗，则其中表达出的这份思念是丈夫对已经亡故的妻子的哀思。丈夫目之所及的是妻子生前为自己制作的衣服，“绿兮衣兮，绿衣黄里”；“绿兮衣兮，绿衣黄裳”。睹物思人，禁不住念及妻子种种符合自己心意的举止。妻子是一位有助于丈夫的女子，能够“俾无訧兮”，令丈夫

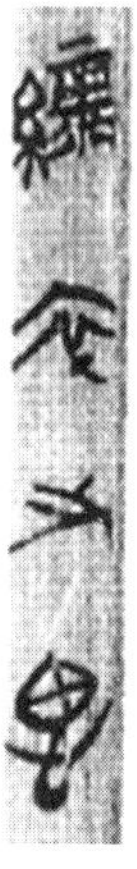

图7　战国楚竹书《孔子诗论》第十简

［采自马承源主编《上海博物馆藏战国楚竹书》（一），上海：上海古籍出版社，2001年，第139页］

① 马承源主编《上海博物馆藏战国楚竹书》（一），上海：上海古籍出版社，2001年，第139页。

② 马承源主编《上海博物馆藏战国楚竹书》（一），上海：上海古籍出版社，2001年，第145页。

图 8　战国楚竹书《孔子诗论》第十六简

［采自马承源主编《上海博物馆藏战国楚竹书》（一），上海：上海古籍出版社，2001 年，第 145 页］

尽可能地避免过失，只可惜竟是阴阳相隔，抚存感亡，心生凄楚，不胜悲凉。在丈夫的伤悼中，我们感受到了夫妻间的和谐亲爱，志趣相投，相辅相助，丈夫对亡妻的缅怀和眷念深切真挚，伤逝之情，令人愀然欲泪。

七、烝婚遗俗

《诗经》时代局部区域还存留着远古婚俗的遗迹，卫风涉及的史实中反映了“烝”这种遗俗。《毛诗序》言《鄘风·墙有茨》：“卫人刺其上也。公子顽通乎君母，国人疾之，而不可道也。”[1] 这

① 《毛诗正义》卷三之一《墙有茨》，（清）阮元校刻《十三经注疏》，北京：中华书局，1980 年，第 313 页。

里的“通”字用得不确。公子顽与宣姜的结合是被当时认可的婚配形式——烝，而非不合礼制的“通”，两者性质不同。儿子收娶亡父除了生母的妻妾叫“烝”，《说文·火部》：“烝，火气上行也。”[①]将子娶庶母定名为“烝”，取“上行”之意。烝带有远古群婚制的遗迹，是父权制家族婚姻制度的表现，是家族财产继承制的反映。远古之时的例子如《史记·匈奴列传》唐司马贞《索隐》引乐产《括地谱》：“夏桀无道，汤放之鸣条，三年而死。其子獯粥妻桀之众妾。”[②] 顾颉刚先生在《由烝报等婚姻方式看社会制度的变迁》一文中从经济角度着眼，对烝这种婚配形式做了合理的解释：“从父系氏族社会直到奴隶制社会，妇女都是氏族和宗族里的一笔财产。在生产不发达的社会里，氏族和宗族要守住一笔财产是不容易的，所以从别的族里嫁来的女子不可任她流失，她的丈夫既死，弟、兄可以娶她，子、侄辈可以娶她，甚至孙辈也可以娶她。从当时说，也是团结同族的一个方法。”[③] 卫风反映的史实涉及的人物中有两人是烝婚的实施者，他们分别是卫宣公和卫宣公之子公子顽。《左传·桓公十六年》载：“初，卫宣公烝于夷姜，生急子。”[④]夷姜是卫宣公父卫庄公妾，即卫宣公庶母。卫宣公烝夷姜，生子伋（急子），立夷姜为夫人，立伋为太子。《左传·闵公二年》载：“初，惠公之即位也少，齐人使昭伯烝于宣姜，不可，强之，生齐子、戴公、文公、宋桓夫人、许穆夫人。”[⑤] 昭伯是宣公庶子公子

---

① （汉）许慎撰《说文解字》，北京：中华书局，1963 年，第 207 页。

② （汉）司马迁撰《史记》卷 110《匈奴列传》，北京：中华书局，1959 年，第 2880 页。

③ 顾颉刚《由烝报等婚姻方式看社会制度的变迁》，《顾颉刚全集·顾颉刚古史论文集》卷 4，北京：中华书局，2011 年，第 484 页。

④ 《春秋左传正义》卷 7《桓公十六年》，（清）阮元校刻《十三经注疏》，北京：中华书局，1980 年，第 1758 页。

⑤ 《春秋左传正义》卷 11《闵公二年》，（清）阮元校刻《十三经注疏》，北京：中华书局，1980 年，第 1788 页。

顽，《史记·卫康叔世家》载：“太子伋同母弟二人：其一曰黔牟……其二曰昭伯。”[①] 宣姜是公子顽父卫宣公的夫人，最初是聘与太子伋，卫宣公见其美而自娶之，公子顽与宣姜的结合，用“不可，强之”这样的词语来表述，可见是齐人的强迫之举，非公子顽之意非常明显。稍稍推测齐人之意，齐国欲争霸中原，需要更多的支持者，在他们看来卫国是值得与其结为同盟的。宣姜第一次所嫁之人非当时所许之人，未见齐人就此差错有何反应，在齐人看来，只是将齐国公主嫁入卫室以结政治盟好，至于具体嫁给谁无关紧要，嫁与太子可，嫁与太子之父亦无不可，只要顺利达到合二姓之好的目的即可。在齐人看来，宣姜于归，无异于一件政治行为。宣公卒，则齐人强迫公子顽烝宣姜，仍然具有明显的政治色彩。齐人强公子顽烝宣姜，乃欲继续这份由异姓联盟而结成的政治同盟，继续通过血缘关系保持、调整政治关系，宣姜的作用就是用以维系齐、卫两国的政治同盟。宣姜的两次婚姻不但皆非己愿，且皆非当时的常态婚姻，不过她所经历的第二次非常态婚姻是被当时的社会认可的，并非如后世所评价的淫。只是烝婚有可能带来亲属关系的混乱，由于夫妻关系的非常态变化而导致的家庭成员关系的复杂在卫国宫室中表现得尤其突出（图9），宣姜和卫宣公生有卫惠公朔和公子寿，又和卫惠公的庶兄公子顽生有齐子、戴公、文公、宋桓夫人、许穆夫人。卫惠公、寿和齐子、戴公、文公、宋桓夫人、许穆夫人七人都为宣姜所生，属兄弟姊妹关系是事实，属叔侄关系也是事实，虽然在以父系为宗的历史时期这不算多大的混乱，但是从伦理上还是无法序齿的。

① （汉）司马迁撰《史记》卷37《卫康叔世家》，北京：中华书局，1959年，第1595页。

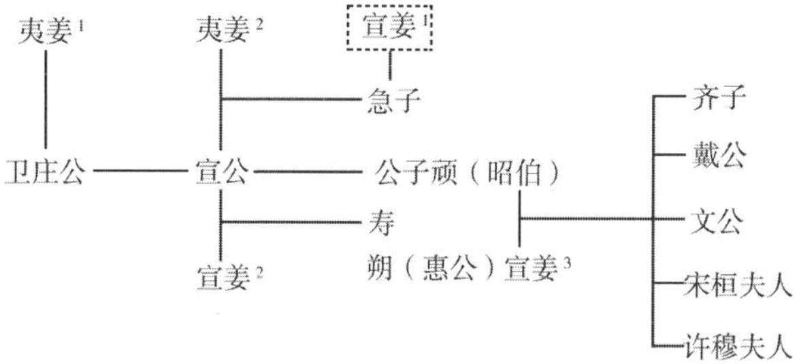

图9　烝婚导致的家庭成员关系的复杂

（采自顾颉刚《由烝报等婚姻方式看社会制度的变迁》，《顾颉刚全集·顾颉刚古史论文集》卷4，北京：中华书局，2011年，第453页）

烝合乎当时的伦理规范，并未被当时的舆论所指责。出现在《左传》中的烝婚涉及面广，历时长，几乎与春秋纪年相始终。当时卫国人对宣公与夷姜、宣姜与公子顽的结合没有表示出不齿，只是后人以为当时卫国人会不齿宣姜与公子顽的结合，他们的结合并非如有些学者解释的“通”（《毛诗序》：“《墙有茨》，卫人刺其上也。公子顽通乎君母。”①）；或者“姘居”（高亨先生《诗经今注》：“宣姜是齐君之女，卫宣公之妻，卫惠公之母。宣公死后，她又和宣公的庶子公子顽姘居，生了三男二女。这首诗便是讽刺宣姜的淫秽。”②）。由此就不应被列入《鄘风·墙有茨》中所说的“不可道”的宫廷丑闻。

我们对烝婚略作辩解：第一，烝婚没有超出当时的社会规范和道德要求，是被时人认同的合法婚配，当时舆论对其并无微词；既然对卫宣公烝夷姜未有谴责之语，则对公子顽烝宣姜就不应有讥刺之意。

---

① 《毛诗正义》卷三之一《墙有茨》，（清）阮元校刻《十三经注疏》，北京：中华书局，1980年，第313页。

② 高亨注《诗经今注》，上海：上海古籍出版社，1980年，第66页。高先生记为“三男二女”，似应以“二男三女”为是。

第二，《诗经》时期卫国之外的其他国家以及后世有些民族亦有烝这种婚姻现象。《左传》中的烝婚共有五件，除了上述卫宣公烝夷姜和公子顽烝宣姜，尚有庄公二十八年，晋献公烝父妾齐姜，“晋献公娶于贾，无子。烝于齐姜，生秦穆夫人及太子申生”①；僖公十五年，晋惠公烝父次妃贾君，“晋侯之入也，秦穆姬属贾君焉，且曰：‘尽纳群公子。’晋侯烝于贾君，又不纳群公子，是以穆姬怨之”②；成公二年，楚黑要烝父连尹襄老继室夏姬，“楚之讨陈夏氏也，庄王欲纳夏姬，申公巫臣曰：‘不可……’王乃止。子反欲取之，巫臣曰：‘是不祥人也……’子反乃止。王以予连尹襄老。襄老死于邲，不获其尸，其子黑要烝焉”③。《左传》只是记载了这些烝婚的史事，未见有对这种婚配形式的微词。烝这种婚配形式在《诗经》时代前后的一些历史时期和部分民族都有存续，董家遵先生《中国古代婚姻史研究》细数了从尧舜禹、春秋，到清朝、民国的收继婚案例，无一代遗漏。④ 后世史书中烝多作为“胡俗”存在于少数民族地区，如《三国志·乌丸传》注引《魏书》：“乌丸者，东胡也。……父兄死，妻后母执嫂。”⑤《史记·匈奴列传》：“匈奴，其先祖夏后氏之苗裔也，曰淳维。……父死，妻其后母。”⑥《晋书·西戎传》：

① 《春秋左传正义》卷10《庄公二十八年》，（清）阮元校刻《十三经注疏》，北京：中华书局，1980年，第1781页。

② 《春秋左传正义》卷14《僖公十五年》，（清）阮元校刻《十三经注疏》，北京：中华书局，1980年，第1805页。

③ 《春秋左传正义》卷25《成公二年》，（清）阮元校刻《十三经注疏》，北京：中华书局，1980年，第1896页。

④ 董家遵著，卞恩才整理《中国古代婚姻史研究》，广州：广东人民出版社，1995年，第3～105页。

⑤ （晋）陈寿撰，（宋）裴松之注，陈乃乾校点《三国志》卷30《乌丸鲜卑东夷列传》，北京：中华书局，1959年，第832页。

⑥ （汉）司马迁撰《史记》卷110《匈奴列传》，北京：中华书局，1959年，第2879页。

“吐谷浑……据有西零已西甘松之界，极乎白兰数千里。……父卒，妻其群母；兄亡，妻其诸嫂。”① 《隋书·西域传》：“附国者，蜀郡西北二千余里，即汉之西南夷也。……妻其群母及嫂，儿弟死，父兄亦纳其妻。”②《金史·贞懿皇后传》：“旧俗，妇女寡居，宗族接续之。”③

第三，这种婚制下生育的子女享有合法的社会地位，如卫宣公烝夷姜所生伋子被立为太子，公子顽烝宣姜所生齐子、戴公、文公、宋桓夫人、许穆夫人五位子女，两个儿子相继为卫国国君，三个女儿都嫁与诸侯国君，明何楷《诗经世本古义》卷二十三之上考齐子嫁于齐桓公：“卫既为狄所灭，幸戴公立，于是国已亡而复存，然实赖诸女兄弟之力。世皆知宋桓、许穆娶戴公之妹，而不知齐桓亦娶戴公之姊，则所谓齐子是也。何以知之？《左传》称桓公好内嬖，如夫人者六人。长卫姬生无亏，今成曹之役。桓公实使无亏，以其为卫之甥故耳。然则长卫姬非即齐子而何？在齐称其所自出，曰‘卫姬’，而在卫则据其所嫁之国，称之曰‘齐子’，其变‘姬’称‘子’者，意如鲁‘文姜’、吴‘孟子’之例。”④ 徐华龙先生《国风与民俗研究》分析：“按常理，私通生子只能一或二人，哪有一下生五子之多的道理呢。很显然公子顽与宣姜的关系并不是一般的私通，而是在某种程度上保留着奴隶制社会里‘父死妻其后母’的

---

① （唐）房玄龄等撰《晋书》卷97《四夷传》，北京：中华书局，1974年，第2537～2538页。

② （唐）魏徵、（唐）令狐德棻撰《隋书》卷83《西域传》，北京：中华书局，1973年，第1858页。

③ （元）脱脱等撰《金史》卷64《后妃传下》，北京：中华书局，1975年，第1518页。

④ （明）何楷撰《诗经世本古义》卷23上《干旄》，《景印文渊阁四库全书》第81册，台北：商务印书馆，1986年，第772页。

一种礼俗。"[1] 此外宋桓夫人、许穆夫人分别嫁与宋桓公、许穆公，位尊为国君夫人。再如晋献公烝父晋武公妾齐姜所生子女，申生为太子，女儿嫁与秦穆公为诸侯国君夫人。

童书业先生《春秋左传研究》对春秋时期"烝"予以客观评定："子、侄、弟可以上烝父、伯、叔、兄之妻妾（除生母外），甚至孙辈亦可上烝非直系之祖母。其所烝之人，在无正夫人或正夫人无子时，等于夫人之地位，故其所生之子可以立为太子，继承君位，其女可以嫁为大国夫人。"[2] 烝在《诗经》时代是被社会认可的婚姻形态，至汉代，人们就已经不能接受这种婚姻形态了，对其持否定态度，杜预在解释"烝"时就用了"淫"字，"上淫曰烝"[3]。后世以"通"定性春秋时期的烝是错误的，烝只是不符合后世的道德标准，而《左传》中记载了不少以"通"定性的事件，其中两例见于《诗经》，一是《齐风》中记载的齐襄公通文姜，一是《陈风》中记载的陈灵公与孔宁、仪行父通夏姬，他们的行径确实为人所不齿，不管是从《诗经》时代还是从后世来看，都是违背伦理规范和道德要求的。烝是可公开行之的婚配形式，不恐人知，而通则不然，除了夏姬与陈灵公君臣肆意为之这样的特例，一般都唯恐人知，如《左传·成公十七年》记载："齐庆克通于声孟子，与妇人蒙衣乘辇而入于闳，鲍牵见之，以告国武子。武子召庆克而谓之，庆克久不出。"[4] 齐国大夫庆克与齐灵公之母私通，为避免他人发现，着女服乘辇车进入宫廷，

---

① 徐华龙《国风与民俗研究》，北京：中国民间文艺出版社，1988 年，第 173 页。

② 童书业《春秋左传研究》，上海：上海人民出版社，1980 年，第 211 页。

③ 《春秋左传正义》卷 7《桓公十六年》，（清）阮元校刻《十三经注疏》，北京：中华书局，1980 年，第 1758 页。

④ 《春秋左传正义》卷 28《成公十七年》，（清）阮元校刻《十三经注疏》，北京：中华书局，1980 年，第 1921 页。

终为人所知。后来庆克遭国武子训斥，吓得良久不敢出门。刘宗棠、张泰两位先生于《论春秋时期“烝”婚制的合“礼”性》一文中在对夏姬这个不寻常女子的特别经历中比较出了烝与通的本质不同，夏姬在陈国时，陈灵公、孔宁、仪行父与之通，以致陈灵公身亡、陈国遭楚国征讨。后来夏姬嫁给了楚国大将连尹襄老，连尹襄老卒后，其子黑要烝夏姬，此后未再有祸事发生。①

“烝”无关乎淫，杜预所定位的“上淫曰烝”是不准确的，童书业先生强调：“此非淫也，古代家长制家庭之婚姻形态也。”②有些学者是以后世的道德标准去衡量被当时社会认同有其存在的合理性的烝，然后理所当然地把涉及烝的当事人作为讥讽对象，殊不知这种离开了史实背景的讥讽是没有价值和意义的。《毛诗序》将“通”和“淫乱”两词用于宣姜显然是不对的，宣姜之为与闵公二年《左传》所记哀姜与共仲，宣公九年、成公二年《左传》所记夏姬与陈灵公、孔宁、仪行父的所作所为是完全不一样的性质，因而结局也是不一样的，哀姜被处死，陈灵公被夏姬之子夏徵舒射杀，究其原因就是宣姜与公子顽的婚姻是被时人认可的，而后举两例是被社会舆论强烈谴责的，是为社会道德所不容的。方玉润《诗经原始》：“卫宫淫乱，未必即止宣姜，而宣姜为尤甚。其始既失节于宣公，而有《静女》《新台》之诮，其继又失身于公子顽，而为《墙茨》《偕老》之羞，其‘中冓之言’，尚可道哉？盖廉耻至是而尽丧，有诗人不忍道、不忍详、不忍读者。”③此言过激，此言不实，置宣姜入“淫乱”的污淖

---

① 刘宗棠、张泰《论春秋时期“烝”婚制的合“礼”性》，《学术论坛》2006年第2期。

② 童书业《春秋左传研究》，上海：上海人民出版社，1980年，第209页。

③（清）方玉润撰，李先耕点校《诗经原始》卷4《墙有茨》，北京：中华书局，1986年，第156页。

是不公允的。宣姜的婚姻始任卫人摆布，后由齐人安排，还要被后人误读，她实在是太不幸了。

八、媵婚之习

一夫一妻是周代占主导地位的婚姻形态，在贵族阶层还存在着与一夫一妻相并列的一夫多妻这种婚姻形态，《邶风·柏舟》："忧心悄悄，愠于群小。"朱熹注："群小，众妾也。"① 按朱熹的解释，这就是一个一夫多妻的家庭。一夫多妻是通过两种方式实现的，即多次婚娶和一娶数女，其中一娶数女即《邶风·泉水》和《卫风·硕人》中能够见到的媵婚。《公羊传·庄公十九年》记："媵者何？诸侯娶一国，则二国往媵之，以侄娣从。侄者何？兄之子也。娣者何？弟也。诸侯壹聘九女。诸侯不再娶。"② 再参见《仪礼·士昏礼》和《左传·成公八年》："虽无娣，媵先。"郑玄《注》："古者嫁女，必侄娣从，谓之媵。侄，兄之子，娣，女弟也。"贾公彦《疏》："诸侯夫人自有侄娣，并二媵各有侄娣，则九女。"③"凡诸侯嫁女，同姓媵之，异姓则否。"④ 从以上文献记载可知，媵婚是指诸侯娶一国之女为妻（嫡夫人），女方则以侄女（侄）或妹妹（娣）随嫁，还有两个和女方同姓国家的女子陪嫁，也各以侄娣相从。这些随嫁陪嫁的女子统称为"媵"。《周易》"归妹"卦的初九、六三、六五爻的爻辞分别为："归妹以娣"；"归妹以须，反归以娣"；"帝乙归妹，其君

---

① （宋）朱熹集注《诗集传》卷2《柏舟》，上海：上海古籍出版社，1980年，第15页。

② 《春秋公羊传注疏》卷8《庄公十九年》，（清）阮元校刻《十三经注疏》，北京：中华书局，1980年，第2235页。

③ 《仪礼注疏》卷5《士昏礼》，（清）阮元校刻《十三经注疏》，北京：中华书局，1980年，第968页。

④ 《春秋左传正义》卷26《成公八年》，（清）阮元校刻《十三经注疏》，北京：中华书局，1980年，第1905页。

之袂不如其娣之袂良”。[①] 这些叙述说明，在殷末可能已存在媵婚。在诸媵中，又有左右、尊卑之分，左尊右卑，娣尊侄卑。

《邶风·泉水》：“娈彼诸姬，聊与之谋。”“女子有行，远父母兄弟。问我诸姑，遂及伯姊。”朱熹《诗集传》：“诸姬，谓侄娣也。”“诸姑伯姊，即所谓诸姬也。”[②] 清姚际恒《诗经通论》卷三：“诸侯娶妻，嫡长有以侄、娣从者；此称‘姑’，则为侄也；称‘姊’，则为娣也。其时宫中有为之姑者，有为之姊者，故欲归宁不得，与之谋而问之也。”[③] 卫国姬姓，诗中的“诸姬”即随同许穆夫人嫁往许国的同姓女子。《卫风·硕人》浓墨重彩地渲染了庄姜嫁卫的盛况，最后一章涉及媵婚：“庶姜孽孽，庶士有朅。”郑玄《笺》：“庶姜，谓侄娣。”[④] “庶姜”即与庄姜同姓而随之出嫁的众侄娣。

《左传》中有不少媵婚的记载，如庄公十九年，“秋，公子结媵陈人之妇于鄄”[⑤]，公子结护送陪卫女嫁给陈国的鲁女到鄄地；成公八年，鲁人将嫁共姬（鲁成公之妹）于宋（宋共公），与鲁国同姓的卫国送女子前来做共姬的陪嫁，“卫人来媵共姬”[⑥]；成

---

① 《周易正义》卷5《归妹》，（清）阮元校刻《十三经注疏》，北京：中华书局，1980年，第64页。

② （宋）朱熹集注《诗集传》卷2《泉水》，上海：上海古籍出版社，1980年，第24页。

③ （清）姚际恒著，顾颉刚标点《诗经通论》卷3《邶·泉水》，北京：中华书局，1958年，第64页。

④ 《毛诗正义》卷三之二《硕人》，（清）阮元校刻《十三经注疏》，北京：中华书局，1980年，第322页。

⑤ 《春秋左传正义》卷9《庄公十九年》，（清）阮元校刻《十三经注疏》，北京：中华书局，1980年，第1773页。

⑥ 《春秋左传正义》卷26《成公八年》，（清）阮元校刻《十三经注疏》，北京：中华书局，1980年，第1905页。

公九年，“伯姬归于宋。……晋人来媵”[①]，甚至与鲁国异姓的齐国也来媵（成公十年）[②]，打破了异姓不媵的规定；隐公三年，“（卫庄公）又娶于陈，曰厉妫，生孝伯，早死，其娣戴妫，生桓公”[③]；襄公三十一年载鲁襄公夫人曰敬归，其娣齐归随嫁[④]；庄公二十八年记载，晋献公在戎娶了大戎狐姬及其妹小戎子，伐骊戎时又娶了骊姬及其娣[⑤]。侄娣从嫁现象不仅存在于诸侯婚娶中，大夫也有此现象，如文公七年，鲁大夫穆伯娶莒国戴己，其娣声己随嫁，生惠叔[⑥]；襄公二十三年，“臧宣叔娶于铸，生贾及为而死，继室以其侄”[⑦]；哀公十一年，卫大叔疾娶宋子朝之女，其娣随嫁[⑧]。从贵族的婚姻事实来看，陪嫁者娣多侄少，据刘兴均先生统计，《左传》所记娣从媵凡四十见，而侄从媵仅三见，且只发生在齐、鲁二国。[⑨]

西周春秋时期的媵婚见于媵器铭文中，如曾侯簠铭文（图

---

① 《春秋左传正义》卷26《成公九年》，（清）阮元校刻《十三经注疏》，北京：中华书局，1980年，第1905页。

② 《春秋左传正义》卷26《成公十年》，（清）阮元校刻《十三经注疏》，北京：中华书局，1980年，第1906页。

③ 《春秋左传正义》卷3《隐公三年》，（清）阮元校刻《十三经注疏》，北京：中华书局，1980年，第1724页。

④ 《春秋左传正义》卷40《襄公三十一年》，（清）阮元校刻《十三经注疏》，北京：中华书局，1980年，第2014页。

⑤ 《春秋左传正义》卷10《庄公二十八年》，（清）阮元校刻《十三经注疏》，北京：中华书局，1980年，第1781页。

⑥ 《春秋左传正义》卷19上《文公七年》，（清）阮元校刻《十三经注疏》，北京：中华书局，1980年，第1846页。

⑦ 《春秋左传正义》卷35《襄公二十三年》，（清）阮元校刻《十三经注疏》，北京：中华书局，1980年，第1978页。

⑧ 《春秋左传正义》卷58《哀公十一年》，（清）阮元校刻《十三经注疏》，北京：中华书局，1980年，第2167页。

⑨ 刘兴均《“姪从媵”考》，《四川师范大学学报（社会科学版）》1995年第2期。

10)："叔姬霝乍（适）黄邦，曾侯乍叔姬邛嬭媵器……"① 曾国女子叔姬、邛国女子邛嬭二人一同嫁往黄国。许子妆簠铭文："许子妆择其吉金，用铸其簠，用媵孟姜、秦嬴。"郭沫若先生推测："此殆许与秦同时嫁女，或许嫡秦为媵，秦嫡许为媵。"②曹兆兰认为主嫁女是孟姜，秦嬴是他国来媵女。③ 又如樊君鬲铭文："樊君作叔嬴、嬭（芈）媵器宝鬲。"（《殷周金文集成》626）李学勤先生认为"叔嬴嬭"不是一个女子，而是两个，一个是叔嬴，一个是嬭，后者即芈，则主嫁正嫡女是叔嬴，嬭是来媵国之女。④

图 10　曾侯簠铭文

［采自马承源主编《商周青铜器铭文选》（四），北京：文物出版社，1990 年，第 446 页］

① 马承源主编《商周青铜器铭文选》（四），北京：文物出版社，1990 年，第 445 ~ 446 页。

② 郭沫若《两周金文辞大系图录考释》，北京：科学出版社，1957 年，第 179 页。

③ 曹兆兰《从金文看周代媵妾婚制》，《深圳大学学报（人文社会科学版）》2001 年第 6 期。

④ 李学勤《光山黄国墓的几个问题》，《考古与文物》1985 年第 2 期。

西周立国后形成的血缘宗法制是媵婚存在的一个基本前提条件，《公羊传·庄公十九年》何休《注》："必以侄娣从之者，欲使一人有子，二人喜也。所以防嫉妒，令重继嗣也，因以备尊尊、亲亲也。九者，极阳数也；不再娶者，所以节人情，开媵路。"[①] 媵婚在生殖繁衍观念上，反映了古代重继嗣、多子孙的心理倾向，它将生殖观念与宗法观念结合在一起，将子孙的延续与权力、财产的延续合而为一。在周代，嫡长子继承制是血缘宗法制的核心，媵婚在客观上使嫡长子继承制进一步完备，《左传·隐公元年》载："惠公元妃孟子。孟子卒，继室以声子，生隐公。"杜预认为声子"盖孟子之侄娣也"[②]。襄公十九年载："齐侯娶于鲁，曰颜懿姬，无子。其侄鬷声姬，生光，以为大子。"[③] 闵公二年载："闵公，哀姜之娣叔姜之子也。"[④] 以上记载都是正妻无子，以侄或娣之子为太子，侄娣的存在使得在正妻无子的情况下出现的无嫡长子继承权位的意外得以避免。正妻和随媵的侄娣共侍一夫，无论哪位女子所生之子，与其他女子都有血缘关系，这样可以确保贵族血统的纯粹性和血亲集团统治的持久性。正妻与媵妾之间本来就是非常近的亲属关系，"欲使一人有子，二人喜也"。人们理想中认为可以"防嫉妒"，从而达到"尊尊、亲亲"的目的，即完善家、国的生存秩序。

周代诸侯"一聘九女"的媵婚将婚姻的运作纳入当时政治外

---

① 《春秋公羊传注疏》卷8《庄公十九年》，（清）阮元校刻《十三经注疏》，北京：中华书局，1980年，第2235页。

② 《春秋左传正义》卷2《隐公元年》，（清）阮元校刻《十三经注疏》，北京：中华书局，1980年，第1712页。

③ 《春秋左传正义》卷34《襄公十九年》，（清）阮元校刻《十三经注疏》，北京：中华书局，1980年，第1968页。

④ 《春秋左传正义》卷11《闵公二年》，（清）阮元校刻《十三经注疏》，北京：中华书局，1980年，第1787页。

交的运作轨道，联姻成为国族之间重要的外交手段，如晋公铭文所记晋公媵元女，杨树达在《积微居金文说》中讲道："知晋之嫁女，实欲求欢于楚以图自保。"[①] 这种将女儿作为礼物送给强邻之国的攀附式婚姻外交，在当时不在少数。鲁伯姬嫁宋时，卫、晋、齐三国来媵，就是以婚姻的形式巩固在晋楚鄢之战后形成的中原五国诸侯共同抗楚的政治联盟，三国送媵表面上是因为伯姬以贤闻于诸侯，实质上是以政治目的为出发点。战国以后，社会制度发生了重大变化，媵婚逐渐消亡。

九、同姓不婚

《礼记·昏义》言："昏礼者，将合二姓之好，上以事宗庙，而下以继后世也，故君子重之。"[②] 这里强调婚姻双方为"二姓"。卫地诗歌中的《邶风·泉水》《鄘风·载驰》《卫风·硕人》等诗以及部分诗篇所涉及的史实都确切地记载了异姓邦国之间的婚姻，体现了周代婚姻习俗中一个非常突出的特点——同姓不婚。王国维先生《殷周制度论》指出："周人制度之大异于商者……三曰同姓不昏之制。"[③] "同姓不婚之制，实自周始。"[④] 谢维扬先生认为："周代同姓不昏不是原始社会中氏族外婚制的自然延续，而是周代随着强化父系宗亲观念而出现的一种婚姻禁忌制度。"[⑤]《鄘风·载驰》中的许穆夫人是卫国女子，姬姓，嫁给了姜姓的许国国君。《卫风·硕人》特别提到了卫庄公夫人庄姜

---

① 杨树达《积微居金文说》(增订本)，北京：中华书局，1997 年，第 57 页。

② 《礼记正义》卷 61《昏义》，(清) 阮元校刻《十三经注疏》，北京：中华书局，1980 年，第 1680 页。

③ 王国维《观堂集林》卷 10《殷周制度论》，北京：中华书局，1959 年，第 453 ~ 454 页。

④ 王国维《观堂集林》卷 10《殷周制度论》，北京：中华书局，1959 年，第 474 页。

⑤ 谢维扬《周代家庭形态》，北京：中国社会科学出版社，1990 年，第 61 ~ 62 页。

的高贵身份："齐侯之子，卫侯之妻，东宫之妹，邢侯之姨，谭公维私。"朱熹《诗集传》解释了姐妹们丈夫之间的称呼："妻之姊妹曰姨，姊妹之夫曰私。"[①] 这一身份的详细介绍，恰好提供了姜姓齐国的三个女儿嫁给异姓诸侯的信息，庄姜嫁给姬姓卫国国君，邢为周公四子的封国，也是姬姓，谭国是少昊之后，姓氏存在争议，但可确定不是姜姓。

异姓联结的婚姻在夫妻合葬墓和出土铜器铭文中都有所反映。如1978年，考古工作者在河南信阳平桥发现了樊国的夫妻合葬墓，夫为樊君夔，芈姓，妻为嬴姓女子，有樊夫人龙嬴壶可证，其铭文为："樊夫人龙嬴用其吉金自作行壶。"[②] 又如河南光山宝相寺的黄国夫妻合葬墓，夫为黄君，嬴姓，妻为孟姬，姬姓，有墓中出土的铜器铭文可证："黄子作黄甫（夫）人孟姬行器。"[③] 春秋时期的齐侯匜铭文为："齐侯乍（作）虢孟姬良女宝匜，其万年无疆，子子孙孙永宝用。"（图11）此匜为齐侯为夫人虢孟姬所作，齐侯与虢孟姬乃齐、虢两国的姜、姬二姓联姻。[④]

同姓不婚的意义一是促进优生，二是有利于政治联姻。周人认为同姓结成的婚姻不利于后代的繁衍，《左传·僖公二十三年》载郑大夫叔詹谈及当时流亡至郑的晋公子重耳时，针对其父母都是姬姓这一事实指出："男女同姓，其生不蕃。"[⑤] 这一观点是春

---

① （宋）朱熹集注《诗集传》卷3《硕人》，上海：上海古籍出版社，1980年，第36页。

② 河南省博物馆、信阳地区文管会、信阳市文化局《河南信阳市平桥春秋墓发掘简报》，《文物》1981年第1期。

③ 河南信阳地区文管会、光山县文管会《春秋早期黄君孟夫妇墓发掘报告》，《考古》1984年第4期。

④ 马承源《中国古代青铜器》，上海：上海人民出版社，2008年，第111页。

⑤ 《春秋左传正义》卷15《僖公二十三年》，（清）阮元校刻《十三经注疏》，北京：中华书局，1980年，第1815页。

秋时期人们的共识，如《国语·晋语四》："同姓不婚，恶不殖也。"①《左传·昭公元年》："侨又闻之，内官不及同姓，其生不殖。"②《邶风·泉水》《鄘风·蝃蝀》和《卫风·竹竿》都写到姑娘出嫁时感伤于远离父母兄弟。这种异姓婚、异地婚是有利于优生的。

图 11　齐侯匜铭文

（采自马承源《中国古代青铜器》，上海：上海人民出版社，2008 年，第 111 页）

《礼记·郊特牲》："夫昏礼，万世之始也，取于异姓，所以附远厚别也。"③ 附远厚别是针对贵族统治者上层而言的，对于贵

① （战国）左丘明著，（三国吴）韦昭注《国语》卷 10《晋语四》，上海：上海古籍出版社，2015 年，第 232 页。

② 《春秋左传正义》卷 41《昭公元年》，（清）阮元校刻《十三经注疏》，北京：中华书局，1980 年，第 2024 页。

③ 《礼记正义》卷 26《郊特牲》，（清）阮元校刻《十三经注疏》，北京：中华书局，1980 年，第 1456 页。

族阶层而言，婚姻不仅是两个男女之间的结合，更是两个家族之间甚至是两个国家之间建立政治联盟的有效方式。贵族阶层的婚姻选择与国家、家族、个人的政治利益紧密相关，婚姻的原始意义被双方的政治利益所取代，所以追求最大限度的政治利益成为西周春秋时期乃至后世统治阶级缔结婚姻时最主要的价值取向，《卫风·硕人》赞美庄姜的美貌，赞美庄姜婚礼的隆重，也是赞美齐、卫两国通过婚姻结成的政治联盟。《列女传》卷三《仁智传》记载许穆夫人未出嫁时针对齐、许两国的求婚所做的分析就是基于此，许穆夫人把自己的婚姻完全当作一项政治活动来谈论，建议通过自己出嫁强齐以备将来不测之援，可惜卫侯不及许穆夫人有远见，放弃强齐而答应了许国的求婚。① 许国势弱，确实在卫国遭狄灭时未能相助。与卫国有婚姻关系的齐国和宋国，对卫民的渡河和复兴都给予了很大的帮助。从某种程度上来说，贵族之间的婚姻"是一种政治的行为，是一种借新的联姻来扩大自己势力的机会；起决定作用的是家世的利益，而决不是个人的意愿"②。

异姓联姻不仅能促进双方的友好关系，而且使双方在发生矛盾冲突时能较快得到缓解，在一方遇到危险时能得到对方的有力援助。《左传·僖公十七年》记载，齐人因鲁灭项而在淮之会上将鲁僖公执囚起来，由于鲁僖公夫人声姜是齐女，因而在姜氏会见齐桓公之后，鲁僖公被释放了。③ 昭公十八年邾人灭鄅，因为鄅夫人是宋卿向戌之女，所以向戌之子向宁请于宋元公，出兵伐

---

① （汉）刘向编撰，（晋）顾恺之图画《古列女传》卷3《仁智传·许穆夫人》，北京：中华书局，1985年，第65页。

② 《马克思恩格斯选集》（四），北京：人民出版社，1995年，第76~77页。

③ 《春秋左传正义》卷14《僖公十七年》，（清）阮元校刻《十三经注疏》，北京：中华书局，1980年，第1809页。

郛，后郛尽归鄅俘。[①] 僖公三十三年，秦晋殽之战中的文嬴释三帅也是很好的实例。[②] 河南商水县出土的原氏仲簠铭文曰："惟正月初吉丁亥，原仲作沦仲妫家媵簠。用祈眉寿，万年无疆，永寿用之。"[③] 原氏仲簠是陈国大夫原仲为其嫁给顿国沦姓贵族男子的二女儿所做的陪嫁品，这桩婚姻的背景是，当时陈面临北郑、南楚的威胁，需扩大联盟与郑、楚抗衡，于是陈大夫嫁女于邻近的顿国以通好固盟。争霸兼并的形势使诸侯之间需要"戮力同心，申之以盟誓，重之以昏姻"[④]，结成婚姻政治联盟。

"重人伦"被作为提倡同姓不婚的一个出发点，《白虎通》卷十《嫁娶》："不娶同姓者，重人伦，防淫泆，耻与禽兽同也。"[⑤]《白虎通》卷九《姓名》："人所以有姓者何？所以崇恩爱，厚亲亲，远禽兽，别婚姻也。……同姓不得相娶者，皆为重人伦也。"[⑥] 重人伦是周人在意识形态领域内加强思想统治的一项有力措施。

同姓不婚作为一项基本原则在不被严格遵守时便会招致非议，《左传·襄公二十五年》记载，齐国崔杼打算娶东郭偃的姐姐、齐棠公的遗孀棠姜时，东郭偃表示反对，认为崔氏与东郭氏

---

① 《春秋左传正义》卷48《昭公十八年》《昭公十九年》，（清）阮元校刻《十三经注疏》，北京：中华书局，1980年，第2086～2087页。

② 《春秋左传正义》卷17《僖公三十三年》，（清）阮元校刻《十三经注疏》，北京：中华书局，1980年，第1833页。

③ 秦永军、韩维龙、杨凤翔《河南商水县出土周代青铜器》，《考古》1989年第4期。

④ 《春秋左传正义》卷27《成公十三年》，（清）阮元校刻《十三经注疏》，北京：中华书局，1980年，第1911页。

⑤ （清）陈立撰，吴则虞点校《白虎通疏证》卷10《嫁娶》，北京：中华书局，1994年，第477页。

⑥ （清）陈立撰，吴则虞点校《白虎通疏证》卷9《姓名》，北京：中华书局，1994年，第401页。

皆为姜姓，两人结为夫妻不合适。[①] 又襄公二十八年载，齐国庆舍的下属知庆氏与卢蒲氏通婚，以其皆为姜姓予以劝阻。[②] 鲁昭公娶姬姓的吴女，避其姓而称吴孟子，孔子批评道："君取于吴为同姓，谓之吴孟子。君而知礼，孰不知礼？"[③] 周人基于优生和政治联姻两方面考虑而遵循的同姓不婚，在一定程度上避免了血缘亲族通婚对子孙后代繁育的不利影响，在诸国纷争之时，践行着婚姻服务于政治的目的。

十、六礼之制

六礼是在先秦时期就已确定了的谈婚论嫁的程序，卫风以凝练简洁的诗句大致记叙了六礼之制，六礼的具体内容即纳采、问名、纳吉、纳征、请期、亲迎。

纳采，即男家向女家提出缔结婚姻的请求，也就是所谓的提亲，由民间认可并被纳入官方礼制的仪节中。议婚先得有媒，《卫风·氓》："匪我愆期，子无良媒。"诗中的女主人公与氓虽是由贸丝相识继而自由相恋，但是说到嫁娶，还是严格遵循礼俗要求，需要良媒通问。《豳风·伐柯》和《齐风·南山》两首诗皆以斧伐木兴起，强调婚嫁中的媒妁之俗，言媒妁之于婚姻就像斧子之于伐木所起的作用一样，是必不可少的："伐柯如何？匪斧不克。取妻如何？匪媒不得。""析薪如之何？匪斧不克。取妻如之何？匪媒不得。"《周礼·地官司徒·媒氏》界定了媒的作用："媒氏，掌万民之判，凡男女自成名以上，皆书年月日名焉，令

① 《春秋左传正义》卷36《襄公二十五年》，（清）阮元校刻《十三经注疏》，北京：中华书局，1980年，第1983页。

② 《春秋左传正义》卷38《襄公二十八年》，（清）阮元校刻《十三经注疏》，北京：中华书局，1980年，第2000页。

③ 《论语注疏》卷7《述而》，（清）阮元校刻《十三经注疏》，北京：中华书局，1980年，第2483页。

男三十而娶，女二十而嫁。”[①]《说文解字·女部》解释“媒”：“谋也，谋合二姓。”[②] 媒的出现，标志着聘娶婚制代替了掠夺婚、对偶婚等早期婚姻形态，先民逐步跨进一夫一妻制文明社会的门槛。比之先秦时期礼俗对男女恋爱的自由性和结合的原始性的宽容度，礼制于夫妇婚姻的要求则严格得多，宋高承《事物纪原》卷九《吉凶典制部》载郑玄之语：“媒之言谋也，谋合异类使和成者。凡嫁娶之道，必由媒妁。自太昊制昏礼，则判合之义，当有所由，便应有媒矣。至周始置媒氏之官，掌万民之判也。”[③] 承媒妁之言则流传久矣，以至后来发展为无媒不成婚。在男女为礼教所隔离的时期，媒妁在成就婚姻这一世之大礼中发挥了一定的积极作用，但随着封建礼教对人们束缚的加强，媒妁的作用越来越多地表现在为封建礼教服务上，在某种程度上成了男女婚姻自主的藩篱和摧残人性的工具，如《战国策》卷二九《燕王谓苏代》中提道：“处女无媒，老且不嫁。”[④]《白虎通》卷十《嫁娶》亦有严词厉语：“男不自专娶，女不自专嫁，必由父母，须媒妁何？远耻防淫泆也。”[⑤] 媒妁被赋予了维护社会道德的作用。在“取妻如何？匪媒不得”“取妻如之何？必告父母”的礼制规范之下，男女自由地谈情说爱已被视为非礼，如《孟子·滕文公下》所言：“不待父母之命、媒妁之言，钻穴隙相窥，逾墙相从，则

---

① 《周礼注疏》卷 14《地官司徒·媒氏》，（清）阮元校刻《十三经注疏》，北京：中华书局，1980 年，第 732 ~ 733 页。

② （汉）许慎撰《说文解字》，北京：中华书局，1963 年，第 259 页。

③ （宋）高承撰，（明）李果订，金圆、许沛藻点校《事物纪原》卷 9《吉凶典制部·媒》，北京：中华书局，1989 年，第 475 页。

④ （汉）刘向集录《战国策》卷 29《燕一·燕王谓苏代》，上海：上海古籍出版社，1985 年，第 1075 页。

⑤ （清）陈立撰，吴则虞点校《白虎通疏证》卷 10《嫁娶》，北京：中华书局，1994 年，第 452 页。

父母国人皆贱之。”[①] 不经过媒人介绍的男女结合是不为世人承认和接受的，传说中孔子的父亲叔梁纥与母亲颜徵在的结合就没遵循父母之命、媒妁之言，因而招致非议。

问名是男方在纳采之后，请媒人向女方询问姓名及出生日期，准备合婚的仪式。《仪礼·士昏礼》：“宾执雁，请问名；主人许，宾入授，如初礼。”郑玄《注》：“问名者，将归卜其吉凶。”贾公彦《疏》：“问名者，问女之姓氏。”[②] 卫风中没有问名的具体诗句，但是涉及了问名所用之物——雁，《邶风·匏有苦叶》：“雍雍鸣雁，旭日始旦。”

纳吉说的是男方前往宗庙占卜，预测一下双方的结合是否吉祥，“（问名后）归卜于庙，得吉兆，复使使者往告，昏姻之事于是定”[③]。卜而得吉，往告女家。“吉日男氏定之，然必三请于女氏，女氏辞而后告之，示不敢专也。”[④] 纳吉可见于《卫风·氓》：“尔卜尔筮，体无咎言。”氓将他与姑娘的婚姻做了卜筮，卦体没有呈现出不吉利的话，于是这一桩由“抱布贸丝”而起的恋爱便顺利地走向婚姻。《大雅·大明》描述了文王与貌如神女的大邦之女约为婚姻，卜辞吉祥无咎，“大邦有子，俔天之妹，文定厥祥”。郑玄《笺》：“问名之后，卜而得吉，则文王以礼定其吉祥，谓使纳币也。”[⑤]《左传·僖公十五年》有纳吉预测到不吉的记载：“晋献公筮嫁伯姬于秦，遇《归妹》之《睽》，

① 《孟子注疏》卷6上《滕文公章句下》，（清）阮元校刻《十三经注疏》，北京：中华书局，1980年，第2711页。

② 《仪礼注疏》卷4《士昏礼》，（清）阮元校刻《十三经注疏》，北京：中华书局，1980年，第962页。

③ 《仪礼注疏》卷4《士昏礼》，（清）阮元校刻《十三经注疏》，北京：中华书局，1980年，第962页。

④ 吕思勉《先秦史》，上海：上海古籍出版社，2005年，第248页。

⑤ 《毛诗正义》卷十六之二《大明》，（清）阮元校刻《十三经注疏》，北京：中华书局，1980年，第507页。

史苏占之，曰：‘不吉。’”①

纳征，又称纳币，是在男女双方订盟之后，男方将聘礼送往女家，这是进入成婚阶段的重要礼仪。“征”字有“成”之意，纳币以使婚姻有成。纳征选用玄纁、束帛、俪皮等物，体现了当时以农耕和狩猎为主的生产方式，代表了一定历史时期生产力发展的水平。郑樵《通志》卷四十四《礼略三》载：“上古人食禽兽之肉，而衣其皮毛。周氏尚文去质，元衣纁裳，犹用皮为韠，所以制婚礼，纳征用元纁俪皮，充当时之所服耳。”② 纳征所用鹿或鹿皮，不仅有表现狩猎时代男子射猎的勇敢和技艺的高超等作用，还有显示男子亲受劳动考验、维持家庭生活能力的社会功能。后来用于聘礼的物事，除了雁、鹿，种类大大丰富，有的多达几十种，诸如合欢、鸳鸯、九子蒲（或墨）、双石、五色丝、长命缕、苇、绵絮、嘉禾、干漆、阿胶、鱼等，这些物事都含有吉祥的象征意义，反映了先民对婚姻的美好祈愿，正如唐段成式《酉阳杂俎》卷一《礼异》所言：“胶漆取其固，绵絮取其调柔，蒲、苇，为心可屈可伸也，嘉禾，分福也，双石，义在两固也。”③

请期即确定成婚的时间，卫风中涉及嫁娶的几首诗的确切成婚时日虽未明记，但大致季节还是可以推断出来的，于仲春和秋冬，都能看到婚事举行，婚期于春季者有《邶风·燕燕》，婚期于秋季者有《邶风·匏有苦叶》《卫风·硕人》《卫风·氓》，婚期于冬季者有《邶风·北风》《邶风·谷风》，具体参

① 《春秋左传正义》卷14《僖公十五年》，（清）阮元校刻《十三经注疏》，北京：中华书局，1980年，第1807页。

② （宋）郑樵撰《通志》卷44《礼略三·公侯大夫士婚礼》，北京：中华书局，1987年，第588页。

③ （唐）段成式撰《酉阳杂俎》卷1《礼异》，北京：中华书局，1985年，第6页。

见前文。

亲迎是六礼中非常隆重的环节，自天子以至于庶人都非常重视亲迎之礼。《左传》记载，庄公二十四年，鲁庄公于夏季动身去齐国，秋季从齐国将哀姜迎回鲁国①；庄公十一年，齐桓公亲自到鲁国去迎娶周共姬②。并非所有的国君都亲自迎娶夫人，有时也委派卿或大夫“为君逆”，如隐公二年，“纪裂繻来逆女”③，纪国的卿士裂繻替国君到鲁国迎娶鲁隐公之女；昭公二年，“韩须如齐逆女”④，晋国的卿士韩须替晋平公到齐国迎娶齐女少姜。在《卫风·硕人》中可以看到迎亲及送亲队伍的浩浩荡荡和场面的热闹非凡：“河水洋洋，北流活活。施罛濊濊，鳣鲔发发，葭菼揭揭。庶姜孽孽，庶士有朅。”《邶风·北风》是冬季风起雪落之时亲迎途中的诗歌，东汉张衡《西京赋》言及《邶风·北风》亦取其婚娶之意：“慕贾氏之如皋，乐《北风》之同车。”⑤ 闻一多先生举《古诗十九首》之十六证明《北风》写的是亲迎：“良人惟古（故）欢，枉驾惠前绥，愿得常巧笑，携手同车归。”⑥《大雅·大明》写周文王卜得吉兆，纳征后亲迎太姒于渭水之滨，“文定厥祥，亲迎于渭”。后世学者研究，亲迎之礼是天子之外新郎必须亲为的，否则就不符合礼俗了。彭德先生认为，1987 年楚都纪南城北郊荆门

---

① 《春秋左传正义》卷 10《庄公二十四年》，（清）阮元校刻《十三经注疏》，北京：中华书局，1980 年，第 1779 页。

② 《春秋左传正义》卷 9《庄公十一年》，（清）阮元校刻《十三经注疏》，北京：中华书局，1980 年，第 1770 页。

③ 《春秋左传正义》卷 2《隐公二年》，（清）阮元校刻《十三经注疏》，北京：中华书局，1980 年，第 1718 页。

④ 《春秋左传正义》卷 42《昭公二年》，（清）阮元校刻《十三经注疏》，北京：中华书局，1980 年，第 2029 页。

⑤ （汉）张衡《西京赋》，（南朝梁）萧统选，（唐）李善注《昭明文选》上，北京：京华出版社，2000 年，第 58 页。

⑥ 闻一多《诗经通义》，《闻一多全集·古典新义》（二），北京：生活·读书·新知三联书店，1982 年，第 191 页。

2 号楚墓出土奁盒上的彩绘图（图 12），是一幅《王孙亲迎图》[①]，从画中的景物看，婚期是选在春季，柳枝随风飘拂，春意盎然；婚时是在黄昏，画中见有持烛人随车而行；空中的九只飞雁也提供了婚礼的信息，雁是六礼中男方须向女方赠送之物。

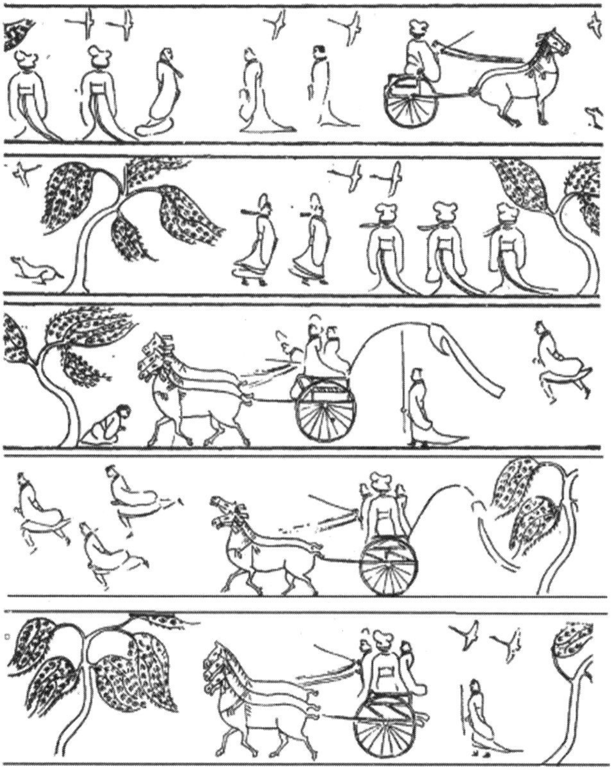

图 12　楚都纪南城荆门 2 号楚墓出土奁盒上的《王孙亲迎图》描图节选

（采自彭德《屈原时代的一幅情节性绘画——荆门楚墓彩画〈王孙亲迎图〉》，《文艺研究》1990 年第 4 期）

① 彭德《屈原时代的一幅情节性绘画——荆门楚墓彩画〈王孙亲迎图〉》，《文艺研究》1990 年第 4 期。

六礼是婚礼的主体，把纳采、问名、纳吉、纳征、请期、亲迎一一实践，婚礼才算是严肃的、正式的、合法的。中国传统的婚礼是建立在六礼基础上的，自周以后数千年间，凡婚嫁，都以六礼为蓝本，于是六礼成了后世婚娶的规范之一，但又因其礼繁仪琐，有《豳风·东山》中所说的“九十其仪”，若按部就班，则实在是行之不便，加之礼虽为制，有时对民间并无绝对的强制力，则六礼在传承过程中，就实际生活之需，诸仪节与礼有合有离，或存或废，多有变更，只是概貌犹存，言其具细则不甚一致。

以上从十个方面分析了卫风对婚恋生活诸多方面相对集中和细致的反映，能够从如此多的方面展示《诗经》时代人们的婚恋生活，与其他国风相比，确实是卫风的一种明显的特色。由卫风推及整部《诗经》，可以说，以《诗经》作为缘起，中国历代诗歌中婚恋题材的作品总是写得多而且优。

第二节　对非礼之举的深厉讥讽

《诗经》通过美刺的方式以诗歌的形式关注社会、干预生活，然后鉴定善恶、评判得失，表达赞美讥讽之意。郑玄在《诗谱序》中把“美刺”作了区分：“论功颂德，所以将顺其美；刺过讥失，所以匡救其恶。各于其党，则为法者彰显，为戒者著明。”① 朱熹在将郑、卫两风做比较时，特别提到“卫人犹多刺讥惩创之意”②。《诗经》中的刺诗表现出了政治关怀和道德关注，是忧患意识的体现。在卫风所反映的历史时期内，卫国可谓政乱

---

① 《毛诗正义·诗谱序》，（清）阮元校刻《十三经注疏》，北京：中华书局，1980 年，第 262 页。

② （宋）朱熹集注《诗集传》卷 4《郑一之七》，上海：上海古籍出版社，1980 年，第 56 页。

国危，自卫庄公教子无方导致州吁之乱至卫懿公好鹤误政被狄人所灭，卫国一直处于混乱状态，期间的种种违礼乏德之举往往成为人们讥讽的对象。

《邶风·新台》《邶风·二子乘舟》《鄘风·鹑之奔奔》等诗是讽卫宣公在位期间的违礼背俗之作，主题集中，讥刺深厉。

《邶风·新台》讽刺卫宣公夺太子伋之妻，《毛诗序》："《新台》，刺卫宣公也。纳伋之妻，作新台于河上而要之，国人恶之，而作是诗也。"① 前719年，石碏在平定州吁之乱后，率众人去邢国接公子晋回国继任君位。公子晋即卫宣公，是卫庄公之子，卫国第十五代国君，在位十九年。卫宣公一生几乎没有为人可称道之处，其诸多违礼之举却常常成为人们讥讽的谈资。卫宣公的两位夫人夷姜和宣姜皆非按当时的常规婚俗所聘娶的，《左传·桓公十六年》载："初，卫宣公烝于夷姜，生急子，属诸右公子。"② 夷姜是卫庄公之妾，庄公卒后，宣公烝之，生子伋（又写作"急"），立为太子。按《史记·卫康叔世家》载："初，宣公爱夫人夷姜。"③ 则夷姜身份为国君夫人，"烝"虽为当时社会所认可，但仅是作为远古群婚的遗俗存在于极少数人的行为中，不是当时通行的主流婚俗。《史记·卫康叔世家》载："右公子为太子取齐女，未入室，而宣公见所欲为太子妇者好，说而自取之，更为太子取他女……太子伋母死，宣公正夫人与朔共谗恶太子伋。"④ 宣

---

① 《毛诗正义》卷二之三《新台》，（清）阮元校刻《十三经注疏》，北京：中华书局，1980年，第311页。

② 《春秋左传正义》卷7《桓公十六年》，（清）阮元校刻《十三经注疏》，北京：中华书局，1980年，第1758页。

③ （汉）司马迁撰《史记》卷37《卫康叔世家》，北京：中华书局，1959年，第1593页。

④ （汉）司马迁撰《史记》卷37《卫康叔世家》，北京：中华书局，1959年，第1593页。

公只为一己私欲，夺太子伋之妇。夫人夷姜后因失宠自缢，则宣姜为“正夫人”，宣公的第二位夫人显然也不是遵循婚俗所娶，可见作为一国之君的宣公对伦常礼规的漠视。他夺子媳之举，可谓流毒甚深，宋严粲深深地感慨道：“呜呼，卫之乱极矣！父子、兄弟、君臣之间相戕相贼，不惟流毒子孙，启侮启狄以之杀身亡国，其余殃所渐，且稔王室之祸，盖纲常道尽，天地几于倾陷矣。推原乱根，始于夫妇之不正，衽席之祸一至此邪。”① 春秋时期，与卫宣公夺子媳同一行径的还有鲁惠公和楚平王，鲁惠公事见于《史记·鲁周公世家》，“初，惠公适夫人无子，公贱妾声子生子息。息长，为娶于宋。宋女至而好，惠公夺而自妻之”②。楚平王事见于《左传·昭公十九年》，“楚子之在蔡也，郹阳封人之女奔之，生大子建。及即位，使伍奢为之师，费无极为少师，无宠焉，欲谮诸王，曰：‘建可室矣。’王为之聘于秦，无极与逆，劝王取之。正月，楚夫人嬴氏至自秦”③。

《邶风·新台》基于新婚女子的心态，是明显的女子所嫁非所愿的不悦、失望之词。诗中把卫宣公喻为形丑貌陋之物——籧篨、戚施，不管将籧篨、戚施释为人的两种体疾还是释为粗席、蟾蜍，都与齐国女子理想之人大相径庭，讽刺况味十分浓重。至于新台之建，孔颖达《疏》：“伋妻盖自齐始来，未至于卫，而公闻其美，恐不从己，故使人于河上为新台，待其至于河而因台所

① （宋）严粲撰《诗缉》卷4《二子乘舟》，《景印文渊阁四库全书》第75册，台北：商务印书馆，1986年，第66~67页。

② （汉）司马迁撰《史记》卷33《鲁周公世家》，北京：中华书局，1959年，第1528~1529页。

③ 《春秋左传正义》卷48《昭公十九年》，（清）阮元校刻《十三经注疏》，北京：中华书局，1980年，第2087页。

以要之耳。若已至国，则不须河上要之矣。”[①] 为达到夺娶伋妻目的，宣公也颇费心思，专门建造了一座高台以博取新人的欢心，后世人们也曾求证新台的遗迹，如《魏书·地形志上》：“（临黄）有宫城、黄城、卫新台、昌乡水。”[②]《水经注·河水》：“北岸有新台鸿基，层广高数丈，卫宣公所筑新台矣，《诗》齐姜所赋也。”[③]《资治通鉴》卷二百八十五《后晋纪六》元胡三省《音注》：“临黄，春秋卫河上之邑，汉为东郡观县，有卫宣公新台。”[④] 可惜一座高大光鲜的新台因源于卫宣公夺娶太子伋妻之事而成为一个不光彩的表征。

卫宣公置新台以邀宣姜为人所讥，他不明己过，不觉行耻，一错再错，“宣公自以其夺太子妻也，心恶太子，欲废之”[⑤]。加之宣姜与公子朔于宣公处谗害太子伋，于是出现了宣公害长立幼的甚为残忍荒唐之举，《史记·卫康叔世家》对这一出血腥的宫廷夺权事件描述得非常详细，“（卫宣公）乃使太子伋于齐而令盗遮界上杀之，与太子白旄，而告界盗见持白旄者杀之。且行，子朔之兄寿，太子异母弟也，知朔之恶太子而君欲杀之，乃谓太子曰：‘界盗见太子白旄，即杀太子，太子可毋行。’太子曰：‘逆父命求生，不可。’遂行。寿见太子不止，乃盗其白旄而先驰至界。界盗见其验，即杀之。寿已死，而太子伋又至，谓盗曰：

---

① 《毛诗正义》卷二之三《新台》，（清）阮元校刻《十三经注疏》，北京：中华书局，1980 年，第 311 页。

② （北齐）魏收撰《魏书》卷 106 上《地形志上》，北京：中华书局，1974 年，第 2460 页。

③ （北魏）郦道元撰，陈桥驿点校《水经注》卷 5《河水》，上海：上海古籍出版社，1990 年，第 105 页。

④ （宋）司马光编著，（元）胡三省音注《资治通鉴》，北京：中华书局，2013 年，第 7771 页。

⑤ （汉）司马迁撰《史记》卷 37《卫康叔世家》，北京：中华书局，1959 年，第 1593 页。

‘所当杀乃我也。’盗并杀太子伋，以报宣公。宣公乃以子朔为太子。十九年，宣公卒，太子朔立，是为惠公”①。宣公谋太子伋，累及公子寿同亡，后世学者考二人遇害之地是莘，《左传·桓公十六年》：“公使（急子）诸齐，使盗待诸莘，将杀之。”杜预《注》：“莘，卫地，阳平县西北有莘亭。”② 卫之莘在今山东省莘县北十里许之莘亭，其地为卫、齐两国边境之邑，位于黄河西岸，地势狭隘，宣公乃使盗预先待于隘而杀伋，则太子伋、公子寿未及渡河即罹难于河西莘亭之隘。时人作《邶风·二子乘舟》哀伋、寿无辜丧命，讥宣公昏聩不明，《毛诗序》：“《二子乘舟》，思伋、寿也。卫宣公之二子，争相为死，国人伤而思之，作是诗也。”③ 伋、寿二子，言行不违孝悌，只是卫宣公不辨是非，误子误国。后人感伋、寿孝悌，犹纪念之：“今平原阳平县北十里，有故莘亭，陒限蹊要，自卫适齐之道也。望新台于河上，感二子于夙龄，诗人乘舟，诚可悲矣。今县东有二子庙，犹谓之为孝祠矣。”④

卫宣公的种种违礼行为引起人们的极度不满和愤恨，时人作《鄘风·鹑之奔奔》以刺，从诗中“我以为君”“我以为兄”的称呼来判断，此诗的作者是卫宣公的弟弟。⑤ 清魏源

---

① （汉）司马迁撰《史记》卷37《卫康叔世家》，北京：中华书局，1959年，第1593页。

② 《春秋左传正义》卷7《桓公十六年》，（清）阮元校刻《十三经注疏》，北京：中华书局，1980年，第1758页。

③ 《毛诗正义》卷二之三《二子乘舟》，（清）阮元校刻《十三经注疏》，北京：中华书局，1980年，第311页。

④ （北魏）郦道元撰，陈桥驿点校《水经注》卷5《河水》，上海：上海古籍出版社，1990年，第109页。

⑤ 邵炳军先生认为：“《诗古微·诗序集义》中谓《鹑之奔奔》自然非左公子洩、右公子职二人合作，惜不能明断，姑属之于太子伋之傅公子职名下。”参见邵炳军《〈诗·鄘风〉创作年代考论》，《中州学刊》2011年第2期。

《诗古微·诗序集义》：“《鹑之奔奔》，刺卫宣公也。左、右公子怨宣公之诗，故曰‘我以为君’，‘我以为兄’。”[1]“鹑之奔奔，鹊之彊彊。”郑玄《笺》：“奔奔、彊彊，言其居有常匹、飞则相随之貌。”[2] 鹑、鹊虽小，其行尚循常则，而宣公尊为兄、贵为君，其所作所为不顾礼俗规约，不念骨肉至亲，任意妄为，于家有害，于国有失，讥讽之意在宣公之行竟不及鹑、鹊。

《鄘风·墙有茨》和《鄘风·相鼠》是卫风中非常有代表性的讽刺诗，《毛诗序》：“《墙有茨》，卫人刺其上也。公子顽通乎君母，国人疾之，而不可道也。”[3] 诗序把所刺卫人坐实为公子顽是不确的，公子顽烝宣姜是为当时所认可的婚配形态，不应为时人所刺，对《鄘风·墙有茨》诗旨的认定我们取《毛诗序》前半句“卫人刺其上也”，不必那么有针对性的就是认定刺宣姜或宣公或公子顽，“中冓”可泛指卫宫室，则此处的讥讽就具有普遍意义了。《毛诗序》言：“《相鼠》，刺无礼也。”[4]《韩诗外传》就《鄘风·相鼠》中“人而无礼，胡不遄死”一句反复强调礼的重要性：“传曰：在天者莫明乎日月，在地者莫明于水火，在人者莫明乎礼义。故日月不高则所照不远，水火不积则光炎不博，礼义不加乎国家则功名不白。故人之命在天，国之命在礼。君人者降礼尊贤而王，重法爱民而霸，好利多诈而危，权谋倾覆而

① （清）魏源著，魏源全集编辑委员会编，何慎怡校点《魏源全集·诗古微》，长沙：岳麓书社，1989 年，第 769 页。

② 《毛诗正义》卷三之一《鹑之奔奔》，（清）阮元校刻《十三经注疏》，北京：中华书局，1980 年，第 315 页。

③ 《毛诗正义》卷三之一《墙有茨》，（清）阮元校刻《十三经注疏》，北京：中华书局，1980 年，第 313 页。

④ 《毛诗正义》卷三之二《相鼠》，（清）阮元校刻《十三经注疏》，北京：中华书局，1980 年，第 319 页。

亡。《诗》曰：‘人而无礼，胡不遄死。’”① “信礼者也。凡用心之术，由礼则理达，不由礼则悖乱。饮食衣服，动静居处，由礼则和节，不由礼则垫陷生疾。容貌态度，进退趋步，由礼则雅，不由礼则夷固。故人无礼则不生，事无礼则不成，国无礼则不宁，王无礼则死亡无日矣。《诗》曰：‘人而无礼，胡不遄死。’”② 又借晏子语齐景公之言阐明无礼之害：“天子无礼则无以守社稷，诸侯无礼则无以守其国。为人上无礼则无以使其下，为人下无礼则无以事其上。大夫无礼则无以治其家，兄弟无礼则不同居。人而无礼，不若遄死。”③ 因为《鄘风·墙有茨》和《鄘风·相鼠》讽刺的无针对性，所以才具备讽刺的广泛性，《左传·襄公二十七年》载，鲁国大夫叔孙在宴会上为失礼的齐国大夫庆封赋《鄘风·相鼠》，明显地表达讥讽之意，“齐庆封来聘……叔孙与庆封食，不敬。为赋《相鼠》，亦不知也”④。礼作为人们道德行为的规范，所涉甚广，种种无礼之举都可成为人们讽刺的对象，上述卫宣公的行为即在这两首诗所讥刺的无礼范围内。另外，卫宫室发生过的一系列弑君、夺权、黩武等事件，以致卫国“外无分灾救患之思，而内有败纪灭伦之变，祸乱相寻，征徭不息，至于父子之爱尽捐”⑤。种种覆亡迹象，皆在卫人所刺之列。

卫庄公教子无方，终致州吁之乱，当在讥刺之列。卫大夫石

① （汉）韩婴撰，许维遹校释《韩诗外传集释》，北京：中华书局，1980年，第6~7页。

② （汉）韩婴撰，许维遹校释《韩诗外传集释》，北京：中华书局，1980年，第7~8页。

③ （汉）韩婴撰，许维遹校释《韩诗外传集释》，北京：中华书局，1980年，第313页。

④ 《春秋左传正义》卷38《襄公二十七年》，（清）阮元校刻《十三经注疏》，北京：中华书局，1980年，第1994~1995页。

⑤ （清）顾镇撰《虞东学诗》，《景印文渊阁四库全书》第89册，台北：商务印书馆，1986年，第405页。

碏就卫庄公溺爱嬖妾所生之子州吁一事进谏，以六逆谏之，以六顺导之，石碏的一番肺腑之言未被庄公采纳。《尚书·说命上》记载有傅说对殷高宗武丁阐述的为君者纳谏的重要性，“惟木从绳则正，后从谏则圣”①。可惜卫庄公未谙石碏的一片“以绳直君”的良苦之心。正是由于庄公对州吁未教之以义方，一味纵容其骄奢，才会有后来州吁弑君篡位之乱。纵子、拒谏，庄公有为父之过，有为君之失。

州吁阻兵安忍、弑君篡位，当在讥刺之列。州吁因骄奢于卫桓公二年被黜，他出奔在外期间，与郑国欲夺其兄君位的共叔段为伍，二者的意图不谋而合。卫桓公十六年（前719），州吁袭杀桓公，自立为卫君。从《左传·隐公四年》记载的鲁国大夫众仲对州吁的评价中可以看出，州吁根本不具备为君的条件：“臣闻以德和民，不闻以乱。以乱，犹治丝而棼之也。夫州吁，阻兵而安忍。阻兵无众，安忍无亲，众叛亲离，难以济矣。夫兵，犹火也，弗戢，将自焚也。夫州吁弑其君，而虐用其民，于是乎不务令德，而欲以乱成，必不免矣。”②

众仲所说的州吁虐用其民是指他用兵暴乱，州吁自鲁隐公四年春弑桓公自立至秋九月被杀于陈，数月之中两次伐郑：“及卫州吁立，将修先君之怨于郑，而求宠于诸侯，以和其民，使告于宋曰：‘君若伐郑，以除君害，君为主，敝邑以赋与陈、蔡从，则卫国之愿也。’宋人许之。于是陈、蔡方睦于卫，故宋公、陈侯、蔡人、卫人伐郑，围其东门，五日而还。”“秋，诸侯复伐郑。宋公使来乞师，公辞之。羽父请以师会之，公弗许，固请而

① 《尚书正义》卷10《说命上》，（清）阮元校刻《十三经注疏》，北京：中华书局，1980年，第174页。

② 《春秋左传正义》卷3《隐公四年》，（清）阮元校刻《十三经注疏》，北京：中华书局，1980年，第1725页。

行。故书曰‘翚帅师’，疾之也。诸侯之师败郑徒兵，取其禾而还。”① 州吁在短时期内的两次伐郑引起国人的怨怒不满，其弑君、好兵，终不得民心，以致“卫人皆不爱”。州吁所作所为使得民怨国危，最终是“纯臣”石碏力挽狂澜，石碏利用儿子石厚与州吁相从甚密的关系，设计除掉了州吁，《左传·隐公四年》详细记载了此事：“州吁未能和其民，厚问定君于石子。石子曰：‘王觐为可。’曰：‘何以得觐？’曰：‘陈桓公方有宠于王，陈、卫方睦，若朝陈使请，必可得也。’厚从州吁如陈。石碏使告于陈曰：‘卫国褊小，老夫耄矣，无能为也。此二人者，实弑寡君，敢即图之。’陈人执之，而请莅于卫。九月，卫人使右宰醜莅杀州吁于濮，石碏使其宰獳羊肩莅杀石厚于陈。君子曰：‘石碏，纯臣也，恶州吁而厚与焉。大义灭亲，其是之谓乎！’卫人逆公子晋于邢。冬十二月，宣公即位。”②

卫惠公谗杀太子伋、流放公子黔牟、诛左右公子，当在讥刺之列。《卫风·芄兰》为刺惠公之作，《毛诗序》：“《芄兰》，刺惠公也。骄而无礼，大夫刺之。”郑玄《笺》：“惠公以幼童即位，自谓有才能而骄慢于大臣，但习威仪，不知为政以礼。”③ 卫惠公觊觎君位，谗杀太子伋，累及公子寿。左右公子愤卫惠公谗杀伋、寿，怒其越礼夺位的不端之行，于卫惠公四年“攻惠公，立太子伋之弟黔牟为君，惠公奔齐”④。卫君黔牟在位八年后，卫惠

① 《春秋左传正义》卷3《隐公四年》，（清）阮元校刻《十三经注疏》，北京：中华书局，1980年，第1725页。

② 《春秋左传正义》卷3《隐公四年》，（清）阮元校刻《十三经注疏》，北京：中华书局，1980年，第1725～1726页。

③ 《毛诗正义》卷三之三《芄兰》，（清）阮元校刻《十三经注疏》，北京：中华书局，1980年，第326页。

④ （汉）司马迁撰《史记》卷37《卫康叔世家》，北京：中华书局，1959年，第1594页。

公得齐襄公之助，回到卫国复为君，“（鲁庄公六年）夏，卫侯（卫惠公朔）入，放公子黔牟于周，放甯跪于秦，杀左公子洩、右公子职，乃即位”[①]。于卫宫室的一系列争权夺位的斗争可以见出周人之大异于商人的立长立嫡制度造成了当时以及后世无数宫廷争权夺位的血腥斗争。

卫懿公好鹤淫乐、败政亡国，当在讥刺之列。卫懿公是卫惠公朔之子，惠公、懿公父子在位皆不得民心，“懿公之立也，百姓大臣皆不服。自懿公父惠公朔之谗杀太子伋代立至于懿公，常欲败之”[②]。卫懿公淫乐奢侈，且甚好鹤，其鹤乘轩享禄，超出一般臣子的待遇，此荒唐之举引起人们的不满。及鲁闵公二年冬十二月狄人伐卫，懿公欲发兵相抵，将战，民无战心，“国人受甲者皆曰：‘使鹤，鹤实有禄位，余焉能战！’……及狄人战于荥泽，卫师败绩，遂灭卫。卫侯不去其旗，是以甚败”[③]。卫懿公为君荒唐，重鹤轻民，荒失国政。针对玩物丧志之害，在《尚书·旅獒》中太保召公奭就西旅贡献给周武王獒一事曾做了深致的分析，他的观点是：“玩人丧德，玩物丧志。志以道宁，言以道接。不作无益害有益，功乃成；不贵异物贱用物，民乃足。犬马非其土性不畜，珍禽奇兽，不育于国。不宝远物，则远人格。所宝惟贤，则迩人安。”[④] 惜卫懿公不谙亦未循此理，终因玩鹤而丧身亡国。

在上者的行为在一定程度上能够左右世风，他们的德行为

① 《春秋左传正义》卷8《庄公六年》，（清）阮元校刻《十三经注疏》，北京：中华书局，1980年，第1764页。

② （汉）司马迁撰《史记》卷37《卫康叔世家》，北京：中华书局，1959年，第1594页。

③ 《春秋左传正义》卷11《闵公二年》，（清）阮元校刻《十三经注疏》，北京：中华书局，1980年，第1787～1788页。

④ 《尚书正义》卷13《旅獒》，（清）阮元校刻《十三经注疏》，北京：中华书局，1980年，第195页。

人们所关注和效仿，卫国诸君贤劣分明，其善者足以为法，其不善者足以为戒。不贤之君的失礼败德遂成为人们指斥的核心。被列入讥刺对象的卫国诸君，其行径不符合周人以德治为核心观念的统治模式，如庄公、州吁、宣公、惠公、懿公等，皆不注重德行修养，不着意兴国惠民，未谙“民惟邦本，本固邦宁”[①] 的治国之道，或失于纵子、或失于黩武、或失于贪残、或失于淫乐，有如此在上者，卫人岂有不深讥厉刺之理，作《鄘风·墙有茨》和《鄘风·相鼠》以刺，言宫闱无礼之事如茨之不可攘除，无礼之人竟不如鼠，可谓辛辣淋漓，毫不留情。从卫桓公元年到卫文公元年，在这八十年左右的时间内，卫国的执政者有八人，国君更迭频繁，严重破坏了周代的嫡长子继承制，反而出现了殷商时期的“兄终弟及”现象，就卫国历史来说也是一种有意思的现象。

讽刺诗是社会治乱的晴雨表，它的产生有一定的社会背景，亦如变风、变雅的产生：“至于王道衰，礼义废，政教失，国异政，家殊俗，而变风、变雅作矣。”[②] 郑玄和班固也提到了刺诗产生的原因，《诗谱序》：“周室大坏……众国纷然，刺怨相寻。”[③]《汉书·礼乐志》：“周道始缺，怨刺之诗起。”[④] 周平王东迁之后，周室呈现式微之态，礼崩乐坏，政缺教失，社会动荡，人伦废绝。这种情形引起社会各阶层的不满和忧虑，因而产生了许多

---

① 《尚书正义》卷7《五子之歌》，（清）阮元校刻《十三经注疏》，北京：中华书局，1980年，第156页。

② 《毛诗正义》卷一之一《关雎》，（清）阮元校刻《十三经注疏》，北京：中华书局，1980年，第271页。

③ 《毛诗正义·诗谱序》，（清）阮元校刻《十三经注疏》，北京：中华书局，1980年，第263页。

④ （汉）班固撰《汉书》卷22《礼乐志》，北京：中华书局，1962年，第1042页。

忧国伤时与讽刺腐政的诗篇。

第三节　对女性形象的集中写照

相对于其他国风而言，卫风记叙和塑造了较多女性形象，这些女子或华服美饰，容貌艳丽（《鄘风·君子偕老》《卫风·硕人》），或天真活泼，热情主动（《邶风·静女》《卫风·木瓜》），或思深念久，意重情浓（《邶风·终风》《邶风·击鼓》《邶风·雄雉》《邶风·简兮》《卫风·伯兮》《卫风·有狐》），或心志坚定，不甘屈服（《邶风·柏舟》《鄘风·柏舟》），或见高识卓，思慕宗国（《邶风·泉水》《鄘风·载驰》《卫风·竹竿》），或勤以持家，善以待人（《邶风·绿衣》《邶风·谷风》《卫风·氓》），可以说是女性形象的一次集中写照。

《卫风·硕人》和《鄘风·君子偕老》记叙的是卫国的两位既尊且贵且美的国君夫人，她们分别是卫庄公夫人庄姜和卫宣公夫人宣姜，两首诗都描绘了两位夫人的美服和美貌。“硕人其颀，衣锦褧衣。”庄姜出嫁时，内穿锦衣，外罩褧衣。锦是一种带多彩织花的高级丝织品，《诗经》中多次出现“衣锦”“裳锦”“锦衾”“锦衣”“贝锦”等名称。西周时期，纺织不仅是社会生产的重要方式，也是国家赋税的主要来源，一般家庭大都从事纺织生产，丝织水平有了很大提高。春秋战国时期是中国丝织史上的重要发展时期，各诸侯国鼓励发展蚕桑和丝绸生产，铁器的推广使用促进了手工机具的不断革新，丝织技术水平迅速提高，丝织物的品种也更加丰富多样。庄姜出嫁时所着“褧衣”是套在华贵的锦衣上于路途中用以御尘的麻质罩衣，麻布具有轻薄、透气、富有光泽等特点，闻一多先生在《诗选与校笺·风诗类钞》中提到《曹风·蜉蝣》里的麻衣时说：“蜉蝣的羽极薄而有光泽，几乎是透明的。古人形容麻织品做成的衣服，往往比作蜉蝣的羽，因此便称这种衣服为羽衣。”① 《郑风·丰》中的姑娘身着与庄姜相同质地的衣裳，等待着意中人驾车来迎娶：“衣锦褧衣，裳锦褧裳。叔兮伯兮，驾予与行。”毛亨《传》：“衣锦褧裳，嫁者之服。”② 由《卫风·硕人》和《郑风·丰》来看，彼时女子制作嫁衣比较倾向于锦和麻等质地的原料。

《卫风·硕人》还仅仅是涉及了庄姜出嫁时的衣着，《鄘风·君子偕老》描绘的宣姜的衣着堪称盛服，“象服是宜”；“玼兮玼兮，其之翟也”；“瑳兮瑳兮，其之展也。蒙彼绉絺，是绁袢也”。诗句中处处显示着宣姜地位的尊崇和身份的高贵。毛亨《传》：“象服，尊者所以为饰。”郑玄《笺》：“象服者，谓揄翟、阙翟也。人君之象服，则舜所云‘予欲观古人之象，日月星辰’之属。”③ 朱熹《诗集传》认为：“象服，法度之服也。”④ 综合这些解说，则象服是王后或诸侯夫人等尊贵者所穿的绘有或绣有图案的一种礼服。毛亨《传》释“翟”：“褕翟、阙翟，羽饰衣也。”⑤ 翟是指绣有长尾翟花纹的衣服，是古代后妃命妇的礼服。展衣是王后六服之一：“内司服掌王后之六服，袆衣、褕翟、阙翟、鞠衣、展衣、椽衣。”⑥ 朱熹《诗集传》：“展衣者，以礼见于君及

---

① 闻一多《风诗类钞》，《闻一多全集·诗选与校笺》（四），北京：生活·读书·新知三联书店，1982 年，第 12 页。

② 《毛诗正义》卷四之四《丰》，（清）阮元校刻《十三经注疏》，北京：中华书局，1980 年，第 344 页。

③ 《毛诗正义》卷三之一《君子偕老》，（清）阮元校刻《十三经注疏》，北京：中华书局，1980 年，第 313 页。

④ （宋）朱熹集注《诗集传》卷 3《君子偕老》，上海：上海古籍出版社，1980 年，第 29 页。

⑤ 《毛诗正义》卷三之一《君子偕老》，（清）阮元校刻《十三经注疏》，北京：中华书局，1980 年，第 313 页。

⑥ 《毛诗正义》卷三之一《君子偕老》，（清）阮元校刻《十三经注疏》，北京：中华书局，1980 年，第 314 页。

见宾客之服也。"[①] 展衣的颜色毛亨《传》和郑玄《笺》有异，毛亨《传》："礼有展衣者，以丹縠为衣。"郑玄《笺》："（展衣）后妃六服之次，展衣宜白。"[②] 诗中用形容玉色鲜明洁白的"瑳"字来描绘展衣的华美，则"展衣宜白"更恰当一些。宣姜夏衣的质料非常讲究，"蒙彼绉絺，是绁袢也"。毛亨《传》："絺之靡者为绉。"郑玄《笺》："绉絺，絺之蹙蹙者。"孔颖达《疏》："絺者，以葛为之……其精尤细靡者绉也。"[③] 宣姜于展衣内穿的是由非常精细的细葛布做成的夏衣，葛布久已被选为制作夏服的材料，《庄子·让王》也有类似的记载："冬日衣皮毛，夏日衣葛絺。"[④]《韩非子·五蠹》言尧统辖天下时，"冬日麑裘，夏日葛衣"[⑤]。《太平御览》卷九九五引《周书》："葛，小人得其叶以为羹，君子得其材以为絺绤，以为君子朝廷夏服。"[⑥]

《鄘风·君子偕老》在反复言及宣姜美服的同时也多处提到她的美饰："君子偕老，副笄六珈。"笄用以绾髻固冠，宣姜所用笄非同一般，伴有笄饰，即"六珈"，毛亨《传》认为"珈"是"笄饰之最盛者，所以别尊卑"[⑦]。这种笄饰是用玉做成的，垂珠六颗，故名"六珈"，其华美之状可想而知。"玉之瑱也，象之揥

① （宋）朱熹集注《诗集传》卷3《君子偕老》，上海：上海古籍出版社，1980年，第29页。

② 《毛诗正义》卷三之一《君子偕老》，（清）阮元校刻《十三经注疏》，北京：中华书局，1980年，第314页。

③ 《毛诗正义》卷三之一《君子偕老》，（清）阮元校刻《十三经注疏》，北京：中华书局，1980年，第314页。

④ 陈鼓应注译《庄子今注今译》，北京：中华书局，1983年，第744页。

⑤ （战国）韩非著，陈奇猷校注《韩非子新校注》，上海：上海古籍出版社，2000年，第1088页。

⑥ （宋）李昉等撰《太平御览》卷995《百卉部二·葛》，北京：中华书局，1960年，第4404页。

⑦ 《毛诗正义》卷三之一《君子偕老》，（清）阮元校刻《十三经注疏》，北京：中华书局，1980年，第313页。

也”，毛亨《传》：“瑱，塞耳也”[①]；“充耳谓之瑱”[②]。则瑱、塞耳、充耳为一物，是挂于冠冕两旁垂至耳畔的饰物，质地以玉石为多，宣姜佩戴的是玉瑱，《卫风·淇奥》中的君子佩戴的也是玉石充耳，“有匪君子，充耳琇莹”。孔颖达很细致地叙述了瑱垂系的结构和所用丝线与颜色，“礼以一絛五采横冕上，两头下垂系黄绵，绵下又县玉为瑱以塞耳”[③]。《释名·释首饰》介绍了充耳的功用：“瑱，镇也。县当耳傍不欲使人妄听自镇重也。或曰充耳充塞也，塞耳亦所以止听也。”[④] 揥是用以剔发、绾发的首饰，毛亨《传》：“揥，所以摘发也。”[⑤] 揥一般是由象骨做成的，“象之揥也”，朱熹解：“象，象骨也。”[⑥] 揥还见于《魏风·葛屦》，“好人提提，宛然左辟，佩其象揥”，朱熹解为：“揥所以摘发，用象为之，贵者之饰也。”[⑦] 像宣姜如此美服、美饰的女子，怎能不令人有“胡然而天也，胡然而帝也”之叹呢！

庄姜和宣姜这两位美貌女子各有不同的命运遭际。庄姜是一位美丽宽仁的女子，素有令名，惜其“好而无子”[⑧]、“贤而

---

① 《毛诗正义》卷三之一《君子偕老》，（清）阮元校刻《十三经注疏》，北京：中华书局，1980 年，第 314 页。

② 《毛诗正义》卷三之二《淇奥》，（清）阮元校刻《十三经注疏》，北京：中华书局，1980 年，第 321 页。

③ 《春秋左传正义》卷 52《昭公二十六年》，（清）阮元校刻《十三经注疏》，北京：中华书局，1980 年，第 2113 页。

④ （清）王先谦撰集《释名疏证补》卷 4《释首饰》，上海：商务印书馆，1937 年，第 239 页。

⑤ 《毛诗正义》卷三之一《君子偕老》，（清）阮元校刻《十三经注疏》，北京：中华书局，1980 年，第 314 页。

⑥ （宋）朱熹集注《诗集传》卷 3《君子偕老》，上海：上海古籍出版社，1980 年，第 29 页。

⑦ （宋）朱熹集注《诗集传》卷 5《葛屦》，上海：上海古籍出版社，1980 年，第 63 页。

⑧ （汉）司马迁撰《史记》卷 37《卫康叔世家》，北京：中华书局，1959 年，第 1592 页。

不答”[1]。庄姜遭卫庄公疏冷，在人们看来无子是一个很重要的原因，这个判定没有错误，但就当时女性的地位和婚姻形态来看，即使庄姜有子亦未免不被冷落，所以庄姜亦因卫庄公惑于嬖妾被疏冷。《左传·隐公三年》记：“卫庄公娶于齐东宫得臣之妹，曰庄姜，美而无子，卫人所为赋《硕人》也。又娶于陈，曰厉妫，生孝伯，早死。其娣戴妫生桓公，庄姜以为己子。”[2] 庄姜无子，视戴妫之子完为己子，宽仁以待，与戴妫共同抚育幼子。庄公卒后，公子完立，即卫桓公。庄姜甚厌安忍阻兵的嬖人之子州吁，有学者推测在州吁弑卫桓公自立为卫君后，概是由庄姜、戴妫和石碏共同谋划，借陈国之助铲除了州吁。[3]

宣姜是一位被后世冤屈的女子。后世多以“淫乱”“不善”冠于宣姜，《鄘风·君子偕老》的诗旨《毛诗序》认为：“刺卫夫人也。夫人淫乱，失事君子之道。”郑玄《笺》：“夫人，宣公夫人、惠公之母也。”[4] 朱熹《诗集传》：“今宣姜之不善乃如此。”[5] 这样评价宣姜是与史实不相符的，是避其可怜而妄增其可唾。王国维先生认为诗人作《鄘风·君子偕老》一诗，是就宣姜的不幸命运而言的，“不斥宣姜之失德，而但言其遭际之不幸，

---

① 《毛诗正义》卷三之二《硕人》，（清）阮元校刻《十三经注疏》，北京：中华书局，1980 年，第 322 页。

② 《春秋左传正义》卷 3《隐公三年》，（清）阮元校刻《十三经注疏》，北京：中华书局，1980 年，第 1724 页。

③ 清范家相《诗沈》：“《燕燕》，石碏之谋州吁也，以陈为援，戴妫之归陈不无力矣。”（清）范家相撰《诗沈》卷 5《燕燕》，《景印文渊阁四库全书》第 88 册，台北：商务印书馆，1986 年，第 628 页；晁福林《〈诗·燕燕〉与儒家“慎独”思想考析》，《浙江学刊》2004 年第 1 期。

④ 《毛诗正义》卷三之一《君子偕老》，（清）阮元校刻《十三经注疏》，北京：中华书局，1980 年，第 313 页。

⑤ （宋）朱熹集注《诗集传》卷 3《君子偕老》，上海：上海古籍出版社，1980 年，第 29 页。

诗人之厚也"[①]。宣姜的婚姻任人摆布，与政治密切结合在一起，她始终被作为政治联姻的工具。她始被聘为卫太子伋妻，既嫁竟成卫宣公妻、太子伋庶母，卫宣公卒，又因齐人的强制由公子顽所烝，烝婚本来是为当时习俗允许的婚配形式，后人置此婚俗于不理，判定其为非礼越轨之举，宣姜因涉此婚俗而被大加谴责挞伐，宣姜没有任何主宰自己命运的可能，更无法与后世误读她的人当面为自己的无奈辩解。在有些人看来，宣姜的逆来顺受是最大的错误，清王先谦《诗三家义集疏》言："姜与伋虽未成昏，名分已定，与卫女之于昭王相等。《新台》见要，宜以死拒，乃与公俱陷大恶，故诗人深疾之。"[②] 清方玉润《诗经原始》亦指责宣姜："妇人从一而终，不可改行易节，宣姜岂未之闻欤？当其初聘，本为伋也妻；迨至新台，乃为伋也母。此稍有廉耻者所不忍闻，尚腆然立于人世乎？使其执意不从，宣公虽暴亦无如何。而乃柔情懦志将顺其恶，以至逆理乱伦为千古笑。虽曰非其本意，亦岂能辞咎哉？"[③] 在王先谦、方玉润看来，宣姜嫁非所愿、嫁非所许、嫁非所匹不遗憾，遗憾的是她没有在被宣公夺取之时一头撞死于新台之上。《鄘风·君子偕老》中有诗句为："子之不淑，云如之何？""不淑"一词，毛亨《传》解："有子若是，何谓不善乎？"郑玄《笺》释为："子乃服饰如是，而为不善之行。"[④] 王国维先生认为毛、郑之解失诗之本义，他在《与友人

---

① 王国维《观堂集林》卷2《与友人论〈诗〉〈书〉中成语书一》，北京：中华书局，1959年，第76页。

② （清）王先谦撰，吴格点校《诗三家义集疏》卷3中《君子偕老》，北京：中华书局，1987年，第224页。

③ （清）方玉润撰，李先耕点校《诗经原始》卷3《新台》，北京：中华书局，1986年，第149页。

④ 《毛诗正义》卷三之一《君子偕老》，（清）阮元校刻《十三经注疏》，北京：中华书局，1980年，第313页。

论〈诗〉〈书〉中成语书》一文中将“不淑”作为古代的一个成语予以辨析：“如‘不淑’一语，其本意谓不善也。不善，或以性行言，或以遭际言，而不淑，古多用为遭际不善之专名。《杂记》记诸侯相吊辞，相者请事，客曰：‘寡人使某，如何不淑！’致命曰：‘寡君闻君之丧，寡君使某，如何不淑！’《曲礼》注云：‘相传有吊辞云：“皇天降灾，子遭罹之，如何不淑！”’如何不淑者，谓遭此不幸，将如之何也。《左·庄十年传》：‘宋大水，公使吊焉，曰：“天作淫雨，害于粢盛，若之何不吊！”’又《襄十四年传》：‘公使厚成叔吊于卫，曰：“寡君使瘠，闻君不抚社稷而越在他竟，若之何不吊！”’古‘吊’‘淑’同字，‘若之何不吊’，亦即‘如何不淑’也。是‘如何不淑’者，古之成语，于吊死唁生皆用之。《诗·鄘风》：‘子之不淑，云如之何？’正用此语，意谓宣姜本宜与君子偕老，而宣公先卒，则子之不淑，云如之何矣。不斥宣姜之失德，而但言其遭际之不幸，诗人之厚也。《王风》‘遇人之不淑’，亦犹言遇人之艰难，不责其夫之见弃，而但言其遭际之不幸，亦诗人之厚也。诗人所用，皆当时成语，有相沿之意义。毛、郑胥以‘不善’释之，失其旨矣。”① 闻一多先生对“子之不淑”作如是解：“之犹若也。子若不淑其奈之何，言其当淑也。淑，善，不淑谓遭际不善。”② 陈子展先生从王国维先生之解，认为诗句中的“不淑”即“不幸”之意，“愚见，不淑，犹言不吊，犹言不幸也”③。并进一步为宣姜辩解：“《君子偕老》是一首赞美卫夫人宣姜仪容

---

① 王国维《观堂集林》卷2《与友人论〈诗〉〈书〉中成语书一》，北京：中华书局，1959年，第76～77页。

② 闻一多《风诗类钞》，《闻一多全集·诗选与校笺》（四），北京：生活·读书·新知三联书店，1982年，第71页。

③ 陈子展《诗经直解》，上海：复旦大学出版社，1983年，第145页。

之美，而又哀其不幸的诗。诗着力描写宣姜服饰之盛，仪容之美，俨然突现出一个天仙似的国色人物。然而，‘子之不淑，云如之何！’则又对其不幸，表示了很深的惋惜。但由于说诗者的观点不同，对此诗有了截然相反的解释。”“其实，‘燕婉之求，得此戚施’，原是宣姜始料所不及的，本就是极为不幸的遭遇，奈何受害者还要与害人者同样担负‘大恶’的罪责，诚属男女极不平等的偏见。”① 以“不幸”解“不淑”可以理解为替宣姜鸣不平，《鄘风·君子偕老》一诗大概作于宣姜初嫁之时，诗人为年少貌美的宣姜竟为宣公所夺而感到惋惜，慨叹宣姜在婚姻上的不幸遭际，如此之美，竟是如此不幸。

后世对宣姜的不公允定位是她遭际的又一不幸，宣姜先后经历了被夺、丧子、失夫、改嫁，她是欲从一而终不得，实在是“子之不淑，云如之何！”卫宣公卒后，公子顽迫于强齐之意而烝宣姜，部分学者又将被当时认可的烝婚与后世的“通”“姘居”混为一谈，对宣姜做的是脱离历史实际、偏离当时文化背景的道德批判，是囿于时代或个人之见的不公允、不客观的认识和评价，是明显的误判，误判基础上的讽刺挞伐是没有价值和意义的。刘向《列女传》将宣姜归于“孽嬖传”，认为宣姜要对卫国很长一段时期的不安宁负很大的责任，“卫之宣姜，谋危太子。欲立子寿，阴设力士。寿乃俱死，卫果危殆。五世不宁，乱由姜起”②。“五世不宁，乱由姜起”这份罪责判得尤深，是与实情不符的。宣姜的冤屈是《诗经》时代的婚俗遭遇了后世伦理价值评判标准的结果，由错位而导致错误，讽刺宣姜，实际上是后世一

① 陈子展、杜月村《诗经导读》，北京：中国国际广播出版社，2008 年，第 96～97 页。

② （汉）刘向编撰，（晋）顾恺之图画《古列女传》卷 7《孽嬖传·卫宣公姜》，北京：中华书局，1985 年，第 196 页。

部分人将指责的对象选错了，讥讽的意义也就无从谈起。《诗经》先于儒学而产生，故不能一味以儒家的道德标准去框定诸诗。

许穆夫人是一位有远见卓识、有诗才文情、有强烈爱国情怀的女子。后世学者考订卫地诗歌中的《邶风·泉水》《鄘风·载驰》和《卫风·竹竿》三首诗的作者是许穆夫人，这三首诗分别为许穆夫人自伤之作、归唁卫侯之作和忧时之作。[①] 许穆夫人被誉为我国第一位爱国主义女诗人，她不仅有著名的诗作流传，而且本人也被时人和后世广为赞许。许穆夫人是卫公子顽与宣姜之女，刘向在《列女传》中将她归入“仁智”一列，在其当嫁之年，面对许、齐两国的求娶，就嫁许还是嫁齐，许穆夫人有自己的倾向及理由，“许穆夫人者，卫懿公之女[②]，许穆公之夫人也。初，许求之，齐亦求之，懿公将与许，女因其傅母而言曰：‘古者诸侯之有女子也，所以苞苴玩弄，系援于大国也。言今者许小而远，齐大而近。若今之世，强者为雄。如使边境有寇戎之事，维是四方之故，赴告大国，妾在，不犹愈乎！今舍近而就远，离大而附小，一旦有车驰之难，孰可与虑社稷？’”[③]（图13）许穆夫人于未嫁之时已深谙王室贵族婚姻的实质，视通过自己的婚姻“合二姓之好”、结政治联盟为己任，她深刻地意识到了诸侯国之

① 许穆夫人作《泉水》说参见邵炳军《〈诗·邶风〉系年辑证——春秋诗歌系年辑证之三》，《诗经研究丛刊》2011年第2期。许穆夫人作《载驰》说参见邵炳军《〈诗·鄘风〉创作年代考论》，《中州学刊》2011年第2期。许穆夫人作《竹竿》说参见邵炳军《〈诗·卫风〉创作年代考论（下）——春秋诗歌创作年代考论之五》，赵生群、方向东主编《古文献研究集刊》第4辑，南京：凤凰出版社，2012年，第267～280页。

② “许穆夫人者，卫懿公之女。”《古列女传》记载有误，许穆夫人是公子顽与宣姜之女，非卫懿公之女。若随卫宣公计，卫懿公是卫惠公之子，卫惠公与公子顽是同父异母兄弟，则许穆夫人与卫懿公是堂兄妹关系；若随宣姜计，许穆夫人与卫惠公是同母异父兄妹，则许穆夫人与卫懿公是姑侄关系。

③ （汉）刘向编撰，（晋）顾恺之图画《古列女传》卷3《仁智传·许穆夫人》，北京：中华书局，1985年，第65页。

间联姻的政治性，意识到贵族女性与政治婚姻密切相连，她们可以在一定程度上调节两国关系的疏密程度，于是她建议卫侯将自己嫁于齐国，欲以个体的婚姻为筹码成全家国利益。从刘向所记这段内容可以见出许穆夫人对当时政治形势明察洞悉，判断准确，其远见卓识非同寻常，可惜卫侯没有采纳许穆夫人的合理建议，而是应了许国之求。结果即刘向颂中之言：“卫女未嫁，谋许与齐。女讽母曰，齐大可依。卫君不听，后果遁逃。许不能救，女作《载驰》。”①

图 13　许穆夫人谋嫁

［采自刘向编撰，(晋) 顾恺之图画《古列女传》卷 3《仁智传 · 许穆夫人》，北京：中华书局，1985 年，第 65 ~ 66 页］

在大致作于同期的《邶风 · 泉水》《鄘风 · 载驰》和《卫风 · 竹竿》三首诗中，可以感受到许穆夫人对故国的深厚情感，“有怀于卫，靡日不思。娈彼诸姬，聊与之谋”。嫁到许国后，许穆夫人对自己的国家无日不念，不时向嫁入许国的姬姓女子们倾诉思念之情，“岂不尔思？远莫致之”。远并非“莫致之”的关键

① (汉) 刘向编撰，(晋) 顾恺之图画《古列女传》卷 3《仁智传 · 许穆夫人》，北京：中华书局，1985 年，第 66 页。

所在，其要在于礼制对诸侯夫人归省父母的约束，诗中提到的泲、祢、干、言等地名是往来于卫国和许国之间需经过的地方，因为不能时常归宁，许穆夫人把深深的思念和殷切的问候寄予往返两国之间的大夫们，“载脂载舝，还车言迈。遄臻于卫，不瑕有害?”想象着他们经由这些地方疾驰至卫国，把自己深切的思念之情传递给父母之国的诸位亲眷。故国的淇水、须、漕更是令许穆夫人牵念不已，这种乡愁无以附加时，她选择的排解方式是“我思肥泉，兹之永叹。思须与漕，我心悠悠。驾言出游，以写我忧”。诗句中传递出的是许穆夫人浓郁的悲思之情和迫切的问候之意。比较一下《周南·葛覃》中女子归宁前的激动和喜悦，就更能体会《邶风·泉水》《卫风·竹竿》中许穆夫人不得归宁的忧愁和苦闷了。

在闻知卫国被狄人侵灭时，许穆夫人的焦灼忧虑之情非常明显，她采取的行动计划是合情合理并且是冷静理智的——吊唁卫侯、拯救故国。就许穆夫人在卫亡后是否曾回到卫国这一问题上，历代学者看法不一，《毛诗序》和朱熹《诗集传》都认为许穆夫人未归卫，只因归卫不得方作《鄘风·载驰》一诗以抒发郁闷之情：“《载驰》，许穆夫人作也。闵其宗国颠覆，自伤不能救也。卫懿公为狄人所灭，国人分散，露于漕邑。许穆夫人闵卫之亡，伤许之小，力不能救，思归唁其兄，又义不得，故赋是诗也。”[①]“宣姜之女为许穆公夫人，闵卫之亡，驰驱而归，将以唁卫侯于漕邑。未至，而许之大夫有奔走跋涉而来者。夫人知其必将以不可归之义来告，故心以为忧也。既而终不果归，乃作此诗以自言其意尔。”[②] 后世部分学者认为许穆夫人闻卫亡噩耗后曾回

---

① 《毛诗正义》卷三之二《载驰》，（清）阮元校刻《十三经注疏》，北京：中华书局，1980 年，第 320 页。

② （宋）朱熹集注《诗集传》卷 3《载驰》，上海：上海古籍出版社，1980 年，第 33 页。

至卫国，如范学新、翟相君等先生。① 产生歧义的原因在于对当时诸侯夫人归宁的认识，《公羊传·庄公二十七年》载："冬，杞伯姬来。直言来何？直来曰来。"何休《注》："诸侯夫人尊重，既嫁，非有大故不得反。"徐彦《疏》："其大故者，奔丧之谓。"② 周代女子嫁人后，非归宁或有大事不得远行，否则即使与丈夫同行亦会为人所讥。这些典籍中记载的女子归宁制度非常严格，许穆夫人在国家被灭如此"大事"发生之时返回卫国，属人之常情、事之常理，不应遭受阻挡和谴责。《韩诗外传》记载了一段孟子对许穆夫人的评价："夫道二，常之谓经，变之谓权。怀其常道而挟其变权，乃得为贤。夫卫女行中孝，虑中圣，权如之何？"③ 可谓非常中肯。作为一位王室女子和诸侯夫人，许穆夫人定是了解归宁之制的，《礼记·杂记》："妇人非三年之丧不逾封而吊。"④《郑氏规范》对归宁做了宽泛一点的理解："诸妇之于母家，二亲存日，礼得归守，无者不许。其有庆吊势不可已者，但令人往。"⑤《邶风·泉水》郑玄《笺》："国君夫人父母在则归宁，没则使大夫宁于兄弟。"⑥ 在《邶风·泉水》中可以看出，一般情况下许穆夫人也是遵循归宁制度行事

---

① 范学新《也谈许穆夫人及其诗〈载驰〉》，《新疆师范大学学报（哲学社会科学版）》2002年第2期；翟相君《许穆夫人的爱国诗篇——〈泉水〉新解》，《许昌师专学报（社会科学版）》1985年第1期；翟相君《〈诗·鄘风·载驰〉原始》，《西北大学学报（哲学社会科学版）》1985年第3期。

② 《春秋公羊传注疏》卷8《庄公二十七年》，（清）阮元校刻《十三经注疏》，北京：中华书局，1980年，第2239页。

③ （汉）韩婴撰，许维遹校释《韩诗外传集释》，北京：中华书局，1980年，第34页。

④ 《礼记正义》卷43《杂记下》，（清）阮元校刻《十三经注疏》，北京：中华书局，1980年，第1567页。

⑤ （元）郑太和《郑氏规范》，北京：中华书局，1985年，第17页。

⑥ 《毛诗正义》卷二之三《泉水》，（清）阮元校刻《十三经注疏》，北京：中华书局，1980年，第309页。

的。就事实而言，以父母在世与否来决定国君夫人归宁与否的制度本身就是不合情理的，这是一种违背亲情的礼规，在卫国君亡国灭之时，许穆夫人权衡轻重，毅然决定返回卫国，一方面安慰卫侯，一方面凭借自己的能力寻求救国的途径。许穆夫人的回国之举遭到许人的反对："既不我嘉，不能旋反。""既不我嘉，不能旋济。"当时她虽归心似箭，但因许人的不支持而未能速归。就许人对自己行为的不理解，许穆夫人表示出了强烈的不满和愤懑："许人尤之，众稚且狂。""大夫君子，无我有尤。"她为自己认定的事据理力争："视尔不臧，我思不远。""视尔不臧，我思不闷。"朱熹解"陟彼阿丘，言采其蝱"为"或升高以舒忧想之情，或采蝱以疗郁结之病"[①]。高瞻远瞩、卓尔不群的政治预见足以使许穆夫人睥睨许国那些不知变通、死守礼规的大夫君子，"百尔所思，不如我所之"。许穆夫人内心的忧虑是多重的，忧故国之亡、忧兄长之卒、忧卫民之散、忧许人之阻、忧救国之方……这份多重的忧虑正是许穆夫人对卫国深重情思的真实体现。

卫为狄所灭后许国和齐国的态度和措施正应了《列女传》中记载的许穆夫人当年假设的若卫国遭寇戎之事时的顾虑，许国弱小，不仅无力以援，且于许穆夫人归国救助时设置障碍阻止其回国。而恰恰是齐国给予了卫国以强大有力的救援，这其中固然有许穆夫人之姊齐子嫁于齐桓公这一因素，有的学者还推断在卫国得齐国之助一事上许穆夫人的奔走呼告起了很大作用。许穆夫人的思路和决策一如既往的清晰和英明，"我行其野，芃芃其麦。控于大邦，谁因谁极?"她冲破许人的困阻毅然回国，并果断地采取了积极有效的救国措施——求取强齐的援助。对此，《左

---

① （宋）朱熹集注《诗集传》卷3《载驰》，上海：上海古籍出版社，1980年，第34页。

传·闵公二年》只提到一句"许穆夫人赋《载驰》"[①]，没有再继续展开，我们不妨推测许穆夫人曾亲至齐国，在齐桓公的朝堂上赋《载驰》，以一片深挚的爱国之情和迫切的求助之意打动了齐桓公，从而在促成齐桓公救卫的决策上起了一定作用。即使许穆夫人未曾至齐，她提出的"控于大邦"的思路也是正确的，"齐大而近"，大邦的首选是齐国，当时卫、齐两国之间的关系是：齐子为齐桓公之妃，卫亡后继任卫国国君的卫戴公、卫文公是齐桓公之甥，以卫、齐两国的婚姻、甥舅关系而论，卫求救于齐并且能得到援助的可能性非常大。史实记载了齐桓公确实是在卫国遇难时慷慨相援，助其渡过困境。春秋时人在外交场合赋《鄘风·载驰》多取义于"控于大邦"，《左传·文公十三年》："郑伯与公宴于棐……子家赋《载驰》之四章。"[②] 子家赋诗欲表达郑国期待鲁国相助之意。《左传·襄公十九年》："齐及晋平，盟于大隧。故穆叔会范宣子于柯。穆叔见叔向，赋《载驰》之四章。"[③] 鲁大夫穆叔赋《鄘风·载驰》意在请求晋国援助鲁国。由此可见许穆夫人及其诗作《鄘风·载驰》在当时已被作为典范，许穆夫人以其对家国的深挚情怀和勇赴国难的英勇之举，令时人深深感念，被后世广为颂扬，确实堪称中国第一位爱国女诗人。

将文献记载与卫风诗篇相结合，我们看到了以上几位王室女子或诸侯夫人相对真实而丰满的形象，此外卫风塑造了一系列典型的女性群体，如《邶风·静女》《卫风·木瓜》中的姑娘们，她们以积极、主动、大胆、热情的开放心态追求诚挚的爱情和幸

① 《春秋左传正义》卷11《闵公二年》，（清）阮元校刻《十三经注疏》，北京：中华书局，1980年，第1788页。

② 《春秋左传正义》卷19下《文公十三年》，（清）阮元校刻《十三经注疏》，北京：中华书局，1980年，第1853页。

③ 《春秋左传正义》卷34《襄公十九年》，（清）阮元校刻《十三经注疏》，北京：中华书局，1980年，第1969页。

福的婚姻，是一个天真活泼、开朗率真的女性群体；《邶风·绿衣》《邶风·谷风》《卫风·氓》中的女子们善良、勤劳，持家有方、待人有度，是中国传统家庭主妇的典型代表；关于婚姻变故和恋爱受阻，《邶风·柏舟》和《鄘风·柏舟》展现的是心志坚定、不甘屈服的女性；此外，由于社会服役制度、婚姻制度等原因，我们看到了卫风中思亲念远和无辜遭弃的两个女性群体。总之，卫风以较多的诗篇给女性以相对集中的写照，有利于我们了解西周春秋时期的女性生存状态。

当然，除了以上三方面，卫风诸篇还体现了治国、礼贤、忧时、伤己、爱国、孝思、隐逸、送别、厌战等多层面的主题。同卫地域文化的二元化特征相近，卫风在主题的展示上也体现出一种二元性的特点，诸篇诗作不是某一主题的单向度映现，而是对《诗经》时代社会生活的立体化、真实性的描述，既有远古文化气息的影响和遗存，如桑林功能由祭祀之地到欢会之所在功能上的转化和丰富、烝婚习俗在卫宣公与夷姜和公子顽与宣姜婚姻中的再现、卜婚习俗于《卫风·氓》中的延续等。同时，这些产生于西周初期至春秋中期的诗篇带有明显的时代标识，最能体现这一时代标识的是周礼对《诗经》时代人们生活诸方面的规约，如与婚前恋人之间可以享有城隅之期、林下之欢的自由相比，无论从谈婚论嫁的礼节上还是从婚后的言行上，婚姻给人们的限定是十分严格的，如六礼之制在此时期形成并完善，尤其是其中的父母之命、媒妁之言，这一礼俗的社会规约作用可谓是持久而深远的。用周人的礼乐治国之道来衡量卫国国君的治国实际，特别是卫武公之后卫风绝大部分诗篇所反映的历史时期内的卫国国君，其中庄公、宣公、惠公、州吁、懿公等国君或类国君，可圈点处甚微，当讥讽处颇多。

诗歌是社会生活的艺术表现，是人类情感的真实反映，体现的是生活的方方面面和情感的点点滴滴，描摹出的是人生中共性的轨迹和个性的处境。卫风三十九首诗涉及的社会内容比较多，主题相对集中于以上三个方面，我们不妨通过卫风对婚恋生活的全面映现、对非礼之举的深厉讥讽和对女性形象的集中写照，来进一步认识《诗经》时代卫国的史实和卫地人们的生活和情感，让那些悠远的记忆离我们近一点。

第三章　卫风艺术考论

第一节　情深文挚，美哉渊乎

春秋时期，诗和乐密不可分，《左传·襄公二十九年》记载了季札对诗、乐的整体感受和综合评价，在季札看来，《诗》三百就是诗与乐、内容与形式的完美结合，鲁国乐工为之歌《邶风》《鄘风》《卫风》时，季札感叹："美哉渊乎！"卫风情感格调之美在"渊"，杜预《注》："渊，深也。"[①]"美哉渊乎"亦如章学诚所言"情深而文挚"[②]，细细品味卫风诸诗，其"渊"可详析如下：

其一，深隐——引人探求。

针对讽喻讥刺诗而言，如《邶风·新台》《邶风·二子乘舟》《鄘风·墙有茨》《鄘风·鹑之奔奔》等讽刺诗讽语显明，但刺意深婉，诗人讽刺的具体对象在诗中没有具体明确的体现，但诗人一般是感于事而发，这样就引导读者借助历代学者的解读索隐，通过诗史互证的方式，进一步探求其事其人。由于《毛诗序》的形成离《诗经》的成书年代比较近，人们还是较多地采纳或参考

---

① 《春秋左传正义》卷39《襄公二十九年》，（清）阮元校刻《十三经注疏》，北京：中华书局，1980年，第2006页。

② （清）章学诚著，叶瑛校注《文史通义校注》卷3《内篇三·史德》，北京：中华书局，1985年，第220页。

《毛诗序》对诗意所关史实的认识。《毛诗序》言《邶风·新台》针对卫宣公而作是可以采纳的："刺卫宣公也。纳伋之妻，作新台于河上而要之，国人恶之，而作是诗也。"① 通过《毛诗序》对《邶风·二子乘舟》相关历史事件的介绍，借助《左传》《史记》等文献记载，可以探寻到卫国宫室频繁、残忍的权位之争，"《二子乘舟》，思伋、寿也。卫宣公之二子争相为死，国人伤而思之，作是诗也"②。司马迁将卫太子伋与晋太子申生并言，"余读世家言，至于宣公之太子以妇见诛，弟寿争死以相让，此与晋太子申生不敢明骊姬之过同，俱恶伤父之志。然卒死亡，何其悲也！或父子相杀，兄弟相灭，亦独何哉？"③ 司马迁对卫、晋两位太子的经历感慨甚深。《鄘风·墙有茨》诗序首句可取："卫人刺其上也。"④ 联系卫国历史，可讽可刺的在上者不在少数，取首句而不定指可以增大讥讽的广度。《毛诗序》对《鄘风·鹑之奔奔》所刺对象的认定是有失公允的，"刺卫宣姜也。卫人以为宣姜鹑鹊之不若也"⑤。宣姜是被后世曲解的一位不幸的女子，不当被列入讽刺之列。考具体诗句"人之无良，我以为兄！""人之无良，我以为君！"则魏源《诗古微·诗序集义》的解释更有道理："《鹑之奔奔》，刺卫宣公也。左、右公子怨宣公之诗，故曰'我

① 《毛诗正义》卷二之三《新台》，（清）阮元校刻《十三经注疏》，北京：中华书局，1980年，第311页。

② 《毛诗正义》卷二之三《二子乘舟》，（清）阮元校刻《十三经注疏》，北京：中华书局，1980年，第311页。

③ （汉）司马迁撰《史记》卷37《卫康叔世家》，北京：中华书局，1959年，第1605页。

④ 《毛诗正义》卷三之一《墙有茨》，（清）阮元校刻《十三经注疏》，北京：中华书局，1980年，第313页。

⑤ 《毛诗正义》卷三之一《鹑之奔奔》，（清）阮元校刻《十三经注疏》，北京：中华书局，1980年，第315页。

以为君'，'我以为兄'。"[①] 这种诗史互证的探求讲究的是合理性，历史事件和历史人物须与诗意吻合，诗与史不是简单的一对一的等同，要能够甄别，不必每首诗都要坐实对等，毕竟诗歌是一种艺术形式，而非历史实录，只是以含蓄映带的艺术形式反映历史，不能做纯史书看待。

其二，深沉——令人激愤。

针对逆志自伤诗而言，《邶风·柏舟》所发不移之志、《邶风·北门》所叙不胜之烦，皆易激发读者感佩愤慨之情。

宋王柏《诗疑》卷一将《邶风·柏舟》归为"妇人怨夫之词"[②]，朱熹认为《邶风·柏舟》之意为"妇人不得于其夫"[③]，程俊英、蒋见元两位学者认为"这是一位妇女自伤不得于夫，见侮于众妾的诗，诗中表露了她无可告诉的委曲和忧伤"[④]。俞平伯先生针对姚际恒谓《邶风·柏舟》诗"无一语像妇人语"[⑤] 的说法，辩道："我却觉得无一不像妇人语也。"[⑥] 细读诗句，为诸学者所认可的怨妇之词是符合诗意的。朱熹对首句"泛彼柏舟，亦泛其流"的解释中透露出诗中女子的忧困处境，"妇人不得于其夫，故以柏舟自比。言以柏为舟，坚致牢实，而不以乘载，无所依薄，但泛然于水中而已"[⑦]。以柏舟荡于水中无所凭依喻自己失

---

① （清）魏源著，魏源全集编辑委员会编，何慎怡校点《魏源全集·诗古微》，长沙：岳麓书社，1989 年，第 769 页。

② （宋）王柏纂《诗疑》，北京：中华书局，1985 年，第 1 页。

③ （宋）朱熹集注《诗集传》卷 2《柏舟》，上海：上海古籍出版社，1980 年，第 15 页。

④ 程俊英、蒋见元《诗经注析》，北京：中华书局，1991 年，第 61 页。

⑤ （清）姚际恒著，顾颉刚标点《诗经通论》卷 3《邶·柏舟》，北京：中华书局，1958 年，第 49 页。

⑥ 俞平伯《俞平伯全集》第 3 卷《读诗札记》，石家庄：花山文艺出版社，1997 年，第 41 页。

⑦ （宋）朱熹集注《诗集传》卷 2《柏舟》，上海：上海古籍出版社，1980 年，第 15 页。

去丈夫之宠而身无所依、心无所属，《小雅·小弁》亦用此喻，“譬彼舟流，不知所届”。将《邶风·柏舟》中“亦有兄弟，不可以据。薄言往愬，逢彼之怒”与《卫风·氓》中“兄弟不知，咥其笑矣”对照来看，亦可以判断《邶风·柏舟》中的女子是因不得于其夫被休回娘家了。婚姻的不幸将诗中女子置于一种深沉、复杂的无法化解的忧痛之中，她所承受的愁苦是多重的：遭众妾排挤、被丈夫遗弃、不为兄弟理解……这种种深忧浓愁并非可以借助饮酒出游能够消释。“日居月诸，胡迭而微?”人们以日月为恒久光明者，意其可明察黑白，洞见是非，今所遇不公，日月失其明察之务，不由再生怨叹。诗中女子的心坚志固令人感佩：“我心匪鉴，不可以茹。”“我心匪石，不可转也。我心匪席，不可卷也。”这可看作她为自己无辜被弃所做的剖白。《邶风·柏舟》中女子的不幸遭遇是当时一个女性群体的共同遭遇，是《诗经》中的一个沉重话题，《邶风·柏舟》将被弃女子的伤感、无奈抒写得深沉浓郁，“全诗字字掩抑，声声凄怨，极沉郁痛切之至”①。清宋大樽评此诗：“曲写闺怨，如水益深，如火益热。”②

《诗经》所反映的历史时期封建等级制度严格，上下分明，“王臣公，公臣大夫，大夫臣士……”③《邶风·北门》表现的是严格等级制度下的劳逸不均，在社会底层小吏的怨苦嗟劳声里，可以看到他们贫苦艰辛的生存状态，“出自北门，忧心殷殷。终窭且贫，莫知我艰”。他们事务繁重，俸禄微薄，既不为理解，又无人体恤，在艰难的处境中忍辱负重，如此尚且难免谴责和指斥，实在是悲苦至极，不由得他们不暗自伤怀。小吏的这种生存

① 程俊英、蒋见元《诗经注析》，北京：中华书局，1991年，第61页。

② （清）宋大樽《茗香诗论》，北京：中华书局，1985年，第6页。

③ 《春秋左传正义》卷44《昭公七年》，（清）阮元校刻《十三经注疏》，北京：中华书局，1980年，第2048页。

状况在当时是具有普遍性的，他们过于辛苦，是因为有些人过于闲逸，这个鲜明对比在《小雅·北山》中表现得特别清晰：

> 或燕燕居息，或尽瘁事国；或息偃在床，或不已于行。或不知叫号，或惨惨劬劳；或栖迟偃仰，或王事鞅掌。或湛乐饮酒，或惨惨畏咎；或出入风议，或靡事不为。

底层小吏无力改变等级制度造成的艰辛和贫困，内忧外困，无消减排解之途，无奈地把这种不公平归于命运的安排，“已焉哉！天实为之，谓之何哉！”他们除了接受现实和忍受苦难，已然是别无选择。细细体会这种错综复杂的心理，确实是“又恼怒，又无可奈何；又想自我排解，又不免黯然”①。诗人将《邶风·柏舟》和《邶风·北门》中主人公复杂的情感状态细细描出，娓娓道来，将一份隐忧深叹申诉出来，令人读来不免感慨激愤。

其三，深切——致人痛悲。

针对伤别悼亡、自责遭弃诗而言，《邶风·燕燕》伤别离、《邶风·绿衣》悼亡妻、《邶风·凯风》念慈母、《邶风·日月》《邶风·谷风》《卫风·氓》斥负心，心切情哀，致人痛悲。

视《邶风·燕燕》为一首深情的送别诗历来无异议，存有争论的主要有两处，一是此送别是送嫁还是送归，二是谁送谁。其实惜别之情的普遍性决定了将其置于何境、系于何人是不受性别、身份限制的。有些学者倾向《毛诗序》和郑玄《笺》对《邶风·燕燕》所系史实的认定，《毛诗序》：“《燕燕》，卫庄姜送归妾也。”郑玄《笺》：“庄姜无子，陈女戴妫生子名完，庄姜以为己子。庄公薨，完立，而州吁杀之。戴妫于是大归，庄姜远

① 程俊英、蒋见元《诗经注析》，北京：中华书局，1991年，第110页。

送之于野，作诗见己志。”[①] 以《邶风·燕燕》用燕子翻飞起兴来看，把《邶风·燕燕》当作一首送嫁诗更合理一些。崔述《读风偶识》卷二辨析《邶风·燕燕》之文“但有惜别之意，绝无感时悲遇之情。而《诗》称‘之子于归’者，皆指女子之嫁者言之，未闻有称大归为于归者。恐系卫女嫁于南国而其兄送之之诗，绝不类庄姜、戴妫事也”[②]。崔述《读风偶识》意卫女嫁于他国，闻一多先生意他国之女适卫，“任姓国君送妹出适于卫也。……仲任，女之字姓，犹叔姬、孟姜之等。……末二句言劝我时时以先君为念，勿自安逸乐，以妨国政也”[③]。《大雅·大明》有诗句：“挚仲氏任，自彼殷商。”王季之妻、文王之母大任是商邑大族任姓女子，则《邶风·燕燕》中的这个任姓女子可能是殷商旧邑的大族之后，概和周文王之母大任出自同族。王晖先生推断“‘任’（男）本为官职名称，西周后有的以之为爵称，有的以之作国名，有的以之为姓”[④]。余冠英、金启华等先生亦认为《邶风·燕燕》是一首送嫁诗[⑤]，国君送妹出嫁可取。

《礼记·月令》描绘仲春之月的物候：“是月也，玄鸟至。”郑玄《注》：“玄鸟，燕也。燕以施生时来，巢人堂宇而孚乳，嫁娶之象也，媒氏之官以为候。高辛氏之出，玄鸟遗卵，娀简吞之

① 《毛诗正义》卷二之一《燕燕》，（清）阮元校刻《十三经注疏》，北京：中华书局，1980 年，第 298 页。

② （清）崔述撰著，顾颉刚编订《崔东壁遗书·读风偶识》，上海：上海古籍出版社，1983 年，第 545 页。

③ 闻一多《风诗类钞》，《闻一多全集·诗选与校笺》（四），北京：生活·读书·新知三联书店，1982 年，第 71 页。

④ 王晖《商周文化比较研究》，北京：人民出版社，2000 年，第 276 页。

⑤ 余冠英《诗经选》：“这篇是卫君送别女弟远嫁的诗。”余冠英注译《诗经选》，北京：人民文学出版社，1979 年，第 22 页。金启华《诗经全译》：“妹妹出嫁了，送嫁时依依难舍，更赞美她的品德和忠告。”金启华译注《诗经全译》，南京：江苏古籍出版社，1984 年，第 60 页。

而生契。”[①] 燕子是春季嫁娶时的常见物象，郑玄还提到了燕子跟商人始祖契诞生的联系，这个传说在《诗经》中有明确记载，《商颂·玄鸟》：“天命玄鸟，降而生商。”《史记·殷本纪》中有更加详细的记载：“殷契，母曰简狄，有娀氏之女，为帝喾次妃。三人行浴，见玄鸟堕其卵，简狄取吞之，因孕生契。”[②] 总而言之，燕子于春暖之际北归，其归期与春季嫁娶之期相合；其次，燕子有为商人始祖的传说，继而有生育祈嗣之意；再者，燕子善筑巢，有家室安稳之喻。基于此，诗中燕子颉颃翻飞，可做夫妻相伴相携之喻。判断《邶风·燕燕》是送嫁诗，除了以燕起兴可据为一个依据，诗中的“之子于归”亦可作为一处内证。除了《邶风·燕燕》，“之子于归”还出现于《周南·桃夭》《周南·汉广》《召南·鹊巢》《豳风·东山》中，在这四首诗中，“之子于归”皆作女子出嫁解，若于《邶风·燕燕》中独作归宗、大归讲，显然不甚合适。

上博简《孔子诗论》第十一简中的“青（情）爱”，马承源先生认为是《邶风·燕燕》篇评语之残。[③] 可理解为兄妹情厚，《邶风·燕燕》将妹妹出嫁之时兄妹惜别的场景描述得非常细腻真切，尤其是兄长的远送、瞻望、泣涕等情境的叠咏复现以及念及妹妹的淑慎、温惠和即来的远离久别而呈现出为兄者的留恋、不舍之意和关切、伤悲之情。清王士禛《分甘余话》卷三称《邶风·燕燕》一诗“为万古送别诗之祖”[④]，其中“瞻望弗及”尤

① 《礼记正义》卷15《月令》，（清）阮元校刻《十三经注疏》，北京：中华书局，1980年，第1361页。

② （汉）司马迁撰《史记》卷3《殷本纪》，北京：中华书局，1959年，第91页。

③ 马承源主编《上海博物馆藏战国楚竹书》（一），上海：上海古籍出版社，2001年，第141页。

④ （清）王士禛著，张世林点校《分甘余话》卷3《燕燕之诗》，北京：中华书局，1989年，第62页。

能传神写照，成功地起始了一个“送别”情境，后世文人多写送别，如苏轼诗《辛丑十一月十九日既与子由别于郑州西门之外马上赋诗一篇寄之》：“登高回首坡陇隔，惟见乌帽出复没。”[①] 张先词《虞美人·述古移南郡》：“一帆秋色共云遥。眼力不知人远、上江桥。”[②] 等等。程俊英先生意上举诗词摹暂离之状，写永诀之情均远绍《邶风·燕燕》之意。[③] 南朝江淹罗列诸种离别，有富贵之别、剑客之别、从军之别、绝国之别、夫妻之别、求仙之别、情人之别……实是“别方不定，别理千名”[④]。虽别事万千，然别情一也，即其所谓“黯然销魂者，唯别而已矣”[⑤]，无不“使人意夺神骇，心折骨惊”[⑥]。

清姜炳璋以诗人之意和编诗之意分述《邶风·凯风》，认为七子自责是诗人之意，美孝子是编诗之意。[⑦] 编诗者取义于美孝子以宣扬孝道，但诗人之意不止为七子自责，更重要的是赞颂慈母。解诗者都能在《邶风·凯风》中感受到孝亲之情，但对七子之母的褒贬没有共识，其中的贬低之意不是源于文本的信息传递，而是解诗者不合诗意的妄测，如《毛诗序》：“卫之淫风流行，虽有七子之母，犹不能安其室。”毛亨《传》：“不安其室，欲去嫁也。”[⑧] 朱

---

① （宋）苏轼《苏东坡全集》，北京：中国书店，1986 年，第 38 页。

② 唐圭璋编《全宋词》，北京：中华书局，1965 年，第 82 页。

③ 程俊英、蒋见元《诗经注析》，北京：中华书局，1991 年，第 69 页。

④ （南朝梁）萧统编，（唐）李善注《文选》，上海：上海古籍出版社，1986 年，第 756 页。

⑤ （南朝梁）萧统编，（唐）李善注《文选》，上海：上海古籍出版社，1986 年，第 750 页。

⑥ （南朝梁）萧统编，（唐）李善注《文选》，上海：上海古籍出版社，1986 年，第 756 页。

⑦ （清）姜炳璋撰《诗序补义》卷 3《凯风》，《景印文渊阁四库全书》第 89 册，台北：商务印书馆，1986 年，第 54 页。

⑧ 《毛诗正义》卷二之二《凯风》，（清）阮元校刻《十三经注疏》，北京：中华书局，1980 年，第 301 页。

熹、李光地等人多从序。这样理解是对《邶风·凯风》的曲解，更是对诗中慈母的大不敬。《邶风·凯风》诗句昭明：“凯风自南，吹彼棘心。棘心夭夭，母氏劬劳。凯风自南，吹彼棘薪。母氏圣善，我无令人。爰有寒泉，在浚之下。有子七人，母氏劳苦。”言尽了母亲的劬劳和圣善，是为子者表达未慰母心、未酬母恩的遗憾和自责，抒发的是孝子之思、母恩之念。方玉润读《邶风·凯风》即未偏于美孝子，“此诗之存，岂独以美孝子，亦将以表贤母耳”[①]。是美慈母以显孝子，慈母可敬，孝子堪美，孝子为人称道处在于能够体会到母亲的顾复之恩和劳苦不易，且深愧不能以己之能来慰藉母心，“睍睆黄鸟，载好其音。有子七人，莫慰母心”。孝是最具中国传统色彩的文化因素之一，孝是中国伦理道德规范中的最高准则，《孝经》言：“夫孝，德之本也，教之所由生也。”[②]“夫孝，天之经也，地之义也，民之行也。”[③]卫立国后的经济政策中特别强调了对父母的孝：“其艺黍稷，奔走事厥考厥长。肇牵车牛，远服贾，用孝养厥父母。”[④]孝行被特别地强调，则不孝就被视为至大的罪恶，《尚书·康诰》：“元恶大憝，矧惟不孝不友。”[⑤]《孝经》：“五刑之属三千，而罪莫大于不孝。”[⑥]孝很早就被作为统治者选官任人的条件之一，《尚书·君陈》载周公卒后，周成王

---

① （清）方玉润撰，李先耕点校《诗经原始》卷3《凯风》，北京：中华书局，1986年，第131页。

② 《孝经注疏》卷1《开宗明义》，（清）阮元校刻《十三经注疏》，北京：中华书局，1980年，第2545页。

③ 《孝经注疏》卷3《三才》，（清）阮元校刻《十三经注疏》，北京：中华书局，1980年，第2549页。

④ 《尚书正义》卷14《酒诰》，（清）阮元校刻《十三经注疏》，北京：中华书局，1980年，第206页。

⑤ 《尚书正义》卷14《康诰》，（清）阮元校刻《十三经注疏》，北京：中华书局，1980年，第204页。

⑥ 《孝经注疏》卷6《五刑》，（清）阮元校刻《十三经注疏》，北京：中华书局，1980年，第2556页。

任命周公之子君陈继周公之后在洛邑监治殷顽民，其中很重要的一个原因是看中了君陈的孝亲之德：“王若曰：‘君陈，惟尔令德孝恭，惟孝，友于兄弟，克施有政。命汝尹兹东郊，敬哉！’”[①] 至汉代，已明确把是否孝亲作为选拔和录用官员的重要标准之一，举孝廉成为当时考察和培养官吏预备人选的方法之一。

孝是子女对父母生育之恩的体恤和回报，是一种发自内心的情感，孝被纳入礼的范畴，是社会欲借助礼制的要求来加强对人们内在道德的规范。孔子特别推崇《诗经》，正是因为《诗经》中所体现的如孝这一类的伦理规范与儒家所倡导的德行标准是一致的。《邶风·凯风》以七子颂扬慈母和自责之词把孝亲之情展现得很具体：孝在于为子女者能够体念父母的辛苦，“凯风自南，吹彼棘心。棘心夭夭，母氏劬劳”。《尔雅·释天》：“南风谓之凯风。”邢昺《疏》引李巡语：“南风长养万物，万物喜乐，故曰凯风。凯，乐也。”[②] 郑玄《笺》意以凯风起兴而兼有比意，“兴者，以凯风喻宽仁之母”[③]。棘是一种生长速度很慢的树木，经南风吹拂化育，今已壮茂，七子如棘之长成，实是母亲宽仁勤苦之劳。七子体念到慈母的辛苦，对慈母的养育之恩深表感激。《邶风·凯风》给我们提供了孝道的一项很重要内容，即承顺，除给父母物质上的赡养，还要有精神上的安慰。《论语·为政》：“子夏问孝。子曰：‘色难。’”[④] 孔子所说的“色难”就是强调承顺

① 《尚书正义》卷18《君陈》，（清）阮元校刻《十三经注疏》，北京：中华书局，1980年，第236页。

② 《尔雅注疏》卷6《释天》，（清）阮元校刻《十三经注疏》，北京：中华书局，1980年，第2608页。

③ 《毛诗正义》卷二之二《凯风》，（清）阮元校刻《十三经注疏》，北京：中华书局，1980年，第301页。

④ 《论语注疏》卷2《为政》，（清）阮元校刻《十三经注疏》，北京：中华书局，1980年，第2462页。

父母心意，《邶风·凯风》中七子的自责即在于未能安慰母心，“睍睆黄鸟，载好其音。有子七人，莫慰母心”。郑玄《笺》：“睍睆，以兴颜色说也。好其音者，兴其辞令顺也。”孔颖达《疏》：“黄鸟有睍睆之容貌，则又和好其音声，以兴孝子当和其颜色，顺其辞令也。”[①] 七子意欲承母心意，顺母言辞，令其和颜悦色，今竟未达，方有自责痛悲之情。

后世诗文取义《邶风·凯风》多倾向其对勤善慈母的赞叹之意，如古乐府《长歌行》：“远望使心思，游子恋所生。驱车出北门，遥观洛阳城。凯风吹长棘，夭夭枝叶倾。黄鸟飞相追，咬咬弄音声。伫立望西河，泣下沾罗缨。”[②] 三国魏王粲《为潘文则作思亲诗》：“圣善独劳，莫慰其情。”[③] 唐牟融《赠欧阳詹》：“服勤因念劬劳重，思养徒怀感慨深。”《邵公母》：“劬劳常想三春恨，思养其如寸草何。”[④] 苏轼《胡完夫母周夫人挽词》以“凯风吹尽棘成薪”颂周夫人的美德。[⑤]

其四，深长——发人悠思。

针对激赏、归隐、纳贤诗而言，《卫风·淇奥》中君子之美质、《卫风·考槃》中隐者之闲逸、《鄘风·干旄》中纳贤之渴念，意味深长，发人悠思。

《卫风·淇奥》是美君子之作，《毛诗序》：“《淇奥》，美武公之德也。有文章，又能听其规谏，以礼自防，故能入相于周，

---

① 《毛诗正义》卷二之二《凯风》，（清）阮元校刻《十三经注疏》，北京：中华书局，1980 年，第 302 页。

② （宋）郭茂倩编《乐府诗集》，北京：中华书局，1979 年，第 443 页。

③ 逯钦立辑校《先秦汉魏晋南北朝诗》，北京：中华书局，1983 年，第 360 页。

④ （清）彭定求等校点《全唐诗》，北京：中华书局，1960 年，第 5312 页。

⑤ （宋）苏轼《苏东坡全集》，北京：中国书店，1986 年，第 57 页。

美而作是诗也。”[1] 《卫风·淇奥》赞美卫武公是从多方面着手的，赞其服饰华美，气宇轩昂；赞其文章著见，言语得当；赞其心胸开阔，操行休美；赞其以“如切如磋，如琢如磨”的不已之志注重德行学业的修饬，以“如金如锡，如圭如璧”的纯美之质成为后学的楷模，如朱熹所赞：“其动容周旋之间，无适而非礼。”[2] 诗篇对卫武公铺陈赞咏，尽言其可敬可爱，令人“终不可谖兮”。卫武公至年老尤能自儆，为人所称道，《国语·楚语上》记载：“昔卫武公年数九十有五矣，犹箴儆于国……史不失书，蒙不失诵，以训御之，于是乎作懿戒以自儆也。及其没也，谓之睿圣武公。”[3] 后人视卫武公为一位自修有常、治国有道、安民有方、佐周有功的有为之士，予以大加赞颂，这实际上凸显的是民众对具备治国安民才能的国君的期待，这一点对战争频繁、政变时现的卫国尤其重要，卫人感戴卫武公的治国安民，所以作《卫风·淇奥》美之、念之。

隐逸是一种与文明相伴而生的社会文化现象，是一部分人选择的一种生活方式，这种生活方式与世俗社会疏离，与主流生活方式相异，是生活方式多元化的表现，《卫风·考槃》所体现的即这种文化现象和生活方式。《毛诗序》意《考槃》：“刺庄公也。不能继先公之业，使贤者退而穷处。”[4] 朱熹不取序，认为《卫风·考槃》是“诗人美贤者隐处涧谷之间，而硕大宽广，无

---

① 《毛诗正义》卷三之二《淇奥》，（清）阮元校刻《十三经注疏》，北京：中华书局，1980 年，第 320 页。

② （宋）朱熹集注《诗集传》卷 3《淇奥》，上海：上海古籍出版社，1980 年，第 35 页。

③ （战国）左丘明著，（三国吴）韦昭注《国语》卷 17《楚语上》，上海：上海古籍出版社，2015 年，第 370 页。

④ 《毛诗正义》卷三之二《考槃》，（清）阮元校刻《十三经注疏》，北京：中华书局，1980 年，第 321 页。

戚戚之意，虽独寐而寤言，犹自誓其不忘此乐也”[①]。《卫风·考槃》一诗但见隐逸之乐，实无怨刺之意，其中的隐者有《周易·乾卦·文言》中释“潜龙勿用”一爻的意味，“‘潜龙勿用’，何谓也？子曰：‘龙德而隐者也。不易乎世，不成乎名。遁世无闷，不见是而无闷。乐则行之，忧则违之。确乎其不可拔，潜龙也。’”[②]

孔子认为隐者隐逸的原因有二：一是邦无道，二是道不行。邵炳军先生考证《卫风·考槃》作于卫庄公之世（前757—前735）。[③] 卫庄公为君之时乏善可陈，且因冷落庄姜、宠幸嬖妾、放纵州吁为世人所刺，大概《卫风·考槃》中的硕人有因邦无道而隐的可能。《论语·泰伯》言：“天下有道则见，无道则隐。”[④] 若国君昏庸，政治昏暗，则再有使命感和责任感，再有德有能，都没有施展才能、实现抱负的机会，也不能在干预时政方面起作用，即庄子所言“古之所谓隐士者，非伏身而弗见也，非闭其言而不出也，非藏其知而不发也，时命大谬也”[⑤]。事实上，隐者选择隐居的原因是多方面的，如范晔所分析的：“或隐居以求其志，或回避以全其道，或静己以镇其躁，或去危以图其安，或垢俗以动其概，或疵物以激其清。”[⑥] 不管出于何原因选择隐

---

① （宋）朱熹集注《诗集传》卷3《考槃》，上海：上海古籍出版社，1980年，第35页。

② 《周易正义》卷1《乾文言》，（清）阮元校刻《十三经注疏》，北京：中华书局，1980年，第15页。

③ 邵炳军《〈诗·卫风〉创作年代考论（上）——春秋诗歌创作年代考论之五》，《上海交通大学学报（哲学社会科学版）》2011年第2期。

④ 《论语注疏》卷8《泰伯》，（清）阮元校刻《十三经注疏》，北京：中华书局，1980年，第2487页。

⑤ 陈鼓应注译《庄子今注今译》，北京：中华书局，1983年，第405页。

⑥ （南朝宋）范晔撰，（唐）李贤等注《后汉书》卷83《逸民列传》，北京：中华书局，1965年，第2755页。

逸，被人们作为一种品性评价和价值取向的隐者都具有一些共有的特征，一般隐者乃含贞养素之士，他们洞悉时势、谙熟世态，居于山林岩穴的凡夫俗子非属此列。隐逸者对物质的要求不高，他们追求的是不损害他人前提下的适己之性，看重的是独立人格和自由精神，人们都有追求精神自由和人格独立的本质诉求，在现实社会中，个体往往因种种束缚所困不得独立和自由，隐逸之士多以与世俗社会隔绝疏离的方式求取人格独立、价值守护和精神自由，离乱处静以完善个人修养，他们安贫乐道，纵情山水，寄兴自然，品味幽独超逸之趣。

孔子读《卫风·考槃》而感慨："于《考槃》见遁世之士而不闷也。"① 孔子对隐者示以敬意，对古之逸民如伯夷、叔齐、虞仲、夷逸、朱张、柳下惠、少连等人皆有赞语："逸民：伯夷、叔齐、虞仲、夷逸、朱张、柳下惠、少连。子曰：'不降其志，不辱其身，伯夷、叔齐与！'谓：'柳下惠、少连，降志辱身矣。言中伦，行中虑，其斯而已矣。'谓：'虞仲、夷逸，隐居放言。身中清，废中权。'"② 孔子尊重并理解他们的选择，但从自己积极入世的态度出发，他虽然理解却并不赞同隐者的隐遁之行，认为作为社会中的一员，不能逃避社会现实，还是应该担负起一定的社会责任，也就是他所比称的"吾岂匏瓜也哉？焉能系而不食？"③ 方玉润考定《卫风·考槃》："此美贤者隐居自乐之词。

---

① （汉）孔鲋撰《孔丛子》卷上《记义》，北京：中华书局，1985 年，第 21 页。

② 《论语注疏》卷 18《微子》，（清）阮元校刻《十三经注疏》，北京：中华书局，1980 年，第 2529～2530 页。

③ 《论语注疏》卷 17《阳货》，（清）阮元校刻《十三经注疏》，北京：中华书局，1980 年，第 2525 页。

诗意甚明，无所谓怨，亦无所谓刺。”① 诗中言硕人居处优雅闲适，胸襟宽笃平静，心境宽舒怡悦，于山阿水涧中安闲起坐，尽享独处隐居之乐，黄焯先生《毛诗郑笺平议》认为：“《传》云‘无所告语’，犹陶公《饮酒》诗‘此中有真意，欲辨已忘言’也。”②《卫风·考槃》描述的寄情山水、自得其乐的硕人就是陶渊明诗中的“寄心清尚，悠然自娱”③、“岂无他好，乐是幽居”④者，他们倾向的生活状态是自由闲适，编辑《诗经》者采之，是对世人生活方式和人生态度多元化的认同，硕人乐于隐，且安于隐。在很大程度上，隐者可等同于贤者，诗人对诗中隐者大有美意，称考槃者为“硕人”即嘉许之。

清魏源《诗古微》言：“广谷大川异气，民生其间，刚柔异俗，不竞于武者每娴于文，宜郑、卫之诗亹亹斐斐，皆善言情，岂尽风教使然哉?”⑤ “皆善言情”是实，卫风诸诗作者对爱国之情、相思之情、孝亲之情、眷恋之情……种种情感体会得深挚细腻，表述得生动形象。《诗经》是实感的采写，真情的抒发，是把对生活的深切体味诗化的表达，有情、有趣、有愁、有困、有欢、有悲、有喜、有苦……是生活的本真，是人性的至情。《诗经》的作者是非常懂得把美感情绪留给读者的，令后世读者跟随季札一同感慨其“美哉渊乎”。

---

① （清）方玉润撰，李先耕点校《诗经原始》卷4《考槃》，北京：中华书局，1986年，第174页。

② 黄焯撰《毛诗郑笺平议》，上海：上海古籍出版社，1985年，第60页。

③ （晋）陶渊明著，逯钦立校注《陶渊明集》卷6《记传赞述·扇上画赞》，北京：中华书局，1979年，第177页。

④ （晋）陶渊明著，逯钦立校注《陶渊明集》卷1《诗四言·答庞参军》，北京：中华书局，1979年，第22页。

⑤ （清）魏源著，魏源全集编辑委员会编，何慎怡校点《魏源全集·诗古微》，长沙：岳麓书社，1989年，第510页。

第二节　对女性体貌描写的细致化

女性一向是文学颂赞的对象，卫风塑造了很多美丽的女子，其体貌之美有总而言之者，如《邶风·泉水》：“娈彼诸姬”，《邶风·静女》：“静女其姝”“静女其娈”，毛亨《传》：“娈，好貌。”① 有分而述之者，具体描写女子的体魄、容貌、服饰等方面。与其他国风相比，卫风描绘女性的体貌之美更加细致化。

《卫风·硕人》是《诗经》中写美人的典范篇章，庄姜是《诗经》中所写众美人的典范人物，那么我们就从《卫风·硕人》和庄姜说起。《毛诗序》称《卫风·硕人》是“闵庄姜也”②，何楷、姚际恒、崔述等学者认为诗中没有闵意，“此诗作于庄姜始至之时，初无闵意。《左传》所云‘卫人为之赋《硕人》’者，但谓《硕人》之诗为庄姜咏耳，非谓以庄姜无子之故然后赋此诗也。不善读古书者以辞害意，弊率类此。”③ 姚际恒不认为诗有闵意，分析其原因并征引他说：“《小序》谓‘闵庄姜’，诗中无闵意，此徒以庄姜后事论耳；安知庄姜初嫁时何尝不盛，何尝不美，又安知庄公何尝不相得而谓之‘闵’乎！《左传》云：‘初，卫庄公娶于齐东宫得臣之妹，曰庄姜，美而无子，卫人所为赋《硕人》也。’亦但谓《硕人》之诗为庄姜咏。其云‘无子’，亦据后事为说，不可执泥。《小序》盖执泥《左传》耳；《大序》

① 《毛诗正义》卷二之三《泉水》，（清）阮元校刻《十三经注疏》，北京：中华书局，1980 年，第 309 页。

② 《毛诗正义》卷三之二《硕人》，（清）阮元校刻《十三经注疏》，北京：中华书局，1980 年，第 322 页。

③ （明）何楷撰《诗经世本古义》卷 19 上《硕人》，《景印文渊阁四库全书》第 81 册，台北：商务印书馆，1986 年，第 667 页。

谓‘终以无子’，尤袭《传》显然。《伪传》曰‘卫庄公取于齐，国人美之，赋《硕人》’，孙文融亦曰‘此当是庄姜初至卫时，国人美之而作者’，所见皆与予合。”[①] 崔述《读风偶识》卷二：“此篇凡四章，首章言其贵，次章言其美，三章言其婚成，四章言其媵众，毫不见有刺庄公之意，不知《序》与《传》何从而知之？且玩诗词，乃其初至时作。当其初至，何由预知异日庄公之不见答以至无子而闵之？”[②] 方玉润《诗经原始》认为这是“卫人颂庄姜美而能贤，非闵之也”[③]。卫人赋《卫风·硕人》应是就庄姜出嫁时之美而言，诗意当作“美庄姜”，通读诗篇，《卫风·硕人》确实有美情而无闵意。请允许卫人利利索索地赞美一下庄姜，不要总加入“怜悯”的成分。

庄姜的诸般美丽皆是以“硕”为前提的，诗作是在此基础上再言及其他。“硕人其颀，衣锦褧衣。”毛亨《传》：“颀，长貌。”郑玄《笺》：“硕，大也。言庄姜仪表长丽俊好颀颀然。”[④]“硕人敖敖，说于农郊。”毛亨《传》：“敖敖，长貌。”郑玄《笺》：“敖敖，犹颀颀也。”[⑤] 大是商周时期非常突出的审美意识和审美追求，表现在对人体美的审美标准上的用词就是“硕”“硕大”，王先谦《诗三家义集疏》云：“古人硕、美二字为赞美

---

① （清）姚际恒著，顾颉刚标点《诗经通论》卷4《卫·硕人》，北京：中华书局，1958年，第83～84页。

② （清）崔述撰著，顾颉刚编订《崔东壁遗书·读风偶识》，上海：上海古籍出版社，1983年，第548～549页。

③ （清）方玉润撰，李先耕点校《诗经原始》卷4《硕人》，北京：中华书局，1986年，第176页。

④ 《毛诗正义》卷三之二《硕人》，（清）阮元校刻《十三经注疏》，北京：中华书局，1980年，第322页。

⑤ 《毛诗正义》卷三之二《硕人》，（清）阮元校刻《十三经注疏》，北京：中华书局，1980年，第322页。

男女之统词，故男亦称‘美’，女亦称‘硕’。”[①]“美”字中很关键的一个组成部分是“大”，此处所论虽是女性体貌，言至以硕大为美，不妨从夸父说起。《山海经》之《海外北经》和《大荒北经》都记载有夸父逐日的神话故事，袁珂先生考证夸父乃“炎帝之裔也。以义求之，盖古之大人（夸，大；父，男子美称）也”[②]。《说文解字·大部》：“夸，奢也。从大，于声。”[③]夸即大的意思。夸父是神话传说中的巨人，其逐日之举，人们予以肯定和赞慕的是其形体高大，体格健壮，意志坚韧。夸父能够逐日，一个非常关键的因素就是他拥有巨大的身躯，这个前提的设置本身就体现了人们对高大身体的企慕和崇尚。“夸”与《诗经》中的“硕”所表达的审美内质是相通的，在距离《诗经》甚近的《楚辞》中，我们又看到了以高大作为审美的一个实例，只是彼处不是用“硕”，而是用“姱”，如《离骚》“余虽好修姱以鞿羁兮”[④]，《招魂》“姱容修态”[⑤]，《礼魂》“姱女倡兮容与”[⑥]，《大招》“嫭以姱只”[⑦]、“姱修滂浩”[⑧]。命运在生子这一环节上给庄姜留下了一个不可弥补的遗憾，《左传·隐公三年》：“卫庄公娶

---

① （清）王先谦撰，吴格点校《诗三家义集疏》卷3下《硕人》，北京：中华书局，1987年，第277页。

② 袁珂《山海经校注》，成都：巴蜀书社，1993年，第285页。

③ （汉）许慎撰《说文解字》，北京：中华书局，1963年，第213页。

④ （宋）洪兴祖撰，白化文等点校《楚辞补注·离骚》，北京：中华书局，1983年，第14页。

⑤ （宋）洪兴祖撰，白化文等点校《楚辞补注·招魂》，北京：中华书局，1983年，第205页。

⑥ （宋）洪兴祖撰，白化文等点校《楚辞补注·九歌·礼魂》，北京：中华书局，1983年，第84页。

⑦ （宋）洪兴祖撰，白化文等点校《楚辞补注·大招》，北京：中华书局，1983年，第221页。

⑧ （宋）洪兴祖撰，白化文等点校《楚辞补注·大招》，北京：中华书局，1983年，第222页。

于齐东宫得臣之妹，曰庄姜，美而无子。”[①] 由于知道了庄姜无子，后人读至《卫风·硕人》时便增加了甚浓的闵意。

高大健硕是人类对人体美的最早认识，这一审美标准带有明显的实用性和功利性，是从当时生产和生育的实际需要出发产生的审美标准。硕大健壮是人体美的最自然性因素，其中包蕴的是健康、力量和活力，也就是强大的生命力。《诗经》时代人们的生存环境相对恶劣，新生命的成活率低，人口的自然增长速度相对缓慢，人的自然寿命相对短暂，再加之自然灾害、战争等因素时常造成人口数量的减少，这就需要有健壮的体魄以应对和适应艰苦的生存环境，需要通过繁衍生命来增加人口以保证种族的繁衍和生存能力的改善与提高，于是人类自身的生产被置于非常重要的地位，因此，这一时期，对女性形体的硕大要求是作为一个必然性而存在的。从孙作云先生对“高禖”的解释中也可以看出先民对女性形体“硕大”的看重，“‘高禖’就是管理人间生育的女神。‘高’言其大、其重要”[②]。当时人口的多寡是衡量一个国家势力强大与否的一个很重要的因素，女性的生育能力对人口的增加起着决定性的作用，而人类自身的繁殖是推动社会发展的决定性因素。女性是直观的显性的生命创造者，神话中有女始祖女娲，传说中有女始祖涂山氏、简狄、姜嫄，这些女性始祖的尊立都是从创造生命的角度出发的。

以硕大为美是人们对自我力量的肯定与赞美，硕大是生命力旺盛的最直观的体现，是女性具备旺盛生育能力的重要身体特征，在此时期，女性具有丰硕健壮的身体才有可能顺利承担和圆

---

① 《春秋左传正义》卷3《隐公三年》，（清）阮元校刻《十三经注疏》，北京：中华书局，1980年，第1724页。

② 孙作云《诗经与周代社会研究》，北京：中华书局，1966年，第298页。

满完成为夫家延续子嗣的任务，对女性的这种非常现实的要求和期盼在《周南·桃夭》中体现得很直接，《周南·桃夭》以繁花茂树起兴喻新婚女子貌美体健，“桃之夭夭，灼灼其华。之子于归，宜其室家”。最诚挚的祝福就是以桃树叶密实丰起兴作比祝新娘婚后多子多孙，从而能宜家宜室，“桃之夭夭，有蕡其实。之子于归，宜其家室。桃之夭夭，其叶蓁蓁。之子于归，宜其家人”。以硕大为美的功利性就是康德所说的主观合目的性，以硕大为美是因功利性而生的审美取向。《说文解字·羊部》：“美，甘也，从羊从大。”[1] 在人们最初的审美意识中，美和大是密不可分的。以硕大为美是人类社会生活实践的反映，“人们力图使自己具有某种外貌，这种努力往往反映着这一时代的社会关系”[2]。最初以硕大为美，其实用性成分是大于审美性成分的。审美标准的发展变化同生产力的发展有密切关系，从某种程度上来看，“审美趣味的状况总可以成为生产力状况的准确的标志”[3]。

随着社会的发展，以硕大为美的标准逐渐将人口繁衍的社会要求与审美要求合二为一，这种审美观念一经形成，在一定的历史时期内便具有相对的稳定性。“硕人”一词在《诗经》中共出现九处，除了《小雅·白华》中的三处[4]，其余六次都在卫风中，即“硕人俣俣，公庭万舞”（《邶风·简兮》）；“考槃在涧，硕人之宽”，“考槃在阿，硕人之薖”，“考槃在陆，硕人之轴”（《卫风·考槃》）；“硕人其颀，衣锦褧衣”，“硕人敖敖，说于农郊”

① （汉）许慎撰《说文解字》，北京：中华书局，1963 年，第 78 页。

② ［俄］普列汉诺夫著，曹葆华译《没有地址的信，艺术与社会生活》，北京：人民文学出版社，1962 年，第 211 页。

③ ［俄］普列汉诺夫著，曹葆华译《论艺术（没有地址的信）》，北京：生活·读书·新知三联书店，1964 年，第 128 页。

④ 《小雅·白华》：“啸歌伤怀，念彼硕人。……樵彼桑薪，卬烘于煁。维彼硕人，实劳我心。……有鹙在梁，有鹤在林。维彼硕人，实劳我心。”

(《卫风·硕人》)。

审美风尚与人们的社会生活息息相关，硕是《诗经》时代人们生存发展的普遍要求和体现，是建立在功利基础上的审美标准。在很大程度上可以说“硕人”就是“美人”的代称，如此美人我们还可以在其他风诗和雅诗中见到，如：“彼其之子，硕大无朋”，“彼其之子，硕大且笃”（《唐风·椒聊》）；“有美一人，硕大且卷”，“有美一人，硕大且俨”（《陈风·泽陂》）；“辰彼硕女，令德来教”（《小雅·车舝》）。先秦时期已经形成稳定的以大为美的审美心理，且不囿于具体的女性形体的硕大为美，人们推崇大，以大为至上、至美，“有物混成，先天地生。寂兮寞兮，独立而不改，周行而不殆，可以为天下母。吾不知其名，故强字之曰‘道’，强为之名曰‘大’。……道大、天大、地大、人亦大”①。“大道泛泛兮其可左右。……万物归之而不知主，可名于大矣。”②“大哉！尧之为君也，巍巍乎！唯天为大，唯尧则之。”③“充实之谓美，充实而有光辉之谓大，大而化之之谓圣，圣而不可知之之谓神。”④“天地有大美而不言。”⑤“是故法象莫大乎天地，变通莫大乎四时，县象著明莫大乎日月，崇高莫大乎富贵。”⑥

女性以硕为美，不是单纯视觉上的审美，是由一定历史时期人们特定的需求所决定的，带有实用的、功力的目的。功利性的

---

① 马叙伦《老子校诂》，北京：中华书局，1974 年，第 270 ~ 277 页。

② 马叙伦《老子校诂》，北京：中华书局，1974 年，第 340 ~ 349 页。

③ 《论语注疏》卷 8《泰伯》，（清）阮元校刻《十三经注疏》，北京：中华书局，1980 年，第 2487 页。

④ 《孟子注疏》卷 14 上《尽心下》，（清）阮元校刻《十三经注疏》，北京：中华书局，1980 年，第 2775 页。

⑤ 陈鼓应注译《庄子今注今译》，北京：中华书局，1983 年，第 563 页。

⑥ 《周易正义》卷 7《系辞上》，（清）阮元校刻《十三经注疏》，北京：中华书局，1980 年，第 82 页。

审美特征随着时代的变迁，又会呈现出非功利性的审美转变。后世对女性身材不再一味强调高大，而是“增之一分则太长，减之一分则太短”①，“襛纤得衷，修短合度”② 的适中美。

卫风写女性美突出“白”这一特点：一是肤白，二是服白。

突出肤白，是将皮肤白皙作为貌美的表征之一。《鄘风·君子偕老》中的宣姜是“扬且之皙也”，毛亨《传》：“皙，白皙。”③《卫风·硕人》集中描绘了庄姜的白，“手如柔荑，肤如凝脂。领如蝤蛴，齿如瓠犀”。“柔荑”，毛亨《传》释：“如荑之新生。”④ 朱熹《诗集传》：“茅之始生曰荑，言柔而白也。”⑤“凝脂”，朱熹《诗集传》：“脂寒而凝者，亦言白也。”⑥ “蝤蛴”，朱熹《诗集传》：“木蛊之白而长者。”⑦ 孔颖达《疏》：“以在木中，白而长，故以比颈。”⑧ 这都是就庄姜的皮肤白皙而言，并且一同言及庄姜齿白，“瓠犀”，朱熹《诗集传》：“瓠犀，瓠中之子方正洁白，而比次整齐也。”⑨ 《卫风·竹竿》有诗句：

---

① （南朝梁）萧统编，（唐）李善注《文选》，上海：上海古籍出版社，1986年，第893页。

② （南朝梁）萧统编，（唐）李善注《文选》，上海：上海古籍出版社，1986年，第897页。

③ 《毛诗正义》卷三之一《君子偕老》，（清）阮元校刻《十三经注疏》，北京：中华书局，1980年，第314页。

④ 《毛诗正义》卷三之二《硕人》，（清）阮元校刻《十三经注疏》，北京：中华书局，1980年，第322页。

⑤ （宋）朱熹集注《诗集传》卷3《硕人》，上海：上海古籍出版社，1980年，第36页。

⑥ （宋）朱熹集注《诗集传》卷3《硕人》，上海：上海古籍出版社，1980年，第36页。

⑦ （宋）朱熹集注《诗集传》卷3《硕人》，上海：上海古籍出版社，1980年，第36页。

⑧ 《毛诗正义》卷三之二《硕人》，（清）阮元校刻《十三经注疏》，北京：中华书局，1980年，第322页。

⑨ （宋）朱熹集注《诗集传》卷3《硕人》，上海：上海古籍出版社，1980年，第36页。

“巧笑之瑳，佩玉之傩。”《说文解字·玉部》：“瑳，玉色鲜白。”[①] 总而言之，这三首诗都强调了女子的肤白，在《卫风·硕人》与《卫风·竹竿》中，诗人运用了同色联想，使得肤色白皙这一抽象的概念具体呈现，其形象生动之效自不必赘言。

突出服白，是将身着白色服装作为身份高贵、气质典雅的表征之一。清李渔认为：“妇人之衣，不贵精而贵洁，不贵丽而贵雅，不贵与家相称，而贵与貌相宜。”[②] 这一评价准则在卫风所描绘的女子处得以充分体现。《卫风·硕人》中庄姜出嫁时穿的褧衣及《鄘风·君子偕老》中宣姜穿的展衣、绁袢都是白色的，褧衣是麻质的，从《曹风·蜉蝣》中的诗句“蜉蝣掘阅，麻衣如雪”可推断麻质衣服一般为白色。“瑳兮瑳兮，其之展也”，郑玄《笺》：“后妃六服之次展衣，宜白。”[③] 周代王后所着六种礼服中的展衣是纯白色的，于朝见天子、接见宾客时所穿。“蒙彼绉絺，是绁袢也”，言及穿在展衣之内的是用细葛布做成的白色亵衣。

卫风中对白色的注重有殷商遗风的留存，文献记载殷人尚白，《礼记·檀弓上》：“殷人尚白。”[④]《白虎通》卷八《三正》：“十二月之时，万物始牙而白，白者，阴气，故殷为地正，色尚白也。”[⑤]《论衡》卷十七《指瑞》：“白者殷之色也。”[⑥] 都指出殷人对白色的偏好，于马、车、祭品、衣服等诸方面皆表现出了

---

① （汉）许慎撰《说文解字》，北京：中华书局，1963 年，第 11 页。

② （清）李渔著，单锦珩校点《闲情偶寄》卷 3《声容部·治服·衣衫》，杭州：浙江古籍出版社，1985 年，第 122 页。

③ 《毛诗正义》卷三之一《君子偕老》，（清）阮元校刻《十三经注疏》，北京：中华书局，1980 年，第 314 页。

④ 《礼记正义》卷 6《檀弓上》，（清）阮元校刻《十三经注疏》，北京：中华书局，1980 年，第 1276 页。

⑤ （清）陈立撰，吴则虞点校《白虎通疏证》卷 8《三正》，北京：中华书局，1994 年，第 363 页。

⑥ 刘盼遂《论衡集解》，北京：古籍出版社，1957 年，第 353 页。

尚白的倾向，如《周颂·有客》：“有客有客，亦白其马。”毛亨《传》：“殷尚白也。”郑玄《笺》：“今微子代之，亦乘殷之马。”孔颖达《疏》：“言我周家今有承先代之客，此客亦如我周，自乘所尚而白其马。”① 序意诗中之客乃殷商王室之后微子，微子乘白马朝周，正是殷人尚白文化特征的典型表现。《鄘风·干旄》中有“素丝纰之”“素丝组之”“素丝祝之”，《说文解字·糸部》：“素，白致缯也。”② 又如《史记·殷本纪》：“孔子曰，殷路车为善，而色尚白。”③《礼记·檀弓上》云：“殷人尚白，大事敛用日中，戎事乘翰，牲用白。”④ 郑玄释“自牧归荑”中的荑：“茅，洁白之物也。自牧田归荑，其信美而异者，可以供祭祀。”⑤《礼记·王制》：“殷人冔而祭，缟衣而养老。”⑥《尸子》卷下：“汤之救旱也，乘素车白马，著布茷，身婴白茅，以身为牲，祷于桑林之野。”⑦《史记·殷本纪》载：“汤乃改正朔，易服色，上白。”⑧《淮南子·齐俗训》云：“殷人之礼……其服尚白。”⑨ 有学者从造字方法的角度解释商人在色彩上对白色的倾向：“在

---

① 《毛诗正义》卷十九之三《有客》，（清）阮元校刻《十三经注疏》，北京：中华书局，1980 年，第 597 页。

② （汉）许慎撰《说文解字》，北京：中华书局，1963 年，第 278 页。

③ （汉）司马迁撰《史记》卷 3《殷本纪》，北京：中华书局，1959 年，第 109 页。

④ 《礼记正义》卷 6《檀弓上》，（清）阮元校刻《十三经注疏》，北京：中华书局，1980 年，第 1276 页。

⑤ 《毛诗正义》卷二之三《静女》，（清）阮元校刻《十三经注疏》，北京：中华书局，1980 年，第 311 页。

⑥ 《礼记正义》卷 13《王制》，（清）阮元校刻《十三经注疏》，北京：中华书局，1980 年，第 1346 页。

⑦ （战国）尸佼著，汪继培辑《尸子》，北京：中华书局，1991 年，第 39 页。

⑧ （汉）司马迁撰《史记》卷 3《殷本纪》，北京：中华书局，1959 年，第 98 页。

⑨ （汉）刘安著，（汉）许慎注，陈广忠校点《淮南子》卷 11《齐俗训》，上海：上海古籍出版社，2016 年，第 264 页。

文字上，物之杰者、令人敬畏者，右文皆用白字旁。如柏树，树之杰者；伯，父之兄，长者、尊贵者、霸、‘佰’等；怕，让人心生敬畏。文字形成系统是在商代，造字的方法中显然凸现了商代所崇拜的‘白’。”[①] 白色代表了尊贵、圣洁和美善，能够激发对纯真天性的联想和对高洁人格的向往，卫风通过突出肤白和服白来塑造女性的美，带有“殷人尚白”的遗绪。

相对于其他国风而言，卫风对女性容止描写的一个突出特点是细致化，笔触所及有手、额头、颈部、牙齿、眉目、笑靥、头发、步态等。《卫风·硕人》中以柔荑作喻写庄姜的手美白，继柔荑之后，常用以表现女子手之白皙、润滑、柔嫩、纤细、修长等美质的词汇有葱根、红酥、香凝、纤纤、素素等。《卫风·硕人》用“螓首”比庄姜的额头，毛亨《传》：“螓首，颡广而方。”[②] 说的是额头宽广方正，《鄘风·君子偕老》中的“扬且之皙也”“扬且之颜也”与《卫风·硕人》中的“螓首”表达的审美观是一致的，毛亨《传》：“扬，广扬而颜角丰满。”[③] 朱熹《诗集传》：“颜，额角丰满也。”[④] 着眼于人物的颈部，《卫风·硕人》可谓《诗经》中唯一的一处，“领如蝤蛴”，诗人以蝤蛴喻庄姜脖颈白嫩、柔长，“齿如瓠犀”，言庄姜牙齿洁白整齐，《卫风·竹竿》也写到了女子洁白的牙齿，“巧笑之瑳，佩玉之傩”。朱熹《诗集传》：“瑳，鲜白色。笑而见齿。其色瑳然，犹

---

① 范瑞红、张颖《浅析〈诗经〉红白为尊的色彩世界》，《文学教育》2009年第8期。

② 《毛诗正义》卷三之二《硕人》，（清）阮元校刻《十三经注疏》，北京：中华书局，1980年，第322页。

③ 《毛诗正义》卷三之一《君子偕老》，（清）阮元校刻《十三经注疏》，北京：中华书局，1980年，第314页。

④ （宋）朱熹集注《诗集传》卷3《君子偕老》，上海：上海古籍出版社，1980年，第29页。

所谓粲然皆笑也。”[1]

庄姜的双眉为“蛾眉”，朱熹《诗集传》：“其眉细而长曲。”[2] 以蛾须细长和屈曲的特征为喻。眼睛是面部最能表达感情、表现个性的器官，眉毛在装饰、烘托眼睛及美化面部方面起着很重要的作用。后世女性亦十分注重眉毛的修饰，《大招》有：“粉白黛黑，施芳泽只。”[3]《战国策·楚三》有：“彼郑、周之女，粉白墨黑。”[4] 其中的黛黑、墨黑指的就是女子的眉饰。后世女子的眉形在“蛾眉”基础上多有新的发展和变化，见有八字眉、一字眉、远山眉、惊翠眉、鸿雁眉、愁眉、寿眉、柳叶眉、桂叶眉、月眉等，又清张玉书等编《佩文韵府》引《海录碎事》记唐玄宗命画工画鸳鸯、小山、五岳、三峰、垂珠、日积、分梢、涵烟、指云、倒晕等《十眉图》予以推广。[5] 眉形式样众多，体现出多元化的审美倾向，但大都流行时日短暂，且无一能替代“蛾眉”之位。蛾眉一词，女子爱之，文人赏之，后来诗人或将美人、美貌笼统言为“蛾眉”，如《离骚》：“众女嫉余之蛾眉兮，谣诼谓余以善淫。”[6]《大招》：“嫮目宜笑，娥眉曼只。”[7]

---

① （宋）朱熹集注《诗集传》卷3《竹竿》，上海：上海古籍出版社，1980年，第39页。

② （宋）朱熹集注《诗集传》卷3《硕人》，上海：上海古籍出版社，1980年，第36页。

③ （宋）洪兴祖撰，白化文等点校《楚辞补注·大招》，北京：中华书局，1983年，第222页。

④ （汉）刘向集录《战国策》卷16《楚三·张仪之楚贫》，上海：上海古籍出版社，1985年，第540页。

⑤ （清）张玉书等编《佩文韵府》，上海：上海古籍书店，1983年。

⑥ （宋）洪兴祖撰，白化文等点校《楚辞补注·离骚》，北京：中华书局，1983年，第14～15页。

⑦ （宋）洪兴祖撰，白化文等点校《楚辞补注·大招》，北京：中华书局，1983年，第222页。

《招魂》写楚国宫廷女子："蛾眉曼睩，目腾光些。"① 汉扬雄《方言》卷一："秦晋之间，凡好而轻者谓之娥。"② 又或在"蛾眉"基础上派生出清蛾、长蛾、双蛾、嚬蛾等名称，使由《卫风·硕人》起始的审美感受绵延甚远。

卫风刻画美人的点睛之笔在于"子之清扬""巧笑倩兮，美目盼兮"，朱熹《诗集传》："倩，口辅之美也。盼，白黑分明也。"③ 传神之笔点至眉扬目清，笑靥如花，令美人顾盼流转，神飞灵动，气韵非常，确实是人面能美尤藉明眸。正是"巧笑倩兮，美目盼兮"使庄姜风神尽出，愈加光彩照人。洪兴祖《楚辞补注》由《九歌·山鬼》"既含睇兮又宜笑，子慕予兮善窈窕"直接想到卫风对庄姜的描写，王逸注："言山鬼之状，体含妙容，美目盼然，又好口齿，而宜笑也。"洪兴祖补注："《诗》曰：'巧笑倩兮，美目盼兮。'"④ 明钟惺认为"巧笑倩兮，美目盼兮"写出了庄姜生动的性情："'巧笑'二句言画美人，不在形体，要得其性情。此章前五句犹状其形体之妙，后二句并其性情生动处写出矣。"(《〈诗经〉评点》卷一) 清孙联奎称道："《卫风》之咏硕人也，曰：'手如柔荑'云云，犹是以物比物，未见其神。至曰'巧笑倩兮，美目盼兮'，则传神写照，正在阿堵，直把个绝世美人，活活的请出来在书本上滉漾。千载而下，犹如亲其笑貌。"⑤

---

① (宋) 洪兴祖撰，白化文等点校《楚辞补注·招魂》，北京：中华书局，1983年，第205页。

② (汉) 扬雄记，(晋) 郭璞注《方言》，上海：商务印书馆，1936年，第1~2页。

③ (宋) 朱熹集注《诗集传》卷3《硕人》，上海：上海古籍出版社，1980年，第36页。

④ (宋) 洪兴祖撰，白化文等点校《楚辞补注·九歌·山鬼》，北京：中华书局，1983年，第79页。

⑤ (清) 孙联奎、(清) 杨廷芝著，孙昌熙、刘淦校点《司空图〈诗品〉解说二种》，济南：齐鲁书社，1980年，第40页。

汉马融注“盼”为“动目貌”①，视“巧笑倩兮，美目盼兮”为一种动态美的感受，眼睛黑白分明、顾盼神飞，是动静相宜的殊姿美质。陈子展先生在品味《卫风·硕人》时，就体会到了一种“化美为媚”之妙，“笑用一倩字，目用一盼字，化静为动，化美为媚。传神写照，活画出一个美人形象来。一时代有一时代之语言，自愧使用今语难以表达古语之妙”②。德国美学家莱辛对“化美为媚”有精彩论述：“诗想在描绘物体美时能和艺术争胜，还可用另外一种方法，那就是化美为媚。媚就是在动态中的美，因此，媚由诗人去写，要比由画家去写较适宜。画家只能暗示动态，而事实上他所画的人物都是不动的。因此，媚落到画家手里，就变成一种装腔作势。但是在诗里，媚却保持住它的本色，它是一种一纵即逝而却令人百看不厌的美。它是飘来忽去的。因为我们回忆一种动态，比起回忆一种单纯的形状或颜色，一般要容易得多，也生动得多，所以在这一点上，媚比起美来，所产生的效果更强烈。”③ 朱熹《楚辞集注》云：“美目盼然，又好口齿而宜笑也。……而为鬼媚人之语也。”④ 朱熹强调的也是“媚”。宋玉《登徒子好色赋》中东家之子之所以能够“惑阳城，迷下蔡”，更在于她的“嫣然一笑”⑤；曹植《美女篇》中美人令人心驰神往也更在于她“顾盼遗光采”⑥；王实甫《西厢记》中令张

① 《论语注疏》卷3《八佾》，（清）阮元校刻《十三经注疏》，北京：中华书局，1980年，第2466页。

② 陈子展《诗经直解》，上海：复旦大学出版社，1983年，第177页。

③ ［德］莱辛著，朱光潜译《拉奥孔》，北京：人民文学出版社，1979年，第121页。

④ （宋）朱熹《楚辞集注》卷2《九歌·河伯》，上海：上海古籍出版社，1979年，第44页。

⑤ （南朝梁）萧统编，（唐）李善注《文选》，上海：上海古籍出版社，1986年，第893页。

⑥ 逯钦立辑校《先秦汉魏晋南北朝诗》，北京：中华书局，1983年，第432页。

生不能抵受的也正是崔莺莺“临去秋波那一转”[①]，这一番含情脉脉的目语实有夺魂摄魄之力；白居易《长恨歌》写杨贵妃的魅力是在“回眸一笑”，“回眸一笑百媚生，六宫粉黛无颜色”[②]。笑靥生态，成为描摹美人的着力点。此外亦有曹植《洛神赋》“靥辅承权”[③]，唐牛峤《女冠子》“浅笑含双靥，低声唱小词”[④]，宋张先《庆金枝》“青螺添远山，两娇靥，笑时圆”[⑤]，等等。《郑风·野有蔓草》中的小伙子在秋日清晨邂逅了一位美丽的姑娘，我们能够感受到姑娘的美丽，就在于诗人对其眉目的描写，“有美一人，清扬婉兮”，“有美一人，婉如清扬”。毛亨《传》言此女子：“眉目之间婉然美也。”[⑥] 此女子灵动清澈的美目堪与庄姜、宣姜同侪。钱锺书先生十分称道《诗经》对美人形神兼备的书写：“然卫、鄘、齐风中美人如画像之水墨白描，未渲染丹黄。”[⑦]

在先民的意识中，“身体发肤，受之父母，不敢毁伤”[⑧]。他们对头发的关爱程度等同于肌肤，最初即以发多、发黑为美，《鄘风·君子偕老》形容宣姜的头发“鬒发如云”，毛亨《传》：“鬒，黑发也。如云，言美长也。”[⑨] 这个审美标准可溯于悠远之

---

① （元）王实甫著，王季思校注《西厢记》，上海：上海古籍出版社，1978 年，第 9 页。

② （清）彭定求等校点《全唐诗》，北京：中华书局，1960 年，第 4818 页。

③ （南朝梁）萧统编，（唐）李善注《文选》，上海：上海古籍出版社，1986 年，第 897 页。

④ （清）彭定求等校点《全唐诗》，北京：中华书局，1960 年，第 10080 页。

⑤ 唐圭璋编《全宋词》，北京：中华书局，1965 年，第 59 页。

⑥ 《毛诗正义》卷四之四《野有蔓草》，（清）阮元校刻《十三经注疏》，北京：中华书局，1980 年，第 346 页。

⑦ 钱锺书《管锥编》第 1 册，北京：生活·读书·新知三联书店，2001 年，第 186 ~ 187 页。

⑧ 《孝经注疏》卷 1《开宗明义》，（清）阮元校刻《十三经注疏》，北京：中华书局，1980 年，第 2545 页。

⑨ 《毛诗正义》卷三之一《君子偕老》，（清）阮元校刻《十三经注疏》，北京：中华书局，1980 年，第 314 页。

时，《左传·昭公二十八年》记载远古时期有一位以发黑著名的女子，“昔有仍氏生女，黰黑而甚美，光可以鉴”。杜预《注》：“美发为黰。”孔颖达《疏》：“黰即鬒也。《诗》云：‘鬒发如云。’毛《传》云：‘鬒，黑发也。如云，言美长也。’《说文》云：‘鬒，稠发也。’然则鬒者，发多、长而黑，美之貌也。”① 此女嫁与舜的典乐官夔，因发黑得名“玄妻”。《鄘风·君子偕老》言宣姜发多，所以“不屑髢也”，郑玄《笺》：“髢，髲也。”② 髢、髲即诗首句“君子偕老，副笄六珈”中的副，毛亨《传》：“副者，后夫人之首饰，编发为之。”③ 《周礼·天官冢宰·追师》：“追师掌王后之首服，为副编次追衡笄。”郑玄《注》：“副之言覆，所以覆首为之饰。”④ 髢和副就是编结头发做成的假髻，也就是《召南·采蘩》中的“被”，“被之僮僮，夙夜在公。被之祁祁，薄言还归”。朱熹释“被”为“首饰也，编发为之”⑤。清陈奂《诗毛氏传疏》：“被亦用编发。”⑥ 宣姜的头发又黑又多，她不屑于也不需要用假发来衬托。如果发质不好，发色不黑，而且发少的话，饰以假髻会收到很好的美发效果，如《召南·采蘩》中那位参加祭祀的姑娘用了假髻相称，使得她的头发看上去更加高耸蓬松，始有“僮僮”“祁祁”之美状。《左

① 《春秋左传正义》卷52《昭公二十八年》，（清）阮元校刻《十三经注疏》，北京：中华书局，1980年，第2118页。

② 《毛诗正义》卷三之一《君子偕老》，（清）阮元校刻《十三经注疏》，北京：中华书局，1980年，第314页。

③ 《毛诗正义》卷三之一《君子偕老》，（清）阮元校刻《十三经注疏》，北京：中华书局，1980年，第313页。

④ 《周礼注疏》卷8《天官冢宰·追师》，（清）阮元校刻《十三经注疏》，北京：中华书局，1980年，第693页。

⑤ （宋）朱熹集注《诗集传》卷1《采蘩》，上海：上海古籍出版社，1980年，第8页。

⑥ （清）陈奂《诗毛氏传疏》卷2《采蘩》，漱芳斋影印本，北京：中国书店，1984年。

传·哀公十七年》有一段记载：“初，公（卫庄公）自城上见己氏之妻发美，使髡之以为吕姜髢。”① 卫庄公派人将己氏妻子的秀发剪下来，为自己的夫人吕姜做假发髻，期望美发如云乃人之常情，但为谋就私欲而有损于人，实为过分之举。注重头发的修饰是文明进步的表现，在孔子看来，披散头发是未进入文明时期的装束，所以孔子有语：“微管仲，吾其被发左衽矣。”②

《卫风·伯兮》中的女子在丈夫征戍在外时是“自伯之东，首如飞蓬”，联系下面的诗句“岂无膏沐？谁适为容”，我们实际读出来的意思是丈夫在家之日，她是特别注意用膏沐修洁头发的，可将《小雅·采绿》与之遥证，“终朝采绿，不盈一掬。予发曲局，薄言归沐”。女子对丈夫思念甚深，无心采摘，无暇沐发，任其曲卷，郑玄《笺》：“有云君子将归者，我则沐以待之。”③ 如果丈夫如期而归，看到的一定是美发修洁的妻子。无发、披发、蓬发都是有失常态的，在现实生活中，“首如飞蓬”“予发曲局”实在是有些不忍直视，可一经入诗，就有了神韵，有了情致，成为一组“有意味的形式”。既然发黑、发多为女性美的标准之一，那么神话传说中那些给人们带来灾难、为人们所厌恶的女性被设置为无发或蓬发就很容易理解了，如《山海经》卷十七《大荒北经》清郝懿行《笺疏》：“《玉篇》引《文字指归》曰：‘女妭秃无发，所居之处，天不雨也。’”④ 再如掌管瘟

---

① 《春秋左传正义》卷60《哀公十七年》，（清）阮元校刻《十三经注疏》，北京：中华书局，1980年，第2179页。

② 《论语注疏》卷14《宪问》，（清）阮元校刻《十三经注疏》，北京：中华书局，1980年，第2512页。

③ 《毛诗正义》卷十五之二《采绿》，（清）阮元校刻《十三经注疏》，北京：中华书局，1980年，第494页。

④ （清）郝懿行等《山海经笺疏》卷17《大荒北经》，杭州：浙江人民美术出版社，2013年，第619页。

疫、疾病、死亡和刑杀的西王母是“其状如人，豹尾虎齿而善啸，蓬发戴胜，是司天之厉及五残”①。

“就形貌而言，自然之美要胜于粉饰之美，而优雅行为之美又胜于单纯仪容之美。”②《鄘风·君子偕老》中“委委佗佗，如山如河”是写宣姜步态之美，娴静雅致，如山之安重，如河之弘广，毛亨《传》：“委委者，行可委曲踪迹也。佗佗者，德平易也。山无不容，河无不润。”③ 朱熹意其“雍容自得，安重宽广”④。王先谦作如下阐发：“盖德不可见，于容见之，内有美德，斯外有美容，行步有仪，举止自得，故曰‘委委佗佗’非谓美丽，四字德容兼释，不宜偏举。”⑤ 未言宣姜失德，以娴雅从容的步态为其内美的外化。

卫风对女性体貌之美描述的具体化在审美效果上是一种“以实出虚”的手法，即通过富有特征性部分的有形的、实的描写，借助比喻、象征、暗示等作用，使读者产生一种必然的联想，使虚实结合起来形成一个完整而丰满的女性形象。⑥ 体貌之美是人类在适应自然、改造自然过程中完善自身的重大成就，女性的体貌因为被关注、被欣赏，所以被如此细致地描绘、叙写，被热情地歌颂和赞美。女性体貌之美的某些审美标准产生于较早的历史时期，但不一定会随着那一段历史时期的消亡而消亡，有些标准具有很强

---

① 袁珂《山海经校注》，成都：巴蜀书社，1993 年，第 59 页。

② ［英］弗兰西斯·培根著，何新译《人性的探索——培根随笔全集》，哈尔滨：黑龙江人民出版社，1989 年，第 154 页。

③ 《毛诗正义》卷三之一《君子偕老》，（清）阮元校刻《十三经注疏》，北京：中华书局，1980 年，第 313 页。

④ （宋）朱熹集注《诗集传》卷 3《君子偕老》，上海：上海古籍出版社，1980 年，第 29 页。

⑤ （清）王先谦撰，吴格点校《诗三家义集疏》卷 3 中《君子偕老》，北京：中华书局，1987 年，第 223 ~ 224 页。

⑥ 陈宏硕《论古典诗赋中的女性形体描写》，《江汉论坛》1995 年第 10 期。

的共识性，在卫风中所见的一些审美标准在历史进程中被沉淀下来，积聚在民族共同体的审美意识中，被作为新的历史时期人们审美观念的组成部分，因其具有很强的延续性和持久性，从而成为一种根深蒂固的传统意识，成为不为时间和空间阻隔的共识，体现并影响着中华民族的审美意识和审美趣味。也正是因为这些审美标准具有普遍性，才有不同时代人们对这份美的共同分享。

第三节 叙事述情，故事性强

故事性是卫风的一个比较突出的特点。《邶风·静女》和《鄘风·桑中》是小故事，《邶风·谷风》和《卫风·氓》是长故事，它们都具备故事的特征：情节连贯、细节生动、形象鲜明。

卫风的故事性表现之一是对一件事情有相对完整的叙述。《邶风·静女》和《鄘风·桑中》提供的都是一次完整的幽约过程。“爰采唐矣？沬之乡矣。云谁之思？美孟姜矣。期我乎桑中，要我乎上宫，送我乎淇之上矣。”《鄘风·桑中》中的恋人期约于沬地的桑中和上宫，畅情畅意后相别于淇水之上。《邶风·静女》叙写的约会非常具有生活气息，姑娘先行到达约会处且隐身以待，“静女其姝，俟我于城隅。爱而不见，搔首踟蹰”，姑娘的活泼之情、小伙子的焦躁之状跃然而出。接下来就是相见—赠物—出游—再赠物，情节连续完整，且情趣层生，初时“爱而不见，搔首踟蹰”，情趣顿生；继而“贻我彤管，彤管有炜”，情趣又生；随后“自牧归荑，洵美且异”，情趣再生。诗人擅长通过细节的捕捉来释放信息，营造了《邶风·静女》这首小诗流美欢愉、轻松舒畅的基调。《邶风·静女》是充满情趣的真实完整生活片段的写照。

再以弃妇诗为例，此类诗都展现了被抛弃女子的凄楚和悲痛，在《邶风·柏舟》《邶风·日月》中只见遭弃女子的伤心，但尚不能通过诗篇获取其他信息，不知婚恋经过，不知被弃原因，不知弃妻者的其他更多信息，也就是说诗篇对事情的缘由经过没有详细交代。而《邶风·谷风》《卫风·氓》对事件的记叙则相对完整一些，钱锺书先生就叙述特点上评价《卫风·氓》："此篇层次分明，工于叙事。"① 陈子展先生也提到了这一点："《氓》与《谷风》皆为弃妇之词，一伤其夫得新忘旧，一怨其夫始爱终弃。此皆关于民间男女婚变之故事诗，同可作为短篇小说读。"② "《谷风》实为民间故事诗，可作为一篇韵文小说读。篇中可说有故事，有结构，有主题，有琐细而完整、突出而概括之艺术手法，如出短篇小说能手。"③ 徐志啸先生认为："《邶风·谷风》《卫风·氓》犹如讲故事，全篇主题鲜明、结构完整，表述了弃妇遭欺的经历与感情，可视作微型小说读。"④ 此外吴万锺先生在《〈诗经·邶风·谷风〉与〈卫风·氓〉之比较研究》中也提及两首诗的故事性，"这两首诗有两点相似之处：第一，两首诗都具有故事性；第二，两首诗都是弃妇诗"⑤。那么我们就以《卫风·氓》为例来看一下卫风的故事性。

诗人选取了淇水作为《卫风·氓》整个故事发生、发展的见证：因贸丝之由，女主人公与氓相识，继而相恋，以"送子涉淇"可推断两人所居各在淇水一岸，淇水见证了两人的恋爱过程。当初，两人的确是情笃意合，畅怀欢言，尤其是女主人公，

① 钱锺书《管锥编》第1册，北京：生活·读书·新知三联书店，2001年，第188页。

② 陈子展《诗经直解》，上海：复旦大学出版社，1983年，第184页。

③ 陈子展《诗经直解》，上海：复旦大学出版社，1983年，第109页。

④ 徐志啸《论〈诗经〉的社会功用及其多重价值》，《江西师范大学学报（哲学社会科学版）》2003年第2期。

⑤ 吴万锺《〈诗经·邶风·谷风〉与〈卫风·氓〉之比较研究》，《山西大学学报（哲学社会科学版）》2000年第1期。

非常投入这份通过贸易往来而产生的自由感情。诗中把恋爱中女性对恋人的期盼描绘得非常生动、真实，“乘彼垝垣，以望复关。不见复关，泣涕涟涟。既见复关，载笑载言”。她登高以盼，在氓出现前后是截然不同的两重心境，没见到氓时，伤心失望，泪流不止，及至相见，则心悦情怡，笑语连连，氓的出现与否左右着女主人公心情的好坏。这段恋情逐渐进入谈婚论嫁阶段，氓是急于成婚的，在诗句传递出的信息中可以看出两人在遣媒、择期等环节上曾出现过分歧：“匪我愆期，子无良媒。将子无怒，秋以为期。”“尔卜尔筮，体无咎言。”请良媒、择佳期是不可以忽略敷衍的，女主人公虽然有自己的打算，但最终还是迁就了氓的要求，在完成亲迎前的各个程序后，女主人公经由淇水嫁入了氓家，“以尔车来，以我贿迁”，在此，淇水见证了女主人公的出嫁。婚后的女主人公倾心倾力经营这个由自由相识、两情相悦成就的家庭，准备跟曾经与自己有“及尔偕老”旦旦誓言的氓相守此生。孰料事不遂其愿，因为氓的“二三其德”，不念前情旧好，女主人公还是遭遇了彼时部分女性在婚姻上的最大不幸——被无情抛弃，仍然是淇水见证了她被休回娘家，“淇水汤汤，渐车帷裳”。我们在诗中还看到了女主人公被弃后兄弟的咥笑和她对自己遭遇的思虑，“兄弟不知，咥其笑矣。静言思之，躬自悼矣”。就娘家人对待被休回来女子的态度，钱锺书先生曾将《孔雀东南飞》和《卫风·氓》作了一下比较，比较后更见出《卫风·氓》中被弃女子的不幸，“‘兄弟不知，咥其笑矣’，亦可与《孔雀东南飞》之‘阿母大拊掌，不图子自归’比勘。……是以彼见而惊，此闻则笑；‘不图’者，意计不及，深惜之也，‘不知’者，体会不及，漠置之也”①。

① 钱锺书《管锥编》第1册，北京：生活·读书·新知三联书店，2001年，第188页。

《卫风·氓》以女主人公的口吻非常完整地叙述了她与氓相识、相恋、成婚、婚变的过程，像这样完整、细致地记叙一件事情在《诗经》国风中是很少见的。程俊英先生言《卫风·氓》展现了女主人公“从一位纯洁多情的少女，到辛劳忍辱的妻子，再到坚强刚毅的弃妇”① 的过程，能够展现一位女性如此的经历，必然需要一番相对详细的叙述。虎维尧先生对《卫风·氓》的概括正是其故事化的明显体现：“《氓》是一篇甜美的恋歌、缠绵的情歌和悲苦的怨歌相交织的人生协奏曲。”②

卫风的故事性表现之二是在叙述故事的同时塑造了鲜明的人物形象。卫风中的弃妇诗数量在《诗经》国风中是最多的，在这个被无辜抛弃的伤心女子群体中，《邶风·谷风》和《卫风·氓》中的两位女主人公是非常有代表性的两个弃妇形象。诗人在对女主人公不幸遭遇的叙述过程中，向读者展示了她们的美丽、善良和勤劳，她们都向往稳定的家庭和幸福的婚姻，愿意与丈夫同心永结，偕老一生，并为此积极而为，任劳任怨，她们的这些美质在诗篇中写得非常清楚：“就其深矣，方之舟之。就其浅矣，泳之游之。何有何亡，黾勉求之。凡民有丧，匍匐救之。”“自我徂尔，三岁食贫。”“三岁为妇，靡室劳矣。夙兴夜寐，靡有朝矣。”对《卫风·氓》中的女主人公需要再强调两点，第一，她不是私奔。第二，她不是淫妇。（这两方面在第二章中已有论述）她是遭逢夫恶、反躬无咎。这两位女性被无辜遗弃后的反应是不同的，《邶风·谷风》中的女子一味留恋原来的婚姻和家庭，希望丈夫能够念及昔日的夫妻之情，如清王照圆《诗说》所论：“《谷

① 程俊英、蒋见元《诗经注析》，北京：中华书局，1991 年，第 170 页。

② 虎维尧《〈诗经·国风〉里的女性世界》，苏州大学硕士学位论文，2003 年。

风》句句怨，句句缠绵，与薄幸人作情厚语。”[1]《卫风·氓》中女子的难得之处在于她不是一味地倾诉，她能够正视自己的婚姻，冷静客观地审视自己的遭遇，在自己的婚恋经历中总结出可资其他女性借鉴和吸取的经验与教训，使她们尽可能免于自己所遭受的不幸和苦痛，“于嗟鸠兮，无食桑葚。于嗟女兮，无与士耽。士之耽兮，犹可说也。女之耽兮，不可说也”。《卫风·氓》中的女子在遭受婚姻不幸后，能够“直接面对现实，在残破的生活废墟中，发现真理。在这样的前提下，‘亦已焉哉’的决绝才显得尤其刚毅，伤悼的情绪，才闪动着悲剧的性格色彩”[2]。这位女子有快乐，有幸福，有教戒，有悔恨，朱熹解《卫风·氓》：“此淫妇为人所弃，而自叙其事以道其悔恨之意也。”[3] 诗中女子确有“悔恨之意”，且此悔恨之意甚强烈，不过非朱熹所解的对“淫”的悔恨，而是悔恨自己遇人不淑，误嫁毫无原则、毫无责任心的负心之人。《邶风·谷风》和《卫风·氓》中的这两个女性形象有同有异，是现实生活中此类女性的艺术典型，具有广泛的代表性。

非常值得一提的是《卫风·氓》中氓这一形象的塑造，诗篇展现出了氓性格的动态发展过程。当初“抱布贸丝”时，氓是“蚩蚩”之状，毛亨《传》：“蚩蚩者，敦厚之貌。”[4] 氓持布贸丝兼而接近女主人公以谋求婚姻之好、室家之成，女主人公因其颜貌敦厚而悦之，朱熹解“蚩蚩”为“无知之貌，盖怨而鄙之也”[5]，

---

① 陈子展《诗经直解》，上海：复旦大学出版社，1983 年，第 109 页。

② 李山《诗经的文化精神》，北京：东方出版社，1997 年，第 143 页。

③ （宋）朱熹集注《诗集传》卷 3《氓》，上海：上海古籍出版社，1980 年，第 37 页。

④ 《毛诗正义》卷三之三《氓》，（清）阮元校刻《十三经注疏》，北京：中华书局，1980 年，第 324 页。

⑤ （宋）朱熹集注《诗集传》卷 3《氓》，上海：上海古籍出版社，1980 年，第 37 页。

此解不当，女主人公回忆的是与氓相识、相恋时的欢欣愉悦，若氓是一个无知之人必不会被接纳。从议婚的诗句来看，氓是一个急躁者，“匪我愆期，子无良媒。将子无怒，秋以为期”，郑玄《笺》：“季春始蚕，孟夏卖丝。”① 两人初识盖是在夏季，婚期定于秋季，说明在较短的时间内就进入到谈婚论嫁阶段，对于女主人公未能速定婚期，氓急形于色，且怒形于色。氓的性情由敦厚至粗暴是有一个发展过程的，在女主人公多年勤苦操劳致家境转好后，氓逐渐显露出他的凉薄乃至酷暴，“言既遂矣，至于暴矣”，全不念当初的“言笑晏晏，信誓旦旦”，因女主人公的花落色衰而无情地弃之不顾，移情于外。陈启源从卫地风俗中寻找氓之恶行的根源，于《毛诗稽古编》中言：“意氓本窭人，赖此妇车迁之贿与夙兴夜寐之勤劳，三岁之后，渐致丰裕，及老而弃之，故怨之深也。然风俗恶薄如此，岂独氓之罪欤?”② 还有一个因素不妨一同考虑进去，氓是一个商人，带有部分商人重利轻情的特质。《卫风·氓》在以女主人公口吻叙述整个事件的发展过程中也完成氓这一形象性格动态发展的塑造，符合生活的真实，也符合艺术的真实。

第四节　取用博喻，不一而足

比是《诗经》最主要的艺术表现手法之一，在这一种艺术手法的运用上，相比较其他国风而言，卫风的突出特点是博喻的运用。“博喻”二字并现，初见于《礼记·学记》：“君子知至学之

① 《毛诗正义》卷三之三《氓》，（清）阮元校刻《十三经注疏》，北京：中华书局，1980 年，第 324 页。

② （清）陈启源撰《毛诗稽古编》卷 4《氓》，《景印文渊阁四库全书》第 85 册，台北：商务印书馆，1986 年，第 388 页。

难易，而知其美恶，然后能博喻。能博喻，然后能为师。能为师，然后能为长。能为长，然后能为君。”孔颖达《疏》：“博喻，广晓也。”① 初时，博喻指的是一个人对知识掌握的广度，后来作为修辞用语的博喻虽然亦能起到广晓的作用，但基本是被固用为一个修辞用语了。博喻是一种表现力非常强、极具生命力和感染力的修辞方式。宋陈骙对比喻的种种情形予以详细考察，在他划分的比喻的十种方式中，有一种他称之为博喻，“取以为喻，不一而足”②，也就是申明博喻是连续运用两个或两个以上比喻句来描写事物或说明道理，从而达到非常之效的比喻方式。博喻多见于我国古典文献，陈骙选取了《尚书》和《荀子》中的语句示例：“若金，用汝作砺；若济巨川，用汝作舟楫；若岁大旱，用汝作霖雨。”③ “不道礼宪，以《诗》《书》为之，譬之犹以指测河也，以戈舂黍也，以锥餐壶也。”④ 先秦文献中的博喻甚繁，仅举《庄子》一例，《齐物论》解释风的成因时，用系列比喻描述百围巨木窍穴的形状和风的不同声响：“似鼻，似口，似耳，似枅，似圈，似臼，似洼者，似污者。”“激者，謞者，叱者，吸者，叫者，譹者，宎者，咬者。前者唱於而随者唱喁。”⑤ 这样一比，使得窍穴具体可想，风声生动易晓。

在《诗经》十五国风中，只有卫风运用了博喻，并且不止一处，它们分别是《邶风·柏舟》中：“我心匪石，不可转也。我

① 《礼记正义》卷36《学记》，（清）阮元校刻《十三经注疏》，北京：中华书局，1980年，第1523～1524页。

② （宋）陈骙《文则》，北京：中华书局，1985年，第8页。

③ 《尚书正义》卷10《说命上》，（清）阮元校刻《十三经注疏》，北京：中华书局，1980年，第174页。

④ （清）王先谦撰，沈啸寰、王星贤点校《荀子集解》，北京：中华书局，1988年，第16页。

⑤ 陈鼓应注译《庄子今注今译》，北京：中华书局，1983年，第33页。

心匪席，不可卷也。”《邶风·谷风》中：“宴尔新昏，如兄如弟。”《邶风·简兮》中：“有力如虎，执辔如组。”《卫风·淇奥》中：“如切如磋，如琢如磨。”“如金如锡，如圭如璧。”《卫风·硕人》中：“手如柔荑，肤如凝脂，领如蝤蛴，齿如瓠犀，螓首蛾眉。”《邶风·柏舟》用了两个连续的比喻句表达了那位深忧浓愁女子的心坚意固，其意已定，不会像石头一样可以任意搬转，其志已坚，不会像席子一样可以任意卷曲，这里选取石、席的某些特征参照女子坚定的心志，是立誓以表心迹。《邶风·简兮》以观舞女子的视角，通过一组比喻刻画出了宫廷舞师形体的矫健和舞艺的娴熟。

在《诗经》塑造的众多美人中，被刻画得最为细致的莫过于庄姜，庄姜是中国古典诗歌中女性美的典型，《卫风·硕人》是描写女性美的中国古典诗歌的典型，这两个典型的形成要归功于《卫风·硕人》在展示庄姜貌美时所用的一系列比喻，六个比喻的连续运用使庄姜的美具体、形象，最后再以“巧笑倩兮，美目盼兮”收束，读者眼前的庄姜实在是形完神足。姚际恒认为千古塑造美人无出《卫风·硕人》之右者，“是为绝唱”①。庄姜之美，借用宋玉一语，即“详而视之，夺人目睛”②。诗人是会审美，也是会写美的，《卫风·硕人》通过系列形象化的比喻以增强艺术形象的鲜明生动，诗人运用得情满意足的喻义带给读者的是更充分的艺术享受。《卫风·硕人》用以比喻硕人的诸事物体现了《诗经》时代人们的审美经验和审美规范，因诗人所选取的皆为日常生活中常见之物，顺手而用，非常贴切、客观，所以更

---

① （清）姚际恒著，顾颉刚标点《诗经通论》卷4《卫·硕人》，北京：中华书局，1958年，第83页。

② （南朝梁）萧统编，（唐）李善注《文选》，上海：上海古籍出版社，1986年，第887页。

具形象性和生动性，即《文心雕龙·比兴》之谓：“比类虽繁，以切至为贵。”①

《卫风·硕人》对庄姜之美的描绘于后世有典范之功，其比喻开启了后世以博喻写美人的先河，具有很高的审美价值。以连续的比喻来形容美的方式就被宋玉借鉴了来，用以向楚王介绍那位天下至佳、至丽、至美的东家之子，“天下之佳人莫若楚国，楚国之丽者莫若臣里，臣里之美者莫若臣东家之子。东家之子……眉如翠羽，肌如白雪，腰如束素，齿如含贝”②。吴闿生言《卫风·硕人》：“生动处《洛神》之蓝本也。”③

《卫风·淇奥》是美卫武公之作，以“如切如磋，如琢如磨”喻其自修精进，孜孜不已，毛亨《传》：“治骨曰切，象曰磋，玉曰琢，石曰磨。”④ 朱熹做进一步阐发：“治骨角者，既切以刀斧，而复磋以鑢钖。治玉石者，既琢以槌凿，而复磨以沙石。言其德之修饬，有进而无已也。”⑤《韩诗外传》卷二记载的闵子骞的言行证明了以切、磋、琢、磨的方式来进学、修身、明志是十分有效的，“闵子骞始见于夫子，有菜色，后有刍豢之色。子贡问曰：‘子始有菜色，今有刍豢之色，何也？’闵子曰：‘吾出蒹葭之中，入夫子之门。夫子内切瑳以孝，外为之陈王法，心窃乐之。出见羽盖龙旗，旃裘相随，心又乐之。二者相攻胸中而不能任，是以有菜色也。今被夫子之教浸深，又赖二三子切瑳而进之，内明于

---

① 郭晋稀《文心雕龙注译》，兰州：甘肃人民出版社，1982 年，第 464 页。

② （南朝梁）萧统编，（唐）李善注《文选》，上海：上海古籍出版社，1986 年，第 893 页。

③ 吴闿生《诗义会通》，北京：中华书局，1959 年，第 45 页。

④ 《毛诗正义》卷三之二《淇奥》，（清）阮元校刻《十三经注疏》，北京：中华书局，1980 年，第 321 页。

⑤ （宋）朱熹集注《诗集传》卷 3《淇奥》，上海：上海古籍出版社，1980 年，第 34 页。

去就之义，出见羽盖龙旗，旃裘相随，视之如坛土矣，是以有刍豢之色。’《诗》曰：‘如切如瑳，如错如磨。’”① 《卫风·淇奥》又以金锡之精纯、圭璧之温润喻卫武公的圣德美质，“如金如锡，如圭如璧”，毛亨《传》：“金、锡练而精，圭、璧性有质。”②《诗经》以美刺方式来关注社会人生，《卫风·淇奥》充分发挥了美的功用，特别是通过两组博喻尽赞卫武公的为学、修德，令卫武公这一贤君形象在卫国历代国君中尤为突出。这两组博喻意蕴深远，对后世具有普适意义，“如切如磋，如琢如磨”，骨、牙、玉、石须经切、磋、琢、磨方能成器，君子于学问的研求和德行的修养亦如此，唯有如此切、磋、琢、磨，方达“如金如锡，如圭如璧”之精致纯美的境界。这一组经典博喻又出现在了《论语·学而》篇中孔子与子贡师徒的经典对话里，给人以深致的启迪，“子贡曰：‘贫而无谄，富而无骄，何如?’子曰：‘可也。未若贫而乐，富而好礼者也。’子贡曰：‘《诗》云：“如切如磋，如琢如磨。”其斯之谓与?’子曰：‘赐也，始可与言《诗》已矣！告诸往而知来者。’”③ 师徒皆能深味《卫风·淇奥》诗意，是切磋琢磨的实际践行者。

周振甫先生就具体情况把博喻划分为三类，分别是：一、用多种比喻来比一样事物的各个方面，二、用多种比喻来比一样事物的一个方面，三、用几个寓言故事和比喻交错起来说明一个道理。“第一种博喻，可以突出一样事物各个方面的特点，显出它的丰富多采来。第二种博喻，突出一样事物一个方面的特点，通

---

① （汉）韩婴撰，许维遹校释《韩诗外传集释》，北京：中华书局，1980 年，第 36 ~ 37 页。

② 《毛诗正义》卷三之二《淇奥》，（清）阮元校刻《十三经注疏》，北京：中华书局，1980 年，第 321 页。

③ 《论语注疏》卷 1《学而》，（清）阮元校刻《十三经注疏》，北京：中华书局，1980 年，第 2458 页。

过各种形象比喻来突出这个特点，收到特写镜头的效果。第三种博喻，把寓言、故事、比喻交织起来，显得内容更深厚，富有说服力。”① 卫风中的几处博喻基本属于第一、二种。从审美效应来看，它们又分别可划归张晶在《中国古典诗歌中的博喻及其审美效应》中所阐述的三种效应中的两种，一种是聚焦性效应，即用不同意象来比喻事物的某一个方面、某一种状态、某一种特质；一种是多棱形效应，是指用不同意象来比喻同一事物的不同状态、不同特质、不同侧面或部分，通过这种手法使欣赏者形成对被描写对象的多侧面、多层次审美观照。② 很多博喻是超过两个比喻句的，因而具有了排比句的气势，同时具有了音乐的节奏和旋律，于是造就了诗篇特殊的审美效果，又在塑造形象和传达感情方面显得卓然不凡。

比本来就是形象化的语言，用到人物形象塑造上，就是运用形象化的语言塑造形象，博喻则是进一步强化了形象化语言塑造形象的功能。《邶风·柏舟》《邶风·简兮》《卫风·淇奥》和《卫风·硕人》很好地运用博喻这一表现手法，增强了读者对伤心女子之坚定、宫廷舞师之美姿、卫武公之美质和庄姜之美形的深入细致的体认，深化和丰富了读者的审美感受，也就是说，就诗人而言，博喻使之把事物或道理说得更全面、更清楚，就读者而言，在更具体、更形象地得知诗人欲表达之意的同时审美感受得以丰富。

后世诗文中博喻的佳例甚多，如唐杜甫形容公孙大娘高超的

---

① 周振甫《诗词例话》，北京：中国青年出版社，1962 年，第 236 ~ 238 页。

② 第三种为“意境性效应”，指用不同的意象作喻，这些意象之间就构成一个浑然一体的完整审美意境。此类博喻各子项之间联系十分密切，不待审美经验的整合便自成一个整体。参见张晶《中国古典诗歌中的博喻及其审美效应》，《古典文学知识》1995 年第 3 期。

剑技："爓如羿射九日落，矫如群帝骖龙翔。来如雷霆收震怒，罢如江海凝清光。"（《观公孙大娘弟子舞剑器行》）① 苏轼描写水波冲泻的迅捷："长洪斗落生跳波，轻舟南下如投梭。水师绝叫凫雁起，乱石一线争磋磨。有如兔走鹰隼落，骏马下注千丈坡。断弦离柱箭脱手，飞电过隙珠翻荷。"（《百步洪》其一）② 又苏轼写洞箫之声："其声呜呜然，如怨如慕，如泣如诉，余音袅袅，不绝如缕。"（《赤壁赋》）③ 陆游绘山峰之形："或如釜上甑，或如坐后屏，或如倨而立，或如喜而迎，或深如螺房，或疏如窗棂，峨巍冠冕古，婀娜髻鬟倾。"（《系舟下牢溪游三游洞二十八韵》）④ 贺铸描述闲愁："若问闲情都几许，一川烟草，满城风絮，梅子黄时雨。"（《青玉案·横塘路》）⑤ 元薛昂夫感慨人生："功名万里忙如燕，斯文一脉微如线。光阴寸隙流如电，风雪两鬓白如练。"（《正宫·塞鸿秋》）⑥ 以上所举诗词曲赋中博喻的运用起到了形象传神、贴切自然的艺术效果。钱锺书先生由苏轼的诗言及博喻，很形象，很精辟："他在风格上的大特色是比喻的丰富、新鲜和贴切，而且在他的诗里还看得到宋代讲究散文的人所谓'博喻'或者西洋人所称道的沙士比亚式的比喻，一连串把五花八门的形象来表达一件事物的一个方面或一种状态。这种描写和衬托的方法仿佛是采用了旧小说里讲的'车轮战法'，连一接二的搞得那件事物应接不暇，本相毕现，降伏在诗人的笔下。"⑦

---

① （清）彭定求等校点《全唐诗》，北京：中华书局，1960年，第2356页。
② （宋）苏轼《苏东坡全集》，北京：中国书店，1986年，第149~150页。
③ （宋）苏轼《苏东坡全集》，北京：中国书店，1986年，第268页。
④ （宋）陆游《陆游集》，北京：中华书局，1976年，第48~49页。
⑤ 唐圭璋编《全宋词》，北京：中华书局，1965年，第513页。
⑥ 解玉峰编注《元曲三百首》，北京：中华书局，2009年，第69页。
⑦ 钱锺书《宋诗选注》，北京：人民文学出版社，1989年，第61页。

第五节　其他艺术特色

一、独有的词语和句式

有一些独有的词语和固定的句式是卫风特有的，不见于其他国风。“愿言”一词多次出现于卫风诗句中，如《邶风·终风》：“寤言不寐，愿言则嚏。”“寤言不寐，愿言则怀。”《邶风·二子乘舟》：“愿言思子，中心养养！”“愿言思子，不瑕有害？”《卫风·伯兮》：“愿言思伯，甘心首疾。”“愿言思伯，使我心痗。”郑玄在解释“愿言则嚏”时提到了一则民间习俗，即被别人念及则嚏：“汝思我心如是，我则嚏也。今俗人嚏，云人道我，此古之遗语也。”① 此俗可谓源远流长，至今犹有此说，“愿言则嚏”是一种古老的俗趣，是亲人、情人、友人之间情感相连的一种具体化、情趣化的解说，它将一种生理反应与心理感应联系了起来。钱锺书先生《宋诗选注》在注解梅尧臣诗时特别提到了这一点：“自从《诗经·邶风》里《终风》的‘愿言则嚏’，打嚏喷也算是入诗的事物了，尤其因为郑玄在笺注里采取了民间的传说，把这个冷热不调的生理反应说成离别相思的心理感应。诗人也有写自己打嚏喷因而说人家在想念的，也有写自己不打嚏喷因而怨人家不想念的。梅尧臣在诗里就写自己出外思家，希望他那位少年美貌的夫人在闺中因此大打嚏喷：‘我今斋寝泰坛外，侘傺愿嚏朱颜妻。’”“愿言则嚏”这种古老的俗趣引起了众多文人的兴趣，钱锺书先生罗列出了不少，苏轼《元日过丹阳明日立春寄鲁元翰》：“白发苍颜谁肯记，晓来频嚏为何人？”黄庭坚《薛

① 《毛诗正义》卷二之一《终风》，（清）阮元校刻《十三经注疏》，北京：中华书局，1980 年，第 299 页。

乐道自南阳来入都留宿会饮作诗饯行》："举觞遥酌我，发嚏知见颂。"辛弃疾《谒金门·和陈提干》："因甚无个'阿鹊'地，没工夫说里。"钱锺书先生分析"愿言则嚏"这一传说在元曲里成了插科打诨的材料，列举了《儿女团圆》第二折、《李逵负荆》第三折、《看钱奴》第三折、《货郎旦》第四折以证。[①] 郑玄这样解释"愿言则嚏"，是认为其中有明显的思念成分，卫地诗歌其他带有"愿言"的诗句中都有表示思念之意的词，如"思""怀"："愿言则怀""愿言思子""愿言思伯"，鉴于此则可以判定有"愿言"一词的诗句，其意都与思念相联系，《邶风·终风》表达的是女子对丈夫的怨恨和思念，这种矛盾心理正是现实夫妻生活的真实反映。女子在抒发了因丈夫粗暴而生的怨恨后，继而又表达出了对丈夫的思念之意，诗人借用习俗使这份思念的表达方式看上去十分巧妙，可谓情趣之笔。《邶风·二子乘舟》是卫人对因为宫廷争权夺位斗争而无辜丧命的太子伋与公子寿的悼念之作。《卫风·伯兮》中女子对出征丈夫的思念层深步进，以致心痗、首疾。从这些诗意中可以看出，"愿言"是卫风中独有的带有思念语意的句首发语词。

"终……且……"句式在《诗经》中共有七处，其中有两处在《小雅》中，《小雅·伐木》："神之听之，终和且平。"《小雅·甫田》："禾易长亩，终善且有。"此外其他五处皆在卫风中，《邶风·燕燕》："终温且惠，淑慎其身。"《邶风·终风》："终风且暴，顾我则笑。""终风且霾，惠然肯来。""终风且曀，不日有曀。"《邶风·北门》："终窭且贫，莫知我艰。"则"终……且……"是卫风区别于其他国风的一个独特句式。

"终……且……"是一个固定句式，"终"与"且"字配合，

---

① 钱锺书《宋诗选注》，北京：人民文学出版社，1989 年，第 14 ~ 15 页。

两字之后的内容是并列的，这个句式的特征在“终和且平”“终善且有”“终温且惠”“终窭且贫”四句中体现得很明显，《邶风·终风》中的三句似乎有些例外，毛亨《传》和朱熹《诗集传》对“终风”单独做解，“终日风为终风”[①]，“终风，终日风也”[②]，然后将“暴”解释为“疾也”，作为对“终日风”的描绘。而“终风且霾”“终风且曀”中的“霾”和“曀”都是一种天气现象。毛亨《传》：“霾，雨土也。”指的是扬尘天气，毛亨《传》：“阴而风曰曀。”[③] 是指阴沉有风的昏暗天气。“霾”和“曀”与“风”都可以做并列的天气现象，那么“暴”作何解方符合“终……且……”这个句式特点呢？清王引之认为释“终风”为“终日风”是“缘词生训，非经文本义。终犹既也，言既风且暴也……既终语之转。既已之既转为终，犹既尽之既转为终耳”[④]。其实按许慎的解释很容易解决这个疑问，《说文解字·水部》：“瀑，疾雨也。……从水，暴声。《诗》曰：‘终风且瀑。’”[⑤] 则“暴”为“瀑”的通假字，或在流传过程中误脱水旁。这样就无须将“终风”单解，将“风”和“暴”纳入“终……且……”固定句式中也是很合理的，且保持了“终……且……”这种固定句式的相对独立性。

二、不同诗篇中相同诗句的频现

叠句是《诗经》一个非常具有代表性的艺术特征，相同的句

① 《毛诗正义》卷二之一《终风》，（清）阮元校刻《十三经注疏》，北京：中华书局，1980年，第299页。

② （宋）朱熹集注《诗集传》卷2《终风》，上海：上海古籍出版社，1980年，第18页。

③ 《毛诗正义》卷二之一《终风》，（清）阮元校刻《十三经注疏》，北京：中华书局，1980年，第299页。

④ （清）王引之撰《经义述闻》，上海：上海书店出版社，2012年，第122页。

⑤ （汉）许慎撰《说文解字》，北京：中华书局，1963年，第234页。

子或者在一首诗中反复吟咏，或者在不同诗篇中重复出现。相同诗句出现于同一诗篇的复沓章法在诸国风中的情况无太大差异，而相同诗句在不同诗篇中重复出现频率之大，在卫风中表现得尤为突出，其况如下：

（一）“泛彼柏舟”：《邶风·柏舟》一次，《鄘风·柏舟》二次；

（二）“日居月诸”：《邶风·柏舟》一次，《邶风·日月》四次；

（三）“心之忧矣”：《邶风·柏舟》一次，《邶风·绿衣》二次，《卫风·有狐》三次；

（四）“下上其音”：《邶风·燕燕》一次，《邶风·雄雉》一次；

（五）“实劳我心”：《邶风·燕燕》一次，《邶风·雄雉》一次；

（六）“悠悠我思”：《邶风·终风》一次，《邶风·雄雉》一次；

（七）“女子有行”：《邶风·泉水》一次，《鄘风·蝃蝀》二次，《卫风·竹竿》一次；

（八）“远父母兄弟”：《邶风·泉水》一次，《鄘风·蝃蝀》一次；

（九）“远兄弟父母”：《鄘风·蝃蝀》一次，《卫风·竹竿》一次；

（十）“驾言出游，以写我忧”：《邶风·泉水》一次，《卫风·竹竿》一次；

（十一）“不瑕有害”：《邶风·泉水》一次，《邶风·二子乘舟》一次。

考论卫风这一特点的前提是将《邶》《鄘》《卫》三风看作

一个整体，在这个前提条件下观察不同诗篇中相同诗句的频现，可做以下推测：

第一，这些重复出现的诗句是卫地人的常用习语，这些习语被诗人撷来入诗；

第二，有些诗篇的作者是同一人，如《邶风·泉水》《鄘风·载驰》《卫风·竹竿》皆是许穆夫人所作，同一诗人可能会出现将相同的诗句用于不同诗篇的情况；

第三，在流传过程中可能出现了错简情况。

三、思妇二重心理的并述

由于战争频仍，徭役繁重，许多男性远离并久离家庭，从而产生了一个思妇群体，《邶风·雄雉》和《卫风·伯兮》是卫风中的两首典型的思妇诗，跟其他思妇诗基本侧重抒发思念之情相比，在描绘思妇的情感上这两首诗有一个明显的特点，即展现了思妇两个方面的强烈心理情感——自豪之情和相思之情。

第一重心理——自豪之情盛。两位女子不掩饰对自己丈夫的赞美，“不忮不求，何用不臧”。在《邶风·雄雉》女主人公的心目中，她的丈夫不疾害于人，不贪求于物，其行皆善，堪称一位有修为、有德行的君子，念及此，自豪感油然而生。这一句话后来被孔子借用来夸奖子路，“子曰：‘衣敝缊袍，与衣狐貉者立，而不耻者，其由也与？不忮不求，何用不臧？’子路终身诵之”①。子路感念老师用《诗经》中的美句表达对自己的赞扬和期许，对出自《邶风·雄雉》中的这句话终身诵之，以为激励和警戒。《卫风·伯兮》中思妇心中充溢的自豪感体现在诗篇的首章：“伯兮朅兮，邦之桀兮。伯也执殳，为王前驱。”毛亨《传》：“朅，

① 《论语注疏》卷9《子罕》，（清）阮元校刻《十三经注疏》，北京：中华书局，1980年，第2491页。

武貌。桀，特立也。”[①] 在妻子看来，她的丈夫非常勇武，是邦国的俊秀英杰，因其勇力超群而被选为王师前驱。余冠英先生分析诗中妻子在丈夫出征初时的心理：“一个女子思念从军远征的丈夫。她想像丈夫执殳前驱，气概英武，颇有一些骄傲之感。”[②] 两首诗都是以思妇的口吻，分别于诗末和诗首表达了一份由念及丈夫的休美而产生的强烈的自豪感，因为丈夫是她们最为重要的情感牵系和生命支柱。

第二重心理——相思之苦浓。《邶风·雄雉》和《卫风·伯兮》所录乃室家怨思之苦，其中的思妇皆由于难以排遣的相思之苦而感到异常焦躁和烦闷。《邶风·雄雉》中雉鸟的翻飞鸣叫触动了思妇的心绪：“瞻彼日月，悠悠我思。道之云远，曷云能来?”丈夫出征时久路遥，思妇承受着相思带来的情苦心劳。《卫风·伯兮》中的女子初时只见丈夫出征之威，执殳之武，尚不知此后的思念之苦，随着日逝月消，不闻归期，不见归人，女子深味孤独难挡，寂寞难耐，相思的浓重愁苦外显于眉头，内感于心间。由“自伯之东，首如飞蓬”可以想见，《卫风·伯兮》中的女子在丈夫出征后不久即失去了生活的心情，她无心修饰，是失去了令其修饰的内驱力和主动性。其相思之苦甚于“首疾”，令之不堪忍受。在无计消除这份思念造成的诸般痛苦时，她竟想到了“焉得谖草，言树之背”，欲以谖草来疗治体病心疾。“谖草”同“萱草”，毛亨《传》：“谖草令人忘忧。”郑玄《笺》：“忧以生疾，恐将危身，欲忘之。”[③] 朱熹《诗集传》解：“谖草合欢，

---

① 《毛诗正义》卷三之三《伯兮》，（清）阮元校刻《十三经注疏》，北京：中华书局，1980 年，第 327 页。

② 余冠英《诗经选译》，北京：作家出版社，1956 年，第 57 页。

③ 《毛诗正义》卷三之三《伯兮》，（清）阮元校刻《十三经注疏》，北京：中华书局，1980 年，第 327 页。

食之令人忘忧者。”[①] 后世文人以萱草入诗文，也多取忘忧之义。如谢惠连《雪赋》：“折园中之萱草，擿阶上之芳薇。”徐陵《玉台新咏序》：“代彼萱苏，微蠲愁疾。”谢灵运《郡东山望溟海》：“萱苏始无慰，寂寞终可求。”贯休《善哉行》：“绣袂捧琴兮登君子堂，如彼萱草兮使我忧忘。”可见萱草忘忧之说，其源盖出于《诗经》，历久而相沿成俗。思妇对征戍在外的丈夫的情感常态即钱锺书先生和《焦氏易林》中描述的深情苦境：“知征人已死，家人之心亦死；想征人或尚生，则家人望绝还生，肠回未断，痴心起灭，忘念颠倒。”[②] “伯去我东，首发如蓬。长夜不寐，辗转空床。内怀惆怅，忧摧肝肠。”[③] 最令思妇纠结的心绪是征人是否能够生还。诗人在《卫风·伯兮》中描绘的思妇盼望丈夫回家的情感抒发比较别致，“其雨其雨，杲杲出日”，朱熹《诗集传》：“冀其将雨，而杲然日出，以比望其君子之归而不归也。”[④] 冀天降雨而无雨，望夫来归而未归，盼夫归情切，偏事与愿违，期望屡屡落空。从《诗经》中的征戍诗来看，此处的降雨之盼不无道理，《豳风·东山》《小雅·采薇》和《小雅·出车》叙征夫归家之时都是逢或雨或雪的天气：“我来自东，零雨其濛”；“今我来思，雨雪霏霏”；“今我来思，雨雪载途”。《召南·殷其靁》写一位相思女子于雷声鸣响之际盼丈夫归家，“殷其靁，在南山之阳。何斯违斯，莫敢或遑？振振君子，归哉归哉！”将征

① （宋）朱熹集注《诗集传》卷3《伯兮》，上海：上海古籍出版社，1980年，第40页。

② 钱锺书《管锥编》第3册，北京：生活·读书·新知三联书店，2001年，第75页。

③ （汉）焦延寿著，尚秉和注，常秉义点校《焦氏易林注》，北京：光明日报出版社，2005年，第585页。

④ （宋）朱熹集注《诗集传》卷3《伯兮》，上海：上海古籍出版社，1980年，第40页。

人设置在雨、雪天气归家，盖是当时的一种思维和表达习惯。“愿言思伯，甘心首疾”的情思表达亦别出机杼，蒋立甫先生《风诗含蓄美论析》言此为“无理而妙”：“依常理，谁也不愿‘首疾’，而她却说‘甘心’，无理之极！然而从她对丈夫无时不在的刻骨思念说，这以苦为乐的祈求，又是可以理解的，是她无法承受长久精神折磨而唯求得到暂时心理平衡的傻话，诗趣也由此生出。”①

《邶风·雄雉》和《卫风·伯兮》中思妇的二重心理是真实的，将这种真实的情感状态用诗歌的形式吟咏出来，是将思妇内心矛盾予以审美处理，因而使《邶风·雄雉》《卫风·伯兮》等诗篇拥有了实实在在的打动人心的魅力。

四、婚恋习俗兴象的丰富

兴是《诗经》最为突出的艺术表现方式之一。朱熹解兴为“先言他物以引起所咏之词也”②。被选用为“他物”以引起下文的兴象十分丰富，有动物植物、地理形态、自然天象、劳动场景等，可谓包罗万象，用以起兴的各种物类事象的选取并非皆出自偶然，诗人的创作是在一定的文化背景和时空条件下进行的，对物类事象的选取必然受到历史传统、风俗习惯等多种因素的制约和影响，则兴象中映衬出民俗的影子是很自然的，这样在兴象的引导下，就可以通过解其诗而观其俗。卫风中与婚恋习俗相关的兴象比较多，如：燕、北风、雨雪、鳣鲔、葭菼、匏、雁、桑中、木瓜、木桃、木李等，可以通过这些兴象了解《诗经》时代的婚恋习俗。

---

① 潘啸龙、蒋立甫《诗骚诗学与艺术》，上海：上海古籍出版社，2004年，第80页。

② （宋）朱熹集注《诗集传》卷1《关雎》，上海：上海古籍出版社，1980年，第1页。

《邶风·燕燕》中的燕、《邶风·北风》中的北风、雨雪以及《卫风·硕人》中的鳣鲔、葭菼等兴象向我们提供的是婚恋习俗中的婚期季节选取信息，从这些兴象所出现的季节可以判断这三首诗所涉及的嫁娶季节分别是春季、冬季和秋季。

在《豳风·东山》提到的“九十其仪”烦琐的成婚仪式中，有一个环节叫合卺，合卺所用之物就是《邶风·匏有苦叶》首句中的兴象“匏”，“匏有苦叶，济有深涉”。余冠英先生由《豳风·东山》中的“瓜苦”联系到了匏，“瓜苦，即瓜瓠，也就是匏瓜，葫芦类。古人结婚行合卺之礼，就是以一匏分作两瓢，夫妇各执一瓢盛酒漱口，这诗‘瓜苦’似指合卺的匏”[①]。瓜苦、匏即通常所说的葫芦，《礼记·郊特牲》记载婚礼用匏：“共牢而食，同尊卑也……三王作牢，用陶匏。”郑玄解释用匏乃是“用太古之器，重夫妇之始也”[②]。神话传说解释人类始祖伏羲、女娲于洪水中躲入葫芦得生，然后始有人类，到了《诗经》时代，神话故事的可信度虽相对减弱，其信仰意义却遗留了下来，葫芦同对祖先神、婚姻神的信仰，同人类的起源、生殖、婚姻等观念联系在一起。这则神话说明夫妇之始与葫芦的关系非同一般，葫芦有标志性的意义。匏的作用之一就是合卺，《礼记·昏义》：“妇至，婿揖妇以入，共牢而食，合卺而酳，所以合体，同尊卑，以亲之也。”[③] 合卺，即新郎新娘合饮酒的礼仪，所用酒器是由匏或瓠一分为二做成的。清人张梦元对新人一同进酒，必要破匏作饮器曾做过稽考，他在《原起汇抄》中记载：“婚礼合卺同用

---

① 余冠英注译《诗经选》，北京：人民文学出版社，1979 年，第 165 页。

② 《礼记正义》卷 26《郊特牲》，（清）阮元校刻《十三经注疏》，北京：中华书局，1980 年，第 1456 页。

③ 《礼记正义》卷 61《昏义》，（清）阮元校刻《十三经注疏》，北京：中华书局，1980 年，第 1680 页。

匏……今作巹。用巹有二义，匏苦不可食，用之以饮，喻夫妇当同辛苦也；匏，八音之一，笙竽用之，喻音韵调和，即如琴瑟之好合也。”[①] 这样解释，则合巹所蕴含的意义是深远而丰富的。

《邶风·匏有苦叶》中用以起兴的雁与婚俗有密切的关系，“雍雍鸣雁，旭日始旦”，毛亨《传》：“雍雍，雁声和也。纳采用雁。”郑玄《笺》：“雁者，随阳而处，似妇人从夫，故昏礼用焉。”[②]《仪礼·士昏礼》记载纳采、问名、纳吉、请期、亲迎，皆用雁，“昏礼，下达，纳采，用雁……纳吉用雁，如纳采礼……请期用雁”[③]。纳采时，男方须用一对活雁向女家正式求婚。何以选雁？郑玄《注》：“用雁为挚者，取其顺阴阳往来。”贾公彦《疏》：“顺阴阳往来者……亦取妇人从夫之义。”[④] 雁具有随阳还处的特点，南迁北归皆为追随阳气，喻女子追随其夫。《白虎通》卷十《嫁娶》：“贽用雁者，取其随时而南北，不失其节，明不夺女子之时也。又是随阳之鸟，妻从夫之义也。又取飞成行，止成列也。明嫁娶之礼，长幼有序，不相逾越也。”[⑤] 班固取其候鸟之质，按时南来北往，不失其时，雁被赋予了合乎礼法的品性，既是女性象征，又有教化内涵，也就成了聘礼的最佳选取对象。新郎去迎亲时还必须以雁为见面礼，这种礼节称奠雁，《仪礼·士昏礼》述奠雁之礼：“主人玄端迎于门外，西面再拜，

---

① 申士垚、傅美琳编著《中国风俗大辞典》，北京：中国和平出版社，1991 年，第 73 页。

② 《毛诗正义》卷二之二《匏有苦叶》，（清）阮元校刻《十三经注疏》，北京：中华书局，1980 年，第 303 页。

③ 《仪礼注疏》卷 4《士昏礼》，（清）阮元校刻《十三经注疏》，北京：中华书局，1980 年，第 961 ~ 963 页。

④ 《仪礼注疏》卷 4《士昏礼》，（清）阮元校刻《十三经注疏》，北京：中华书局，1980 年，第 961 页。

⑤ （清）陈立撰，吴则虞点校《白虎通疏证》卷 10《嫁娶》，北京：中华书局，1994 年，第 457 页。

宾东面答拜。主人揖入，宾执雁从，至于庙门。揖入，三揖。至于阶，三让，主人升西面，宾升北面奠雁，再拜稽首，降出，妇从降自西阶，主人不降送。”① 元陈澔《礼记集说》也叙述了奠雁礼：“婿执雁入，揖让升堂，再拜奠雁，盖亲受之于父母也。”② 人和万物都是天地衍化的产物，古人以人类社会的行为秩序比附天地万物，而人类又反过来取法于天地万物的自然规律，婚礼是男女的结合，故婚礼中无论是行聘还是婚时，都选取最有利于调和阴阳的时令和事物，所谓：“人承天地施阴阳，故设嫁娶之礼者，重人伦，广继嗣也。”③

作为《诗经》的组成部分，卫风既具备《诗经》总体的艺术特征，如现实主义创作方法，赋、比、兴的表现手法，重章复沓的章法，以四言为主的句式，丰富多彩的语言等，同时，又具备卫地诗歌特有的艺术特征，在情感格调上表现为情深文挚，美哉渊乎；对女性体貌描写上能够充分运用精练简洁的语言达到细致化的效果；以《邶风 · 谷风》和《卫风 · 氓》为代表的诗篇表现出明显的故事化特征；博喻的运用以及运用得频繁化使得卫风在比这一艺术手法上在诸国风中独领风骚；此外，“愿言”“终……且……”等独有的语词和句式、思妇二重心理的并述、不同诗篇中相同诗句的频现、婚恋习俗兴象的丰富等，都体现了卫风诗篇的独特之处。

---

① 《仪礼注疏》卷5《士昏礼》，（清）阮元校刻《十三经注疏》，北京：中华书局，1980年，第966页。

② （元）陈澔注《礼记集说》，上海：上海古籍出版社，1987年，第324页。

③ （清）陈立撰，吴则虞点校《白虎通疏证》卷10《嫁娶》，北京：中华书局，1994年，第451页。

第四章　卫风意象考论

人们很早就充分认识到了意象的作用，常常“立象以尽意”[1]。意象这一“融入了主观情意的客观物象”[2] 被广泛运用于文学创作中，尤其是诗歌创作。意象是诗歌情志表达传递的有效载体和艺术媒介，是一种取象思维，由象这个载体激发或启发人们想象、联想、比附，从而推论出事理，使内化了的事理通过事象外化出来，这样一来，事象更活泼、更具生命力，事理更明白、更具说服性，进而更容易被理解和接受。物象一旦被选用为表情达意的载体和媒介，就因独具风神而被另眼相看了。意象内涵的赋予基于一定的文化传统、生活习俗、道德标准、伦理观念、价值评判，因此意象一旦形成，便具有很强的生命力，并作为一种心理和语言的积淀，长久地存留在人们心底，在合适的场合以恰当的方式反复出现。意象的重重意蕴、种种内涵随着历史的滚动而不断积淀，逐渐成为民族文化心理和审美精神的集中凝聚与具体表现。将对物象的认知转化为艺术和审美，人生就被赋予了一种诗意。

意象可以是自然界的物象，也可以是人类的生活画面，意象运用所选取的物象是人们生活中熟知的事物，同时又具有较强的

---

① 《周易正义》卷7《系辞上》，（清）阮元校刻《十三经注疏》，北京：中华书局，1980年，第82页。

② 袁行霈《中国诗歌艺术研究》（增订本），北京：北京大学出版社，1996年，第67页。

选择性，不是目之所及、耳之所闻者都可被取用为意象，若雎鸠不专，桃花不艳，则雎鸠关关，与人何干？桃花灼灼，与事何联？唯有意象选取得恰当贴切，才见出诗有情画有意，方能实现烘托气氛、渲染场面、表现主题、抒发情感、阐释义理的目的，我们不妨称意象为一种有意思、有意义、有效果的艺术方式。以竹为例，其实竹本无所谓有节无节、虚心与否，只是因其外形清丽，内里虚空，与人们的审美情感相协相合，所以被选用为诗人寄情言志的对象。

就《诗经》而言，意象迭出，寓意层生，可谓众彩纷呈，令人目不暇接，因而《诗经》被看作是中国古代诗歌意象的源头之一。简练是诗歌区别于其他文体的一个重要特征，意象的运用与诗歌的简练特征有着密切关系，意象是客观的物象与主观的情、意、理、趣的结合，客观物象是相对固定的，主观情、意、理、趣是丰富多彩的，以此形成了意象内涵的丰厚，被取用为意象的一个简单的词语就能传递出异常丰厚的内容，体现了诗歌精练简洁的文体特征。《诗经》就以其交融了宗教信仰、生态条件、生活习俗、经济方式、社会制度、民族心理等多种因素的众多意象，在有限的篇幅中，展现了包括历史、民俗、文学、文字等文化诸领域的无限信息，为后人了解先民的伦理观念、道德信仰、价值取向、思维方式和情感意志提供了可能。

意象是文学风格的重要体现，袁行霈先生指出各不相同的意象体现出各不相同的风格[①]，意象是人们某些共同情感的长期积淀，其意蕴内涵在一定时段和地段有相对稳定性，我们可以称之为意象内涵的集体认同。《诗经》拥有一个丰富的意象群，它们

① 袁行霈《中国诗歌艺术研究》（增订本），北京：北京大学出版社，1996 年，第 71 页。

以鲜明的形象做道德伦理比附和政治美刺寓意。分属五土的十五国风各有体现其地域性特征的典型意象，这些意象在参与内容表达的同时也在增添艺术韵味。乌、蝃蝀、竹是卫风中具有典型性或独特性的意象，皆以其丰富的内涵体现了卫风的地域特征和文化精神。

第一节　乌意象

“乌”是一个在文学作品中出现比较早的文学意象，也是一种频繁出现的文学意象。作为鸟类的一种，乌本无所谓悲喜吉凶，一旦飞驻诗行，流连笔端，乌便开始了它承载人类情感和信仰的漫长征程，如黑格尔所言：“个别自然事物……不是以它们的零散的直接存在的面貌而为人所认识，而是上升为观念，观念的功能就获得一种绝对普遍存在的形式。”① 黑格尔把他这句话中的“观念”释为“意象”。乌的存在是现实的、具体的，作为一种意象，就变成了超现实的存在和具有普遍性的思想形式。

乌在《诗经》中出现四次，分属三首诗中，于《邶风·北风》中一次，于《小雅·正月》中两次，于《小雅·小弁》中一次（《小雅·小弁》中称“鸒”）。② 就十五国风而言，乌只出现在卫风中，可将之作为北土诗歌的典型意象予以观察。

一、《邶风·北风》中“乌”喻义诸解

《诗经》研读者对《邶风·北风》“莫黑匪乌”中的“乌”的喻意有以下几种具有代表性的解释：

---

① ［德］黑格尔著，朱光潜译《美学》第 2 卷，北京：商务印书馆，2011 年，第 23 页。

② 《邶风·北风》：“莫赤匪狐，莫黑匪乌。”《小雅·正月》：“瞻乌爰止，于谁之屋？”“具曰予圣，谁知乌之雌雄！”《小雅·小弁》：“弁彼鸒斯，归飞提提。”

（一）喻卫国统治者

把贪残附加于乌身上，以乌比残暴为恶的卫国统治者。其中又可细分如下：

1. 君臣并喻。毛亨《传》："狐赤乌黑莫能别也。"[①] 这句话比较简洁，循孔颖达《疏》知其喻卫君臣，郑玄《笺》则说得很明确了："赤则狐也，黑则乌也，犹今君臣相承为恶如一。"[②] 宋苏辙[③]、严粲[④]，明季本[⑤]，今人陈子展[⑥]、程俊英[⑦]、余冠英[⑧]、蒋立甫[⑨]等学者从之。

2. 单独喻臣。宋范处义《诗补传》卷三："莫赤者匪狐，莫黑者匪乌，以喻仕于朝者各从其类，胥效为虐，莫有恤我者。"[⑩] 高亨先生主张以乌喻小官也属于此列。[⑪]

3. 喻奴隶主贵族。袁梅先生认为"莫黑匪乌"是用以"比喻奴隶主贵族都是坏的"[⑫]。

---

① 《毛诗正义》卷二之三《北风》，（清）阮元校刻《十三经注疏》，北京：中华书局，1980 年，第 310 页。

② 《毛诗正义》卷二之三《北风》，（清）阮元校刻《十三经注疏》，北京：中华书局，1980 年，第 310 页。

③ （宋）苏辙撰《苏氏诗集传》，《景印文渊阁四库全书》第 70 册，台北：商务印书馆，1986 年，第 337 页。

④ （宋）严粲撰《诗缉》卷 4《北风》，《景印文渊阁四库全书》第 75 册，台北：商务印书馆，1986 年，第 64 页。

⑤ （明）季本撰《诗说解颐》，《景印文渊阁四库全书》第 79 册，台北：商务印书馆，1986 年，第 66 页。

⑥ 陈子展《诗经直解》，上海：复旦大学出版社，1983 年，第 123 ~ 124 页。

⑦ 程俊英、蒋见元《诗经注析》，北京：中华书局，1991 年，第 114 ~ 115 页。

⑧ 余冠英注译《诗经选》，北京：人民文学出版社，1979 年，第 40 页。

⑨ 蒋立甫《诗经选注》，北京：北京出版社，1981 年，第 42 页。

⑩ （宋）范处义撰《诗补传》，《景印文渊阁四库全书》第 72 册，台北：商务印书馆，1986 年，第 70 页。

⑪ 高亨注《诗经今注》，上海：上海古籍出版社，1980 年，第 59 页。

⑫ 袁梅《诗经译注》，济南：齐鲁书社，1985 年，第 166 页。

此外，不妨把李中华、杨合鸣先生把乌比作残忍的恶势力[①]、聂石樵先生把乌比时政之恶[②]放在这一解中。

（二）喻避卫虐的逃亡者

欧阳修《诗本义》卷三："赤黑狐乌之自然，非其恶也，岂以喻君臣之恶？皆非诗之本义也。……莫赤匪狐，莫黑匪乌，谓狐、乌各有类也，言民各呼其同好，以类相携而去也。"[③] 纯取乌的颜色，没有添加感情色彩。宋王质同。[④]

（三）喻君子

明朱朝瑛《读诗略记》卷一："狐为妖以喻小人，乌为祥以喻君子。赤者其色显，黑者其色晦，莫赤匪狐以喻显者皆小人，莫黑匪乌以喻晦者皆君子也。"[⑤] 这里将乌与狐置于两相对比状态。

（四）喻小人、坏人

清姜炳璋《诗序补义》卷三："乌，不祥之鸟，喻小人也。"[⑥] 将乌比作播恶害人的坏人，袁愈荌、唐莫尧先生同。[⑦]

（五）喻男女相爱要有纯真感情

段楚英《诗经中的情歌》："'莫赤匪狐，莫黑匪乌'是说不

---

① 李中华、杨合鸣编著《〈诗经〉主题辨析》，南宁：广西教育出版社，1989年，第122页。

② 聂石樵主编，雒三桂、李山注释《诗经新注》，济南：齐鲁书社，2000年，第93页。

③ （宋）欧阳修撰《诗本义》卷3《北风》，《景印文渊阁四库全书》第70册，台北：商务印书馆，1986年，第197页。

④ （宋）王质撰《诗总闻》卷2《邶风·北风》，北京：中华书局，1985年，第39页。

⑤ （明）朱朝瑛撰《读诗略记》，《景印文渊阁四库全书》第82册，台北：商务印书馆，1986年，第364页。

⑥ （清）姜炳璋撰《诗序补义》卷3《北风》，《景印文渊阁四库全书》第89册，台北：商务印书馆，1986年，第64页。

⑦ 袁愈荌译诗，唐莫尧注释《诗经全译》，贵阳：贵州人民出版社，1991年，第55页。

红不是狐，不黑不是乌，即是狐就要红，是乌就要黑，一切都要纯真。这是暗喻男女相爱，要有纯真的感情。”[1] 杨军同。[2]

（六）喻穿黑衣的步行者

翟相君先生《诗经新解》：“我们统观了《诗经》中以鸟兽作比兴的诗，认为‘莫赤匪狐，莫黑匪乌’并不是指狐狸和乌鸦，应是指穿狐裘者和穿黑衣者。……这二句诗不含恶意，其意是：红色的都是穿狐裘者，是大官，是乘车者；黑色的是穿黑色衣服者，是士卒，是步行者。”[3]

（七）视乌为兆凶的不祥之物

乌于《邶风·北风》中兆国将危乱。朱熹《诗集传》：“狐，兽名，似犬，黄赤色。乌，鸦，黑色。皆不祥之物，人所恶见者也。所见无非此物，则国将危乱可知。”[4] 后世赞允朱熹观点的学者比较多，有明姚舜牧[5]、何楷[6]，清方玉润[7]、王先谦[8]，今人江荫香[9]、王政[10]等学者。

---

① 段楚英编著《诗经中的情歌》，武汉：武汉出版社，1994 年，第 196 ~ 197 页。

② 杨军《中国古代乌鸦信仰述略》，《陕西师范大学继续教育学报》2004 年第 2 期。

③ 翟相君《诗经新解》，郑州：中州古籍出版社，1993 年，第 179 页。

④ （宋）朱熹集注《诗集传》卷 2《北风》，上海：上海古籍出版社，1980 年，第 26 页。

⑤ （明）姚舜牧撰《重订诗经疑问》，《景印文渊阁四库全书》第 80 册，台北：商务印书馆，1986 年，第 612 页。

⑥ （明）何楷撰《诗经世本古义》卷 15《北风》，《景印文渊阁四库全书》第 81 册，台北：商务印书馆，1986 年，第 411 页。

⑦ （清）方玉润撰，李先耕点校《诗经原始》卷 3《北风》，北京：中华书局，1986 年，第 146 ~ 147 页。

⑧ （清）王先谦撰，吴格点校《诗三家义集疏》卷 3 上《北风》，北京：中华书局，1987 年，第 203 页。

⑨ 江荫香《诗经译注》，北京：中国书店，1982 年。

⑩ 王政《〈诗经〉与“不祥鸟”》，《民族艺术》2001 年第 3 期。

（八）以乌是黑色这一事实，将“莫黑匪乌”作为一个形象化的判断方式。这一方式的具体运用又呈现为两种：

1. 宋程颐《程氏经说》卷三：“莫赤者匪狐乎？莫黑者匪乌乎？以其色则知其物矣，岂难辨哉？观其为政之道，则知暴虐祸难将及于人矣，君子全身远害，惟恐去之不速。”① 程颐由察色辨物引导观政知祸，并进而速决远祸保身之策。

2. 宋袁燮《洁斋毛诗经筵讲义》：“‘莫赤匪狐，莫黑匪乌’，则今日之当去，显然如狐赤而乌黑，无可疑者，理所当去，而迟回不去，其祸岂不愈速乎？”② 袁燮则是以乌为黑色这一无可怀疑的事实，告诫卫国人速离卫国以避灾祸，无需犹疑。

（九）婚姻瑞应之象

葛培岭先生持乌为婚姻瑞应之象一说，“这是一首姑娘出嫁诗。新娘把知心的话儿悄悄说给新郎。旧说多以为本诗是写卫国行政暴虐，百姓不堪，相携逃亡。关键是对‘莫赤匪狐，莫黑匪乌’这一婚姻瑞应之象误解为对于佞邪的比喻”③。

（十）存疑

清姚际恒觉得他所见诸说都欠通，但自己又不得确解，所以说：“‘莫赤’二句，在作者自有意；后人无径路可寻，遂难窥测。多方求解，终不得一当；不如但赏其词之妙可耳。”④ 闻一多先生提到，乌在诗中一定有象征意义，至于象征什么，没有明

① （宋）程颐《程氏经说》，《景印文渊阁四库全书》第183册，台北：商务印书馆，1986年，第66页。

② （宋）袁燮撰《洁斋毛诗经筵讲义》，北京：中华书局，1985年，第30页。

③ 葛培岭注译评《诗经》，郑州：中州古籍出版社，2005年，第32～33页。

④ （清）姚际恒著，顾颉刚标点《诗经通论》卷3《邶·北风》，北京：中华书局，1958年，第66页。

言，亦存疑惑。[①]

《邶风·北风》中的乌作为一个典型意象，学者从比喻和征兆两方面来理解得比较多。由于对诗旨的不同认识，从一个本体乌出发，产生的喻体很丰富，将乌喻为君、臣、奴隶主贵族、逃亡者、君子、小人、坏人、男女相爱要有纯真感情、穿黑衣的步行者等，在这个比喻过程中，或者取用主观赋予乌的情感色彩来比附，或者取用乌与生俱有的客观色彩来连类。视乌为一种征兆，则又有两种截然相反的结论，兆凶和兆吉。闻一多[②]、鲍昌[③]等学者认为《邶风·北风》反映的是婚礼中亲迎这个环节，笔者倾向此说。王夫之没有把乌当成妖异之物，“乌者，孝鸟，王者以为瑞应。其以鸦鸣为凶者，乃近世流俗之妄，古人不以为忌。且北人喜乌而恶鹊，南人喜鹊而恶乌，流俗且异，况于古今？邶之诗人，非今南人也”[④]。闻一多先生亦认为“古人不以乌为不吉”[⑤]。对《邶风·北风》中的乌，笔者从瑞应之象说，《小雅·正月》可为内证，《小雅·正月》：“哀我人斯，于何从禄？瞻乌爰止，于谁之屋？”毛亨《传》：“富人之屋，乌所集也。”[⑥] 乌是吉祥的鸟，深受人们的欢迎和喜爱，人们期待它能留止在自己的屋子上，这种看法又可见于后世诗文中，如：“丈人屋上乌，人

① 闻一多讲授，刘晶雯整理《闻一多诗经讲义》，天津：天津古籍出版社，2005年，第98页。

② 闻一多讲授，刘晶雯整理《闻一多诗经讲义》，天津：天津古籍出版社，2005年，第97页。

③ 鲍昌《风诗名篇新解》，郑州：中州书画社，1982年，第103页。

④ （明）王夫之《船山全书》第3册《诗经稗疏》，长沙：岳麓书社，1988年，第59页。

⑤ 闻一多讲授，刘晶雯整理《闻一多诗经讲义》，天津：天津古籍出版社，2005年，第98页。

⑥ 《毛诗正义》卷十二之一《正月》，（清）阮元校刻《十三经注疏》，北京：中华书局，1980年，第442页。

好乌亦好。”（杜甫《奉赠射洪李四丈》）“厨冷难留乌止屋，门闲可与雀张罗。”（白居易《酬梦得贫居咏怀见赠》）[①]

二、乌意象文化内涵考

历代学者仅对《邶风·北风》中乌的解释已经显现出乌意象文化内涵的丰富和复杂，乌意象蕴含的丰厚源于神话、传说、习俗、信仰等多方面，人们对乌的褒贬厚薄也因不同历史时期、不同地域而表现出明显的差异性，也就是说，乌作为一个意象，其文化意蕴有共识性，也有历时性，还有地域性，它能够满足不同时地人们不同的价值取向。为了明确《诗经》时代人们意识中的乌形象，我们不妨从被灵异化、被道德化、用以征兆吉凶等方面对乌进行一下了解，以期有助于对《邶风·北风》中乌的认识。

（一）被灵异化

乌在上古时期就被人们纳入视野而倍加关注，在众多神话传说中，乌被灵异化，被视为神鸟，这要从乌与日、乌与神灵的关系说起。

1. 乌日并提

乌与日相提并论，常见的是乌或者是运载太阳的工具，或者是身居日中，或者干脆就是太阳。

陕西华县泉护村出土的距今五千多年的彩陶上绘有乌负日图（图14）[②]，这是目前发现的最早的乌日并现的考古资料。《山海经·大荒东经》载：“汤谷上有扶木。一日方至，一日方出，皆载于乌。”[③] 湖南长沙马王堆西汉初年墓葬中出土的一幅彩绘帛画的右上方画有九日，一日居扶桑树上，内有金乌一只，其余之日

---

① （清）彭定求等校点《全唐诗》，北京：中华书局，1960年，第2316～2317、5200页。

② 苏秉琦《苏秉琦考古学论述选集》，北京：文物出版社，1984年，第166页。

③ 袁珂《山海经校注》，成都：巴蜀书社，1993年，第408页。

分别居于扶桑树枝中。[1] 文字记载和考古发现都告诉我们，乌担负的是运载太阳出入的神圣使命，将乌与给人们带来光明、温暖，与人类生存息息相关的太阳并提，可见在先民心目中，乌非寻常之物。田冬梅认为“阳乌载日”的神话是远古时期的东夷部族将图腾崇拜与天象观测现象联系在一起，经由原始思维的整合而产生的。[2]

图 14　乌负日图

（采自苏秉琦《苏秉琦考古学论述选集》，北京：文物出版社，1984 年，第 166 页）

唐徐坚等人编《初学记》卷三十引《春秋元命苞》：“日中有三足乌者，阳精其偻呼也。”[3]《淮南子·精神训》：“日中有踆乌，而月中有蟾蜍。”[4] 汉许慎《说文解字》：“乌者，日中之禽。”[5] 这都是说乌在日中。神话传说记载被后羿射下来的九个太阳，落在地上，竟是九只金乌。这些记载中已是乌日不分，二者合而为一了。其他民族中也有类似传说，古希腊人称乌为太阳鸟；中美洲玛雅人以为日神是一只乌鸦变的；印第安人传说是乌

① 湖南省博物馆、中国科学院考古研究所文物编辑委员会编《长沙马王堆一号汉墓发掘简报》，北京：文物出版社，1972 年，第 21 页。

② 田冬梅《“乌鸦”文化象征意义的源流》，南京师范大学硕士学位论文，2006 年。

③ （唐）徐坚等《初学记》，北京：中华书局，1962 年，第 732 页。

④ （汉）刘安著，（汉）许慎注，陈广忠校点《淮南子》卷 7《精神训》，上海：上海古籍出版社，2016 年，第 153～154 页。

⑤ （汉）许慎撰《说文解字》，北京：中华书局，1963 年，第 82 页。

鸦从神灵那里为人间偷来了日、月与光明。

2. 乌神同行

人们常把乌与“神灵”安排在一起，乌与“神界”人士的关系非同一般。

在中国的神话传说中，乌为王母取食，《太平御览》卷九百二十引《扩地图》：“昆仑之弱水中，非乘龙不得至，有三足神乌，为西王母取食。”① 佛经故事中，传说“乌者，阿难是也”，阿难是如来佛的大弟子；在《圣经·列王记上》中，乌鸦担负的是为“先知”以利亚提供食物的任务；北欧神话中，两只分别代表思想和记忆的大鸦以秘密侦探的身份随从神王奥定左右；② 希腊神话中，乌是太阳神阿波罗的宠物。

在诸民族神话传说中乌与日并现，与神同行，可谓“神”气十足，灵异不凡，充分奠定了其为祥瑞之物的基础，在我国汉代画像石上常见负日之乌、日中之乌、后羿射乌、伴王母之乌等图案，被灵异化了的乌深入人心，在历史长河中占据了非常重要的一席之地。后世有奉乌祈福的习俗，人们以为供奉乌，对其表示恭敬，就可祈来祥瑞，求得财富，获得团聚，心想事成，若唐元稹《大觜乌》中所言“巫言此乌至，财产日丰宜”，“专听乌喜怒，信受若神龟”③。至今有些民族仍保留崇拜乌的习俗，如我国的满族、纳西族、藏族、朝鲜族等。

3. 乌占（乌卜）

鸟占是先民相对普遍的一种占卜习俗，乌占属鸟占的一种，是根据辨识乌的鸣飞、出没来预测事情的发展变化和吉

① （宋）李昉等撰《太平御览》卷 920《羽族部七·乌》，北京：中华书局，1960 年，第 4083 页。

② 方璧（茅盾）《北欧神话 ABC》，上海：世界书局，1930 年，第 22 页。

③ （清）彭定求等校点《全唐诗》，北京：中华书局，1960 年，第 4454 页。

凶休咎。

神话传说、图腾崇拜使乌具有了神性，加之聪明、勇猛等特性的追加，“（乌）其智足以通祸福”，“能知未然也”[①]，于是乌具备了占卜功能。希腊文中的“鸟”兼具“预言”和“天之信息”的意思，乌是鸟类，也是传递上天信息的使者。敦煌吐蕃文书中 P. T. 1045 号文献“以乌鸦叫声来判断吉凶”（《乌鸣占吉凶书》）序言提到人们认为乌目明耳聪，精于神灵秘法，无一不能通达，因此将它作为传递仙人神旨的通灵神鸟。[②] 乌以其灵异之质被选用为沟通天地神人、预告吉凶祸福的占卜工具。

《左传》有两次战役提到乌，通过乌来推断战况，一次是乌的形迹被哨探所见，庄公二十八年，“子元以车六百乘伐郑……诸侯救郑，楚师夜遁，郑人将奔桐丘，谍告曰：‘楚幕有乌。’乃止”[③]；一次是乌的鸣声被盲乐师所闻，襄公十八年，晋侯伐齐，“齐师夜遁。师旷告晋侯曰：‘乌乌之声乐，齐师其遁。’”[④] 伴随乌的出现，战争都相继结束了，没有继续杀伐伤亡。乌容易出现在兵众撤离后的比较安静的营地，以此卜断战事还是很客观的。系统的乌占非常全面详细，敦煌本《乌鸣占吉凶书》、宋洪迈《容斋续笔》卷三《乌鹊鸣》等文献专门论述乌占术，洪迈提到了据说是东方朔所著的乌占经书，“世有传《阴阳局鸦经》，谓东方朔所著，大略言凡占乌之鸣，先数其声，然后定其方位，假如

---

① （宋）罗愿撰，（元）洪焱祖释《尔雅翼》，北京：中华书局，1985 年，第 146 页。

② 王尧、陈践编著《敦煌吐蕃文书论文集》，成都：四川民族出版社，1988 年，第 96 ~ 99 页。

③ 《春秋左传正义》卷 10《庄公二十八年》，（清）阮元校刻《十三经注疏》，北京：中华书局，1980 年，第 1781 ~ 1782 页。

④ 《春秋左传正义》卷 33《襄公十八年》，（清）阮元校刻《十三经注疏》，北京：中华书局，1980 年，第 1965 页。

甲日一声，即是甲声，第二声为乙声，以十干数之，乃辨其急缓，以定吉凶，盖不专于一说也”①。

（二）被道德化

除了占卜功能，乌还被赋予了教化功能。

人们给予乌以褒扬，还将乌作为社会大力宣扬提倡的美德——“孝”的化身。《说文解字》：“乌，孝鸟也。”②《尔雅翼》：“乌，孝鸟也。始生，母哺之六十日，至子稍长，则母处而子反哺，其日如母哺子之数，故乌一名哺公。”③《小尔雅》：“纯黑而反哺者谓之乌。”④《太平御览》卷九百二十引《春秋元命苞》：“火流为乌，乌，孝乌。阳精，天意。乌在日中，从天以照孝也。”⑤ 把乌看作反哺的孝鸟，可证以考古发现，1964 年北京石景山上庄村东出土东汉和帝元兴元年（105）幽州书佐秦君石阙铭文，其题为“乌还哺母”，铭文为：“维乌微乌，尚怀反报，回况□人，号为四灵。君臣父子，顺孙弟弟。……”⑥ 1993 年，江苏省连云港市东海县温泉镇尹湾村 6 号西汉墓出土的竹简上有一篇基本完整的赋——《神乌傅（赋）》（编号 114—133 简牍），对孝亲、仁义的乌大加赞赏，其赋文言：“蜫飞之类，乌最可贵。其性好仁，反哺于亲。行义淑茂，颇得人道。”⑦（图 15）

---

① （宋）洪迈撰，孔凡礼点校《容斋随笔》，北京：中华书局，2005 年，第 257 页。

② （汉）许慎撰《说文解字》，北京：中华书局，1963 年，第 82 页。

③ （宋）罗愿撰，（元）洪焱祖释《尔雅翼》，北京：中华书局，1985 年，第 145 页。

④ （汉）孔鲋著，（宋）宋咸注《小尔雅》，北京：中华书局，1985 年，第 5 页。

⑤ （宋）李昉等撰《太平御览》卷 920《羽族部七・乌》，北京：中华书局，1960 年，第 4081 页。

⑥ 北京市文物工作队《北京西郊发现汉代石阙清理简报》，《文物》1964 年第 11 期。

⑦ 连云港市博物馆《江苏东海县尹湾汉墓群发掘简报》，《文物》1996 年第 8 期。

图 15　《神乌傅（赋）》（部分）

（采自连云港市博物馆《江苏东海县尹湾汉墓群发掘简报》，《文物》1996 年第 8 期）

孝是中华民族的传统美德，《说文解字》：“孝，善事父母者。从老省，从子。子承老也。”① 孝是尊老、爱老、养老，赡养和善待父母，是一种返本报恩意识，人们将人类道德意识和社会行为中的孝与动物的反哺联系在一起，“乌鸟私情”“乌哺”“乌私”等寓意明确的词语被广泛使用，晋李密《陈情事表》：“乌鸟私情，愿乞终养。”② 宋苏辙《次韵宋构朝请归守彭城》：“马驰未觉西南远，乌哺何辞日夜飞。”③ 清赵翼《七十自述》：“只余六

① （汉）许慎撰《说文解字》，北京：中华书局，1963 年，第 173 页。

② （南朝梁）萧统编，（唐）李善注《文选》，上海：上海古籍出版社，1986 年，第 1695 页。

③ （宋）苏辙著，曾枣庄、马德富校点《栾城集》，上海：上海古籍出版社，1987 年，第 360 ~ 361 页。

载循陔处，稍慰乌私一片情。”①

乌为孝鸟被普遍接受和认可，于是出现了众多孝子与乌并现的感人故事，《周书》卷四十二：“（宗懔）遭母忧去职。哭辄呕血，两旬之内，绝而复苏者三。每有群乌数千，集于庐舍，候哭而来，哭止而去。时论称之，以为孝感所致。”②《太平御览》卷九百二十引《孝子传》：“李陶，交趾人，母终，陶居于墓侧，躬自治墓，不授邻人助，群乌衔块助成坟。”③ 故事中的人物都是因至孝感乌而至，极大程度地宣扬了孝道。

孝是中国传统的伦理规范和道德标准中最为称道的一种善行和美德，在每一个历史时段中都被特别重视和大力提倡。作为一种道德意识，孝很早就存在于先民的头脑中，殷商时期人们已经很重视孝道，甲骨文中已有“孝”字，金文中的“孝”字很多，《孝经》卷六《五刑》：“五刑之属三千，而罪莫大于不孝。要君者无上，非圣人者无法，非孝者无亲。此大乱之道也。”④ 不孝被视作最深重的罪责，不孝的后果非常严重。《尚书·无逸》载商王武丁为其父居庐守丧，三年不言政事，“其在高宗，时旧劳于外，爰暨小人。作其即位，乃或亮阴，三年不言”⑤。“亮阴”，即帝王居丧。作为儒家伦理意识的核心范畴，孝被孔子极力推崇并大力提倡，《论语》多处涉及孝，《为政》篇在一组孔子与弟子

① 华夫主编《赵翼诗编年全集》，天津：天津古籍出版社，1996 年，第 1172 页。

② （唐）令狐德棻等撰《周书》卷 42《宗懔传》，北京：中华书局，1971 年，第 760 页。

③ （宋）李昉等撰《太平御览》卷 920《羽族部七 · 乌》，北京：中华书局，1960 年，第 4083 页。

④ 《孝经注疏》卷 6《五刑》，（清）阮元校刻《十三经注疏》，北京：中华书局，1980 年，第 2556 页。

⑤ 《尚书正义》卷 16《无逸》，（清）阮元校刻《十三经注疏》，北京：中华书局，1980 年，第 221 页。

或时人关于孝的答问中表述出了孝行的具体内容，如：

> 孟懿子问孝，子曰："无违。"樊迟御，子告之曰："孟孙问孝于我，我对曰无违。"樊迟曰："何谓也?"子曰："生，事之以礼；死，葬之以礼，祭之以礼。"
>
> 孟武伯问孝，子曰："父母唯其疾之忧。"
>
> 子游问孝，子曰："今之孝者，是谓能养。至于犬马，皆能有养，不敬，何以别乎?"
>
> 子夏问孝，子曰："色难。有事，弟子服其劳；有酒食，先生馔，曾是以为孝乎?"[1]

《阳货》篇还记录了一次孔门师徒关于为父母服孝期限的辩论，"宰我问：'三年之丧，期已久矣。君子三年不为礼，礼必坏；三年不为乐，乐必崩。旧谷既没，新谷既升，钻燧改火，期可已矣。'子曰：'食夫稻，衣夫锦，于女安乎?'曰：'安。''女安则为之。夫君子之居丧，食旨不甘，闻乐不乐，居处不安，故不为也。今女安，则为之！'宰我出，子曰：'予之不仁也！子生三年，然后免于父母之怀，夫三年之丧，天下之通丧也。予也有三年之爱于其父母乎?'"[2] 秦时特别强调孝的重要性，不孝被列入"十恶"之一，"士有百行，孝敬为先"[3]。有的帝王谥号中加有孝字，唐颜师古注《汉书》："汉家之谥，自惠帝已下皆称孝

---

① 《论语注疏》卷2《为政》，（清）阮元校刻《十三经注疏》，北京：中华书局，1980年，第2462页。

② 《论语注疏》卷17《阳货》，（清）阮元校刻《十三经注疏》，北京：中华书局，1980年，第2526页。

③ （后晋）刘昫等撰《旧唐书》卷188《孝友传》，北京：中华书局，1975年，第4919页。

也。"[①] 古时以孝为标准选拔官吏而有"举孝廉"，将孝作为教学内容而置"孝经博士"，史书中设《孝子传》《孝义传》以褒扬孝子，昭示孝道等，总之，无论孝被作为一种自然情感，还是一种社会政治德性，亦或是一种具有政治效用的社会道德教化力量，它被视为道德的根本是不可否认的。[②]

（三）用以征兆吉凶

在甲骨文、《尚书》《周易》《左传》《国语》《山海经》等文献中，部分有关鸟的记载是把鸟作为征兆吉凶的载体，其中不乏乌的记载。

乌初为瑞兆。乌作为祥瑞之兆，与其被认为是孝的代表密不可分，《瑞应图》载周文王是以孝而感动仓乌来临，《尚书纬》曰："火者阳也，乌者有孝名，武王卒成大业，故乌瑞臻。"[③] 西晋成公绥《乌赋》序："夫乌之为瑞久矣，以其反哺识养，故为吉鸟，是以《周书》神其流变，诗人寻其所集，望富者瞻其爰止，爱屋者及其增叹。"[④] 阐述的是乌为瑞兆由来已久。

人们以乌为瑞兆，还源于乌的聪明、善良，在各民族丰富多彩的神话传说中我们看到了乌凭借自己的智慧拯救人们于诸多危难之语：告诉人们洪水将至（普米族神话《洪水滔天》）；叫醒熟睡的人们救火（满族神话《打画墨儿》）；帮助相爱的人相会

---

① （汉）班固撰《汉书》卷2《惠帝纪》，北京：中华书局，1962年，第86页。

② 谭绍兵《传统孝道的源流及分析》，《北京青年政治学院学报》2003年第2期。谭绍兵认为孝本为一种自然感情，后来被赋予了政治责任，在周或周代以前的社会里，孝是一种政治德性，等同于政治制度，秦汉以后，孝主要是作为一种具有政治效用的社会道德教化力量起作用。孝一直被视为道德的根本，其他的德目都可以看作是孝的展开或延伸。

③ （唐）欧阳询撰，汪绍楹校《艺文类聚》，上海：上海古籍出版社，1982年，第1710～1711页。

④ （清）严可均校辑《全上古三代秦汉三国六朝文》，北京：中华书局，1958年，第1797页。

（朝鲜族神话《牛郎和织女》）；给人指点迷津（朝鲜族故事《五谷祭》）；救人出牢笼（高山族民间故事《兄妹俩》）；帮助人摆脱追兵（白族段白王传说及满族故事《努尔哈赤的传说》）；帮助落难者逃出陷阱（佛教故事《鹿王本生故事》）等。[①]《杂宝藏经·乌枭报怨缘》中有一只会出谋划策的智乌，以其聪明才智火焚枭群，解救众乌。[②]

乌的瑞应内容很丰富，如得国、升迁、归乡、嫁娶、得子、凯旋、富贵、免灾等。

《墨子·非攻下》："赤乌衔珪，降周之岐社，曰：'天命周文王伐殷有国。'"[③]"赤乌"即乌。汉董仲舒《春秋繁露》卷十三引《尚书传》："周将兴之时，有大赤乌衔谷之种，而集王屋之上者，武王喜，诸大夫皆喜。周公曰：'茂哉！茂哉！天之见此以劝之也，恐恃之。'"[④]《拾遗记》卷三载："初，越王入吴国，有丹乌夹王而飞，故勾践之霸也，起望乌台，言丹乌之异也。"[⑤]以上皆以乌为王业之兆。英国有一个古老的传说，言如果伦敦桥上的王室乌鸦一旦绝迹，英国的国运就会一蹶不振。这也是把乌看作王业的象征。唐李渤《喜弟淑再至为长歌》："忧时魂梦忆归路，觉来疑在林中眠。昨日亭前乌鹊喜，果得今朝尔来此。"[⑥]是归乡之兆；《旧唐书·柳仲郢传》："初，仲郢自拜谏议后，每迁

---

① 徐华龙《乌鸦形象之比较研究》，《民族文学研究》1986年第5期。

② （北魏）吉迦夜、（北魏）昙曜译撰，陈引驰注译《杂宝藏经》，广州：花城出版社，1998年，第406～407页。

③ （清）孙诒让撰，孙启治点校《墨子间诂》卷5《非攻下》，北京：中华书局，2001年，第151～152页。

④ （汉）董仲舒《春秋繁露》卷13《同类相动》，上海：上海古籍出版社，1989年，第76页。

⑤ （晋）王嘉撰，（南朝梁）萧绮录，齐治平校注《拾遗记》卷3《周灵王》，北京：中华书局，1981年，第88页。

⑥ （清）彭定求等校点《全唐诗》，北京：中华书局，1960年，第5368页。

官，群乌大集于升平里第，廷树戟架皆满，凡五日而散。诏下，不复集，家人以为候。"① 是升迁之兆；杜甫《西山》："今朝乌鹊喜，欲报凯歌归。"② 是凯旋之兆；白居易《谈氏外孙生三日喜是男偶吟成篇兼戏呈梦得》："庆传媒氏燕先贺，喜报谈家乌预知。"③ 是得子之兆……凡种种吉兆，不一而足。

关于表现乌带来祥瑞的曲子《乌夜啼》的产生，唐杜佑《通典》与唐崔令钦《教坊记》④ 的记载所系人物虽然不同，分系刘宋时临川王刘义庆和彭城王刘义康，但对乌代表吉祥、孝慈，能带来祥瑞，乌的出现会兆示亲人团聚等的认同是一致的，谨录《通典》卷一百四十五所载："《乌夜啼》，宋临川王义庆所作也。元嘉十七年，徙彭城王义康于章郡，义庆时为江州，至镇，相见而哭，为文帝所怪，征还。义庆大惧，伎妾闻乌夜啼声，叩斋阁云：'明日应有赦。'其年更为兖州刺史，因作此歌。故其和云：'笼窗窗不开，乌夜啼，夜夜忆郎来。'"⑤ 乌兆团聚在白居易《答元郎中杨员外喜乌见寄》中表现得很直接："南宫鸳鸯地，何忽乌来止。故人锦帐郎，闻乌笑相视。疑乌报消息，望我归乡里。"⑥

葛兆光先生在《慈乌与寒鸦》一文中考证，在秦汉及其以前，乌鸦代表吉与凶两个方面。⑦ 这在汉焦延寿《焦氏易林》中很有代表性，其中对乌兆凶、兆吉都有反映：

---

① （后晋）刘昫等撰《旧唐书》卷165《柳仲郢传》，北京：中华书局，1975年，第4307页。

② （清）彭定求等校点《全唐诗》，北京：中华书局，1960年，第2469页。

③ （清）彭定求等校点《全唐诗》，北京：中华书局，1960年，第5204页。

④ （唐）崔令钦撰，任半塘笺订《教坊记笺订》，北京：中华书局，1962年，第178页。

⑤ （唐）杜佑撰，王文锦等点校《通典》卷145《乐五·杂歌曲》，北京：中华书局，1988年，第3703页。

⑥ （清）彭定求等校点《全唐诗》，北京：中华书局，1960年，第4796页。

⑦ 葛兆光《慈乌与寒鸦》，《中国典籍与文化》1996年第3期。

城上有乌，自名破家。招呼鸩毒，为国患灾。(《坤之蒙》)

乌鸣嘻嘻，天火将起。燔我室屋，灾及姬后。(《屯之晋》)

乌鸣庭中，以戒灾凶。重门击柝，备忧暴客。(《大过之涣》)①

以上三处乌皆兆凶，此外有赞美乌为孝鸟、兆示吉祥的语句，如《履之咸》：“乌鹊食谷，张口受哺。蒙被恩福，长大成就。柔顺利贞，君臣合好。”②

乌是杂食禽类，喜摄腐物，以黑色的为常见。在有些时期，在有的地域，随着乌的图腾崇拜、神异特性、道德色彩等内涵的被淡化、剥离、搁置，人们仅以对其本性、外形、颜色、鸣声等的理性认知和感官认知来传达对乌的好恶。从其自然本性出发予以关注时，乌便多与惨淡、凄凉、萧瑟、衰败之象共现，多与黄昏、残阳、秋霜、衰柳、西风等意象并置，多与孤寂、不祥、困厄、黑暗、恐惧、绝望、死亡等主题连类。于是作为意象的乌就常被置于荒郊、坟冢、战场、孤庙等荒凉地，用以渲染萧瑟、悲凉之境，常被置于黄昏、深夜时，用以传达思归、怀人之情。这种时候，人们不言乌的灵异、聪明、善良，而是言之以丑、言之以凶、言之以恶，从人类趋吉避凶的心理考虑，乌就成了为人所恶的凶兆。屈原《涉江》篇末乱辞为：“鸾鸟凤皇，日以远兮。燕雀乌鹊，巢堂坛兮。”③ 屈原明确地将“乌”视为虽恣肆坛堂却不能与鸾鸟凤凰相提并论的恶禽予以唾弃和鄙视。

---

① （汉）焦延寿撰《焦氏易林》，北京：中华书局，1985年，第6、13、132页。

② （汉）焦延寿撰《焦氏易林》，北京：中华书局，1985年，第45页。

③ （宋）洪兴祖撰，白化文等点校《楚辞补注·九章·涉江》，北京：中华书局，1983年，第131~132页。

人们于乌的吉凶两面，或取其一，或同时体现其象征的双面性，如乌在美国文学家爱伦·坡的象征主义诗歌的经典之作《乌鸦》中，既是来自黑暗冥城传递死神信息的使者，又是令那位因失去挚爱而悲观绝望的男子重新振作的启迪者。

由此看来，乌的征兆倾向发展轨迹是初为瑞兆，继而吉凶并存，后合流为凶兆。田冬梅在《“乌鸦”文化象征意义的源流》一文中将这个流变脉络梳理得非常清楚，她认为“关于‘乌鸦’文化象征意义的流变，春秋战国之际，就已开始出现萌芽，屈原在《天问》中对‘阳乌载日’的神话提出了质疑（“羿焉彃日，乌焉解羽”），在《涉江》中更是明确地将之视为流俗之恶鸟，从此以后，‘乌鸦’的文化象征意义便一直处在吉与凶并存的复杂境况中。但在宋代以前，‘乌鸦’一直以‘祥瑞’为其主流文化象征意义，从宋代开始，‘乌鸦’在汉族民众的心目中才最终合流为不祥之兆”。不过，“赤乌”“白乌”“苍乌”“三足乌”这几种“乌”因“生于常类之中，而有诡异之性”，始终为祥瑞之兆，在历代皆被视为“国有道则现”的祥瑞之物。[①]

人们对乌的情感认同和吉凶兆示，从时间轴线上有演变轨迹，在某一历史时期，亦存在地域差异，乌鸦文化象征意义的流变和地域差异，影响着后世人们对前代作品中乌鸦象征意义的理解和解释，朱熹解《邶风·北风》之乌即属于一个典型实例。宋代，南人、北人对乌的态度不同：“北人以乌声为喜，鹊声为非。南人闻鹊噪则喜，闻乌声则唾而逐之，至于弦弩挟弹，击使远去。”[②]

---

① 田冬梅《“乌鸦”文化象征意义的源流》，南京师范大学硕士学位论文，2006年。

② （宋）洪迈撰，孔凡礼点校《容斋随笔》，北京：中华书局，2005年，第256页。

“南人喜鹊而恶乌，北人喜乌而恶鹊。”[①] 朱熹是南方人，将《邶风·北风》中的乌视为人所恶见的不祥之物，这是可以理解的。朱熹以南宋南人的身份对《邶风·北风》中的乌所做的解释正是从一个角度上体现了文学的地域性特征。

三、再回到《邶风·北风》中的乌

笔者认为《邶风·北风》“莫黑匪乌”中的乌不是妖异不祥之物。前文已提及王夫之、闻一多等学者不以乌为妖异不祥，《邶风·北风》为冬日亲迎诗，《易林·否之损》解读出的是喜庆：“北风牵手，相从笑语。伯歌季舞，燕乐以喜。”[②] 喜庆之时多言象征吉祥、美好、幸福之物，如《周南·桃夭》之茂树艳花，《卫风·硕人》之众鱼长葭，《豳风·东山》之欢鸟骏马等。《小雅·小弁》：“弁彼鸒斯，归飞提提。民莫不穀，我独于罹。何辜于天，我罪伊何？心之忧矣，云如之何？”鸒，又名雅乌，是乌鸦中体型较小的一种，这里以雅乌安闲群飞反衬自己的忧苦烦难，看不出鸒含有不祥的意味。

结合狐意象可以推知乌在《邶风·北风》中非不祥之物。《周易·解》：“九二，田获三狐，得黄矢。贞吉。”[③] 出猎获狐，是吉祥之兆。屈原《哀郢》：“鸟飞反故乡兮，狐死必首丘。”[④]《礼记·檀弓上》：“古之人有言曰：‘狐死正首丘。’仁也。”[⑤]

---

① （宋）薛季宣撰《浪语集》卷2《信乌赋》，《景印文渊阁四库全书》第1159册，台北：商务印书馆，1986年，第154页。

② （汉）焦延寿撰《焦氏易林》，北京：中华书局，1985年，第55页。

③ 《周易正义》卷4《解》，（清）阮元校刻《十三经注疏》，北京：中华书局，1980年，第52页。

④ （宋）洪兴祖撰，白化文等点校《楚辞补注·九章·哀郢》，北京：中华书局，1983年，第136页。

⑤ 《礼记正义》卷7《檀弓上》，（清）阮元校刻《十三经注疏》，北京：中华书局，1980年，第1281页。

《说文解字》："（狐）有三德，其色中和，小前大后，死则丘首。"[1] 这三处较早的文献都强调了狐"不忘本"的特性。人们还以狐喻君，如《左传·僖公十五年》，以雄狐对应晋君，当时秦伯伐晋，"卜徒父筮之，吉。涉河，侯车败。诘之，对曰：'乃大吉也。三败，必获晋君，其卦遇蛊，曰："千乘三去，三去之余，获其雄狐。"夫狐蛊，必其君也。'"[2] 清人王绍兰《王氏经说》卷三以为："蛊之外卦为艮，九家易，艮为狐，是其象为狐。主五爻，五为君位，是其象为雄狐。故卜徒父谓狐蛊，必其君也。"[3] "南山崔崔，雄狐绥绥"，《齐风·南山》以雄狐比附襄公[4]，视狐为尊贵之象，才用以喻君。狐的毛皮柔滑结实，用其做成的皮衣温暖华丽，《诗经》中多处写到狐裘，狐裘是高贵地位和不凡身份的象征，所以诸王公列卿多着狐裘出现在朝堂上："狐裘以朝""狐裘在堂"（《桧风·羔裘》），《礼记·玉藻》："锦衣狐裘，诸侯之服也。"[5] 汉班固《白虎通》卷九《衣裳》载："古者缁衣羔裘，黄衣狐裘。禽兽众多，独以狐羔何？取其轻暖，因狐死首邱，明君子不忘本也。羔者，取其跪乳逊顺也。"[6] 人的价值取向在动物的生死之间寻找到共鸣。以此看来，在先民意识中，狐遵秩序，有德行，是吉祥、高贵的象征，并非今日所谓不

---

① （汉）许慎撰《说文解字》，北京：中华书局，1963 年，第 206 页。

② 《春秋左传正义》卷 14《僖公十五年》，（清）阮元校刻《十三经注疏》，北京：中华书局，1980 年，第 1805 ~ 1806 页。

③ （清）王绍兰《王氏经说》，北京：中华书局，1985 年，第 45 页。

④ 王建军《崇情尚武寓侠气　气韵悠长显壮美——〈齐风〉地域风格》（2008 年硕士学位论文）专门论及齐襄公的确"淫亵"，然"雄狐"所寓之"象"非"淫亵"而为"尊贵"。

⑤ 《礼记正义》卷 30《玉藻》，（清）阮元校刻《十三经注疏》，北京：中华书局，1980 年，第 1479 页。

⑥ （清）陈立撰，吴则虞点校《白虎通疏证》卷 9《衣裳》，北京：中华书局，1994 年，第 433 ~ 434 页。

祥之物。“莫赤匪狐，莫黑匪乌”，狐乌一起出现在描写亲迎的热闹喜庆诗篇中，是吉祥的象征。

刘毓庆先生通过对甲骨文、《尚书》《周易》《春秋》《左传》《国语》《逸周书》等文献有关于鸟类的特殊记载分析，认为《诗经》时代，在人们的观念中，鸟类的出现主要有三种意义，一是神之使者，二是图腾，三是鸟占。[①] 没有言及《邶风·北风》中的乌也有不祥的因素。钱锺书先生解《小雅·正月》中“瞻乌爰止，于谁之屋”：

> 《传》：“富人之屋，乌所集也。”按张穆《㐆斋文集》卷一《〈正月〉瞻乌义》略云：二语深切著明，乌者，周家受命之祥；《春秋繁露·同类相动》篇引《尚书传》言，“周将兴之时，有大赤乌衔谷之种而集王屋之上者，武王喜，诸大夫皆喜；凡此皆古文《泰誓》之言，周之臣民，相传以熟，幽王时天变叠见，讹言朋兴，诗人忧大命将坠，故为是语。”其说颇新。观下章曰：“召彼故老，讯之占梦；具曰予圣，谁知乌之雌雄?”足见乌所以示吉凶兆象，非徒然也。《史记·周本纪》《太平御览》卷九二〇等引《书纬·中候》《瑞应图》皆记赤乌止武王屋上事。《后汉书·郭太传》：“太傅陈蕃、大将军窦武为阉人所害，林宗哭之于野，恸。既而叹曰：……‘瞻乌爰止，不知于谁之屋’耳!”章怀注：“言不知王业当何所归。”得张氏之解，乌即周室王业之征，其意益明切矣。[②]

① 刘毓庆《〈诗经〉鸟类兴象与上古鸟占巫术》，《文艺研究》2001 年第 3 期。
② 钱锺书《管锥编》第 1 册，北京：生活·读书·新知三联书店，2001 年，第 275 页。

由钱锺书先生的翔实考证可以看出，《邶风·北风》之外的《诗经》其他两处直接言“乌”的诗句中的乌是吉祥之兆。

乌实在是一种难得的经得起审美的鸟，它是一个多面的、动态发展的意象，其文化内涵的丰厚繁富源于人们的图腾崇拜、神话传说、民间故事、乌本身的习性等多方面，文化传承、审美观照共同构筑了乌意象的多姿多彩。

第二节　蝃蝀意象

《鄘风·蝃蝀》中有两句诗：“蝃蝀在东，莫之敢指。”“朝隮于西，崇朝其雨。”其中“蝃蝀”为虹，诸家无异，后世学者对“隮”的解释，需要稍加说明。“朝隮于西”，毛亨《传》：“隮，升。”郑玄《笺》：“朝有升气于西方。”[①] 朱熹《诗集传》：“隮，升也。”[②] 释“隮”为升或升云，宋苏辙《苏氏诗集传》[③]、杨简《慈湖诗传》[④]、严粲《诗缉》[⑤]，明季本《诗说解颐》[⑥] 等同。笔者从毛亨《传》，则“朝隮于西”，可视为承前省略，“（蝃蝀）朝隮于西”，虹在早上升于西方。“隮”还见于《曹风·候人》：“荟兮蔚兮，南山朝隮。”毛亨《传》：“荟、蔚，云兴貌。……

① 《毛诗正义》卷三之二《蝃蝀》，（清）阮元校刻《十三经注疏》，北京：中华书局，1980 年，第 318 页。

② （宋）朱熹集注《诗集传》卷 3《蝃蝀》，上海：上海古籍出版社，1980 年，第 32 页。

③ （宋）苏辙撰《苏氏诗集传》，《景印文渊阁四库全书》第 70 册，台北：商务印书馆，1986 年，第 343 页。

④ （宋）杨简撰《慈湖诗传》，《景印文渊阁四库全书》第 73 册，台北：商务印书馆，1986 年，第 53 页。

⑤ （宋）严粲撰《诗缉》卷 5《蝃蝀》，《景印文渊阁四库全书》第 75 册，台北：商务印书馆，1986 年，第 76 页。

⑥ （明）季本撰《诗说解颐》，《景印文渊阁四库全书》第 79 册，台北：商务印书馆，1986 年，第 76 页。

脐，升云也。”郑玄《笺》：“荟蔚之小云朝升于南山。”① 则“脐”为升或升云，而非虹。宋范处义《诗补传》解释后世误释“脐”为虹的渊源：“郑司农释周官十辉误以脐为虹，故后之说诗者亦以朝脐于西为虹。”② 由此而观，“蝃蝀”一词于《诗经》中仅出现在《鄘风·蝃蝀》中，可以作为卫风中独特而典型的意象。

蝃蝀是雨后日光与空气中的水汽共同作用下出现的一种美丽奇妙的自然天象，最常用的名称是虹，此外，名称众多，有雩、美人、蜺、霓、绛等。《尔雅·释天》：“螮蝀，谓之雩。螮蝀，虹也。”郭璞《注》：“（虹）俗名为美人。”陆德明《音义》：“虹，双出，色鲜盛者为雄，雄曰虹；暗者为雌，雌曰蜺。”③《说文解字·虫部》：“虹，螮蝀也。”《说文解字·雨部》：“霓，屈虹，青赤或白色。”④

古代学者对蝃蝀是如何形成的解释已相对比较客观，如朱熹《诗集传》卷三：“蝃蝀，虹也。日与雨交，倏然成质。”⑤ 现代学者更是能够给出科学的阐述，只是对蝃蝀作为诗中一个意象，其比喻、象征意的理解各有属意。我们先了解一下蝃蝀的文化内涵，然后再关注《鄘风·蝃蝀》中“蝃蝀”这个意象。

一、虹文化内涵考

“蝃蝀”被称用的范围不及“虹”普及和广泛，在拓展到

① 《毛诗正义》卷七之三《候人》，（清）阮元校刻《十三经注疏》，北京：中华书局，1980年，第385页。

② （宋）范处义撰《诗补传》，《景印文渊阁四库全书》第72册，台北：商务印书馆，1986年，第80页。

③ 《尔雅注疏》卷6《释天》，（清）阮元校刻《十三经注疏》，北京：中华书局，1980年，第2608页。

④ （汉）许慎撰《说文解字》，北京：中华书局，1963年，第282、242页。

⑤ （宋）朱熹集注《诗集传》卷3《蝃蝀》，上海：上海古籍出版社，1980年，第32页。

《鄘风·蝃蝀》之外领域的这一部分论述中，我们暂用“虹”这一名称。

作为一种自然天象，虹早被先民关注并存留有文字记载，甲骨文“虹”写作（《殷虚书契前编》7.7.1）、（《殷虚书契菁华》4.1）等。虹，全称虹霓或者虹蜺，简称虹。虹为雄，在内，又称主虹，霓（蜺）为雌，居外，又称副虹。唐徐坚等《初学记》卷二引《春秋元命苞》：“虹蜺者，阴阳之精，雄曰虹，雌曰蜺。”[①] 这种雌雄之辨也表现在诗句中：“建雄虹之采旄兮，五色杂而炫耀。”（屈原《远游》）[②]“借浮云以送予兮，载雌霓而为旌。”（东方朔《自悲》）[③]

古人对虹进行了细致的观察，并给予了相对科学的解释，知道虹就是日光与空气中水汽的结合而生成的气象，还总结出了虹的方位与天气状况的对应关系，有谚语为“东虹日头西虹雨”，是说若东边出现了虹则会是晴天，西边出现了虹则会是雨天。“东虹日头”现象出现在傍晚，“西虹雨”现象则发生在上午，即“夕虹晴，朝虹雨”。流传于民间的类似谚语尚有“东虹轰隆西虹雨，起了南虹发大水”“东虹日头西虹雨，南虹北虹卖儿女”等。古人在对虹予以客观解释的同时，根据自然天象的可感性，又赋予其谶纬、伦理、道德等方面的比附象征意义。虹文化内涵的丰富多姿正是源于人们对虹形状和色彩的类比联想，于是有对虹不同角度的切入，就有对虹文化内涵不同侧面的关照。

① （唐）徐坚等《初学记》，北京：中华书局，1962 年，第 38 页。

② （宋）洪兴祖撰，白化文等点校《楚辞补注·远游》，北京：中华书局，1983 年，第 169 页。于“建雄虹之采旄兮”句后洪兴祖补注：“系缀蝃蝀，文纷错也。”可见蝃蝀的美丽异常。

③ （宋）洪兴祖撰，白化文等点校《楚辞补注·自悲》，北京：中华书局，1983 年，第 250 页。

（一）连类比附的多样性

1. 形象：双首龙蛇、弓、美人、桥等

视虹为龙蛇。意象是由物象或事象引发的感觉经验和知觉经验的体现，基于此，较早时期，人们根据虹的形状推知虹有双首，甲骨文的“虹”字就很能说明这一点（如前举两例），周代青铜器的虹霓纹就是形象逼真的弓形双首动物，马承源先生《中国青铜器》图十五所选“两头龙纹”就是较有代表性的图式。[①]《山海经·海外东经》：“在其北，各有两首。”郭璞注：“虹，螮蝀也。”[②] 宋沈括《梦溪笔谈》卷二十一：“虹两头皆垂涧中。”[③] 先民将虹做了非同一般的物化——双首龙蛇，印第安人莫奇卡彩陶文化中，虹神被描绘为两头蛇。[④]

虹出现在雨后，先民就想象它能吸水止雨，从而把它神化。郭沫若先生《卜辞通纂》考释虹能饮水的传说始自殷商时。[⑤] 虹饮水见于甲骨卜辞，如：“有出虹自北，饮于河。”（《甲骨文合集》10405 反）[⑥]“亦有出虹自北，饮于河。”（《殷虚书契菁华》4.1）后世文献记载颇多，汉班固《汉书·武五子传》：“是时天雨，虹下属宫中饮井水，（井水）竭。”[⑦]《山海经·海外东经》清郝懿行《疏》：“虹有两首，能饮涧水。”[⑧] 宋李昉等《太平广记》卷一三八引《鉴戒录》：“天将大雨，有

---

① 马承源主编《中国青铜器》，上海：上海古籍出版社，1988 年，第 331、348 页。

② 袁珂《山海经校注》，成都：巴蜀书社，1993 年，第 302 页。

③ （宋）沈括著，张富祥译注《梦溪笔谈》，北京：中华书局，2009 年，第 230 页。

④ 王政《红山文化玉璜与双首龙蛇的俗信观念》，《民族艺术》2004 年第 4 期。

⑤ 郭沫若《卜辞通纂》，台北：大通书局，1976 年，第 389 页。

⑥ 郭沫若主编《甲骨文合集》第 4 册，北京：中华书局，1979 年，第 1533 页。

⑦ （汉）班固撰《汉书》卷 63《武五子传》，北京：中华书局，1962 年，第 2757 页。

⑧ （清）郝懿行等《山海经笺疏》卷 9《海外东经》，杭州：浙江人民美术出版社，2013 年，第 472 页。

虹自河饮水。”[①] 在我国一些少数民族语言中，虹翻译成汉语就是“龙吃水”（侗语、三江地区壮语）、“龙喝水”（湘西苗语、仫佬语）或“黄马吃水”（傈僳族语）等。[②] 这些语言都包含有明显的虹能饮水的信息。虹饮被诗人携入诗文中，如唐宋之问《自衡阳至韶州谒能禅师》：“猿啼山馆晓，虹饮江皋霁。”[③] 元乔吉《水仙子·重观瀑布》：“似白虹饮涧，王龙下山，晴雪飞滩。”[④]

正常适量的雨水，对先民的生存意义非同小可，虹能吸饮，则虹现有旱灾之虞，人们自然就会考虑到对农业收成的影响。有这样两条卜辞：“庚寅卜，古，贞虹不惟年。”“庚寅卜，古，贞虹惟年。”（《甲骨文合集》13443 正，图 16）[⑤] 卜辞询问的就是虹出现了，与收成的丰歉关系如何？根据这两条卜辞，宋镇豪先生认为商朝时虹具有“预示年成丰稔的神性”[⑥]。

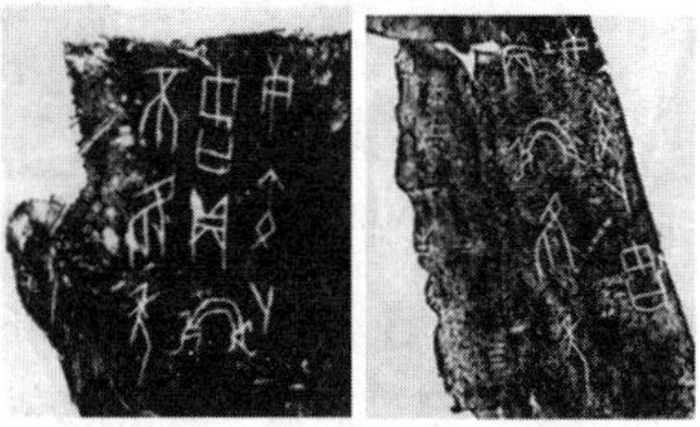

图 16 《甲骨文合集》13443 正卜辞

（采自郭沫若主编《甲骨文合集》第 5 册，北京：中华书局，1979 年，第 1890 页）

① （宋）李昉等编《太平广记》卷 138《征应四·侯弘实》，北京：中华书局，1961 年，第 996 页。

② 瞿继勇《虹的文化意象解读》，《广西社会科学》2005 年第 3 期。

③ （清）彭定求等校点《全唐诗》，北京：中华书局，1960 年，第 622 页。

④ （元）乔吉著，李修生、李真瑜、侯光复编校《乔吉集》，太原：山西人民出版社，1988 年，第 211 页。

⑤ 郭沫若主编《甲骨文合集》第 5 册，北京：中华书局，1979 年，第 1890 页。

⑥ 宋镇豪《中国风俗通史·夏商卷》，上海：上海文艺出版社，2001 年，第 658 页。

视虹为弓。虹的形状与弓非常相似，把虹比附为弓，则悬挂在天空中的虹弓就具有现实当中的弓作为一种武器或者狩猎工具的相似功用，不过它的主人是天上的神灵，宋赵令畤《侯鲭录》卷四："天弓，即虹也，又谓之帝弓。明者为虹，暗者为蜺。"[①] 唐释慧琳《一切经音义》卷二十一："天弓，亦言帝弓，即天虹也。……俗音绛。"[②] 虹弓多被"神灵"用以惩恶扬善，在中国的神话传说中，后羿用之射落多余的太阳；印度神话中，虹是雷神和战神因陀罗（Indra）的弓，他用弓射出闪电，杀死魔鬼；在法国、以色列等地神话中，虹是耶和华的弓；在芬兰，虹又是雷神切尔米斯的弓，他能用虹弓把伤害人的妖魔们杀死。虹弓具备弓的一般功用，又具备一般弓所不具备的神力。

视虹为美人。虹呈现为七彩之色，异常美丽，因此很容易由此联想及女性，因而虹又有美人之誉称，是美人之象。《释名·释天》："虹……又曰美人。"[③]《尔雅·释天》："螮蝀，虹也。"郭璞《注》："俗名为美人。"[④]《小雅·斯干》："乃占我梦。吉梦维何？维熊维罴，维虺维蛇。大人占之……维虺维蛇，女子之祥。"在梦占看来，虺、蛇是生女的征象，那么把形似虺、蛇的虹跟女子联系在一起，是很容易理解的。虹作为女性的象征，从色彩审美上，这种比喻是对女性美的赞扬，从道德评价上，则暗含了将女人视为祸水的性别歧视观念。

视虹为桥。虹具有桥的沟通作用，它沟通的不是水域的两岸，而是天地人神。西欧神话中，连接诸神所居的仙宫与人类生

① （宋）赵令畤撰《侯鲭录》，北京：中华书局，1985年，第35页。

② 徐时仪校注《一切经音义：三种校本合刊》，上海：上海古籍出版社，2008年，第432页。

③ （汉）刘熙撰《释名》卷1《释天》，北京：中华书局，1985年，第7页。

④ 《尔雅注疏》卷6《释天》，（清）阮元校刻《十三经注疏》，北京：中华书局，1980年，第2608页。

存的地面的是彩虹桥；希腊神话中，众神与凡间的使者是彩虹女神艾里斯（Iris），她的主要任务是将善良人死后的灵魂，经由天地间的彩虹桥携回“天国”；西伯利亚的巫师相信他们是借助彩虹桥来向上天的神明传达消息的。

2. 色彩：彩衣、彩带、衣服的褶边

虹色彩丰富，易于被人们将其与彩衣、彩带、衣服的褶边等漂亮的衣物、衣饰相联系。屈原《九歌·东君》：“青云衣兮白霓裳，举长矢兮射天狼。”[①] 李白《梦游天姥吟留别》：“霓为衣兮风为马，云之君兮纷纷而来下。”[②] 神话传说中那些容貌出众、舞姿曼妙的仙子们很多都是被想象成身着美丽的霓裳羽衣。瞿继勇先生搜集了一些其他民族这方面的资料：格陵兰岛的丹麦人认为彩虹是“上帝”外衣的褶边；萨莫耶德人（来自西伯利亚的蒙古人）和切罗基族人（北美易洛魁人的一支）认为虹是太阳神外套的褶边；加利福尼亚的 Yukis 人则视虹为创造所有事物的巨大精灵的彩衣。[③]

（二）预兆功能的双面性

《太平广记》卷三百九十六引《祥验集》：“夫虹蜺天使也，降于邪则为戾，降于正则为祥。”[④] 这样阐述比较折中，虹作为一种天象，出现在雨后，但并非每一次降雨后都会出现虹，出现的方位也因时而变。广而言之，虹的出现在时空上是没有规律的，出没无时，形迹不定，加之异常美丽，存时短暂，令人感到神秘莫测。因为有以上种种特点，于是人们就把虹选用为预示吉凶灾

---

① （宋）洪兴祖撰，白化文等点校《楚辞补注·九歌·东君》，北京：中华书局，1983 年，第 75 页。

② （清）彭定求等校点《全唐诗》，北京：中华书局，1960 年，第 1780 页。

③ 瞿继勇《虹的文化意象解读》，《广西社会科学》2005 年第 3 期。

④ （宋）李昉等编《太平广记》卷 396《虹·韦皋》，北京：中华书局，1961 年，第 3173 页。

祥的征兆。

1. 凶兆

作为一种征兆和预示，虹多是灾异、不幸等种种负面事项的象征，虹为凶兆是主流意识。《甲骨文合集》10405 反："王占曰：有祟。八月庚戌，（有）各（格）云自东，母（毋）昃，有出虹自北，饮于河。"（图 17）[①] 卜辞中说灾祸降临时，有出虹现象，《甲骨文合集》13444[②] 表明于不吉利之日伴有虹出现。卜辞中以"出虹"为灾祸之兆，出虹有可能影响农业收成，造成祸患。这种认识也见于其他文献：

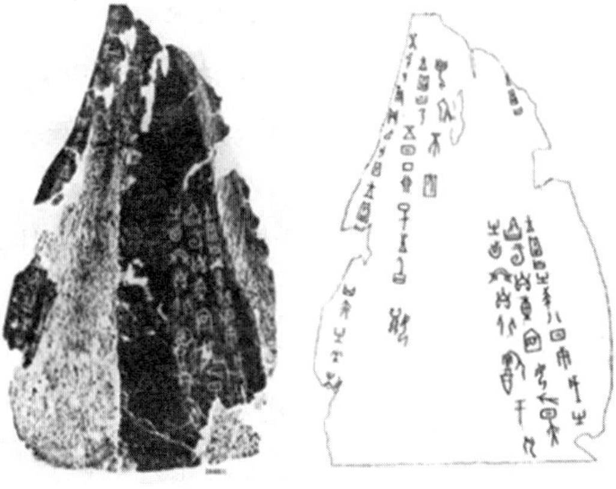

图 17　《甲骨文合集》10405 反卜辞

（采自郭沫若主编《甲骨文合集》第 4 册，北京：中华书局，1979 年，第 1533 页）

霓……见于非时，此灾气也，伤害于物，如有所蚀啮

① 郭沫若主编《甲骨文合集》第 4 册，北京：中华书局，1979 年，第 1533 页。
② 郭沫若主编《甲骨文合集》第 5 册，北京：中华书局，1979 年，第 1891 页。

也。(《释名·释天》)[①]

虹蜺彗星者，天之忌也。(《淮南子·天文训》)[②]

南朝宋范晔《后汉书》卷五十四《杨赐传》载汉灵帝光和元年（178），有虹昼降于嘉德殿前，汉灵帝未辨灾祥，杨赐回答灵帝之惑："今殿前之气，应为虹蜺，皆妖邪所生，不正之象，诗人所谓蝃蝀者也。于《中孚经》曰：'蜺之比，无德以色亲。'方今内多嬖幸，外任小臣，上下并怨，喧哗盈路，是以灾异屡见，前后丁宁。今复投蜺，可谓孰矣。案《春秋谶》曰：'天投蜺，天下怨，海内乱。'"[③] 唐瞿昙悉达《开元占经》卷九十八参阅诸典，细数了虹现而预示的种种灾异：火灾、旱灾、水灾、虫灾、天寒、粟贵、内淫、擅权、多狂风、多流民、谷不熟、虎食人、民病虐……[④]凡此诸多灾异，都是通过虹现种种异象，对人们起到一种谴戒警告作用，所以文子认为至治之世，"虹蜺不见"[⑤]。在希腊神话中，虹直接就是朱庇特从空中降下来的作为战争和暴乱的标志。

周丙华在《甲骨文"虹"字文化考释》中解读了以虹为凶兆的渊源，认为其源于夏商周三代对中原"龙"部落后裔的杀戮，这些后裔是伏羲、女娲的后代，虹为伏羲氏图腾之象。[⑥]此可备为一说。

---

① （汉）刘熙撰《释名》卷1《释天》，北京：中华书局，1985年，第7页。

② （汉）刘安著，（汉）许慎注，陈广忠校点《淮南子》卷3《天文训》，上海：上海古籍出版社，2016年，第56页。

③ （南朝宋）范晔撰，（唐）李贤等注《后汉书》卷54《杨赐传》，北京：中华书局，1965年，第1779~1780页。

④ （唐）瞿昙悉达编，李克和校点《开元占经》，长沙：岳麓书社，1994年，第1036~1041页。

⑤ （元）杜道坚撰《文子缵义》，北京：中华书局，1985年，第1页。

⑥ 周丙华《甲骨文"虹"字文化考释》，《中国文化研究》2009年第1期。

顺着灾异征象一线发展，至今仍有民族，如我国台湾高山族、孟加拉湾东部安达曼群岛上的居民等，认为虹是不吉利的，是生命世界通往幽冥世界的桥梁，有虹出现，则意味着有生命要被摄取走的可能。[①] 马来半岛人普遍相信，虹是一条大蛇，下的雨就是它的汗。[②]

人们将对虹的灾异意识以具体的历史事实予以证验，把政变、动乱、战争、疾病、死亡等跟出虹相关合，如《战国策·魏四》记载聂政行刺韩傀时，白虹贯日[③]；《北史》卷十载周高祖督战晋州时，有虹夜现城上等。[④]

因虹为灾异之象深寓人们心底，由此而形成了虹禁忌，则人们对虹七彩纷呈、优姿殊现的美景妙色也就无暇领略了。《鄘风·蝃蝀》中的“蝃蝀在东，莫之敢指”说的就是虹禁忌，反映的是人们对虹的畏惧心理。禁忌即以禁止某种言行来防止某种想象会导致的祸患，事实上两者之间没有必然的因果关系。何以不敢指？盖一则视虹为神异之物，人们对之心存敬畏，认为指之不恭，担心冒犯受惩；二则视虹为淫邪之象，人们对之心存不齿，认为指之不洁，担心冒犯受辱。对于虹有可能带来的灾难、怪异、不幸等种种不祥，人们避之犹恐不及，又哪里还敢指指点点。视虹为淫乱之象，从而把指虹列为禁忌，从一定程度上起到了规范人们道德意识和行为准则的作用，如沈从文先生《一个母

---

① 赵宗福《中国虹信仰研究》，《青海民族学院学报（社会科学版）》2001 年第 2 期。

② ［美］乔治·彼得·穆达克著，童恩正译《我们当代的原始民族》，成都：四川省民族研究所，1980 年，第 70 页。

③ （汉）刘向集录《战国策》卷 25《魏四·秦王使人谓安陵君》，上海：上海古籍出版社，1985 年，第 922 页。

④ （唐）李延寿撰《北史》卷 10《周本纪下》，北京：中华书局，1974 年，第 364 页。

亲》中的那位青春少妇，在生下丈夫朋友的孩子后一直心中不安，虹的出现令她联想到了自己的背叛举动。

2. 吉兆

虹有时也被看作吉兆。《孟子·梁惠王下》："民望之，若大旱之望云霓也。"赵岐《注》："霓，虹也。"[①] 对这句话不妨做宽泛理解，一是出虹有降雨的征兆，人们盼望这种征兆的出现；一是出虹必是在雨后，人们见到虹时，出虹前的降雨已经使旱情有所缓解。对于中国这个古老的农业国度来说，雨水是决定农作物收成的关键因素，当没有足够的降雨保证年成时，先民在感通观念的指导下运用种种方式祈求神灵眷顾赐雨，其中一种方式叫作"雩祭"，《尔雅·释天》："蝃蝀谓之雩，蝃蝀，虹也。"[②] 人们赋予虹掌控降雨的职能，在遭遇旱情时，祈求虹神赐降甘霖，以保丰年之望。《周礼·春官宗伯·司巫》："司巫掌群巫之政令，若国大旱，则帅巫而舞雩。"[③] 山东沂水汉墓画像中有"虹神行雨图"，表现的就是人们认为虹能保证降雨、保证收成的观念。

感虹而生的神话传说替虹为祥兆增加了筹码。在一些始祖神话中，原始的群婚制给确定始祖之父带来了非常大甚至不可逾越的困难，当人们不能确知始祖之父，又需避讳群婚事实时，往往把始祖的诞生殊异化，常采用的模式是感物而生，从而将始祖神化。始祖之母所感之物颇多，有薏苡、燕卵、脚印、青龙等，其中虹也被选用为始祖母感而有孕的灵物。文献记载庖牺、舜等人

① 《孟子注疏》卷2下《梁惠王下》，（清）阮元校刻《十三经注疏》，北京：中华书局，1980年，第2681页。

② 《尔雅注疏》卷6《释天》，（清）阮元校刻《十三经注疏》，北京：中华书局，1980年，第2608页。

③ 《周礼注疏》卷26《春官宗伯·司巫》，（清）阮元校刻《十三经注疏》，北京：中华书局，1980年，第816页。

即其母感虹而孕：

> 春皇者，庖牺之别号。所都之国，有华胥之洲。神母游其上，有青虹绕神母，久而方灭，即觉有娠，历十二年而生庖牺。(《拾遗记》卷一)①
>
> 帝舜有虞氏，母曰握登，见大虹意感，而生舜于姚墟。目重瞳子，故名重华。龙颜大口，黑色，身长六尺一寸。(《今本竹书纪年》)②

《帝王世纪》《太平御览》等都有相似的记载。

还有关于虹吐金、虹化玉的传说。南朝宋刘敬叔《异苑》卷一："晋义熙初，晋陵薛愿，有虹饮其釜澳，须臾噏响便竭。愿辇酒灌之，随投随涸，便吐金满釜。于是灾弊日祛，而丰富岁臻。"③东晋干宝《搜神记》卷八："孔子修《春秋》，制《孝经》，既成，斋戒，向北辰而拜，告备于天。天乃洪郁起白雾，摩地，赤虹自上而下，化为黄玉，长三尺，上有刻文。孔子跪受而读之。"④

以上所言因虹而至的降雨保收、感而有孕，甚至虹直接吐金、化玉等，无不体现了虹作为吉兆的一面，此外，在我国还有"天生双虹，人寿年丰；双虹升天，无战不歼"的说法。在《旧约》中，虹是"上帝"和诺亚之间建立的盟约，即虹代表着"上帝"将再也不发动洪水来毁灭人类。所以虹的出现，就意味着洪水的消退，象征着安全、未来和希望。在英国现代文

① （晋）王嘉撰，（南朝梁）萧绮录，齐治平校注《拾遗记》卷1《春皇庖牺》，北京：中华书局，1981年，第1页。

② 王国维撰，黄永年校点《古本竹书纪年辑校·今本竹书纪年疏证》，沈阳：辽宁教育出版社，1997年，第46页。

③ （南朝宋）刘敬叔撰，范宁校点《异苑》，北京：中华书局，1996年，第1页。

④ （晋）干宝撰，汪绍楹校注《搜神记》，北京：中华书局，1979年，第112页。

学家劳伦斯的长篇小说《虹》中，虹的象征意蕴也是圆满和丰富的，虹是救世之虹，是和谐之虹，劳伦斯借和谐之虹来拯救被现代工业文明所腐蚀、消损的社会，在小说中，虹是希望，它激励、引导着现代人努力向前探索。可见，在人们的传统意识中，虹具有吉凶并行的双向征兆功能，为灾、为祥，各有其形成的渊源和存在的理由。

（三）象征意蕴的多义性

进入文人视野后的虹已不是一种单纯的自然天象，作为一种意象，它的丰富内涵一如它的多姿多彩：桥梁纽带、淫邪不正、男女之合、理想希望、美好和谐等，不一而足。

后世虹的审美功能和象征功能并行，征象吉凶并存，虹的美丽是不容否认的客观存在，因此虹被作为美的物象存在于人们的视域，尤其是被文人所喜，虹被频频引入诗文，颇受青睐，如《楚辞》着眼于虹的形状和颜色，把虹看作美好的事物，如："飘风屯其相离兮，帅云霓而来御"；"扬云霓之晻蔼兮，鸣玉鸾之啾啾。"（《离骚》）"上高岩之峭岸兮，处雌蜺之标颠。"（《九章·悲回风》）"建雄虹之采旄兮，五色杂而炫耀"；"雌蜺便娟以增挠兮，鸾鸟轩翥而翔飞。"（《远游》）[①] 后又有曹植《七启》："挥袂则九野生风，慷慨则气成虹蜺。"张衡《西京赋》："亘雄虹之长梁，结棼橑以相接。"陆机《拟青青陵上柏》："飞阁缨虹带，曾台冒云冠。"[②] 等等。南朝梁江淹的《赤虹赋》、唐阎朝隐的《晴虹赋》、唐李处仁的《虹藏不见赋》，均是礼赞虹的专门之作。沈从文先生有小说名为《看虹录》，在这一个艺术世界中，

---

① （宋）洪兴祖撰，白化文等点校《楚辞补注》，北京：中华书局，1983年，第29、43~44、159、169、173页。

② （南朝梁）萧统编，（唐）李善注《文选》，上海：上海古籍出版社，1986年，第1587、52、1429页。

虹是拥有丰富内涵的审美意象，是美和理想的象征。

虹具有跨民族的文化人类学意义。许多国家和民族都有关于虹的信仰和传说，这表明了对虹这一自然天象的共同关注和相类似的文化观念投射。在连类比附和象征隐喻上的不断追加和深化，使虹这一意象更具深致的文化意蕴和无穷的艺术魅力，我们不妨借助梁宗岱先生对意象的表述来概括虹意象："藉有形寓无形，藉有限表无限，藉刹那抓住永恒……它所赋形的，蕴藏的，不是兴味索然的抽象观念，而是丰富、复杂、深邃、真实的灵境。"①

下面我们由对虹的宏观把握转入具体诗篇《鄘风·蝃蝀》中的"蝃蝀"。

二、《鄘风·蝃蝀》中"蝃蝀"意象解

将"蝃蝀在东，莫之敢指"中"蝃蝀"与婚姻、恋爱、两性之合联系在一起，是诸多解读中所占比例最大的。作为一种云雨天象，蝃蝀有雌雄之别，分数阴阳，双出并现，以之隐喻恋爱婚姻、男女之合，是比较顺理成章的。如袁梅先生《诗经译注》："传说彩虹是爱情与婚媾的象征。"② 杨合鸣、李中华两位学者主张蝃蝀象征男女婚姻之事。③ 侯文学④、王政⑤两位学者认为蝃蝀是两性欢好、两性之合的喻象。诸多学者基于对《鄘风·蝃蝀》诗旨的不同认识，对蝃蝀比喻、象征意的感情倾向有别，现分述如下：

---

① 梁宗岱《诗与真·诗与真二集》，北京：外国文学出版社，1984 年，第 69 ~ 70 页。

② 袁梅《诗经译注》，济南：齐鲁书社，1985 年，第 188 页。

③ 李中华、杨合鸣编著《〈诗经〉主题辨析》，南宁：广西教育出版社，1989 年，第 149 页。

④ 侯文学《说虹蜺——兼论周楚文化的分歧及影响》，《社会科学家》2005 年第 6 期。

⑤ 王政《虹——中国两性生殖观念的喻象》，《贵州文史丛刊》1995 年第 3 期。

（一）非礼、淫奔之象

许多学者以为《鄘风·蝃蝀》是写女子未待父母之命，不遵媒妁之言，自作主张，与人私奔，意其为淫行，因而不齿其为。认为《鄘风·蝃蝀》是“止奔”或“刺奔”者，虽然知道蝃蝀是一种自然天象，但是将之与婚姻礼序、伦理道德相比附，以蝃蝀为“淫佚之征”，以蝃蝀譬“淫奔”，毛亨《传》：“蝃蝀，虹也。夫妇过礼则虹气盛，君子见戒而惧，讳之，莫之敢指。”[①] 宋严粲《诗缉》卷五：“蝃蝀者日与雨交，阴阳之气相乱，喻淫奔也。”[②] 有的学者直接称其为淫气、妖淫之气，朱熹《诗集传》卷三：“（蝃蝀）乃阴阳之气不当交而交者，盖天地之淫气也。”[③] 明姚舜牧《重订诗经疑问》卷二：“虹，妖淫之气也。”[④] 以上天出现淫气对应世间非正常的两性关系，或喻男女私通，或喻女子有坏行为，或喻男子有不正当的婚姻关系。从认为《鄘风·蝃蝀》是言卫宣公、宣姜之事的诗旨出发，明何楷把蝃蝀具体对应了现实中为人所不齿的卫宣公[⑤]，清方玉润《诗经原始》同，“天地淫邪之气，忽雨忽晴，东西无定，以比宣公，可谓巧譬而喻”[⑥]。

以上都是视蝃蝀为不好之象，凡有非礼之举、淫奔之行，则

---

① 《毛诗正义》卷三之二《蝃蝀》，（清）阮元校刻《十三经注疏》，北京：中华书局，1980 年，第 318 页。

② （宋）严粲撰《诗缉》卷 5《蝃蝀》，《景印文渊阁四库全书》第 75 册，台北：商务印书馆，1986 年，第 76 页。

③ （宋）朱熹集注《诗集传》卷 3《蝃蝀》，上海：上海古籍出版社，1980 年，第 32 页。

④ （明）姚舜牧撰《重订诗经疑问》，《景印文渊阁四库全书》第 80 册，台北：商务印书馆，1986 年，第 618 页。

⑤ （明）何楷撰《诗经世本古义》卷 20《蝃蝀》，《景印文渊阁四库全书》第 81 册，台北：商务印书馆，1986 年，第 704 页。

⑥ （清）方玉润撰，李先耕点校《诗经原始》卷 4《蝃蝀》，北京：中华书局，1986 年，第 166 页。

蝃蝀现，所以“莫之敢指”，对蝃蝀表现出的是一种厌恶之情。《鄘风·蝃蝀》中的禁忌被一直传承下来，清李光庭《乡言解颐》言至虹蜺时称：“乡人见之（虹蜺），戒儿童勿指，曰指了生熬指，言指头生疮。”[①]

实际上，虹与淫联系在一起，首先是肯定了虹的美妙艳丽，因为在一定程度上，淫与美艳关联较切。虹本身所具备的艳丽妩媚的特质和两性关系的隐喻，使虹这一意象充满了朦胧而意蕴深长的美感。

（二）阴阳不和、夫妻失衡、婚姻失序之象

明冯复京《六家诗名物疏》卷十五引汉蔡邕《月令章句》：“虹，阴阳交接之气著于形色者也。阴阳不和，婚姻失序即生此气。”[②] 明张次仲《待轩诗记》卷二：“蝃蝀，虹也，天地之淫气，阴阳不和，昏姻失序，即生此气。”[③] 这是从阴阳观念着眼看待蝃蝀的比附象征意，搁置阴阳观念，但言婚姻失序，夫妻感情出现变化，则部分现代学者对《鄘风·蝃蝀》主旨的认识与之一致，如陈介白[④]、王延海[⑤]、祝敏彻[⑥]等学者，主张《鄘风·蝃蝀》表现的是女子斥责丈夫变心。唐李淳风《玉历通政经》上卷称虹霓“旦见于西则为雨，暮见于东雨止”[⑦]，虹升起

---

① （清）李光庭《乡言解颐》，北京：中华书局，1982 年，第 10 页。

② （明）冯复京撰《六家诗名物疏》，《景印文渊阁四库全书》第 80 册，台北：商务印书馆，1986 年，第 183 页。

③ （明）张次仲撰《待轩诗记》，《景印文渊阁四库全书》第 82 册，台北：商务印书馆，1986 年，第 85 页。

④ 陈介白《诗经选译》，南昌：江西人民出版社，1980 年，第 120 页。

⑤ 王延海译注《诗经今注今译》，石家庄：河北人民出版社，2000 年，第 118 页。

⑥ 祝敏彻等《诗经译注》，兰州：甘肃人民出版社，1984 年，第 107 页。

⑦ （唐）李淳风撰《玉历通政经》卷上《论虹蜺》，《四库全书存目丛书》子部第 59 册，济南：齐鲁书社，1995 年，第 277 页。

在西方，整个早上落雨不止，这阴雨不断正与女子遭遇感情变故，面临婚姻破裂的伤感心情相应。

（三）婚姻吉祥之象

袁珂先生持此观点，他在《山海经校注》中专门提到《鄘风·䗖蝀》，不主张《鄘风·䗖蝀》为刺奔女，“去其封建意识，虹固为爱情幸福之象征”[①]。苏东天《诗经辨义》：“诗言早晚都现彩虹，以喻婚姻吉祥，在吉日远嫁。”[②] 这里把《鄘风·䗖蝀》当作写女子远嫁之诗来读，给予了出嫁姑娘美好的祝福。《逸周书·时训解》：“清明之日桐始华，又五日田鼠化为鴽，又五日虹始见。桐不华，岁有大寒；田鼠不化鴽，国多贪残；虹不见，妇人苞乱。”[③]《太平御览》卷三十引作“妇人乱色”[④]。黄怀信先生认为“苞”是“色”字之误，这样我们就可以理解为，虹在应该出现的时候没有出现会导致女性乱色，反过来可以说，虹的适时显现，是女性正常行为之征，是于恋爱、婚姻无害之象。

笔者赞同《鄘风·䗖蝀》中的䗖蝀是婚姻吉祥、两性欢好之象。前述视䗖蝀为非礼、淫奔之象，是为了解“止奔”“刺奔”类主旨，从而亦不客气、不客观地误判诗中女子为淫奔之女。《鄘风·䗖蝀》中的“女子有行，远父母兄弟”，“女子有行，远兄弟父母”，与《邶风·泉水》中“女子有行，远父母兄弟”，《卫风·竹竿》中“女子有行，远兄弟父母”，相同相近，既然《邶风·泉水》《卫风·竹竿》中的女子们都是遵父母之命、循媒妁之言，按照常礼出嫁的，何以非要认定《鄘风·䗖蝀》中的女

① 袁珂《山海经校注》，成都：巴蜀书社，1993 年，第 303 页。

② 苏东天《诗经辨义》，杭州：浙江古籍出版社，1992 年，第 84 页。

③ 黄怀信《逸周书校补注译》，西安：西北大学出版社，1996 年，第 275 页。

④（宋）李昉等撰《太平御览》卷 30《时序部一五·寒食》，北京：中华书局，1960 年，第 143 页。

子是犯礼私奔呢？言蝃蝀为非礼、淫奔之象是为了证实女子的淫奔之行的，这确实于诗意不相符、于女子不公平。郭承宇在《〈蝃蝀〉正解——诗旨辨说之一》中用如下话语表示他的观点："若如《毛传》等所附会的，虹见于天则人间淫风盛行的话，那么虹年年见，淫风岂不永驻人间了？"[①]《鄘风·蝃蝀》中的女子是依礼而嫁，只是运气不佳，遇人不淑，与之共同生活的是一个"大无信"的人。离别父母兄弟诸亲远嫁的女子于婚姻、感情出现变故时，由蝃蝀忆起当日出嫁时的欢欣愉悦，与今日丈夫变心、夫妻失和形成鲜明对比。在此，蝃蝀被用以引发被抛弃的伤心女子痛苦的情感，非常有效地构筑了诗篇悲愤伤感的氛围。

第三节　竹意象

《卫风·淇奥》以"绿竹"起兴盛赞卫武公，"瞻彼淇奥，绿竹猗猗"。历代学者对此处的"绿竹"主要有两种解释，一种以毛亨《传》为代表，认为："绿，王刍也。竹，篇竹也。"[②]汉代之后，据毛亨《传》，将"绿竹"视为两种植物，分别解释为"王刍"和"篇竹"的有东汉郑玄《毛诗笺》、成书于秦汉之际的《尔雅》、三国吴陆玑《毛诗草木鸟兽虫鱼疏》、东晋郭璞《尔雅注疏》、唐陆德明《经典释文》等。另一种则是以"绿竹为竹"，此解盛行于宋代以后。北宋王安石、程颐、苏轼等人持此论，南宋朱熹《诗集传》、范处义《诗补传》、王质《诗总闻》、吕祖谦《吕氏家塾读诗记》、林岊《毛诗讲义》等亦持是

① 郭承宇《〈蝃蝀〉正解——诗旨辨说之一》，《辽宁大学学报》1988 年第 4 期。

② 《毛诗正义》卷三之二《淇奥》，（清）阮元校刻《十三经注疏》，北京：中华书局，1980 年，第 321 页。

论。南宋之后，学者多从“绿竹为竹”，如元刘瑾《诗传通释》、明何楷《诗经世本古义》、清方玉润《诗经原始》等。现当代学者以持“绿竹为竹”观点者为多，如袁梅、高亨、钱锺书等先生，程俊英先生对两种解释不置可否，认为不管诗人用以起兴的是何种具体事物，只要读者能体会到其艺术的意味即可。[①] 笔者从“绿竹为竹”解，朱熹把“绿竹”之“绿”看作竹的颜色以修饰竹的解释是合理的，“绿，色也”。[②] 这一如《诗经》中“黄鸟”“绿衣”“缁衣”“白茅”“青蝇”等词中之“黄”“绿”“缁”“白”“青”等。

除了《卫风·淇奥》，《诗经》尚有四首诗言及竹：

> 籊籊竹竿，以钓于淇。(《卫风·竹竿》)
> 交韔二弓，竹闭绲縢。(《秦风·小戎》)
> 如竹苞矣，如松茂矣。(《小雅·斯干》)
> 其蔌维何？维笋及蒲。(《大雅·韩奕》)

这四处或就竹的物质功用而言，或就竹的自然生长属性而言，皆未涉及由竹的自然属性而衍生的文化内涵，而《卫风·淇奥》正可以引导读者从意象角度观照竹，丰富对竹文化内涵的深层次认识。

有学者考察了卫地淇川一带所处的地理位置和气候条件，就淇水之岸是否有竹存有疑惑，从淇川地区的出土文物和文献中记载的淇川地区曾经设置有管理竹的官职等方面可以判断，

---

① 程俊英、蒋见元《诗经注析》，北京：中华书局，1991 年，第 156 页。

② （宋）朱熹集注《诗集传》卷 3《淇奥》，上海：上海古籍出版社，1980 年，第 34 页。

远古时期淇川一带有竹，古开弼先生以史实说明了上古时期淇川多竹。[①] 淇川一带有竹，其一，内证于《卫风·竹竿》，“籊籊竹竿，以钓于淇”，卫女思归，念及当初在卫国时以竹制鱼竿的垂钓之乐，此竹有取自淇川的可能；其二，证于考古发现，毗邻淇水流域的河南安阳殷墟遗址曾发现竹鼠遗迹；其三，证于文献记载，据史学家考证，当时的淇水沿岸曾是殷纣王的“竹箭园”，晋戴凯之《竹谱》云：“淇园，卫地，殷纣竹箭园也。”[②]《史记·河渠书》载：“（汉武帝）自临决河，沈白马玉璧于河，令群臣从官自将军已下皆负薪寘决河。是时东郡烧草，以故薪柴少，而下淇园之竹以为楗。”南朝宋裴骃《集解》：“晋灼曰：‘卫之苑也，多竹筱。’”[③]《汉书·沟洫志》载，西汉元封二年，黄河决口，“上乃使汲仁、郭昌发卒数万人塞瓠子决河……是时东郡烧草，以故薪柴少，而下淇园之竹以为揵”[④]。东汉崔寔《四民月令》记述以洛阳为中心的农事活动中，提到了竹子的栽培和采集利用：“自朔暨晦，可移诸树：竹、漆、桐、梓、松、柏、杂木。”[⑤]“自是月以终季夏，不可以伐竹木——必生蠹虫。”[⑥] 北魏郦道元《水经注·淇水》载：“汉武帝塞决河，斩淇园之竹木以

---

① 古开弼《从我国北方竹类的历史分布看“南竹北移”的广阔前景》，《农业考古》1987 年第 2 期。

② （晋）戴凯之撰《竹谱》，北京：中华书局，1985 年，第 7 页。

③ （汉）司马迁撰《史记》卷 29《河渠书》，北京：中华书局，1959 年，第 1413 页。

④ （汉）班固撰《汉书》卷 29《沟洫志》，北京：中华书局，1962 年，第 1682 页。

⑤ （汉）崔寔著，石声汉校注《四民月令校注》，北京：中华书局，1965 年，第 11 页。

⑥ （汉）崔寔著，石声汉校注《四民月令校注》，北京：中华书局，1965 年，第 17 页。

为用。寇恂为河内，伐竹淇川，治矢百余万，以输军资。”[①] 陈桥驿先生通过分析《水经注》的记载，认为“古代淇河流域竹类生长甚盛，直到后汉初期，这里的竹产量仍足以‘治矢百万’”[②]。北魏时淇园仍为“绿竹之区”，《魏书·李平传》载：“车驾将幸邺，平上表谏曰：‘……将欲讲武淇阳，大习邺魏，驰骕骦于绿竹之区。’”[③] 陈业新先生猜度可能由于战争制箭用竹和西汉治河用竹的过度采伐，以后的淇园之竹不曾如以前那样丰茂。[④] 魏晋时期河内地区沿袭汉代制度，设“司竹长丞”一职管理该地区竹林。元代时怀孟（今河南沁阳、博爱一带，即河内地区）仍设有“司竹监”一职管理竹园。据以上记载可推知，淇水一带曾存在比较繁茂的竹林。

我国先民对竹的记录很早，可追溯至五六千年前新石器时代的母系氏族社会时期，在仰韶文化遗存的刻画符号和殷商时期的甲骨文中已见有象形的“竹”字，甲骨文中有“竹”字头的“箙”“箅”等字。中国开发利用竹资源比较早，在原始文化遗址中能够看到一些用竹遗迹，如出土于陕西西安半坡遗址和浙江余姚河姆渡文化遗址中的许多陶器的底部都留有竹编织物的印迹；浙江吴兴钱山漾新石器时代遗址出土有一批竹篾编织品，有篓、箩、篮、簸箕、席子等[⑤]，放置于当时的历史时期来比较，这些编织品可谓编织方法多样，整体造型美观；湖北随县曾侯乙墓出

① （北魏）郦道元撰，陈桥驿点校《水经注》卷9《淇水》，上海：上海古籍出版社，1990年，第193页。

② 陈桥驿《〈水经注〉研究》，天津：天津古籍出版社，1985年，第122页。

③ （北齐）魏收撰《魏书》卷65《李平传》，北京：中华书局，1974年，第1451页。

④ 陈业新《灾害与两汉社会研究》，上海：上海人民出版社，2004年，第93页。

⑤ 浙江省文物管理委员会《吴兴钱山漾遗址第一、二次发掘报告》，《考古学报》1960年第2期。

土有竹制排箫、横吹竹笛[①]；长沙楚墓出土有竹弓、竹筐等[②]。《尚书·顾命》记载当年周成王丧礼上使用的诸多器具中就有青竹皮织成的席子，“西夹南向，敷重笋席”[③]，“笋席”是由嫩竹青所编制的席子。相传中国音律的起源也与竹子有重要关联，最早记载见于《吕氏春秋·仲夏纪·古乐》：“昔黄帝令伶伦作为律。伶伦自大夏之西，乃之阮隃之阴，取竹于嶰溪之谷，以生空窍厚钧者、断两节间、其长三寸九分而吹之，以为黄钟之宫，吹曰‘舍少’。”[④]《汉书·律历志》亦载：“黄帝使泠纶，自大夏之西，昆仑之阴，取竹之解谷生，其窍厚均者，断两节间而吹之，以为黄钟之宫。制十二筒以听凤之鸣，其雄鸣为六，雌鸣亦六，比黄钟之宫，而皆可以生之，是为律本。”[⑤]

竹对我国音律的起源产生过重要影响，周朝以后，竹被用来定音律，晋代称音乐为“丝竹”，唐代把演奏乐器的艺人称为“竹人”，从这些名称上也可以看出竹与乐之间的密切关系。竹是我国早期制作乐器的八种材料之一，《周礼·春官宗伯·大师》：“大师……皆播之以八音：金、石、土、革、丝、木、匏、竹。”[⑥] 竹一般是制作传统吹奏乐器和弹拨乐器的重要材料，神话传说中记载竹制乐器的产生甚早，《世本·作篇》载：“女娲

① 随县擂鼓墩一号墓考古发掘队《湖北随县曾侯乙墓发掘简报》，《文物》1979年第7期。

② 湖南省博物馆《长沙楚墓》，《考古学报》1959年第1期。

③ 《尚书正义》卷18《顾命》，（清）阮元校刻《十三经注疏》，北京：中华书局，1980年，第239页。

④ （战国）吕不韦著，陈奇猷校释《吕氏春秋新校释》，上海：上海古籍出版社，2002年，第288页。

⑤ （汉）班固撰《汉书》卷21上《律历志上》，北京：中华书局，1962年，第959页。

⑥ 《周礼注疏》卷23《春官宗伯·大师》，（清）阮元校刻《十三经注疏》，北京：中华书局，1980年，第795页。

作簧。"[①] 殷周时期竹制乐器已经比较常见，如竽、筑、篪、籁、箫、笛、筝等，甲骨文中的"龠"指的也是一种竹制乐器。在《诗经》咏及的六种吹奏乐器中，有五种由竹制成，即箫、管、籥、笙、篪。《小雅·何人斯》有诗句"伯氏吹埙，仲氏吹篪"，毛亨《传》："土曰埙，竹曰篪。"孔颖达《疏》引郭璞言："篪，以竹为之，长尺四寸，围三寸，一孔上出，径三分，横吹之。"[②] 在湖北随县战国曾侯乙墓、长沙西汉马王堆墓等墓葬中出土了笛、笙、排箫、竽和箫等大量竹制乐器。[③] 竹制乐器甚得人们喜爱，竹制乐器发出的声音非常美妙，被誉为"天籁"，其中竹笛之音，被唤作"龙吟"，如"龙吟曾未听，凤曲吹应好"［李赤（一作李白）《姑熟杂咏·慈姥竹》］[④]。

从以上考古发现和文献记载中可以了解到竹被用于人们生产、生活的诸多方面，从《诗经》中能够见到诸多的竹制用品：

君子偕老，副笄六珈。(《鄘风·君子偕老》)
敝笱在梁，其鱼鲂鳏。(《齐风·敝笱》)
毋逝我梁，毋发我笱。(《邶风·谷风》)
无逝我梁，无发我笱。(《小雅·小弁》)
籊籊竹竿，以钓于淇。(《卫风·竹竿》)

---

① （汉）宋衷注，（清）秦嘉谟等辑《世本八种》卷9《作篇》，上海：商务印书馆，1957年，第358页。

② 《毛诗正义》卷十二之三《何人斯》，（清）阮元校刻《十三经注疏》，北京：中华书局，1980年，第455页。

③ 随县擂鼓墩一号墓考古发掘队《湖北随县曾侯乙墓发掘简报》，《文物》1979年第7期；湖南省博物馆、中国科学院考古研究所《长沙马王堆二、三号汉墓发掘简报》，《文物》1974年第7期。

④ （清）彭定求等校点《全唐诗》，北京：中华书局，1960年，第5355～5356页。

江之永矣，不可方思。(《周南·汉广》)

就其深矣，方之舟之。(《邶风·谷风》)

交韔二弓，竹闭绲縢。(《秦风·小戎》)

我觏之子，笾豆有践。(《豳风·伐柯》)

或肆之筵，或授之几。(《大雅·行苇》)

下莞上簟，乃安斯寝。(《小雅·斯干》)

于以盛之？维筐及筥。(《召南·采蘋》)

既备乃奏，箫管备举。(《周颂·有瞽》)

左手执籥，右手秉翟。(《邶风·简兮》)

籥舞笙鼓，乐既和奏。(《小雅·宾之初筵》)

伯氏吹埙，仲氏吹篪。(《小雅·何人斯》)

君子阳阳，左执簧，右招我由房，其乐只且！(《王风·君子阳阳》)

这些竹制品所涉领域甚多，有头饰饰品笄，捕鱼工具笱、竹竿，渡水工具方，武器闭，餐具笾，家具筵、莞、簟、籧篨，用具筐、筥，乐器箫、管、籥、笙、篪、簧等。但《诗经》未能尽显竹的用途，竹的众多用途中尤为重要的是记载文字，传承文化，即“著乎竹帛，传乎后世”①。考古发掘中多见有竹简出土，如山东临沂西汉墓出土有《孙子兵法》《孙膑兵法》等竹简（图 18）。随着人们对竹的不断开发利用，竹的用途更加广泛，着意于人们的物质生产和精神文明的诸多领域。

① （战国）吕不韦著，陈奇猷校释《吕氏春秋新校释》，上海：上海古籍出版社，2002 年，第 87 页。

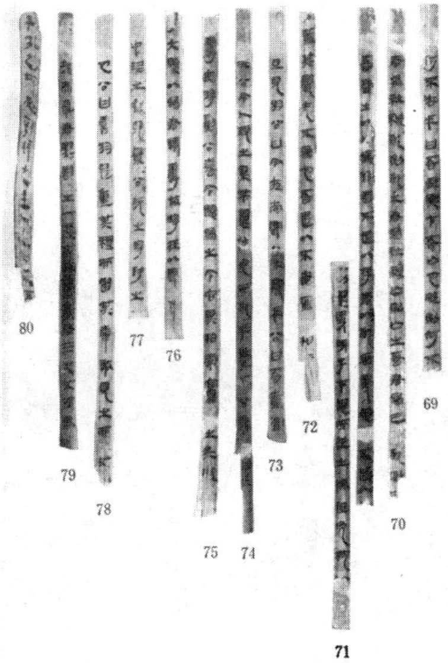

图 18　山东临沂西汉墓出土的《孙子兵法》《孙膑兵法》等竹简

（采自山东省博物馆临沂文物组《山东临沂西汉墓发现〈孙子兵法〉和〈孙膑兵法〉等竹简的简报》，《文物》1974 年第 2 期）

竹具有广泛的实用价值和很高的观赏价值。审美评价与道德认同的契合构成了中国独特的竹文化。竹是中国古典诗歌中的传统意象，是中国文化的核心象征之一。竹文化是其他民族感受中国文化的一个门户，何明先生在《中国竹文化小史》中理出了我国古代竹文化的产生、发展历程，他指出我国的竹文化滥觞于原始社会，确立于夏商至两汉时期，在魏晋南北朝时期得以充分发展，在唐宋时期得以丰富与完善，又于元明清时期被继承与推进。① 至于今时，竹文化得到更进一步发展，成为最能代表中国文化的典型文化体系之一。

① 何明《中国竹文化小史》，《寻根》1999 年第 2 期。

某些自然物象之所以成为意象，是基于人们不是单纯地以物象观之，不仅止于嗅睿拈香、朝游暮戏，更在此基础上观其形，触其类，品其质，赋予其更深广的文化特质，所以在南宋胡次焱看来，“举凡山园之内，一草一木，一花一卉，皆吾讲学之机括，进修之实地，显而日用常行之道，赜而尽性至命之事”①。《卫风·淇奥》于众卉之中独取绿竹，竹在此以其独特的品性成为一个典型的审美对象。源于观察、体验的多角度，文人雅士给竹以种种美好的别称以表示敬重之意和喜爱之情，如：

青玉：竹色青如玉，故称。唐白居易《秋霖即事联句》：“竹沾青玉润，荷滴白珠圆。”②

寒玉：竹清冷如玉，故称。唐雍陶《韦处士郊居》：“门外晚晴秋色老，万条寒玉一溪烟。”③

玉干：竹干青绿，如同碧玉，故称。唐卢纶《颜侍御厅丛篁咏送薛存诚》：“玉干百余茎，生君此堂侧。”④

玉管：竹中空，色如碧玉，故称。唐韩琮《风》：“凉飞玉管来秦甸，暗袅花枝入楚宫。”⑤

青岚帚：以竹形如长帚，故称。唐五代陈陶《竹》：“青岚帚亚思吾祖，绿润偏多忆蔡邕。”⑥

玉槊：竹挺直如长矛，故称。宋苏轼《佛日山荣长老方丈》五绝之二：“千株玉槊搀云立，一穗珠旒落镜寒。”⑦

---

① （宋）胡次焱撰《梅岩文集》卷1《山园后赋》，《景印文渊阁四库全书》第1188册，台北：商务印书馆，1986年，第542页。

② （清）彭定求等校点《全唐诗》，北京：中华书局，1960年，第8898页。

③ （清）彭定求等校点《全唐诗》，北京：中华书局，1960年，第5920页。

④ （清）彭定求等校点《全唐诗》，北京：中华书局，1960年，第3134页。

⑤ （清）彭定求等校点《全唐诗》，北京：中华书局，1960年，第6549页。

⑥ （清）彭定求等校点《全唐诗》，北京：中华书局，1960年，第8489页。

⑦ （宋）苏轼《苏东坡全集》，北京：中国书店，1986年，第85～86页。

此君：源于王徽之对竹的喜爱之语。《晋书》卷八十载："尝寄居空宅中，便令种竹。或问其故，徽之但啸咏，指竹曰：'何可一日无此君邪！'"①

抱节君：以竹挺直有节，故称。宋苏轼《和文与可洋川园池三十首·此君庵》："寄语庵前抱节君，与君到处合相亲。"②

此外，竹又被称为绿玉君（唐五代陈陶《竹》："不厌东溪绿玉君，天坛双凤有时闻"）；竹君（宋史安叔《静治堂书怀》："竹君伴我寻诗瘦，梅子从谁学道肥"）；青士（宋陆游《晚到东园》："岸帻寻青士，凭轩待素娥"）；绿卿（清王季珠《题郑板桥墨竹》："淡浓疏密一笔挥，卓然写出绿卿照"）等。

中国文化与大自然关系密切，常借自然物性来阐幽发微，久而久之便形成一种独特的文化，如玉文化、竹文化等。在早期的文献中，竹已非普通的自然生物，它的高情雅致在先秦时期已被充分肯定，《庄子·秋水》："夫鹓鸰，发于南海而飞于北海，非梧桐不止，非练实不食，非醴泉不饮。"③ 鹓鸰是凤凰一类的鸟，"练实"即竹实。将竹与百鸟之王凤凰并置，言凤凰"非练实不食"，可见竹的卓异地位，同时表现出了一种高远的期待，表达了一种高远的人生理想和不凡的人生价值。类似的记载还见于《韩诗外传》卷八："凤乃止帝东园，集帝梧桐，食帝竹实，没身不去。"④《礼记·礼器》将人的修为与竹的形态连类引譬："其在人也，如竹箭之有筠也，如松柏之有心也。二者居天下之大端

① （唐）房玄龄等撰《晋书》卷80《王徽之传》，北京：中华书局，1974年，第2103页。

② （宋）苏轼《苏东坡全集》，北京：中国书店，1986年，第117页。

③ 陈鼓应注译《庄子今注今译》，北京：中华书局，1983年，第442页。

④ （汉）韩婴撰，许维遹校释《韩诗外传集释》，北京：中华书局，1980年，第279页。

矣，故贯四时而不改柯易叶。”[1] 真是一物之情，关乎人生要义。

竹反映了一种有中国特色的文化形式和文化心理，竹文化首先源于人们生活的需要，随着人们对竹认识的不断深入，人与竹的关系逐渐深化，竹的文化内涵得以丰富和充实。《卫风·淇奥》中的诗句描摹出竹的部分特性，“瞻彼淇奥，绿竹猗猗”，“瞻彼淇奥，绿竹青青”，“瞻彼淇奥，绿竹如箦”。生长在淇水之畔的绿竹外形优美，颜色清新，丛生茂密。人们属意于竹的生长特征和形体属性，将这些内质、外形主观化，将人情、人性、人格向自然物投射，竹的自然植物属性和社会人文价值相交融，决定了竹意象内涵的丰富多彩。

其一，成竹秀丽，幼笋鲜美。《周易·说卦》：“震为……苍筤竹。”孔颖达《疏》：“竹初生之时，色苍筤，取其春生之美也。”[2]《孔子家语》卷五《子路初见》：“南山有竹，不揉自直。”[3] 竹之形修干长条，苍翠清丽，其清新的色泽和优美的形姿，足以令人陶情冶性、心旷神怡。人们很早就发现了竹笋的食用价值，将其作为可口的佐餐佳肴，如《大雅·韩奕》：“其蔌维何？维笋及蒲。”毛亨《传》：“笋，竹也。”郑玄《笺》：“笋，竹萌也。”[4] 在尹吉甫为韩侯饯行的众多佳肴中就有味道鲜美的竹笋。

其二，外体有节，内里虚空。世人常赞竹“未出土时先有

---

① 《礼记正义》卷23《礼器》，（清）阮元校刻《十三经注疏》，北京：中华书局，1980年，第1430页。

② 《周易正义》卷9《说卦》，（清）阮元校刻《十三经注疏》，北京：中华书局，1980年，第95页。

③ （清）陈士珂辑《孔子家语疏证》卷5《子路初见》，上海：上海书店，1987年，第129页。

④ 《毛诗正义》卷十八之四《韩奕》，（清）阮元校刻《十三经注疏》，北京：中华书局，1980年，第571页。

节，到凌云处更虚心”。虚心、有节、坚忍等文化内涵的附加是在竹中空、分节、常青等自然属性基础上的情感寄托与价值取向。“节”的本义就是指竹节，《说文解字·竹部》：“节，竹约也。”① 先秦时期，人们把“节”和坚持操守的意思联系起来，将竹引入人格美的范畴。

其三，根深蒂固，生命力强。《说文解字》释竹为“冬生草也”②，许慎之意盖非仅言竹生长于冬季，而是着眼于竹在冬季仍然表现出郁郁生机，即段玉裁所注：“云冬生者，谓竹胎生于冬，且枝叶不凋也。”③ 竹属草本，是四季常绿之草，不类其他一些草本植物常四时荣枯，竹乃经霜不凋，历冬不枯，数十岁不易，其形柔弱，其质坚韧，夏不畏暑，冬不避寒，是生命力旺盛的体现，因而又被作为吉祥的象征。人生韶华易逝，而翠竹生命常葆，不似那些花开随谢、叶发终落之草木往往容易引发人们无限的留恋、感慨和惋惜之情。南朝宋鲍照《中兴歌》将竹与梅对比，吟咏竹生命的长久：“梅花一时艳，竹叶千年色。”④ 宋黄庭坚《竹颂》：“深根藏器时，寸寸抱奇节。遭时上风云，故可傲冰雪。”⑤ 诗人将竹能凌风傲雪的特性归源于其扎根深固，这里喻于竹以深度的道德涵养。《小雅·斯干》以“竹苞松茂”喻根基稳固，枝叶繁荣，“如竹苞矣，如松茂矣”，毛亨《传》：“苞，本也。”孔颖达《疏》：“以竹言苞，而松言茂，明各取一喻，以竹笋丛生而本概，松叶隆冬而不凋，

---

① （汉）许慎撰《说文解字》，北京：中华书局，1963 年，第 95 页。

② （汉）许慎撰《说文解字》，北京：中华书局，1963 年，第 95 页。

③ （汉）许慎撰，（清）段玉裁注《说文解字注》，郑州：中州古籍出版社，2006 年，第 189 页。

④ 逯钦立辑校《先秦汉魏晋南北朝诗》，北京：中华书局，1983 年，第 1272 页。

⑤ （宋）黄庭坚《黄庭坚全集》，成都：四川大学出版社，2001 年，第 1521 页。

故以为喻。”①

其四，生长迅速，繁殖力强。竹由笋至成竹生长速度很快，俗语有“清明爆半笋，谷雨成半林”。文人墨客亦甚熟知竹的这一特性，如唐李贺《昌谷北园新笋》其一：“箨落长竿削玉开，君看母笋是龙材。更容一夜抽千尺，别却池园数寸泥。”② 人们用这样的俗语来说明竹强盛的繁殖能力，“一枝毛竹发一园”“竹子不单生，有竹就成林”。种族繁衍、生命延续是人们特别关注的事，先民非常注重通过增加人口以增强生产力，提高生产水平，竹旺盛的生命力和超强的繁殖力这一生长特性正与人们对生命的延续要求相符。《小雅·斯干》就描绘了南山之竹的葱郁繁茂：“秩秩斯干，幽幽南山。如竹苞矣，如松茂矣。”以竹多丛生，喻家族繁茂、和谐。

自然物被纳入审美范畴，李蹊先生在《〈诗经〉中自然物的心灵化与山水审美》中讲到一个很关键的前提，即自然物不再是人类的对立面，人类摆脱了对自然物的原始宗教崇拜的恐惧感和敬畏感，产生自然平和的亲近、喜欢、欣赏。③ 从审美角度来讲，竹具有很高的美学价值，其色泽、姿态、音韵、光影、意境……可谓无处不美，竹色、竹形、竹味、竹韵、竹情、竹性、竹理……诸多方面与人们的价值观和审美观相同、相通，与生命观照和人生体验相同、相通，人们给予竹以特别的关注，特别的喜爱。竹生于山间水畔，为自然界佐静添幽，为人生增情助趣。

人们赋予竹的这些文化内涵大多是把竹作为伦理观念、道德

---

① 《毛诗正义》卷十一之二《斯干》，（清）阮元校刻《十三经注疏》，北京：中华书局，1980 年，第 436 页。

② （清）彭定求等校点《全唐诗》，北京：中华书局，1960 年，第 4409 页。

③ 李蹊《〈诗经〉中自然物的心灵化与山水审美》，中国诗经学会编《第二届诗经国际学术研讨会论文集》，北京：语文出版社，1996 年，第 568 ~ 578 页。

标准的载体，并以此指导和影响人们的某些观念和行为。竹意象的文化内涵渗透了人们丰富的生活经验、深刻的处世哲理和独特的生存理念，取法自然之竹，比附人生义理，是一种以自然比德、托物寄德的审美意识，是一个通过客观的物体把抽象的审美标准、人格操守、道德实践形象化的过程。以自然外物之形得内心义理之趣，是一种精神意趣，是人与自然契合的一种表现，是一个由观感愉悦到道德实践的精神享受过程。竹意象便是自然美与道德美的融合、自然美与人文美的结合。

竹形质俱佳，以不俗、不凡、不骄、不弱之性深居人们内心深处，其象征、喻意被用得明朗、深致，人们对竹亲近、感知、欣赏，以至充满好感和美感，对自然物的关照过程同时也是生命启迪和审美享受过程。透过竹意象的文化内涵，可更深入了解中华民族的民族特性和人文精神。清代书画家郑燮可谓深味幽竹之真趣："十笏茅斋，一方天井，修竹数竿，石笋数尺，其地无多，其费亦无多也。而风中雨中有声，日中月中有影，诗中酒中有情，闲中闷中有伴，非唯我爱竹石，即竹石亦爱我也。"（《竹石》）① 在明倪谦的阐述中，我们可以看到竹的多重象征意义："吾之爱夫竹，以其有德也。彼其群而不党，直而不挠，虚乎有容，洁然自高，溪壑幽闲足以遂其性，霜雪严冱不能变其操，此子猷所以一日不可无，而七贤、六逸恒于是乎游遨也。"②

竹的实用性和审美性皆异常突出。我国竹资源丰富，竹文化深厚，竹的踪迹和烙印在中华民族的生存和发展中处处可见，是人们生产实践和文化活动的重要内容。竹与人类的关系非常密

① （清）郑燮著，吴可校点《郑板桥文集》，成都：巴蜀书社，1997 年，第 181 页。

② （明）倪谦撰《倪文僖集》卷 1《竹坞精舍赋》，《景印文渊阁四库全书》第 1245 册，台北：商务印书馆，1986 年，第 242 页。

切，人们常将竹与君子、神龙、图腾崇拜、仙道佛、隐者高士、祛病疗疾、民间习俗等联系在一起。

竹与君子。竹因喻指精深，情韵别致，遂成为文人雅士精神生活的良伴佳侣，他们乐于出没山间，游于竹林，愿有竹形常伴，竹影长随。世人将君子与竹相比附，深以为友，希望能够朝与竹游，暮与竹伴，如唐元结《丐论》言古人“里无君子，则与松竹为友”①。又如苏轼《游武昌寒溪西山寺》：“风泉两部乐，松竹三益友。”② 辛弃疾《鹧鸪天·博山寺作》：“人间走遍却归耕。一松一竹真朋友，山鸟山花好弟兄。”③ 杜甫《客堂》：“平生憩息地，必种数竿竹。”④ 韦应物《将往滁城恋新竹简崔都水示端》：“停车欲去绕丛竹，偏爱新筠十数竿。莫遣儿童触琼粉，留待幽人回日看。”⑤ 白居易甚解竹意，甚得竹趣，他对竹的描画可谓深明众人钟爱竹的旨意：“竹似贤，何哉？竹本固，固以树德，君子见其本，则思善建不拔者。竹性直，直以立身，君子见其性，则思中立不倚者。竹心空，空以体道，君子见其心，则思应用虚受者。竹节贞，贞以立志，君子见其节，则思砥砺名行，夷险一致者。夫如是，故君子人多树之为庭实焉。”⑥ 他总结了竹具有“本固”“性直”“心空”和“节贞”等特性，认为这些特性都是君子应该具有的品性。人们赋予了竹浓厚的主观色彩，使竹成为有德行的君子的象征。唐刘岩夫《植竹记》言：“君子比德

---

① （唐）元结著，孙望校《元次山集》卷4《丐论》，北京：中华书局，1960年，第54页。

② （宋）苏轼《苏东坡全集》，北京：中国书店，1986年，第171页。

③ 唐圭璋编《全宋词》，北京：中华书局，1965年，第1924页。

④ （清）彭定求等校点《全唐诗》，北京：中华书局，1960年，第2332页。

⑤ （清）彭定求等校点《全唐诗》，北京：中华书局，1960年，第1913页。

⑥ （唐）白居易著，朱金城笺校《白居易集笺校》卷43《养竹记》，上海：上海古籍出版社，1988年，第2744页。

于竹焉，原夫劲本坚节，不受霜雪，刚也；绿叶凄凄，翠筠浮浮，柔也；虚心而直，无所隐蔽，忠也；不孤根以挺耸，必相依以林秀，义也；虽春阳气王，终不与众木斗荣，谦也；四时一贯，荣衰不殊，恒也；垂賁实以迟凤，乐贤也；岁擢笋以成干，进德也。及乎将用，则裂为简牍，于是写诗书象象之命，留示百代，微则圣哲之道坠地而不闻矣，故后人又何所宗欤？至若镞而箭之，插羽而飞，可以征不庭，可以除民害，此文武之兼用也。又划而破之，为篾席，敷之于宗庙，可以展孝敬；截而穴之，为篪为箫，为笙为篁，吹之成《虞韶》，可以和人神，此礼乐之并行也。夫此数德，可以配君子。”① 刘岩夫赋予竹“刚、柔、忠、义、谦、恒、贤、德”和“为简牍、写诗书，镞而箭、征不庭”之“文武之兼”及“展孝敬、和人神”等诸多品德，实在是寓意甚丰。白居易喜欢、爱惜、依恋竹，居处皆有竹相伴，他喜欢竹的“日出有清阴，风来有清声，依依然，欣欣然，若有情于感遇也”②。他的感悟是“水能性淡为吾友，竹解心虚即我师”③。苏东坡的感慨是“可使食无肉，不可居无竹。无肉令人瘦，无竹令人俗”（《于潜僧绿筠轩》）④。王国维先生在《此君轩记》中盛赞竹的君子风范：“竹之为物，草木中之有特操者与？群居而不倚，虚中而多节，可折而不可曲，凌寒暑而不渝其色。至于烟晨雨夕，枝梢空而叶成滴，含风弄月，形态百变，自渭川淇澳千亩之园，以至小庭幽榭三竿两竿，皆使人观之。其胸廓然而高，渊然

---

① （宋）李昉等编《文苑英华》卷829《植竹记》，北京：中华书局，1966年，第4375页。

② （唐）白居易著，朱金城笺校《白居易集笺校》卷43《养竹记》，上海：上海古籍出版社，1988年，第2745页。

③ （唐）白居易著，朱金城笺校《白居易集笺校》卷23《池上竹下作》，上海：上海古籍出版社，1988年，第1599页。

④ （宋）苏轼《苏东坡全集》，北京：中国书店，1986年，第83页。

而深，泠然而清，挹之而无穷，玩之而不可亵也。其超世之致，与不可屈之节，与君子为近，是以君子取焉。”[①] 东晋王徽之的“何可一日无此君”之叹，苏轼的“可使食无肉，不可居无竹”之感，皆有因有由，人们都是借助竹意象表达自己对生活和生命的感受、理解与感悟，体现了一种积极、健康的生活态度和生命认知。

竹与神龙。在人类的原始思维中，常把外观相似的不同事物和现象看作同一种东西，将竹与龙联系在一起即属此类。就身形而言，人们将竹与龙相连类，令竹具有了一定的神秘性。诗文中常见以竹比龙，如南朝陈江总《入龙丘岩精舍诗》：“法堂犹集雁，仙竹几成龙。”[②] 南朝陈张正见《赋得阶前嫩竹》：“欲知抱节成龙处，当于山路葛陂中。”[③] 唐无名氏《斑竹》更形象地增饰竹：“浓绿疏茎绕湘水，春风抽出蛟龙尾。”[④] 唐施肩吾《遇李山人》：“别易会难君且住，莫交青竹化为龙。”[⑤] 唐李贺《昌谷北园新笋》：“箨落长竿削玉开，君看母笋是龙材。”[⑥]

王立、苏敏两位学者对竹意象的神话原型予以细致考察，发现在许多涉及神秘意趣的语境中，竹与龙都呈现出类似的神格品味，也就是说竹具有龙性。[⑦] 竹与龙这两者相连自有渊源，龙和青嫩的幼竹同列于震卦的取象中，“震为雷、为龙……为苍筤竹”

---

① 王国维《王国维文集》，北京：线装书局，2009 年，第 215 页。

② 逯钦立辑校《先秦汉魏晋南北朝诗》，北京：中华书局，1983 年，第 2582 页。

③ 逯钦立辑校《先秦汉魏晋南北朝诗》，北京：中华书局，1983 年，第 2499 页。

④ （清）彭定求等校点《全唐诗》，北京：中华书局，1960 年，第 8859 页。

⑤ （清）彭定求等校点《全唐诗》，北京：中华书局，1960 年，第 5604 页。

⑥ （清）彭定求等校点《全唐诗》，北京：中华书局，1960 年，第 4409 页。

⑦ 王立、苏敏《古典文学中竹意象的神话原型寻秘》，《大连大学学报》2006 年第 5 期。

(《周易·说卦》)①。竹笋被直呼为龙孙，如辛弃疾《满江红·点火樱桃》："春正好，见龙孙穿破，紫苔苍壁。"② 清戴熙《题画竹》："雨后龙孙长，风前凤尾摇。"③ 由于细长形体的相似性，竹被作为龙的一种表现形式，人们有时也会向竹林神祈降甘霖，人们祭龙神和祭竹林神在求雨这一愿望上是相通的。

竹与图腾崇拜。图腾是指被先民认定为自己族群的亲属、祖先或保护神的标志和象征的某些自然界或者神话传说中的动物或者植物，如《商颂·玄鸟》中记载商人认为商民族的先祖契的诞生与玄鸟有直接的关系，他们视玄鸟为图腾，"天命玄鸟，降而生商"。何坦野先生在《中国先民植物图腾之考释》中指出彝族、傈僳族、摩梭族、夜朗族、布依族、苗族等民族都存在竹图腾崇拜。④ 易水指出贵州雷山的苗族以竹为龙，龙竹合一，将其作为种族的始祖神和保护神；云南、广西的彝族，川滇边界金沙江沿岸的藏族，以及贵州夜郎国民，也都曾将竹子视为自己部族的始祖神。⑤ 台湾南端兰屿居民耶美人传说其祖先是由天神（tau-du-to）降下的巨石生的男子与由竹子生的女子婚配所生。⑥ 晋常璩《华阳国志》卷四《南中志》记载有夜郎竹王诞生的故事："有竹王者，兴于遁水。先是有一女子浣于水滨。有三节大竹流入女子足间，推之不肯去，闻有儿声。取持归，破之，得一男儿。养之。长［养］有才武，遂雄夷［狄］濮，氏以竹为姓。捐所破竹

---

① 《周易正义》卷9《说卦》，（清）阮元校刻《十三经注疏》，北京：中华书局，1980年，第95页。

② 唐圭璋编《全宋词》，北京：中华书局，1965年，第1952~1953页。

③ 成乃凡编《历代咏竹诗丛》，西安：陕西人民出版社，2004年，第998页。

④ 何坦野《中国先民植物图腾之考释》，《邯郸师专学报》2004年第2期。

⑤ 易水《历史深处的暗香疏影——关于竹的神话或传说》，《森林与人类》2004年第2期。

⑥ ［日］鹿野忠雄《台湾土著民族人类学图谱》，转引自沈彙《哀牢文化新探——倭奴即哀牢说》，《社会科学战线》1985年第3期。

于野，成竹林，今竹王祠竹林是也。”[①] 南朝宋范晔《后汉书·南蛮西南夷列传》、道世编《法苑珠林》卷六十三、《太平广记》卷二百九十一等都有类似记载。以竹为姓氏缘起较早，甲骨卜辞中能见到竹氏的活动。宋章定《名贤氏族言行类稿》卷四十九记载：“孤竹君，姜姓，殷汤封之辽西，令支至伯夷、叔齐，子孙以竹为氏焉。”[②]

竹与仙道佛的不解之缘。竹为道教仙境中的灵物这一传说可追溯至秦始皇时期。东晋王嘉《拾遗记》卷十描述了风吹竹叶发出来的美妙声音，“有浮筠之簳，叶青茎紫，子大如珠，有青鸾集其上。下有沙砺，细如粉，柔风至，叶条翻起，拂细沙如云雾。仙者来观而戏焉，风吹竹叶，声如钟磬之音”[③]。道教中的天师道认为：“竹者为北机上精，受气于元轩之宿也，所以圆虚内鲜，重阴含素，亦皆植根敷实，结繁众多矣。”所以意其具备送子和延寿的功能，将竹强大的繁殖能力与人类祈求子嗣、延年益寿结合在一起，于是建议“种竹于内，北宇之外，使美者游其下焉。尔乃天感机神，大致继嗣，孕既保全，诞亦寿考”[④]。道教常见竹杖化人、竹杖化龙等故事，如南朝宋范晔《后汉书·方术列传下》记叙费长房欲离家求道，而顾家人为忧，“翁乃断一青竹，度以长房身齐，使悬之舍后。家人见之，即长房形也，以为缢死，大小惊号，遂殡葬之”[⑤]。竹又是佛界的清影洁形，在此，竹

---

① （晋）常璩撰，任乃强校注《华阳国志校补图注》，上海：上海古籍出版社，1987 年，第 230 页。

② （宋）章定撰《名贤氏族言行类稿》，《景印文渊阁四库全书》第 933 册，台北：商务印书馆，1986 年，第 720 页。

③ （晋）王嘉撰，（南朝梁）萧绮录，齐治平校注《拾遗记》卷 10《蓬莱山》，北京：中华书局，1981 年，第 224 页。

④ （南朝梁）陶弘景撰《真诰》，北京：中华书局，1985 年，第 99 页。

⑤ （南朝宋）范晔撰，（唐）李贤等注《后汉书》卷 82 下《方术列传下》，北京：中华书局，1965 年，第 2743 页。

被作为佛教教义的象征。佛教故事中的诸多神佛修行处多有竹林，如佛教始祖释迦牟尼居“竹林精舍”，观世音居“紫竹林”等，现实生活中诸多寺庙周围多见翠竹环绕，“青青翠竹，尽为法身”。在佛教信仰中，竹有着特殊的意义，文人常将竹与佛寺、僧人、禅理、禅境、禅趣并言，如唐孟浩然《腊月八日于剡县石城寺礼拜》：“竹柏禅庭古，楼台世界稀。”① 宋惠洪《灯花偶书》：“竹窗催梦雨，兰室对禅灯。”② 元卢琦《赠白云》：“时从修竹里，相伴一僧还。”③ 宋陈造《病中书怀二首》其一：“雪竹霜林便老境，蒲团禅板付臞仙。”④ 唐李嘉祐《题道虔上人竹房》：“诗思禅心共竹闲，任他流水向人间。”⑤ 元陈孚《烟寺晚钟》：“山深不见寺，藤阴锁修竹。忽闻疏钟声，白云满空谷。老僧汲水归，松露堕衣绿。钟残寺门掩，山鸟自争宿。”⑥

竹与隐者高士。竹在有些诗文曲词中是清逸淡薄的高人、隐士的化身和象征，竹素来被有归隐之志的文人雅士们当作啸咏静坐、弹琴对饮的佳侣良伴，如魏时竹林七贤纵酒山阳，啸歌竹林，唐时竹溪六逸酣饮徂徕，遨游竹溪。

竹与祛病疗疾。有些神话传说中的竹具有特别有效的祛病疗疾功能，如托名汉东方朔的《神异经·南荒经》：“南方荒中有涕竹，长数百丈，围三丈六尺，厚八九寸，可以为船。其笋甚美，

---

① （清）彭定求等校点《全唐诗》，北京：中华书局，1960 年，第 1663 页。

② （清）陈焯编《宋元诗会》，《景印文渊阁四库全书》第 1464 册，台北：商务印书馆，1986 年，第 131 页。

③ （清）陈焯编《宋元诗会》，《景印文渊阁四库全书》第 1464 册，台北：商务印书馆，1986 年，第 525 页。

④ （宋）陈造撰《江湖长翁集》，《景印文渊阁四库全书》第 1166 册，台北：商务印书馆，1986 年，第 149 页。

⑤ （清）彭定求等校点《全唐诗》，北京：中华书局，1960 年，第 2168 页。

⑥ （清）张景星选《元诗别裁》，北京：商务印书馆，1958 年，第 15 页。

食之可以止疮疠。”[①] 南朝梁萧子显《南齐书·刘怀珍传》记载一则故事，刘灵哲梦到一黄衣人为他母亲的疾病推荐药方，黄衣人言：“可取南山竹笋食之，疾立可愈。”刘灵哲遵循其方，其母果然病愈。[②] 唐段成式《酉阳杂俎》卷十八：“慈竹，夏月经雨，滴汁下地生蓐，似鹿角，色白，食之已痢也。”[③] 竹子的叶、实、根及茎秆加工制成的竹茹、竹沥等都是疗疾效果显著的药用材料，竹黄、竹荪也是治病良药。我国现存最早的药物学专著《神农本草经》、东汉张仲景《伤寒论》《金匮要略》以及明李时珍《本草纲目》中都提到了竹的药用价值和入药方法，大致情况是竹叶：味苦，平，主咳逆上气，溢筋急，恶疡，杀小虫；竹根：作汤，益气止渴，补虚下气；竹汁：主风痓；竹实：通神明，轻身益气。

竹与民间习俗。竹有借竹取吉、祈求生殖、驱煞辟邪、归宗敬神等多重民俗意象，还具备媒介功能和坚贞不渝的爱情象征等符号意义。婚恋习俗中的竹意象有纯洁、坚贞、多子等文化内涵。竹梅皆能忍冬凌寒，取义爱情坚贞，幸福久远，因而产生了喜庆的“竹梅双喜”吉祥图案。竹与足音近，象征富足，取“竹子”的谐音“足子”，以求多子。在民间习俗中，人们对竹的特别喜爱体现的是人们对和平吉祥生活的追求和向往。

竹以其独特的风姿品性进入人们的审美视野和价值体系，竹是中国传统绘画艺术中的重要题材之一，在中唐时期已形成专门的绘画门类，其后历代都有很多喜欢画竹的著名的绘画大师，如

---

① （汉）东方朔《神异经》，北京：中华书局，1991 年，第 13 页。

② （南朝梁）萧子显撰《南齐书》卷 27《刘怀珍传》，北京：中华书局，1972 年，第 504 页。

③ （唐）段成式撰《酉阳杂俎》卷 18《广动植之三·木篇》，北京：中华书局，1985 年，第 146 页。

元代的柯九思、高克恭、倪瓒，明代的王绂、夏昶、徐渭，清代的石涛、郑板桥、蒲华、吴昌硕等都钟情于画竹，并有非常高的艺术成就。

竹是我国古典园林中非常重要的组成部分。史载秦始皇统一六国后，从山西云冈引种竹子到咸阳，以美化上林苑。在众多著名的园林中，所见则“莫不桃李夏绿，竹柏冬青”①。

因竹具有坚贞人格和高雅情趣的价值比附，所以人们常将竹与旭日、细雨、满月、斜阳、微雪、晚霞、清溪、绿苔、顽石、吹笛、琴音、鸟语、戏鱼、清茶、诗画等结合在一起，竹又与松、梅被并誉为“岁寒三友”，与梅、兰、菊共称为“四君子”，凡此种种，皆意趣自生，情趣盎然。

文人雅士往往通过妙文、丹青等种种艺术形式描摹竹的美姿秀质，在颂美竹的诗语画言中表达对竹的喜爱，这实际上也是人们的情感、思维、观念、价值的具象化表现。人们对竹形姿内质的关照和认可，从很大程度上来说就是对自身生命和社会生活的关照和认可，是借竹的清幽之姿传淡薄之志，以竹的虚节之质表高洁之情。中国竹文化以其深厚的内涵、独特的魅力，影响着中国人的道德观、审美观，影响着中国的绘画音乐、园林建筑、文学艺术、工艺美术、宗教民俗等诸多领域。竹给予了中华民族物质生活和精神生活的双重影响，是中华民族价值判断的重要载体之一，是品格和情操的具体化，是抽象理念的形象化。

自《卫风·淇奥》始，竹频繁被吟咏，占尽风情。晋江逌所作的《竹赋》堪称最早的通篇咏竹的赋，此赋咏道：“有嘉生之美竹，挺纯姿于自然。含虚中以象道，体圆质以仪天。托宗爽

① （北魏）杨衒之撰，周祖谟校释《洛阳伽蓝记校释》，北京：中华书局，1963年，第163页。

垲，列族圃田。缘崇岭，带回川，薄循隰，衍平原。故能凌惊风，茂寒乡，籍坚冰，负雪霜，振葳蕤，扇芬芳。翕幽液以润本，承清露以擢茎，拂景云以容与，拊惠风而回萦。”[①] 江逌对竹的特性做了全面细致的描绘赞颂。唐张九龄《和黄门卢侍御咏竹》：“色无玄月变，声有惠风吹。高节人相重，虚心世所知。凤皇佳可食，一去一来仪。”[②] 元杨载《题墨竹为郑尊师》：“风味既淡泊，颜色不妩媚。孤生崖谷间，有此凌云气。”[③] 在这些美丽的咏竹诗章中，我们看到了诗人对美好的人生价值的肯定，对美好的人格品性的尊崇，对美好的生活方式的追求，这是民族文化的积淀，是审美意识的成熟，即如朱光潜先生所分析的：“把人的生命和情趣‘外射’或移注到对象里去，使本无生命和情趣的外物仿佛具有人的生命活动。”[④] 从而把无情的事物有情化。世人对竹一往情深，着墨于竹，寄情于竹，真是竹即人，人即竹，亦竹亦人，两相辉映。

结合诗意考虑，《卫风·淇奥》的诗旨是国风中歧义甚小的篇章之一，除了袁梅、蓝菊荪等少数学者有异议[⑤]，其他学者基本从《毛诗序》之意，认为《卫风·淇奥》是“美武公之德也”，从自然形质和文化属性的角度来看，将竹与卫武公对举比将王刍、篇竹与卫武公对举更能映显衬托武公的“质美德盛”和

---

① （唐）欧阳询撰，汪绍楹校《艺文类聚》卷89《木部下·竹》，上海：上海古籍出版社，1982年，第1553页。

② （清）彭定求等校点《全唐诗》，北京：中华书局，1960年，第582页。

③ （清）顾嗣立编《元诗选初集》，北京：中华书局，1987年，第976页。

④ 朱光潜《谈美书简》，杭州：浙江文艺出版社，2006年，第48页。

⑤ 袁梅《诗经译注》、蓝菊荪《诗经国风今译》分别认为《淇奥》写的是“古代贵族女子与丈夫分别后的思夫夸夫之歌”和“女子赞美她的恋人或赠答她的恋人方面的诗歌”。袁梅《诗经译注》，济南：齐鲁书社，1985年，第198页；蓝菊荪译《诗经国风今译》，成都：四川人民出版社，1982年，第189页。

"康叔之余烈"。[①] 卫武公是卫国君子的典型，《卫风·淇奥》以竹兴高洁，借竹显君子，使得竹与君子两相辉映，相得益彰。"淇奥"占绿竹之光，得与竹意象同义出现于后世诗词中，如元黄庚《题墨竹画扇》："淇澳分清入素纨，一梢潇洒胜千竿。此君不受人间暑，叶叶生风夏亦寒。"[②] 南宋刘克庄在《念奴娇·丙寅生日》中也写道："彭聃安在，吾师淇澳君子。"[③]

就人格象征而言，竹的文化内涵随时间的延展不断递增，至今日已相对稳定和持久，德国哲学家黑格尔说："艺术也可以说是要把每一个形象的看得见的外表上的每一点都化成眼睛或灵魂的住所，使它把心灵显现出来。"[④] 竹就是黑格尔所说的眼睛和灵魂的一处住所，显现着人们内心的诸多体验、感受、认同和趋向。人们赋予了竹人格的比附意义、爱情的象征意义、宗教的指涉意义……人们通过竹承载主观体验，表达审美情趣，抒发人生感慨，传递理想抱负，描述艺术追求……使竹意象的文化内涵丰富而深远。竹意象标示的是人们对竹了解的全面性和关照的人文性，它是具有无限生机与活力的中国文学意象的典型代表，是人们精心选择的一个最佳象征体。

以上选取了卫风中的"乌"、"蝃蝀"和"竹"三个意象予以考论。从被灵异化、被道德化、被用以征兆吉凶等方面对乌进行考察，可以看到乌意象寓意的丰厚和复杂。这些寓意源于神话、传说、习俗、信仰等多方面，历代研读者对《邶风·北风》

---

① 《毛诗正义》卷三之二《淇奥》，（清）阮元校刻《十三经注疏》，北京：中华书局，1980 年，第 321 页。

② （元）黄庚撰《月屋漫稿》，《景印文渊阁四库全书》第 1193 册，台北：商务印书馆，1986 年，第 812 页。

③ 唐圭璋编《全宋词》，北京：中华书局，1965 年，第 2605 页。

④ ［德］黑格尔著，朱光潜译《美学》第 1 卷，北京：商务印书馆，2011 年，第 198 页。

“莫黑匪乌”中的“乌”从比喻和征兆两方面来理解得比较多。由于对诗旨的认识不同，从本体乌出发，产生的喻义和象征义非常丰富。《邶风·北风》中的乌不是妖异不祥之物，而是祥瑞之兆。人们在对蝃蝀形状和色彩类比联想的同时，又赋予其谶纬、伦理、道德等方面的比附象征意义，因而形成了蝃蝀文化内涵的丰富多姿，蝃蝀意象具有了连类比附的多样性、预兆功能的双面性、象征意蕴的多义性等特征。历代学者基于对《鄘风·蝃蝀》诗旨的不同认识，对蝃蝀比喻、象征意蕴的感情倾向有别。《鄘风·蝃蝀》中的蝃蝀是婚姻吉祥、两性欢好之象。在万千草木中，竹以特有的形色和质地，令其具有了广泛的使用价值和特别的审美价值，人们将竹与君子、神龙、图腾崇拜、仙道佛、隐者高士、祛病疗疾、民间习俗等联系在一起，将竹作为伦理观念、道德标准的载体，《卫风·淇奥》以“绿竹”起兴盛赞卫武公就是典型的实例。“乌”、“蝃蝀”和“竹”是卫风中三个相对独特的诗歌意象，在具体诗篇、文本语境中呈现出各自的文化内涵，瑞士心理学家荣格在《论分析心理学与诗歌的关系》中说道：“每一个原始意象中都有着人类精神和人类命运的一块碎片，都有着在我们祖先的历史中重复了无数次的欢乐和悲哀的一点残余，并且总的说来始终遵循同样的路线。”[1] 我们可以通过这些意象来感受卫地诗歌，体味远古时期的文化气息。这些意象为后世乌文化、蝃蝀（虹）文化和竹文化的构建和充实奠定了基础。

---

① ［瑞士］荣格著，冯川、苏克译《心理学与文学》，北京：生活·读书·新知三联书店，1987年，第121页。

结　语

“有声之声不过百里，无声之声延及四海。”[①]《诗经》传播的广泛和久远源于其非同一般的经学地位和文学价值，“文人情深于《诗》《骚》，古今一也”[②]。对于世人所钟情的这部《诗经》，我们应该遵循胡适先生所提倡的，于《诗》以“新的眼光，好的方法，多的材料，去大胆地细心地研究”[③]。人们越来越接受对《诗》解读的合法多元并存现象，对《诗经》部分作品做淡化历史背景的泛解，不须一定坐实历史事件和历史人物。为附会《序》《传》之说，过分坐实人物和事件则容易出现牵强的弊端。“《诗》无达诂”是重视诗的主体接受，重视文本意义阐释的丰富性和不确定性，读者阐释态度的多元化、多角度，是一种具有开放和自由特征的理解。可以说，没有最好的理解，只有不同方式的解读。吴公子季札从诗乐一体化中区分出了诸风各自明显的地域特色，是具有洞察性的真知灼见。班固《汉书·地理志下》从地域文化角度，尤其注重就风俗之别论及各风的特点及成因，展示了地理环境与文学之间的关系。陈寅恪先生建议对文人和文学

---

① （汉）韩婴撰，许维遹校释《韩诗外传集释》，北京：中华书局，1980年，第24页。

② （清）章学诚著，叶瑛校注《文史通义校注》，北京：中华书局，1985年，第62页。

③ 胡适著，严云受编《胡适学术代表作》上卷，合肥：安徽教育出版社，2007年，第246页。

作品考定其时间先后与空间离合，以从中得到启发。[①] 这里强调了一个因素，即地域空间，做文学的地域性研读，实际上做的是文学与文化、文学与地理、文学与历史的研读。地域是一个空间的、历史的、文化的概念，因而是立体的。对地域性的关照就是对区域内地理、政治、经济、军事、习俗、文化等诸方面相对全面的了解和把握。地域文化不是孤立存在的，总是相比较而存在，相联系而发展的。在文化发生阶段，统一的中华文化远未形成，文化的发生和早期发展都在先人各自存在和活动的地域之内进行，因此，所谓的"中华文化"是以地域文化的形式存在着的。《诗经》客观真实地再现了中华民族与中华文化发生期多线平行发展的历史脉络。

梅新林先生提出"场景还原"论题，即从文学概念或对某种文学现象的概括还原到特定的具体而鲜活的时空场景之中，还原到更接近于文学存在本真的原始样态之中。"场景还原"既是对一种鲜活生动、多彩多姿的原初文学样态的回归，也是对浸透其中的人文精神的回归。[②] 卫风绍续殷商遗俗，浸染周代文化。我们对卫风做地域性研读，亦带有"场景还原"的因素，以文献记载、考古发现和习俗考察来还原场景，通过对卫风地域文化主题、艺术、意象的考论，力求发现更加生动、多姿、真实的卫风。

① 陈寅恪《陈寅恪集·元白诗笺证稿》，北京：生活·读书·新知三联书店，2001 年，第 9 页。

② 梅新林《中国古代文学地理形态与演变》，上海师范大学博士学位论文，2004 年。

参考文献

一、著作类

（战国）韩非著，陈奇猷校注《韩非子新校注》，上海：上海古籍出版社，2000 年。

（战国）尸佼著，汪继培辑《尸子》，北京：中华书局，1991 年。

（战国）吕不韦著，陈奇猷校释《吕氏春秋新校释》，上海：上海古籍出版社，2002 年。

（战国）左丘明著，（三国吴）韦昭注《国语》，上海：上海古籍出版社，2015 年。

（汉）班固著，（清）陈立撰，吴则虞点校《白虎通疏证》，北京：中华书局，1994 年。

（汉）班固撰《汉书》，北京：中华书局，1962 年。

（汉）戴德撰，（北周）卢辩注《大戴礼记》，北京：中华书局，1985 年。

（汉）东方朔《神异经》，北京：中华书局，1991 年。

（汉）董仲舒《春秋繁露》，上海：上海古籍出版社，1989 年。

（汉）伏胜撰，（汉）郑玄注，（清）陈寿祺辑校《尚书大传》，北京：中华书局，1985 年。

（汉）何休注，（唐）徐彦疏《春秋公羊传注疏》，（清）阮元校刻《十三经注疏》，北京：中华书局，1980 年。

（汉）韩婴撰，许维遹校释《韩诗外传集释》，北京：中华书局，1980 年。

（汉）桓宽撰，（明）张之象注《盐铁论》，上海：上海古籍出版社，1990 年。

（汉）焦延寿著，尚秉和注，常秉义点校《焦氏易林注》，北京：光明日报出版社，2005 年。

（汉）孔安国传，（唐）孔颖达疏《尚书正义》，（清）阮元校刻《十三经注疏》，北京：中华书局，1980 年。

（汉）刘安著，（汉）许慎注，陈广忠校点《淮南子》，上海：上海古籍出版社，2016 年。

（汉）刘熙撰《释名》，北京：中华书局，1985 年。

（汉）刘向集录《战国策》，上海：上海古籍出版社，1985 年。

（汉）刘向编撰，（晋）顾恺之图画《古列女传》，北京：中华书局，1985 年。

（汉）刘向撰，赵善诒疏证《说苑疏证》，上海：华东师范大学出版社，1985 年。

（汉）毛亨传，（汉）郑玄笺，（唐）孔颖达疏《毛诗正义》，（清）阮元校刻《十三经注疏》，北京：中华书局，1980 年。

（汉）司马迁撰《史记》，北京：中华书局，1959 年。

（汉）许慎撰《说文解字》，北京：中华书局，1963 年。

（汉）许慎撰，（清）段玉裁注《说文解字注》，郑州：中州古籍出版社，2006 年。

（汉）扬雄记，（晋）郭璞注《方言》，上海：商务印书馆，1936 年。

（汉）赵岐注，（宋）孙奭疏《孟子注疏》，（清）阮元校刻《十三经注疏》，北京：中华书局，1980 年。

（汉）郑玄注，（唐）贾公彦疏《仪礼注疏》，（清）阮元校刻《十三经注疏》，北京：中华书局，1980 年。

（汉）郑玄注，（唐）贾公彦疏《周礼注疏》，（清）阮元校刻《十三经注疏》，北京：中华书局，1980 年。

（汉）郑玄注，（唐）孔颖达疏《礼记正义》，（清）阮元校刻《十三经注疏》，北京：中华书局，1980 年。

（汉）郑玄撰，（三国魏）郑小同编，钱东垣校订《郑志》，北京：中华书局，1985 年。

（三国魏）何晏注，（宋）邢昺疏《论语注疏》，（清）阮元校刻《十三经注疏》，北京：中华书局，1980 年。

（三国魏）王弼、（晋）韩康伯注，（唐）孔颖达疏《周易正义》，（清）阮元校刻《十三经注疏》，北京：中华书局，1980 年。

（三国魏）曹植著，赵幼文校注《曹植集校注》，北京：人民文学出版社，1998 年。

（晋）常璩撰，任乃强校注《华阳国志校补图注》，上海：上海古籍出版社，1987 年。

（晋）戴凯之撰《竹谱》，北京：中华书局，1985 年。

（晋）杜预注，（唐）孔颖达疏《春秋左传正义》，（清）阮元校刻《十三经注疏》，北京：中华书局，1980 年。

（晋）范宁注，（唐）杨士勋疏《春秋穀梁传注疏》，（清）阮元校刻《十三经注疏》，北京：中华书局，1980 年。

（晋）皇甫谧撰，徐宗元辑《帝王世纪辑存》，北京：中华书局，1964 年。

（晋）郭璞注，（宋）邢昺疏《尔雅注疏》，（清）阮元校刻《十三经注疏》，北京：中华书局，1980 年。

（晋）陶渊明著，逯钦立校注《陶渊明集》，北京：中华书局，1979年。

（晋）王嘉撰，（南朝梁）萧绮录，齐治平校注《拾遗记》，北京：中华书局，1981年。

（晋）干宝撰，汪绍楹校注《搜神记》，北京：中华书局，1979年。

（南朝宋）范晔撰，（唐）李贤等注《后汉书》，北京：中华书局，1965年。

（南朝宋）刘敬叔撰，范宁校点《异苑》，北京：中华书局，1996年。

（南朝梁）陶弘景撰《真诰》，北京：中华书局，1985年。

（南朝梁）萧统编，（唐）李善注《文选》，上海：上海古籍出版社，1986年。

（南朝梁）萧子显撰《南齐书》，北京：中华书局，1972年。

（北魏）吉迦夜、（北魏）昙曜译撰，陈引驰注译《杂宝藏经》，广州：花城出版社，1998年。

（北魏）郦道元撰，陈桥驿点校《水经注》，上海：上海古籍出版社，1990年。

（北魏）杨衒之撰，周祖谟校释《洛阳伽蓝记校释》，北京：中华书局，1963年。

（北齐）魏收撰《魏书》，北京：中华书局，1974年。

（唐）白居易著，朱金城笺校《白居易集笺校》，上海：上海古籍出版社，1988年。

（唐）崔令钦撰，任半塘笺订《教坊记笺订》，北京：中华书局，1962年。

（唐）杜佑撰，王文锦等点校《通典》，北京：中华书局，1988年。

（唐）段成式撰《酉阳杂俎》，北京：中华书局，1985年。

（唐）房玄龄等撰《晋书》，北京：中华书局，1974年。

（唐）瞿昙悉达编，李克和校点《开元占经》，长沙：岳麓书社，1994年。

（唐）李淳风撰《玉历通政经》，《四库全书存目丛书》子部第59册，济南：齐鲁书社，1995年。

（唐）李延寿撰《南史》，北京：中华书局，1975年。

（唐）令狐德棻等撰《周书》，北京：中华书局，1971年。

（唐）欧阳询撰，汪绍楹校《艺文类聚》，上海：上海古籍出版社，1982年。

（唐）魏徵、（唐）令狐德棻撰《隋书》，北京：中华书局，1973年。

（唐）徐坚等《初学记》，北京：中华书局，1962年。

（唐）李隆基注，（宋）邢昺疏《孝经注疏》，（清）阮元校刻《十三经注疏》，北京：中华书局，1980年。

（唐）元结著，孙望校《元次山集》，北京：中华书局，1960年。

（后晋）刘昫等撰《旧唐书》，北京：中华书局，1975年。

（宋）程颐《程氏经说》，《景印文渊阁四库全书》第183册，台北：商务印书馆，1986年。

（宋）陈骙《文则》，北京：中华书局，1985年。

（宋）范处义撰《诗补传》，《景印文渊阁四库全书》第72册，台北：商务印书馆，1986年。

（宋）高承撰，（明）李果订，金圆、许沛藻点校《事物纪原》，北京：中华书局，1989年。

（宋）郭茂倩编《乐府诗集》，北京：中华书局，1979年。

（宋）洪迈撰，孔凡礼点校《容斋随笔》，北京：中华书局，2005年。

（宋）洪兴祖撰，白化文等点校《楚辞补注》，北京：中华书局，1983年。

（宋）黄庭坚《黄庭坚全集》，成都：四川大学出版社，2001年。

（宋）胡次焱撰《梅岩文集》，《景印文渊阁四库全书》第1188册，台北：商务印书馆，1986年。

（宋）黎靖德编，王星贤点校《朱子语类》，北京：中华书局，1986年。

（宋）李樗、（宋）黄櫄撰《毛诗李黄集解》，《景印文渊阁四库全书》第71册，台北：商务印书馆，1986年。

（宋）李昉等撰《太平御览》，北京：中华书局，1960年。

（宋）李昉等编《文苑英华》，北京：中华书局，1966年。

（宋）罗大经撰，王瑞来点校《鹤林玉露》，北京：中华书局，1983年。

（宋）罗愿撰，（元）洪焱祖释《尔雅翼》，北京：中华书局，1985年。

（宋）欧阳修撰《诗本义》，《景印文渊阁四库全书》第70册，台北：商务印书馆，1986年。

（宋）释赞宁撰《笋谱》，《景印文渊阁四库全书》第845册，台北：商务印书馆，1986年。

（宋）沈括著，张富祥译注《梦溪笔谈》，北京：中华书局，2009年。

（宋）司马光编著，（元）胡三省音注《资治通鉴》，北京：中华书局，2013年。

（宋）苏轼《苏东坡全集》，北京：中国书店，1986年。

（宋）苏辙撰《苏氏诗集传》，《景印文渊阁四库全书》第70册，台北：商务印书馆，1986年。

（宋）王柏纂《诗疑》，北京：中华书局，1985年。

（宋）王应麟撰《诗地理考》，北京：中华书局，1985年。

（宋）王质撰《诗总闻》，北京：中华书局，1985年。

（宋）徐锴撰《说文系传》，台北：华文书局股份有限公司，1971年。

（宋）薛季宣撰《浪语集》，《景印文渊阁四库全书》第1159册，台北：商务印书馆，1986年。

（宋）严粲撰《诗缉》，《景印文渊阁四库全书》第75册，台北：商务印书馆，1986年。

（宋）杨简撰《慈湖诗传》，《景印文渊阁四库全书》第73册，台北：商务印书馆，1986年。

（宋）袁燮撰《洁斋毛诗经筵讲义》，北京：中华书局，1985年。

（宋）章定撰《名贤氏族言行类稿》，《景印文渊阁四库全书》第933册，台北：商务印书馆，1986年。

（宋）赵令畤撰《侯鲭录》，北京：中华书局，1985年。

（宋）朱熹《楚辞集注》，上海：上海古籍出版社，1979年。

（宋）朱熹集注《诗集传》，上海：上海古籍出版社，1980年。

（元）陈澔注《礼记集说》，上海：上海古籍出版社，1987年。

（元）杜道坚撰《文子缵义》，北京：中华书局，1985年。

（元）黄庚撰《月屋漫稿》，《景印文渊阁四库全书》第1193册，台北：商务印书馆，1986年。

（元）刘玉汝撰《诗缵绪》，《景印文渊阁四库全书》第77册，台北：商务印书馆，1986年。

（元）乔吉著，李修生、李真瑜、侯光复编校《乔吉集》，太原：山西人民出版社，1988 年。

（元）脱脱等撰《金史》，北京：中华书局，1975 年。

（元）王实甫著，王季思校注《西厢记》，上海：上海古籍出版社，1978 年。

（元）郑太和《郑氏规范》，北京：中华书局，1985 年。

（元）朱公迁撰《诗经疏义会通》，《景印文渊阁四库全书》第 77 册，台北：商务印书馆，1986 年。

（明）冯复京撰《六家诗名物疏》，《景印文渊阁四库全书》第 80 册，台北：商务印书馆，1986 年。

（明）何楷撰《诗经世本古义》，《景印文渊阁四库全书》第 81 册，台北：商务印书馆，1986 年。

（明）王夫之《船山全书》，长沙：岳麓书社，1988 年。

（明）季本撰《诗说解颐》，《景印文渊阁四库全书》第 79 册，台北：商务印书馆，1986 年。

（明）姚舜牧撰《重订诗经疑问》，《景印文渊阁四库全书》第 80 册，台北：商务印书馆，1986 年。

（明）张次仲撰《待轩诗记》，《景印文渊阁四库全书》第 82 册，台北：商务印书馆，1986 年。

（明）朱朝瑛撰《读诗略记》，《景印文渊阁四库全书》第 82 册，台北：商务印书馆，1986 年。

（明）朱谋㙔撰《诗故》，《景印文渊阁四库全书》第 79 册，台北：商务印书馆，1986 年。

（清）郝懿行等《山海经笺疏》，杭州：浙江人民美术出版社，2013 年。

（清）陈奂《诗毛氏传疏》，漱芳斋影印本，北京：中国书店，1984 年。

（清）陈启源撰《毛诗稽古编》，《景印文渊阁四库全书》第

85 册，台北：商务印书馆，1986 年。

（清）陈士珂辑《孔子家语疏证》，上海：上海书店，1987 年。

（清）崔述撰著，顾颉刚编订《崔东壁遗书》，上海：上海古籍出版社，1983 年。

（清）范家相撰《诗沈》，《景印文渊阁四库全书》第 88 册，台北：商务印书馆，1986 年。

（清）方玉润撰，李先耕点校《诗经原始》，北京：中华书局，1986 年。

（清）顾栋高辑，吴树平、李解民点校《春秋大事表》，北京：中华书局，1993 年。

（清）顾栋高撰《毛诗类释》，《景印文渊阁四库全书》第 88 册，台北：商务印书馆，1986 年。

（清）顾嗣立编《元诗选初集》，北京：中华书局，1987 年。

（清）顾炎武著，（清）黄汝成集释《日知录集释（外七种）》，上海：上海古籍出版社，1985 年。

（清）顾镇撰《虞东学诗》，《景印文渊阁四库全书》第 89 册，台北：商务印书馆，1986 年。

（清）黄中松撰《诗疑辨证》，《景印文渊阁四库全书》第 88 册，台北：商务印书馆，1986 年。

（清）姜炳璋撰《诗序补义》，《景印文渊阁四库全书》第 89 册，台北：商务印书馆，1986 年。

（清）李光庭《乡言解颐》，北京：中华书局，1982 年。

（清）李渔著，单锦珩校点《闲情偶寄》，杭州：浙江古籍出版社，1985 年。

（清）马瑞辰撰，陈金生点校《毛诗传笺通释》，北京：中华书局，1989 年。

（清）彭定求等校点《全唐诗》，北京：中华书局，1960年。

（清）宋大樽《茗香诗论》，北京：中华书局，1985年。

（清）孙联奎、（清）杨廷芝著，孙昌熙、刘淦校点《司空图〈诗品〉解说二种》，济南：齐鲁书社，1980年。

（清）孙希旦撰，沈啸寰、王星贤点校《礼记集解》，北京：中华书局，1989年。

（清）孙诒让撰，孙启治点校《墨子间诂》，北京：中华书局，2001年。

（清）王绍兰《王氏经说》，北京：中华书局，1985年。

（清）王士禛著，张世林点校《分甘余话》，北京：中华书局，1989年。

（清）王先谦撰，吴格点校《诗三家义集疏》，北京：中华书局，1987年。

（清）王先谦撰集《释名疏证补》，上海：商务印书馆，1937年。

（清）王先谦撰，沈啸寰、王星贤点校《荀子集解》，北京：中华书局，1988年。

（清）王引之撰《经义述闻》，上海：上海书店出版社，2012年。

（清）魏源著，魏源全集编辑委员会编，何慎怡校点《魏源全集》，长沙：岳麓书社，1989年。

（清）严可均校辑《全上古三代秦汉三国六朝文》，北京：中华书局，1958年。

（清）严虞惇撰《读诗质疑》，《景印文渊阁四库全书》第87册，台北：商务印书馆，1986年。

（清）姚际恒著，顾颉刚标点《诗经通论》，北京：中华书局，1958年。

（清）章学诚著，叶瑛校注《文史通义校注》，北京：中华书局，1985 年。

（清）郑燮著，吴可校点《郑板桥文集》，成都：巴蜀书社，1997 年。

鲍昌《风诗名篇新解》，郑州：中州书画社，1982 年。

北京大学历史系《论衡》注释小组《论衡注释》，北京：中华书局，1979 年。

北京大学历史系考古教研室商周组编著《商周考古》，北京：文物出版社，1979 年。

陈鼓应注译《庄子今注今译》，北京：中华书局，1983 年。

陈介白《诗经选译》，南昌：江西人民出版社，1980 年。

陈桥驿《〈水经注〉研究》，天津：天津古籍出版社，1985 年。

陈戍国《诗经刍议》，长沙：岳麓书社，1997 年。

陈业新《灾害与两汉社会研究》，上海：上海人民出版社，2004 年。

陈寅恪《陈寅恪集·元白诗笺证稿》，北京：生活·读书·新知三联书店，2001 年。

陈元锋《乐官文化与文学——先秦诗歌史的文化巡礼》，济南：山东教育出版社，1999 年。

陈子展、杜月村《诗经导读》，北京：中国国际广播出版社，2008 年。

陈子展《诗经直解》，上海：复旦大学出版社，1983 年。

程俊英、蒋见元《诗经注析》，北京：中华书局，1991 年。

戴望《管子校正》，《诸子集成》（第 5 册），北京：中华书局，1954 年。

董作宾《殷虚文字：甲编》，北京：商务印书馆，1948 年。

段楚英编著《诗经中的情歌》，武汉：武汉出版社，1994 年。

方璧（茅盾）《北欧神话 ABC》，上海：世界书局，1930 年。

冯浩菲《历代诗经论说述评》，北京：中华书局，2003 年。

傅斯年《〈诗经〉讲义稿》，上海：上海古籍出版社，2011 年。

高亨注《诗经今注》，上海：上海古籍出版社，1980 年。

葛培岭注译评《诗经》，郑州：中州古籍出版社，2005 年。

宫玉海《诗经新论》，长春：吉林人民出版社，1985 年。

顾颉刚、史念海《中国疆域沿革史》，长沙：商务印书馆，1938 年。

顾颉刚《顾颉刚全集·顾颉刚古史论文集》，北京：中华书局，2011 年。

郭宝钧《浚县辛村》，北京：科学出版社，1964 年。

郭晋稀《诗经蠡测》，成都：巴蜀书社，2006 年。

郭晋稀《文心雕龙注译》，兰州：甘肃人民出版社，1982 年。

郭沫若《卜辞通纂》，台北：大通书局，1976 年。

郭沫若著作编辑出版委员会编《郭沫若全集·考古编》，北京：科学出版社，1982 年。

郭沫若《殷契粹编》，北京：科学出版社，1965 年。

郭沫若主编《甲骨文合集》，北京：中华书局，1978—1982 年。

郭若愚编集《殷契拾掇》，上海：上海古籍出版社，2005 年。

湖南省博物馆、中国科学院考古研究所文物编辑委员会编《长沙马王堆一号汉墓发掘简报》，北京：文物出版社，1972 年。

黄焯撰《毛诗郑笺平议》，上海：上海古籍出版社，1985 年。

黄怀信《逸周书校补注译》，西安：西北大学出版社，1996 年。

董家遵著，卞恩才整理《中国古代婚姻史研究》，广州：广东人民出版社，1995 年。

季旭昇《诗经古义新证》，台北：文史哲出版社，1994 年。

江荫香《诗经译注》，北京：中国书店，1982 年。

蒋立甫《诗经选注》，北京：北京出版社，1981 年。

金启华译注《诗经全译》，南京：江苏古籍出版社，1984 年。

李长之《诗经试译》，上海：古典文学出版社，1956 年。

李民、王健撰《尚书译注》，上海：上海古籍出版社，2004 年。

李山《诗经的文化精神》，北京：东方出版社，1997 年。

李学勤等编《英国所藏甲骨集》，北京：中华书局，1985 年。

梁宗岱《诗与真·诗与真二集》，北京：外国文学出版社，1984 年。

林惠祥《文化人类学》，北京：商务印书馆，1991 年。

刘坎龙《辛弃疾词全集详注》，乌鲁木齐：新疆人民出版社，2000 年。

刘盼遂《论衡集解》，北京：古籍出版社，1957 年。

刘起釪《尚书研究要论》，济南：齐鲁书社，2007 年。

刘毓庆、贾培俊、张儒《〈诗经〉百家别解考（国风）》，太原：山西古籍出版社，2002 年。

逯钦立辑校《先秦汉魏晋南北朝诗》，北京：中华书局，1983 年。

吕思勉《先秦史》，上海：上海古籍出版社，2005 年。

罗振玉编《殷虚书契前编》，上虞罗振玉日本永慕园影印本，1912 年。

罗振玉编《殷虚书契续编》，上虞罗振玉殷礼在斯堂影印本，1933 年。

骆宾基《诗经新解与古史新论》，太原：山西人民出版社，1985年。

马承源主编《上海博物馆藏战国楚竹书》，上海：上海古籍出版社，2001年。

马承源主编《中国青铜器》，上海：上海古籍出版社，1988年。

《马克思恩格斯选集》，北京：人民出版社，1995年。

牟重行《中国五千年气候变迁的再考证》，北京：气象出版社，1996年。

聂石樵主编，雒三桂、李山注释《诗经新注》，济南：齐鲁书社，2000年。

潘啸龙、蒋立甫《诗骚诗学与艺术》，上海：上海古籍出版社，2004年。

钱穆《国史大纲》，北京：商务印书馆，1991年。

钱锺书《管锥编》，北京：生活·读书·新知三联书店，2001年。

钱锺书《宋诗选注》，北京：人民文学出版社，1989年。

裘锡圭《裘锡圭学术文集·甲骨文卷》，上海：复旦大学出版社，2012年。

邵炳军、梅军《〈左氏春秋〉文系年注析》，桂林：广西师范大学出版社，2008年。

邵炳军《春秋文学系年辑证》，北京：高等教育出版社，2013年。

邵炳军主编，侯文冉、杨延编撰《诗经文献研读》，桂林：广西师范大学出版社，2010年。

邵炳军主编，唐旭东撰《今文〈尚书〉文系年注析》，桂林：广西师范大学出版社，2013年。

宋镇豪《中国风俗通史·夏商卷》，上海：上海文艺出版社，2001年。

苏秉琦《苏秉琦考古学论述选集》，北京：文物出版社，1984年。

苏东天《诗经辨义》，杭州：浙江古籍出版社，1992年。

孙作云《诗经与周代社会研究》，北京：中华书局，1966年。

唐圭璋编《全宋词》，北京：中华书局，1965年。

唐嘉弘《先秦史新探》，开封：河南大学出版社，1988年。

童书业《春秋左传研究》，上海：上海人民出版社，1980年。

王国维撰，黄永年校点《古本竹书纪年辑校·今本竹书纪年疏证》，沈阳：辽宁教育出版社，1997年。

王国维《观堂集林》，北京：中华书局，1959年。

王国维《王国维文集》，北京：线装书局，2009年。

王晖《商周文化比较研究》，北京：人民出版社，2000年。

王延海译注《诗经今注今译》，石家庄：河北人民出版社，2000年。

王尧、陈践编著《敦煌吐蕃文书论文集》，成都：四川民族出版社，1988年。

文物编辑委员会编《文物考古工作三十年（1949—1979）》，北京：文物出版社，1979年。

闻一多《闻一多全集》，北京：生活·读书·新知三联书店，1982年。

吴闿生《诗义会通》，北京：中华书局，1959年。

夏传才《二十世纪诗经学》，北京：学苑出版社，2005年。

夏传才《思无邪斋诗经论稿》，北京：学苑出版社，2000年。

徐华龙《国风与民俗研究》，北京：中国民间文艺出版社，1988年。

徐时仪校注《一切经音义：三种校本合刊》，上海：上海古籍出版社，2008 年。

徐志啸撰《诗经楚辞选评》，上海：上海古籍出版社，2002 年。

徐中舒《徐中舒历史论文选辑》，北京：中华书局，1998 年。

许兆昌《周代史官文化——前轴心期核心文化形态研究》，长春：吉林大学出版社，2001 年。

杨宝成《殷墟文化研究》，武汉：武汉大学出版社，2002 年。

杨伯峻编著《春秋左传注》，北京：中华书局，1990 年。

李中华、杨合鸣编著《〈诗经〉主题辨析》，南宁：广西教育出版社，1989 年。

余冠英注译《诗经选》，北京：人民文学出版社，1979 年。

余冠英《诗经选译》，北京：作家出版社，1956 年。

袁珂《山海经校注》，成都：巴蜀书社，1993 年。

袁梅《诗经译注》，济南：齐鲁书社，1985 年。

袁行霈《中国诗歌艺术研究》（增订本），北京：北京大学出版社，1996 年。

袁愈荌译诗，唐莫尧注释《诗经全译》，贵阳：贵州人民出版社，1991 年。

翟相君《诗经新解》，郑州：中州古籍出版社，1993 年。

张中义、王宗堂、王宽行辑注《李斯集辑注》，郑州：中州古籍出版社，1991 年。

郑杰祥《商代地理概论》，郑州：中州古籍出版社，1994 年。

申士垚、傅美琳编著《中国风俗大辞典》，北京：中国和平出版社，1991 年。

中国社会科学院考古研究所编《小屯南地甲骨》，北京：中华书局，1980—1983 年。

中国社会科学院考古研究所编《殷周金文集成》，北京：中华书局，1984—1994 年。

周蒙《〈诗经〉民俗文化论》，哈尔滨：黑龙江教育出版社，1994 年。

周振甫《诗词例话》，北京：中国青年出版社，1962 年。

朱光潜《谈美书简》，杭州：浙江文艺出版社，2006 年。

朱谦之撰《老子校释》，北京：中华书局，1984 年。

祝敏彻等《诗经译注》，兰州：甘肃人民出版社，1984 年。

中国诗经学会编《第二届诗经国际学术研讨会论文集》，北京：语文出版社，1996 年。

［德］黑格尔著，朱光潜译《美学》，北京：商务印书馆，2011 年。

［德］莱辛著，朱光潜译《拉奥孔》，北京：人民文学出版社，1979 年。

［俄］普列汉诺夫著，曹葆华译《论艺术（没有地址的信）》，北京：生活·读书·新知三联书店，1964 年。

［美］约瑟夫·布雷多克著，王秋海等译《婚床　世界婚俗》，北京：生活·读书·新知三联书店，1986 年。

［美］乔治·彼得·穆达克著，童恩正译《我们当代的原始民族》，成都：四川省民族研究所，1980 年。

［英］弗兰西斯·培根著，何新译《人性的探索——培根随笔全集》，哈尔滨：黑龙江人民出版社，1989 年。

二、论文类

北京市文物工作队《北京西郊发现汉代石阙清理简报》，《文物》1964 年第 11 期。

晁福林《〈诗·燕燕〉与儒家“慎独”思想考析》，《浙江学刊》2004 年第 1 期。

陈春保、高金生《〈诗经〉——地域文化的渊明之光》，《西北民族大学学报（哲学社会科学版）》2004 年第 3 期。

陈宏硕《论古典诗赋中的女性形体描写》，《江汉论坛》1995 年第 10 期。

陈梦家《商代的神话与巫术》，《燕京学报》第 20 期，1936 年。

陈艳霞《地域文化与〈诗经〉邶、鄘、卫三风研究》，曲阜师范大学硕士学位论文，2008 年。

程旭东《〈邶风·静女〉别解》，《语文教学与研究》2005 年第 2 期。

崔际银《〈郑〉〈卫〉情诗文化蕴涵阐析》，《天府新论》2001 年第 6 期。

范瑞红、张颖《浅析〈诗经〉红白为尊的色彩世界》，《文学教育》2009 年第 8 期。

范学新《也谈许穆夫人及其诗〈载驰〉》，《新疆师范大学学报（哲学社会科学版）》2002 年第 2 期。

古开弼《从我国北方竹类的历史分布看“南竹北移”的广阔前景》，《农业考古》1987 年第 2 期。

冯洁轩《论郑卫之音》，《音乐研究》1984 年第 1 期。

葛兆光《慈乌与寒鸦》，《中国典籍与文化》1996 年第 3 期。

龚杏根《一位冤屈了二千余年的女性——读〈诗经〉有关卫宣姜的几首诗》，《宜春师专学报》1994 年第 4 期。

郭承宇《〈蝃蝀〉正解——诗旨辨说之一》，《辽宁大学学报》1988 年第 4 期。

郭晋稀《风诗蠡测》，《西北师大学报（社会科学版）》1981 年第 4 期。

何明《中国竹文化小史》，《寻根》1999 年第 2 期。

何坦野《中国先民植物图腾之考释》，《邯郸师专学报》2004 年第 2 期。

侯文学《说虹蜺——兼论周楚文化的分歧及影响》，《社会科学家》2005 年第 6 期。

随县擂鼓墩一号墓考古发掘队《湖北随县曾侯乙墓发掘简报》，《文物》1979 年第 7 期。

湖南省博物馆、中国科学院考古研究所《长沙马王堆二、三号汉墓发掘简报》，《文物》1974 年第 7 期。

虎维尧《〈诗经·国风〉里的女性世界》，苏州大学硕士学位论文，2003 年。

黄典诚《〈诗经·鄘风·鹑之奔奔〉写的是什么》，《福建论坛（文史哲版）》1984 年第 4 期。

连云港市博物馆《江苏东海县尹湾汉墓群发掘简报》，《文物》1996 年第 8 期。

江林《〈诗经·木瓜〉与周代礼俗》，《中国典籍与文化》2004 年第 1 期。

姜亚林《〈诗经·邶风·击鼓〉本事新证》，《学术论坛》2007 年第 5 期。

金荣权《〈诗经·邶风·匏有苦叶〉与先秦婚俗》，《江西社会科学》2003 年第 12 期。

瞿继勇《虹的文化意象解读》，《广西社会科学》2005 年第 3 期。

李炳海《先秦时期的嫁娶季节与〈诗经〉相关作品的物类事象》，《河南大学学报（社会科学版）》1994 年第 2 期。

李旦初《〈国风〉的地域性流派》，《山西大学学报（哲学社会科学版）》1994 年第 3 期。

李文艺《〈诗经·淇奥〉之“绿竹”考》,《湖南科技学院学报》2010年第1期。

李运富《〈诗经·邶风·北风〉篇新解》,《古汉语研究》1997年第3期。

林光华《〈诗经·邶风·燕燕〉质疑与文化阐释》,《徐州教育学院学报》2003年第4期。

刘毓庆《〈诗经〉鸟类兴象与上古鸟占巫术》,《文艺研究》2001年第3期。

刘毓庆《〈诗经〉地理生态背景之考察》,《南京师大学报(社会科学版)》2004年第2期。

刘宗棠、张泰《论春秋时期“烝”婚制的合“礼”性》,《学术论坛》2006年第2期。

龙文玲《〈诗经〉与宣姜:被理解的和被误解的》,《广西师院学报(哲学社会科学版)》1999年第3期。

梅新林《中国古代文学地理形态与演变》,上海师范大学博士学位论文,2004年。

孟庆茹《幽独自得的硕人——再释〈诗经·卫风·考槃〉》,《北华大学学报(社会科学版)》2005年第3期。

邱奎《美哉渊乎,忧而不困——〈诗·卫风〉地域风格研究》,上海大学硕士学位论文,2007年。

陕西周原考古队《陕西岐山凤雏村发现周初甲骨文》,《文物》1979年第10期。

邵炳军、郝建杰《〈诗·唐风·绸缪〉诗旨补证》,《河北师范大学学报(哲学社会科学版)》2007年第1期。

邵炳军、赵逵夫《卫武公〈抑〉创作时世考论》,《河北师范大学学报(哲学社会科学版)》2000年第1期。

邵炳军、赖旭辉《“雎鸠”意象考论——〈诗·周南〉意象群及其意象经营艺术研究之一》，方铭主编《儒学与二十一世纪文化建设：首善文化的价值阐释与世界传播》，北京：学苑出版社，2010 年。

邵炳军《〈国风〉地域风格与周代文化生态地域性研究述评——关于〈诗〉“国风”地域风格与周代文化生态地域性研究的回顾与思考之一》，《诗经研究丛刊》2009 年第 1 期。

邵炳军《〈青蝇〉〈宾之初筵〉〈抑〉作者卫武公生平事迹考论》，中华书局编辑部编《文史》第 2 辑，北京：中华书局，2000 年。

邵炳军《〈诗·邶风〉系年辑证——春秋诗歌系年辑证之三》，《诗经研究丛刊》2011 年第 2 期。

邵炳军《两周之际三次“二王并立”史实索隐——周“二王并立”时期诗歌创作历史文化背景研究之一》，《社会科学战线》2001 年第 2 期。

邵炳军《卫武公〈宾之初筵〉创作时世考论——周“二王并立”时期〈诗经〉创作年代研究之六》，《甘肃高师学报》2001 年第 6 期。

邵炳军《卫武公〈青蝇〉创作时世考论——周“二王并立”时期〈诗经〉创作年代研究之五》，《西北师大学报（社会科学版）》2000 年第 3 期。

邵炳军《先秦文学风格观对刘勰“风骨论”的影响》，《南京工业大学学报（社会科学版）》2003 年第 2 期。

邵炳军《朱熹〈诗集传〉所代表的南宋〈诗〉学革新精神的主要成因——朱熹〈诗集传〉与南宋〈诗〉学革新精神研究之三》，《上海大学学报（社会科学版）》2008 年第 6 期。

沈彙《哀牢文化新探——倭奴即哀牢说》，《社会科学战线》1985 年第 3 期。

孙秀华《〈诗经·卫风·有狐〉正解》,《北京化工大学学报（社会科学版）》2008年第1期。

谭绍兵《传统孝道的源流及分析》,《北京青年政治学院学报》2003年第2期。

田冬梅《“乌鸦”文化象征意义的源流》,南京师范大学硕士学位论文,2006年。

王健《西周卫国为方伯考》,《商丘师范学院学报》2004年第4期。

王健《周初“三监”性质新探》,《殷都学刊》2003年第4期。

王静悦《〈诗经·卫风〉独特风貌之成因》,《哈尔滨学院学报》2009年第1期。

王莉《〈凯风〉:母亲形象及悲剧意识》,《阜阳师范学院学报（社会科学版）》2002年第3期。

王立、苏敏《古典文学中竹意象的神话原型寻秘》,《大连大学学报》2006年第5期。

王文强《鹤壁市辛村出土四件西周青铜器》,《中原文物》1986年第1期。

王颖《〈诗经〉思妇诗艺术技巧举隅——析〈卷耳〉〈伯兮〉〈君子于役〉》,《贵州教育学院学报（社会科学版）》1999年第2期。

王政《红山文化玉璜与双首龙蛇的俗信观念》,《民族艺术》2004年第4期。

王政《〈诗经〉与“不祥鸟”》,《民族艺术》2001年第3期。

王政《虹——中国两性生殖观念的喻象》,《贵州文史丛刊》1995年第3期。

王洲明《周代地域文化与〈国风〉的风格》,《山东大学学报（哲学社会科学版）》1998 年第 1 期。

吴万锺《〈诗经·邶风·谷风〉与〈卫风·氓〉之比较研究》，《山西大学学报（哲学社会科学版）》2000 年第 1 期。

浙江省文物管理委员会《吴兴钱山漾遗址第一、二次发掘报告》，《考古学报》1960 年第 2 期。

熊刚《论〈绿衣〉〈葛生〉对中国古代悼亡诗的影响》，《阿坝师范高等专科学校学报》2006 年第 1 期。

徐华龙《乌鸦形象之比较研究》，《民族文学研究》1986 年第 5 期。

杨军《中国古代乌鸦信仰述略》，《陕西师范大学继续教育学报》2004 年第 2 期。

易水《历史深处的暗香疏影——关于竹的神话或传说》，《森林与人类》2004 年第 2 期。

尹建章《试谈〈诗经〉的讽刺艺术》，《郑州大学学报（哲学社会科学版）》1986 年第 6 期。

翟相君《邶鄘卫分编臆断》，《河北学刊》1984 年第 3 期。

翟相君《许穆夫人的爱国诗篇——〈泉水〉新解》，《许昌师专学报（社会科学版）》1985 年第 1 期。

翟相君《〈诗·鄘风·载驰〉原始》，《西北大学学报（哲学社会科学版）》1985 年第 3 期。

张丛林《〈诗经·氓〉的叙事艺术及其文化内涵》，《名作欣赏》2005 年第 7 期。

张启成、王伟《论〈邶〉〈鄘〉〈卫〉三风》，《贵州文史丛刊》2003 年第 1 期。

张启成《〈邶风·式微〉本义述评》，《贵州民族学院学报（社会科学版）》1989 年第 2 期。

赵宗福《中国虹信仰研究》，《青海民族学院学报（社会科学版)》2001 年第 2 期。

中国社会科学院考古研究所甘青工作队《甘肃武山傅家门史前文化遗址发掘简报》,《考古》1995 年第 4 期。

周丙华《甲骨文“虹”字文化考释》,《中国文化研究》2009 年第 1 期。

周蒙《“寤言不寐,愿言则嚏”——〈诗经〉民俗考释之一》,《学习与探索》1991 年第 6 期。

［法］桀溺《牧女与蚕娘——论一个中国文学的题材》,钱林森编《牧女与蚕娘——法国汉学家论中国古诗》,上海:上海古籍出版社,1990 年。

附　录

邶风·柏舟

泛彼柏舟，亦泛其流。耿耿不寐，如有隐忧。微我无酒，以敖以游。

我心匪鉴，不可以茹。亦有兄弟，不可以据。薄言往愬，逢彼之怒。

我心匪石，不可转也。我心匪席，不可卷也。威仪棣棣，不可选也。

忧心悄悄，愠于群小。觏闵既多，受侮不少。静言思之，寤辟有摽。

日居月诸，胡迭而微？心之忧矣，如匪浣衣。静言思之，不能奋飞。

邶风·绿衣

绿兮衣兮，绿衣黄里。心之忧矣，曷维其已！

绿兮衣兮，绿衣黄裳。心之忧矣，曷维其亡！

绿兮丝兮，女所治兮。我思古人，俾无訧兮！

絺兮绤兮，凄其以风。我思古人，实获我心！

邶风·燕燕

燕燕于飞，差池其羽。之子于归，远送于野。瞻望弗及，泣涕如雨。

燕燕于飞，颉之颃之。之子于归，远于将之。瞻望弗及，伫立以泣。

燕燕于飞，下上其音。之子于归，远送于南。瞻望弗及，实劳我心。

仲氏任只，其心塞渊。终温且惠，淑慎其身。先君之思，以勖寡人。

邶风·日月

日居月诸，照临下土。乃如之人兮，逝不古处。胡能有定？宁不我顾。

日居月诸，下土是冒。乃如之人兮，逝不相好。胡能有定？宁不我报。

日居月诸，出自东方。乃如之人兮，德音无良。胡能有定？俾也可忘。

日居月诸，东方自出。父兮母兮，畜我不卒。胡能有定？报我不述。

邶风·终风

终风且暴，顾我则笑。谑浪笑敖，中心是悼。

终风且霾，惠然肯来。莫往莫来，悠悠我思。

终风且曀，不日有曀。寤言不寐，愿言则嚏。

曀曀其阴，虺虺其靁。寤言不寐，愿言则怀。

邶风·击鼓

击鼓其镗，踊跃用兵。土国城漕，我独南行。

从孙子仲，平陈与宋。不我以归，忧心有忡。

爰居爰处？爰丧其马？于以求之？于林之下。

死生契阔，与子成说。执子之手，与子偕老。
于嗟阔兮，不我活兮。于嗟洵兮，不我信兮。

邶风·凯风

凯风自南，吹彼棘心。棘心夭夭，母氏劬劳。
凯风自南，吹彼棘薪。母氏圣善，我无令人。
爰有寒泉，在浚之下。有子七人，母氏劳苦。
睍睆黄鸟，载好其音。有子七人，莫慰母心。

邶风·雄雉

雄雉于飞，泄泄其羽。我之怀矣，自诒伊阻。
雄雉于飞，下上其音。展矣君子，实劳我心。
瞻彼日月，悠悠我思。道之云远，曷云能来？
百尔君子，不知德行。不忮不求，何用不臧。

邶风·匏有苦叶

匏有苦叶，济有深涉。深则厉，浅则揭。
有弥济盈，有鷕雉鸣。济盈不濡轨，雉鸣求其牡。
雍雍鸣雁，旭日始旦。士如归妻，迨冰未泮。
招招舟子，人涉卬否。人涉卬否，卬须我友。

邶风·谷风

习习谷风，以阴以雨。黾勉同心，不宜有怒。采葑采菲，无以下体。德音莫违，及尔同死。

行道迟迟，中心有违。不远伊迩，薄送我畿。谁谓荼苦，其甘如荠。宴尔新昏，如兄如弟。

泾以渭浊，湜湜其沚。宴尔新昏，不我屑以。毋逝我梁，毋发我笱。我躬不阅，遑恤我后。

就其深矣，方之舟之。就其浅矣，泳之游之。何有何亡，黾勉求之。凡民有丧，匍匐救之。

不我能慉，反以我为仇。既阻我德，贾用不售。昔育恐育鞫，及尔颠覆。既生既育，比予于毒。

我有旨蓄，亦以御冬。宴尔新昏，以我御穷。有洸有溃，既诒我肄。不念昔者，伊余来塈。

邶风·式微

式微，式微，胡不归？微君之故，胡为乎中露！

式微，式微，胡不归？微君之躬，胡为乎泥中！

邶风·旄丘

旄丘之葛兮，何诞之节兮？叔兮伯兮，何多日也？

何其处也？必有与也！何其久也？必有以也！

狐裘蒙戎，匪车不东。叔兮伯兮，靡所与同。

琐兮尾兮，流离之子。叔兮伯兮，褎如充耳。

邶风·简兮

简兮简兮，方将万舞。日之方中，在前上处。

硕人俣俣，公庭万舞。有力如虎，执辔如组。

左手执籥，右手秉翟。赫如渥赭，公言锡爵。

山有榛，隰有苓。云谁之思？西方美人。彼美人兮，西方之人兮。

邶风·泉水

毖彼泉水，亦流于淇。有怀于卫，靡日不思。娈彼诸姬，聊与之谋。

出宿于泲，饮饯于祢。女子有行，远父母兄弟。问我诸姑，遂及伯姊。

出宿于干，饮饯于言。载脂载舝，还车言迈。遄臻于卫，不瑕有害？

我思肥泉，兹之永叹。思须与漕，我心悠悠。驾言出游，以写我忧。

邶风·北门

出自北门，忧心殷殷。终窭且贫，莫知我艰。已焉哉！天实为之，谓之何哉！

王事适我，政事一埤益我。我入自外，室人交遍谪我。已焉哉！天实为之，谓之何哉！

王事敦我，政事一埤遗我。我入自外，室人交遍摧我。已焉哉！天实为之，谓之何哉！

邶风·北风

北风其凉，雨雪其雱。惠而好我，携手同行。其虚其邪？既亟只且！

北风其喈，雨雪其霏。惠而好我，携手同归。其虚其邪？既亟只且！

莫赤匪狐，莫黑匪乌。惠而好我，携手同车。其虚其邪？既亟只且！

邶风·静女

静女其姝，俟我于城隅。爱而不见，搔首踟蹰。

静女其娈，贻我彤管。彤管有炜，说怿女美。

自牧归荑，洵美且异。匪女之为美，美人之贻。

邶风·新台

新台有泚，河水弥弥。燕婉之求，籧篨不鲜。

新台有洒，河水浼浼。燕婉之求，籧篨不殄。

鱼网之设，鸿则离之。燕婉之求，得此戚施。

邶风·二子乘舟

二子乘舟，泛泛其景。愿言思子，中心养养！

二子乘舟，泛泛其逝。愿言思子，不瑕有害？

鄘风·柏舟

泛彼柏舟，在彼中河。髧彼两髦，实维我仪。之死矢靡它。母也天只，不谅人只！

泛彼柏舟，在彼河侧。髧彼两髦，实维我特。之死矢靡慝。母也天只，不谅人只！

鄘风·墙有茨

墙有茨，不可埽也。中冓之言，不可道也。所可道也，言之丑也。

墙有茨，不可襄也。中冓之言，不可详也。所可详也，言之长也。

墙有茨，不可束也。中冓之言，不可读也。所可读也，言之辱也。

鄘风·君子偕老

君子偕老，副笄六珈。委委佗佗，如山如河，象服是宜。子之不淑，云如之何？

玼兮玼兮，其之翟也。鬒发如云，不屑髢也。玉之瑱也，象之揥也，扬且之皙也。胡然而天也！胡然而帝也！

瑳兮瑳兮，其之展也。蒙彼绉絺，是绁袢也。子之清扬，扬且之颜也。展如之人兮，邦之媛也！

鄘风·桑中

爰采唐矣？沬之乡矣。云谁之思？美孟姜矣。期我乎桑中，要我乎上宫，送我乎淇之上矣。

爰采麦矣？沬之北矣。云谁之思？美孟弋矣。期我乎桑中，要我乎上宫，送我乎淇之上矣。

爰采葑矣？沬之东矣。云谁之思？美孟庸矣。期我乎桑中，要我乎上宫，送我乎淇之上矣。

鄘风·鹑之奔奔

鹑之奔奔，鹊之彊彊。人之无良，我以为兄！

鹊之彊彊，鹑之奔奔。人之无良，我以为君！

鄘风·定之方中

定之方中，作于楚宫。揆之以日，作于楚室。树之榛栗，椅桐梓漆，爰伐琴瑟。

升彼虚矣，以望楚矣。望楚与堂，景山与京，降观于桑。卜云其吉，终然允臧。

灵雨既零，命彼倌人，星言夙驾，说于桑田。匪直也人，秉心塞渊，騋牝三千。

鄘风·蝃蝀

蝃蝀在东，莫之敢指。女子有行，远父母兄弟。
朝隮于西，崇朝其雨。女子有行，远兄弟父母。
乃如之人也，怀昏姻也。大无信也，不知命也！

鄘风·相鼠

相鼠有皮，人而无仪！人而无仪，不死何为？
相鼠有齿，人而无止！人而无止，不死何俟？
相鼠有体，人而无礼！人而无礼，胡不遄死？

鄘风·干旄

孑孑干旄，在浚之郊。素丝纰之，良马四之。彼姝者子，何以畀之？

孑孑干旟，在浚之都。素丝组之，良马五之。彼姝者子，何以予之？

孑孑干旌，在浚之城。素丝祝之，良马六之。彼姝者子，何以告之？

鄘风·载驰

载驰载驱，归唁卫侯。驱马悠悠，言至于漕。大夫跋涉，我心则忧。

既不我嘉，不能旋反。视尔不臧，我思不远。既不我嘉，不能旋济。视尔不臧，我思不閟。

陟彼阿丘，言采其蝱。女子善怀，亦各有行。许人尤之，众稚且狂。

我行其野，芃芃其麦。控于大邦，谁因谁极？大夫君子，无我有尤。百尔所思，不如我所之。

卫风·淇奥

瞻彼淇奥，绿竹猗猗。有匪君子，如切如磋，如琢如磨。瑟兮僩兮，赫兮咺兮。有匪君子，终不可谖兮。

瞻彼淇奥，绿竹青青。有匪君子，充耳琇莹，会弁如星。瑟兮僩兮，赫兮咺兮。有匪君子，终不可谖兮。

瞻彼淇奥，绿竹如箦。有匪君子，如金如锡，如圭如璧。宽兮绰兮，倚重较兮。善戏谑兮，不为虐兮。

卫风·考槃

考槃在涧，硕人之宽。独寐寤言，永矢弗谖。

考槃在阿，硕人之薖。独寐寤歌，永矢弗过。

考槃在陆，硕人之轴。独寐寤宿，永矢弗告。

卫风·硕人

硕人其颀，衣锦褧衣。齐侯之子，卫侯之妻，东宫之妹，邢侯之姨，谭公维私。

手如柔荑，肤如凝脂，领如蝤蛴，齿如瓠犀，螓首蛾眉。巧笑倩兮，美目盼兮。

硕人敖敖，说于农郊。四牡有骄，朱幩镳镳，翟茀以朝。大夫夙退，无使君劳。

河水洋洋，北流活活。施罛濊濊，鳣鲔发发，葭菼揭揭。庶姜孽孽，庶士有朅。

卫风·氓

氓之蚩蚩，抱布贸丝。匪来贸丝，来即我谋。送子涉淇，至于顿丘。匪我愆期，子无良媒。将子无怒，秋以为期。

乘彼垝垣，以望复关。不见复关，泣涕涟涟。既见复关，载笑载言。尔卜尔筮，体无咎言。以尔车来，以我贿迁。

桑之未落，其叶沃若。于嗟鸠兮，无食桑葚。于嗟女兮，无与士耽。士之耽兮，犹可说也。女之耽兮，不可说也。

桑之落矣，其黄而陨。自我徂尔，三岁食贫。淇水汤汤，渐车帷裳。女也不爽，士贰其行。士也罔极，二三其德。

三岁为妇，靡室劳矣。夙兴夜寐，靡有朝矣。言既遂矣，至于暴矣。兄弟不知，咥其笑矣。静言思之，躬自悼矣。

及尔偕老，老使我怨。淇则有岸，隰则有泮。总角之宴，言笑晏晏。信誓旦旦，不思其反。反是不思，亦已焉哉！

卫风·竹竿

籊籊竹竿，以钓于淇。岂不尔思？远莫致之。

泉源在左，淇水在右。女子有行，远兄弟父母。

淇水在右，泉源在左。巧笑之瑳，佩玉之傩。

淇水滺滺，桧楫松舟。驾言出游，以写我忧。

卫风·芄兰

芄兰之支，童子佩觿。虽则佩觿，能不我知。容兮遂兮，垂带悸兮。

芄兰之叶，童子佩韘。虽则佩韘，能不我甲。容兮遂兮，垂带悸兮。

卫风·河广

谁谓河广？一苇杭之。谁谓宋远？跂予望之。

谁谓河广？曾不容刀。谁谓宋远？曾不崇朝。

卫风·伯兮

伯兮朅兮，邦之桀兮。伯也执殳，为王前驱。
自伯之东，首如飞蓬。岂无膏沐？谁适为容！
其雨其雨，杲杲出日。愿言思伯，甘心首疾。
焉得谖草，言树之背。愿言思伯，使我心痗。

卫风·有狐

有狐绥绥，在彼淇梁。心之忧矣，之子无裳。
有狐绥绥，在彼淇厉。心之忧矣，之子无带。
有狐绥绥，在彼淇侧。心之忧矣，之子无服。

卫风·木瓜

投我以木瓜，报之以琼琚。匪报也，永以为好也！
投我以木桃，报之以琼瑶。匪报也，永以为好也！
投我以木李，报之以琼玖。匪报也，永以为好也！

说明：附录39首诗出自中华书局影印阮刻《十三经注疏》本《毛诗正义》。

图书在版编目（CIP）数据

《诗经》邶风、鄘风、卫风地域文化生态考论 / 王志芳著. -- 济南 : 齐鲁书社, 2019.8
ISBN 978-7-5333-4161-9

Ⅰ. ①诗… Ⅱ. ①王… Ⅲ. ①《诗经》—诗歌研究 Ⅳ. ①I207.222

中国版本图书馆CIP数据核字(2019)第178582号

《诗经》邶风、鄘风、卫风地域文化生态考论

SHIJING BEIFENG YONGFENG WEIFENG DIYU WENHUA SHENGTAI KAOLUN

王志芳 著

主管单位 山东出版传媒股份有限公司
出版发行 齊魯書社
社　　址 济南市英雄山路189号
邮　　编 250002
网　　址 www.qlss.com.cn
电子邮箱 qilupress@126.com
营销中心 （0531）82098521　82098519
印　　刷 山东新华印务有限责任公司
开　　本 880mm×1230mm　1/32
印　　张 10
插　　页 2
字　　数 242千
版　　次 2019年8月第1版
印　　次 2019年8月第1次印刷
印　　数 1-800
标准书号 ISBN 978-7-5333-4161-9
定　　价 45.00元